KB239896

Olivier Pauvert

NOIR

느와르

올리비에 포베르 지음
이현웅 옮김

올력

느와르

지은이 | 올리비에 포베르

옮긴이 | 이현웅

펴낸이 | 강동호

펴낸곳 | 도서출판 울력

1판 1쇄 | 2007년 12월 24일

등록번호 | 제10-1949호(2000. 4. 10)

주소 | 152-889 서울시 구로구 오류1동 11-30

전화 | (02) 2614-4054

FAX | (02) 2614-4055

E-mail | ulyuck@hanafos.com

값 | 11,000원

ISBN 978-89-89485-59-9 03860

· 잘못된 책은 바꾸어 드립니다.

· 옮긴이와 협의하여 인지는 생략합니다

느와르

일러두기

1. 이 책은 Olivier Pauvert의 *Noir* (Denoel, 2005)을 텍스트로 하여 완역하였다.
2. 본문 중 [ ]로 표시된 것은 모두 옮긴이의 주이다.

I

나는 마리화나 연기를 길게 들이마신다. 그 순간 다시 소리가 들린다. 놀란 우리는 꾸르륵거리는 소리가 나는 비탈 쪽으로 되돌아간다. 잠시 침묵이 흐른 후 축축하게 젖은 듯한 한숨소리가 꾸르륵거리며 뒤따른다. 친구가 나를 쳐다본다. 나는 그가 무엇을 생각하는지 안다. 저 작은 언덕 뒤에 바람이 잘 통하는 수풀이 있다. 깊은 어둠을 틈타 한 쌍의 남녀가 하늘을 날고 있다. 나는 빈 잔을 내려놓고 히죽이 웃는다. 속이 거북하다. 꽁초를 건넨다. 우리는 작은 산을 기어오른다. 정말로 저 아래에 '비너스' 가 있다. 알몸으로. 철선에 의해 나무에 매달려 있다. 두 발이 어두운 땅바닥 위로 10cm 정도 떨어진 곳에서 좌우로 흔들린다. 어둠과 피. 배가 갈렸고, 내장들이 다리를 따라 밑으로 쳐졌다. 그녀는 참을 수 없는 악취를 풍긴다. 창자들의 냄새, 살의 냄새. 나는 이 냄새를 안다. 음주 상태로 경찰들과 자동차 추격전을 벌인 뒤 벌로 응급실에서 일한 적이 있다. 재범이었기 때문에 나는 6개월의 공공 근로를 선고받았다. 판사는 나를 책임 있는 시민으로 만들길 원했다. 그래서

6

나는 저승으로 가는 대기실에서 6개월 동안 시체 뒤처리를 했다. 그곳에서 사람들은 사망 진단을 받은 뒤 떠날 준비를 갖춘 아리아드네처럼 저승과 실로 연결된 채 카운트다운이 끝나기를 기다린다. 그 후 성 베드로가 있는 곳으로(혹은 성 바울이나 성 야고보[예수의 열 두 제자 중의 한 사람]가 있는 곳으로. 그들은 더 이상 신경 쓰지 않는다) 떠난다. 그때 룩셈부르크 출신의 젊은 의사 하나가 내게 시체 해부를 도와줄 것을 제안했다. 과일 설탕 졸임을 먹다 식도가 막혀 죽은 가련한 시체였다. 이때 처음으로 시체와 거기서 나는 냄새와 접촉했다. 서서히 익숙해지는 것과는 전혀 거리가 멀었다. 아니, 나는 한 번에 전체적으로 노출되었다. 시체의 살갗과 내부 기관들, 그리고 심지어 미세 기관들의 죽음에.

내 앞에 있는 이 여자는 분명 죽었다. 강철선이 그녀의 목을 척추가 있는 곳까지 갈랐다. 오른쪽 눈은 도려내졌다. 나는 우두커니 서서 눈알이 흔들리는 것을 바라본다. 나는 더 이상 내 몸을 느끼지 못한다. 친구가 선 채로 토한다. 무릎을 꿇고 다시 토한다. 다음에는 두 손을 바닥에 짚고 게워 낸다. 마침내 그의 위는 고통스런 경련 이외에는 아무 소리도 내지 않는다. 그의 입에서 흘러나오는 노르스름한 담즙이 그와 땅을 연결한다. 이 순간, 몸이 굳은 내게는 얼어붙은 정신밖에 없다. 침묵이 흐른다. 모든 것이 굳어 간다. 나는 멀리 도시의 가로등들을 하나씩 바라본다. 그리고 시체가 매달린 나무의 가지들을 하나씩 보고, 가지들에 달린 잎들도 하나씩 본다. 거기서 송충이 떼들이 잎들을 천천히 갉아먹는다. 나는 시신에 난 상처와

멍 하나하나를 바라본다. 이상한 형태로 깨진 두개골도 본다. 시체의 기운이 밤나방처럼 공중으로 선회하며 사라지는 것을 느낀다. 나는 이 여자를 안다. 바의 그 여자, 맨발로 있던 그 여자다.

잠시 뒤, 나는 풀 위에 앉아 있다. 새벽이 내 위로 장밋빛 구름들을 퍼트리며 하늘을 가른다. 옆에서 한 남자가 나를 현실로 데려오기 위해 애쓴다. 나는 온몸이 굳은 채로 이곳에서 얼마나 오래 있었는지 모른다. 나는 나무와 거기에 매달린 열매를 바라보며 정신을 온통 놓고 있었다. 18번 홀은 곧 폐쇄될 것이다. 홀은 울긋불긋한 주차장을 닮았다. 그곳으로 빨간색, 푸른색, 하얀색 자동차와 밴들이 몰려든다. 곳곳에서 사이렌이 소리 없이 작동한다. 자동차들이 예쁜 잔디 양탄자 위에 깊은 자국들을 남긴다. 형광색의 띠들이 놀라운 무늬를 엮어 내며 신비로운 구역을 설정한다. 나는 희미한 목소리로 신분을 우물거리며 일어선다. 이 순간 나는 이 세상에서 가장 내밀한 원의 한가운데 있는 것처럼 느껴진다. 이 원, 나무와 여자가 만드는 원을 향해 모든 것이 몰려든다.

나는 수색당하고 수갑이 채워진 뒤 끌려간다. 이건 나의 두 번째 닭장차 여행이 될 것이다. 상황이 달랐다면 나는 심지어 감동까지 했을 것이다. 나는 청소년 시절 짭새들에게 끌려 차에 올라탔을 때의 영광과 승리를 기억한다. 법적 연령에 이르기 전에 당구를 쳤다는 이유 때문이었다. 열정적인 한 공무원은 내 여드름을 바라보며 매독 환자와 종양 환자들과 궁합이 잘 맞을 것이라고 판단했다. 그러고는 나를 경찰서로 데리고 갔다. 밤이 되자 나의 할아버지 스트로피니 씨가 뻣뻣하고 위압적인 자세로 마약 중독자와 알코올 중독자들 사이로 나를 찾으러 왔다. 여드름은 없어졌지만 역사는 남았다.

나는 오른다. 작은 경찰 밴 하나가 큰 경찰서 하나만큼의 악취를 풍긴다. 닳고 닳은 철판들이 위에 앉았던 모든 엉덩이 냄새를 흡수한 것 같다. 차 안에는 늙은 깡패들의 냄새, 갈보들의 때, 그리고 짭새들의 땀내가 엉켜 있다. 사람들이 내 맞은편에 친구를 앉힌다. 유리 같은 눈동자와 창백한 안색의 그는 철망이 쳐진 유리창을 통해 새벽을 바라본다. 경찰 제복을 입은 거대한 두 고깃덩어리가 만일을 위해 우리를 감시한다. 일어날 지도 모를 만일의 경우를 위해. 술을 마신 우리가 칼칼한 나무토막 같은 혓바닥을 피노키오처럼 놀려댈 경우를 위해. 그러나 안심하길. 아무 일도 일어나지 않는다. 우리는 각자 그 고깃덩어리들과 수갑으로 연결된 채 얌전히 앉아 있다. 우리의 불길한 차가 출발한다. 소용돌이처럼 빠른 속도로 니스의 배후지와 진한 핑크빛 하늘을 가로지른다. 나는 모든 일이 어떻게 시작되었는지 생각해 내기 위해 노력한다. 결혼식, 클럽, 잔잔하게 주름지던 호수면, 구토를 하는 사람도 없이 조용하고 쾌적하게 지나간 야회, 아주 훌륭했던 음식과 의상, 그리고 곳곳에서 들리던 째지는 웃음소리들. 모두가 즐거움에 빠져 있었고, 바쿠스[로마 신화에 나오는 술의 신. 그리스 신화에서는 '디오니소스'로 불린다]가 그들의 축제를 주재했다. 갑자기 나는 아내와 아이들을 생각한다. 고뇌와 불안이 나를 휘감은 뒤 목을 조르며 강렬하게 키스한다. 마침내 나는 가족에 대한 염려 때문에 정신을 차리고 용기를 내어 입을 연다.

"어디로 가고 있죠?"

오른쪽에 앉아 있는 경관이 턱을 치켜들며 비스듬히 나를 쳐다본다. 그리고 경멸하듯 입을 비죽거리며 말한다.

"닥쳐."

그의 목소리는 깊고 무겁기까지 하다.

"전화를 하고 싶은데, 어디로 가고 있는 거죠?"

그가 다시 한 번 더 나를 쳐다본다. 눈썹 짙은 그의 눈이 승리자의 눈빛으로 빛난다. 에베레스트가 아니라 선거를 정복한 승리자들. 이들은 질서를, 즉 강력한 군대, 효율적인 사법기관, 그리고 튼튼한 기요틴을 약속했었다. 선거가 절정에 이르렀을 때 사람들은 "한 번 더! 세게! 세게!"를 외쳤다. 그리고 좁고 숨막히는 투표소에서 하루 종일 줄을 서서 기다린 끝에 새로운 정부가 태어났다. 그것은 카리스마 있는 우두머리들을 가진 히드라였다. 당연히 새로운 질서의 합법성에 이의를 제기하는 사람들이 있었다. 그들은 정부가 공공연히 제시하는 의도의 순수성, 정화 작업의 필요성, 그리고 수용소의 위생에 의문을 제기했다. 그렇지만 사람들 말에 의하면, 소요는 개인들의 안녕과 권리 존중을 이유로 진압되었다. 실제로 가을에 모든 것이 잠잠해졌다. 나뭇잎에 초록빛이 사라질 때 시위도 사라졌다. 나뭇잎들을 하나씩 옮겨가듯, 고요한 새벽마다 돌아가며 문을 두드리는 소리가 들렸다. 어느 날인가는 작은 숲을 뿌리째 뒤엎듯 일제 소탕 작전이 있었다. 그 후 겨울이 찾아왔고, 우리는 얼어붙은 침묵에 익숙해졌다.

경관은 나를 뚫어지게 쳐다보고 난 다음 슬그머니 동료를 향해 미소 짓는다. 그러고는 내 머릿결 속으로 손을 집어넣고는 사랑스럽다는 듯 쓰다듬는다.

"누구에게 전화하려고, 응? 왜 그렇게 야단이야? 갈 길을 가야 하는데 말이야."

그는 잠시 쉰 다음 다시 말한다.

"넌 일을 저질렀어. 이제 문제를 매듭지어야지."

밴은 도로의 요철을 지날 때마다 튀어 오른다. 그때마다 차 안에서는 차체와 타이어를 연결하는 스프링이 줄었다, 늘었다를 반복하며 아마겟돈이 펼쳐진다. 차가 무서운 속도로 커브를 돌 때마다 무덤의 문이 열리고, 나는 오른쪽, 왼쪽으로 세게 흔들린다. 나는 고철 의자 위에 체념한 채 말없이 앉아 거기에 나의 냄새를 맡긴다. 코와 귀에서 피가 난다. 친구가 잠시 나를 쳐다보더니 눈을 감는다. 그의 가슴이 간헐적으로 약하게 오르내리는 게 보인다. 나는 시에 있는 중앙 경찰서로 가고 있는 게 아니라는 것을 안다. 그러나 그들이 나를 어디로 데려가고 있는지는 모른다. 우리들을 호송하는 차도 없다. 우리들만이 어딘가로 가고 있다. 나는 그들이 우리를 경찰서가 아니라 산 위의 십자가에 매달러 가는 중이라고 생각한다. 꽤 오랫동안 아무도 말하지 않는다. 마침내 조수석에 앉아 있던 짭새 중 하나가 창살 홈을 따라 분리창을 옆으로 민 다음 우리를 잠시 훌겨본다. 그러고 나서 호위 경관들에게 말한다.

"잠시 뒤에 도착한다, 모두 준비됐나?"

모두 알았다는 듯 말없이 고개를 끄덕인다. 그가 이어서 나를 향해 고개를 돌린다.

"이제 끝이군. 피차 일은 잊자구, 응?"

밴은 지금 구불구불한 길 위에서 울부짖는다. 산 위로 나 있는 이 길은 아무도 알지 못하는 피날레를 향해 뻗어 있다. 매번 커브를 돌 때마다 타이어는 상처 입은 어린아이처럼 비명을 지른다. 곧 길고 높은 벼랑길이 나타나고, 그 아래로 바닥이 보이지 않는 심연이 펼쳐져 있다. 우리는 전속력으로 달린다. 마침내 운전수는 두꺼운 신발 밑창이 바닥에 닿을 때까지 짓이기듯이 잘 듣지 않는 브레이크를 밟는다. 우리는 도착했다.

그러나 이런 생각은 잠시 떠올랐다 사라진다. 타이어가 아이들의 절망적인 울음소리를 내다가 멈춘 바로 그 순간이었다. 우리는 하늘을 난다. 나의 오른쪽에 있던 경관이 두 손을 무릎 위에 놓은 채 공허한 시선을 던진다. 그는 자리에서 튕겨 나오더니 공중에서 말 그대로 배꼽을 중심으로 천천히 회전하기 시작한다. 수갑으로 연결되어 있는 그와 나는 서로를 물끄러미 바라본다. 그는 분명 나와 마찬가지로 갑작스런 무중력 상태에 사로잡힌 것 같다. 그런데 그가 무언가를 말하려고 입을 동그랗게 벌리려는 바로 그 순간, 분노한 신의 손이 밴을 산산이 박살낸다. 말로 표현할 수 없는 굉음이 들린다. 어떤 물리학 법칙에 의해 나는 공중으로 튕겨 나간다. 나는 발밑으로 차가 강철과 플라스틱 조각으로 분해되어 계곡 아래로 떨어져 내리는 것을 바라본다. 나는 포물선의 정점을 지나 빛의 거품으로 이글거리는 대양 같은 나무숲의 꼭대기 위로 떨어진다. 마침내 내가 그 속에 빠지자, 하늘과 땅은 미친 듯이 부글거리며 서로 뒤섞인다.

II

나는 거대한 떡갈나무 아래에 등을 대고 누워 있다. 나는 아무런 고통도 느끼지 않는다. 죽음은 나를 받아들이기를 거부한 것 같다. 심지어 그것은 내게 아무런 타박상이나 골절상도 입히지 않았다. 마치 단단한 주먹 하나가 가까스로 얼굴을 스쳐 지나간 것 같다. 나는 누워서 나뭇가지들을 오랫동안 바라본다. 그것들은 하늘을 배경으로 가는 실핏줄처럼 뻗어 있다. 잠시 뒤 천천히 몸을 일으켜 앉은 뒤 주위를 둘러본다. 나를 구한 떡갈나무는 매우 크고 어둑한 공원에서 자라고 있다. 옹이가 많은 공원의 나무들은 수령이 꽤 되는 것 같다. 조용한 그루터기들과 서로 속삭이는 듯한 돌무더기들 사이로 가느다란 하얀 오솔길이 뱀처럼 뻗어 있다. 작은 회색 벽이 나무들을 따라 공원을 둘러싸며 숲의 경계를 이루고 있다. 벽은 군데군데 큰 포석이 깔린 풀이 무성한 땅 한쪽과도 경계를 이루고 있다. 여기서 시작된 초원은 미지의 아득한 곳까지 이어진다. 멀리서 차갑고 희미한 안개가 산들을 흐릿하게 가린 뒤 능선들 위로 움직이지 않는 넝마조각처럼 걸려 있다. 한참 동안 나는 물 흐르는 소리를 듣는다. 그리고 잠시 뒤 일어설 힘을 되찾는다. 아무런 상처도 없지만 피곤하다. 오른 손목이 무겁다. 나는 손목을 바라본다. 하늘을 날던 경관의 그 고릴라 같은 팔이 수갑에 연결된 채 매달려 있다. 경관이 남긴 유일한 것이다. 팔은 경관의 어깻죽지에서 정확하게 떨어져 나왔다. 잘린 부분에는 신경과 힘줄들이 작은 덤불처럼 마구 엉켜 있다. 아마추어의 작품이라고 나는 생각한다. 우리는 우아하게 죽을 권리가 있다고 생각하지만, 죽음은 종종 이런 식으로밖에 찾아오지 않는다. 죽음의 경우 형식이야 어찌 됐건 결과가 중요하다. 한눈에 보아도, 경관이 남긴 것은 이 잘려나간 팔 이외에는 아무것도 없다. 나는 내 팔 아래로 경관의 팔을 매단 채 낮은 회색 벽까지 가기로 결심한다. 오솔길의 희고 모난 자갈들이 발을 찌른다. 신발을 잃어버렸다. 양말은 상단의 고무줄밖에 남지 않았다. 나는 잠시 멈추어 서서 몸을 재빨리 훑어본다. 바지는 왼쪽 절반이 잘려 나갔고, 상의 단추들은 전부 떨어져 나갔다. 나는 무시하고 무거운 팔을 이끌며 계속 풀 위를 걷는다. 지금은 경관의 팔에서 살이 드러난 나의 다리 위로 핏방울이 떨어지지 않는다. 나는 나뭇가지들 아래로 빠져나와 벽까지 나아간다. 벽에는 조각들이 새겨져 있다. 벽 너머 아래쪽에는 산에서 흘러나온 물이 시끄러운 소리를 내며 세차게 흐른다. 산들은 내 위로 높이 솟아 있다. 나는 돌아서서 산들을 주의 깊게 바라본다. 공원의 나무들은 가파른 절벽의 반 정도 되는 높이까지 자라 있다. 절벽에 계단들이 깊게 패어 있지만 어둑해서 잘 보이지 않는다. 공원의 거대하고 귀족 같은 나무들은 다른 한쪽의 황량한 자갈밭 경사면에서 자라고 있는 위협적인 검은 소나무들과 선명한 대조를 이룬다. 저 꼭대기, 삼나무와 참나무들 위로 5-6백 미터 되는 곳에 우리가 떨어진 그 벼랑길이 솟아 있다. 현기증 나는, 그러나 기적적인 추락. 오른쪽을 바라본 뒤, 나는 구멍들이 송송 난 채로 허공과 나를 갈라놓고 있는 벽을 따라 걷기로 결정한다. 무성한 수풀들 사이로 포석이 깔린 좁은 길이 뻗어 있다. 길은 시선이 닿지 않는 저 너머까지 아득히 뻗어 있다. 나는 천천히 나아간다. 이따금씩 성큼 물을 건너야 한다. 나무들 아래 어딘가에 있는 샘에서 흘러나와 만들어진 도랑이다. 투명하고 차가운 물이 맑은 소리를 내면서 계곡 안쪽으로 흘러간다. 물방울이 천천히 떨어질 때처럼 시간이 조금씩 흐른다. 그러는 사이에 나는 산 안쪽으로 완만하게 구부러진 길로 접어든다. 이렇게 얼마나 오래 걸었는지 모른다. 나는 걸으면서 안개가 어둠과 함께 천천히 산 아래로 내려오는 것을 바라본다. 안개는 저 위에서부터 산을 삼키며 내려와 내 주위의 풍경들을 푸르스름하게 만든다. 저녁이 오고, 마침내 오른쪽으로 풀과 고사리들로 뒤덮인 넓은 벌판이 나타난다. 그 한가운데 하얀 석회와 붉은 벽돌로 지은 큰 건물 한 채가 서 있다. 나무로 조각된 큰 박공이 5층 집의 지붕을 장식하고 있고, 커다란 창문들 대부분이 계곡 쪽을 향해 나 있다. 사람이 살지 않는 것 같다. 건물은 찬란한 과거의 영광 속에서 그대로 얼어붙었다. 저녁 햇빛만이 싸늘하게 건물을 비춘다. 화려한 벽면과 현관 앞의 높은 층계들을 바라보는 동안, 나는 금박 장식의 드레스를 입은 숙녀들과 허리에 회중시계를 찬 신사들이 분주하게 오가던, 광기와도 같은 지난날의 파티를 떠올린다. 기진맥진할 정도로 지친 나는 낮은 벽에 앉아 낡은 건물을 바라보며 잠시 휴식을 취한다. 그리고 한참 뒤 무릎을 꿇어 개울 물을 마신다. 마침내 나는 안으로 들어가기로 결정한다. 현관으로 가까이 다가간 순간 마치 지옥에서 도망쳐 나온 전령 같은 검은색의 커다란 그레이하운드들이 어두운 숲에서 튀어나온다. 순간 나는 자리에서 꼼짝하지 못하고 망설인다. 그러나 곧 그것들을 무시하고 계단을 오른다. 그것들이 날렵한 몸짓으로 말없이 나를 향해 달려든다. 그리고 주위를 돌며 킁킁 냄새를 맡으면서 나를 따라 계단을 오른다. 나는 아무런 두려움도 느끼지 않는다. 이것들과 마주친 기억이 있는 것 같다. 악마처럼 사냥의 꿈에 젖어 강렬하게 불타오르는 이 눈동자들을 언젠가 본 기억이 있다. 그것들 중 가장 큰 것은 키가 내 가슴까지 이른다. 그놈의 혓바닥은 길다. 목은 튼튼하다. 걸을 때마다 등이 부드럽게 일렁인다. 순간 그것이 나를 뚫어지게 쳐다본다. 내 마음을 읽는 것 같다. 사실 이것들은 유니콘이나 페가수스[시의 여신 뮤즈가 타고 다니는 날개 달린 말], 혹은 타라스크[전설에 나오는 용 모양의 짐승]나 케르베로스[지옥의 문을 지키는 신화 속의 개]와 같은 영물들이다. 나는 그것들로부터 시선을 돌린 뒤 현관 앞에 우뚝 선다. 문에는 초인종도 노커도 없다. 나는 주저하며 문을 연다. 문은 소리 없이 열린다. 나는 들어간다. 개들은 따라오지 않는다. 그것들은 따라 들어오기를 두려워하는 것 같다.

나는 현관 안으로 깊숙이 들어간다. 인기척이 없다. 천장에는 횟칠한 것이 습진 딱지들처럼 떨어져 나갔다. 흑백 대리석 타일을 깐 바닥 곳곳에는 떨어진 횟가루들이 널려 있다. 저 멀리 떨어진 방들은 비어 있고, 살롱에도 가구가 전혀 없다. 내 장재들 위에는 먼지가 수북이 쌓여 있고, 욕실에는 조금씩 흐르는 물 때문에 초록 이끼가 끼어 있다. 넓은 홀 한가운데에 계단이 있다. 단단한 쇠로 만들어진 그것은 여러 층을 연결하고 있다. 계단이 있는 벽 한쪽 면에 난 커다란 유리창으로 어슴푸레한 회색 저녁 빛이 스며든다. 나는 층계로 다가간다. 계단은 지하로도 이어져 있다. 지하의 깊숙한 어둠 저편에서 물방울 떨어지는 소리가 들린다. 그리고 나이 든 사람들이 희미한 목소리로 기도를 올리는 소리와 함께 울음소리가 들린다. 순간, 나는 공원에 도착한 후 처음으로 내가 있는 곳의 낯섦을 명확하게 의식한다. 피부 속으로 고뇌가 스며든다. 무시무시한 공포가 나를 덮친다. 내 주위에서 우연한 사건들이 일어나기 시작한 것이 언제부터지? 나는 밴 안에서 경관이 한 말을 생각한다. 그래, 내 주위에서 사건들이 일어나고 있다. 내가 이런 먼 곳까지 오게 된 것도 그 때문이다. 그리고 개들과 이 울음소리. 내가 있는 곳이 어디지? 전화가 있을까? 아니, 만일 전화가 있다면 밖에서 전선 같은 것들을 보았을 것이다. 아무리 둘러보아도 전기나 스위치, 전선, 형광등 같은 전기 기구는 아무것도 없다. 나는 입을 쩍 벌린 구멍의 입구를 멀리 돌아간다. 그것은 강철의 소용돌이를 그리며 땅 아래의 습한 심연 속으로 사라진다. 집 뒤로 나 있는 문을 향해 나아간다. 나무로 만들어진 그 커다란 이중문에는 채색 유리창이 붙어 있다. 희망이 커진다. 나는 마침내 저기를 통해 떠날 수 있다. 그러나 문이 열리면서 내 시선에 들어오는 것은 조용한 황혼과 숲, 그리고 개들뿐이다. 어둠 속에서 움직이는 검은 점으로 나는 개들을 알아본다. 멀리서 길은 어둠이 웅크린 나뭇잎들 사이로 사라진다. 나는 생각한다. 지금부터 층들을 뒤져야 한다. 먹을 것, 입을 것, 그리고 잠잘 곳이 필요하다. 내일은 여기를 떠나 집으로 돌아갈 수 있겠지. 내가 있을 곳은 여기가 아니다. 나는 다시 계단으로 돌아가기로 결정한다. 그러기 위해서는 계단과 지하가 이어지는 그곳을 다시 지나야 한다. 희미하게 들려오는 탄식 소리는 그치지 않는다. 병든 사람의 기침 소리도 들린다. 나는 감히 아래를 내려다볼 수 없다. 저기에 누가 살고 있는 것일까? 무엇을 슬퍼하고 있는 것일까? 내 안에 있는 이 말로 표현할 수 없는 감정은 도대체 무엇일까? 나는 힘겹게 계단을 오르면서 내일 이 무거운 팔을 자르기 위해서는 연장을 찾아야 한다고 생각한다. 지금은 너무 어둡기 때문에 거의 아무것도 볼 수 없다. 나는 층계참에 이르러 첫 번째 방으로 들어간다. 그러고는 구석을 찾아 그곳에 웅크리고 앉는다. 물방울이 떨어지고 '세계'가 한탄하는 영원 같은 순간이 지난 뒤 나는 마침내 잠이 든다.

시간이 아주 조금밖에 지나지 않은 것 같은데, 사방이 환해진다. 내가 잠든 방은 창들을 뚫고 들어오는 아침 태양의 눈부신 오렌지 빛 햇살로 노랗게 물들어 있다. 그러나 아직도 모든 것이 조용하다. 이 집은 살던 사람들에 의해서 버려진 것 같다. 그런데 이곳에 단 한 번이라도 사람이 산 적이 있었을까?

바닥에는 오래 전의 신문들이 널려 있다. 나는 그것들을 재빨리 훑어본다. 신문들은 시간이 지나는 동안 화석처럼 되었다. 〈오로라〉지 4월 30일. 나는 지난 시대의 기사들과 이미 오래 전에 잊혀진 사람들의 사진들을 본다. 순간 삐걱거리는 소리 때문에 나는 고개를 들고 단숨에 일어난다. 잠시 비틀거린다. 내가 아무것도 먹지 못한 채 죄수의 무거운 쇠공 같은 이 팔을 끌고 다닌 지 36시간이 된다. 한순간 나는 그것을 이빨로 뜯어 먹을까 생각한다. 그것을 먹고 동시에 거기서 벗어날 수 있다면 일석이조다. 아니, 그전에 불에 구워야 한다. 생고기는 병균과 기생충 때문에 위생적이지 않다. 아, 그러나 내겐 이런 고깃덩어리를 구울 수 있는 도구가 없다. 아니, 내게 필요한 건 칼이다, 그래, 이것을 자를 수 있는 칼이다. 나는 층계참으로 나가 소리친다. 내 목소리는 지난밤의 냉기 때문에 쉬어 있다. 그것은 폐결핵 환자의 목소리처럼 갈라진다. 조금 전의 그 소리는 위층에서 들린 것 같다. 나는 한 번 더 소리친다. 아무 대답이 없다. 나는 계단으로 나가, 올라가기 전에 잠시 위를 쳐다본다. 창에서 강렬하고 밝은 햇빛이 들어온다. 눈이 부시다. 계단을 오르기로 생각한 순간 이번에는 아래에서 삐걱거리는 소리가 들린다. 목제 휠체어가 홀을 건너 온다. 거기에 젊은 남자 하나가 앉아 있다. 비만증과 몽고증['다운증후군'을 일컫는 말. 이 병을 앓는 사람들의 얼굴 형태나 체형이 몽골 사람들을 닮아 이런 표현이 생겼다]에 걸린. 내가 쳐다보는 동안 그는 기름진 짧고 작은 팔로 의자 바퀴를 굴리면서 다가온다. 그는 나를 쳐다보고 미소 지으며 말한다.

“안녕하십니까? 당신이 깨어나길 기다리고 있었습니다. 어제 들어오는 소리를 들었습니다. 제 개들과 마주친 것도 알고 있습니다. 그것들이 제게 얘기를 해줬거든요. 아름다운 짐승들입니다. 당신은 길을 잃었고, 그것들은 길 잃은 자들의 마음을 알지요. 그 후 당신이 잠드는 것까지 지켜보았지만, 그렇게 오랫동안은 아니었습니다. 왜냐하면 지금 제가 받고 있는 손님들이 말할 수 없이 많기 때문입니다. 그런데 모두 잠시뿐입니다. 개들이 그 사람들 모두를 들이지 않는 게 다행입니다.”

“손님들?”

“예, 아리엘이 우리에게로 데리고 오는 모든 사람들 말입니다.”

그는 길게 숨을 내쉰다. 그리고 뚫어지게 나를 쳐다보며 잠시 침묵을 지킨다. 그가 나를 지켜보고 있는 동안, 나도 내 뒤로 팔을 끌고 계단을 내려가며 그를 쳐다본다. 그가 방금 한 말은 사람들이 흔히 기대할 수 있는 그런 종류의 말이 아니다. 나는 상당수 몽고증 환자들은 강인한 정신력을 가진 어린아이들처럼 생각 외로 이성적인 지능이 매우 발달되어 있다는 것을 기억한다. 그러나 이 사람은 다르다. 그는 으레 볼 수 있는 그런 몽고증 환자가 아니다. 나는 그가 말을 하면서 입술을 거의 움직이지 않는 것을 본다. 그의 두꺼운 혓바닥이 입술 밖으로 나온다. 거기서 거품이 일고, 침이 하와이풍의 상의 위로 흘러내린다. 그리고 말을 하기 전에 숨을 들이마시는 동안 머리가 가볍게 흔들린다.

“여기까지 먼 길을 걸어오셨으니, 배가 고프실 겁니다. 그리고 갈증도 나실 테고요. 저를 따라오시죠, 잠시 얘기를 나눌 수 있을 겁니다."

그는 비틀린 손가락으로 의자의 손잡이를 움켜잡는다. 그리고 반원을 그린 후 숲으로 난 문을 향해 천천히 움직인다. 이중문을 열고 나간다. 나는 그를 따라간다. 구름 한 점 없이 새파랗게 푸른 하늘 때문에 눈이 부시다. 왼편에 나무로 만든 작은 곁채가 하나 붙어 있다. 지난밤에 어둠 때문에 보지 못한 것이다. 건물의 그늘진 곳에 위치하고 있기 때문에 곁채는 아직까지 밤의 서늘함과 습기를 간직하고 있다. 남자는 벽 한쪽으로 나 있는 좁은 길을 따라 작은 집을 향해 나아간다. 의자를 이리저리 움직여야 하기 때문에 시간이 걸린다. 지난밤에 본 다섯 마리 개들이 수풀에서 잠들어 있다. 커다란 몸이 햇빛을 받으며 푸르스름한 빛을 띠고 있다. 가슴팍에는 하얀 다이아몬드 목걸이가 걸려 있다. 그것들은 내가 지나가는 것을 알아차리고 고개를 들어 나를 노려본다. 우리는 집 안으로 들어간다. 식탁, 의자, 침대 매트리스, 그리고 주둥이가 긴 에나멜 병. 남자는 찬장을 연다. 나는 문을 닫고 의자에 앉는다. 그가 고양이용 통조림을 내게 내민다.

"식기들은 서랍에 있습니다. 죄송하지만, 빵은 없습니다. 식사 후에 팔을 처리할 수 있을 겁니다. 팔을 자르고 싶으십니까, 아니면 수갑을 자르고 싶으십니까?"

"수갑을 자르는 게 낫겠군요."

그가 다시 찬장을 열고 닫는다. 그리고 서랍까지 가서 뒤진 후 나를 향해 돌아선다.

"아니, 그것은 안 되겠습니다. 도구가 없군요. 아시겠지만, 이곳에서 그런 것들은 오래전에 없어졌습니다. 저 이외에는 아무것도 없습니다. 나와 개들만 남겨두고 떠났죠, 당신에게 말씀드린 대로 길 잃은 사람들을 위해서입니다. 아, 우리의 일을 위해 벽에 칼이 걸려 있군요."

"누가 당신을 이곳에 남겨뒀죠?"

"대답을 한다 하더라도 전혀 이해하지 못할 겁니다, 시작하시죠."

그는 침이 흐르는 턱으로 벽에 걸린 채 반짝이는 커다란 칼을 가리킨다. 나는 그것을 집어 방금 전까지 숟가락으로 떠먹던 냄새나는 통조림 옆에 놓는다. 그리고 의자에 앉아 통조림을 옆으로 치운 뒤 팔을 올린다. 많은 피를 흘렸지만 팔은 아직도 단단하고 튼튼하다. 그리고 여전히 털이 수북하게 덮여 있다. 약지에 결혼반지가 끼여 있다. 나는 반지를 빼서 내 주머니에 넣는다. 나중에 도움이 될지 누가 알겠는가? 나는 반지를 내 것과 비교해 본다. 이 경관은 취향이 전혀 없다. 덩치가 크고 상상력이 없는 사람에게 어울리는 그런 샛노란 반지다. 그가 짭새였다는 게 전혀 놀랄 일은 아니다. 나는 칼을 움켜쥐고 찬찬히 쳐다본다. 오랫동안 사용해서 낡았지만 아직도 아름답다. 나무 손잡이가 손에 잘 맞고, 날에는 숫돌로 간 흔적이 있다. 칼날이 쓰다듬는 내 엄지 아래서 빛을 낸다. 일요일에 영계를 잡을 때 쓰던 칼이다. 주부들은 이런 칼을 놓치지 않는다. 죽은 고깃덩어리에 지나지 않는다고 나 자신에게 말하면서 나는 손목뼈를 겨냥한다. 그러고는 몸에 힘을 실어 칼질을 시작한다. 아주 놀랍게도 칼날은 살을 파고들어가 관절에서 박힌다. 나는 다시 온몸의 힘을 실어 칼을 누른 뒤 계속 칼질한다. 칼을 깊이 박고 이리저리 몇 번 움직인 다음 각을 바꿔 칼을 빼낸다. 이번에는 발뒤꿈치를 들고 몸의 온 무게를 실어 칼을 누르자, 마침내 외과의사의 단호한 의지 아래서 손목이 쩍 소리를 내며 갈라진다. 피는 전혀 나지 않는다. 하얀 지방, 회색 힘줄, 그리고 푸른 연골만이 보인다. 나는 눈을 들어 백치 주인을 바라본다. 적포도주라도 한 잔 있으면 축하라도 할 텐데. 그러나 나는 술이 있는지 묻지 않는다. 내가 그런 질문을 한다면 지금 만족스럽게 짓고 있는 그의 미소가 일그러질 것이다.

나는 조금 시간을 들여 마무리 작업을 한 뒤 마침내 경관의 팔에서 자유로워진다. 경관의 손이 팔과 분리된다. 나는 수갑에서 빼낸 짭새의 살점을 개들에게 던진다. 그리고 승리의 "탁" 소리를 내며 칼을 식탁에 꽂고 의자에 털썩 주저앉는다. 그러고는 다시 숟가락을 집어 냄새나는 통조림을 마구 먹어댄다. 지금 상황에서는 천사가 그와 나 사이를 그냥 지나가도록 내버려 두는 게 낫다[프랑스에서는 싸늘하고 어색한 분위기가 흐를 때 '천사가 지나간다' 라는 표현을 쓴다]. 천사는 아주 천천히 지나간다. 그리고 천사의 날갯짓 때문에 내 관자놀이에서 맥박이 강하게 뛴다. 나는 음식을 삼키고 앞에 앉은 바보에게 질문한다.

"우리가 있는 곳은 어딥니까? 당신은 누구죠?"

"우리가 있는 곳은 '길들이 교차하는 곳' 입니다. 저는 이곳 간수입니다. 마지막으로 남은 사람인데, 순수하고 결백한 사람입니다. 이곳은 모두 제 관할 아래 있죠. 저는 사람들에게 길을 가르쳐주고, 그들이 계단을 오를 것인가 아니면 내려갈 것인가를 결정합니다. 저는 받아들이는 사람이기도 하고 또한 내보내는 사람이기도 합니다."

"당신은 어떤 사람이죠, 그러니까… 당신의 이름은?"

"당신은 이곳에서 제 이름을 입에 담을 수 없습니다."

"여기는 어떤 곳이죠?"

"방금 전에 그 질문에 대답을 한 것으로 아는데요."

"자, 들어보시죠. 저는 이런 미친 짓에는 관심이 없습니다! 저는 이곳을 떠나 모든 것을 해명하고 싶습니다! 분명 내가 죽었을 것으로 믿고 있는 아내와 아이들을 만나고 싶습니다! 저는 진실을 원합니다! 저는 그 여자에게 아무 짓도 안 했어요!"

"당신은 아무 일도 저지르지 않았다고 확신을 갖고 말씀을 하시는군요. 그러나 그렇게 말하는 것은 당신이 아무것도 기억하고 있지 않기 때문입니다. 제게는 당신의 공허한 변명을 들어줄 시간이 별로 없습니다. 당신은 제가 지키고 있는 이곳에 오는 많은 사람들처럼 확신과 욕망으로 눈멀어 있습니다. 그런데 당신은 당신 마음속에 있는 것을 말할 때 머리로 취사선택해서 말하는 능력밖에 가지고 있지 않습니까? 그렇지 않다면 그 여자의 잔혹한 아름다움을 기억하고 계신가요? 그녀 때문에 당신 안에서 일어났던 욕망을 기억하고 있습니까? 그 모든 것들이 당신 안에 있습니다. 당신이 지금 진정으로 원하는 것은 이제 더 이상 아무 일도 일어나지 않고 이전의 무의미하지만 편안한 생활로 돌아가는 것입니다. 그러나 그런 편안한 생활은 이제 존재하지 않습니다. 많은 것들이 이곳에서 종말을 맞고, 또한 많은 것들이 이곳에서 다시 출발합니다. 이제부터는 당신의 생애에서 지금 이 순간만큼 생생하게 살아 있었던 적이 결코 없었다고 생각하세요. 모든 것을 다시 시작한다고 생각하세요. 저를 쳐다보시고, 저를 믿으시죠."

그의 칼칼하고 까르륵거리는 웃음소리 때문에 그날 저녁의 선명한 기억들이 내 머리에서 완전히 사라진다. 그리고 의혹이 입을 벌리지만 그 안으로 파고들어갈 수 없다. 종교 재판관이던 내가 어느새 이교도가 된다. 나는 의자에 등을 기대고 마지막 한 숟가락의 살코기들을 내장들과 함께 입으로 가져간다. 나는 천천히 맛을 음미한다. 그러고는 숟가락을 내려놓은 뒤 빈 통조림을 밀친다. 그가 옳다. 나는 그날 밤의 일들이 어떻게 일어났는지 정확하게 기억하지는 못한다. 갈증을 느낀 나는 자리에서 일어나 주둥이가 긴 잔에 물을 채운다. 그리고 다시 자리에 앉는다. 그는 계속해서 말한다.

"같이 있던 사람은 어떻게 됐죠?"

"저는 그에 대해 아는 게 전혀 없어요. 바에서 만난 사람이죠. 함께 술을 마시고 대화를 나누었습니다. 그리고 그 여자가 맨발로 춤추는 걸 함께 보았습니다. 아내는 제 친구들과 식사를 하고 있었고, 아이들은 잠을 자고 있었습니다. 그동안 여자는 계속해서 춤을 추었죠. 아마도 그 뒤에 저와 그 친구는 밖으로 나간 것 같습니다. 마리화나를 피우러 말입니다. 알고 보니 그는 아주 질 좋은 것을 가지고 다니는 보기 드문 친구더군요. 그리고 반쯤 남은 오반[술의 한 종류]도 들고 나갔습니다. 우리는 골프장의 페어웨이를 걸은 뒤 샴페인 통으로 모래 벙커에 작은 산을 만들었죠. 그 뒤 그는 자신이 페인트나 LSD[마약 복용자들이 사용하는 강력한 환각제의 일종]처럼 내가 시도해 볼 만한 아주 강력한 것을 가지고 있다고 말했습니다. 그러니까, 아주 좋은 그런 마리화나를요. 우리가 소리를 들은 게 그때였죠. 여자가 알몸으로 그 아래에서 죽어 있었습니다."

그는 한참 동안 생각에 잠겨 말이 없다. 하도 오랫동안 입을 다물고 있어서 마치 그가 그 자리에 없는 것처럼 느껴진다. 마침내 그가 입을 연다.

"당신이 하는 얘기를 듣고 있으니까 아이들이 술래잡기할 때 부르는 우스꽝스런 노래가 생각나는군요. 속이 빤히 들여다보이는 그런 노래 같은 얘길 당신도 믿고 있는 건 아니겠죠? 당신이 여기에 있다는 사실이 그날 저녁의 일이 방금 당신이 이야기한 것과는 완전히 다르다는 걸 증명합니다. 더구나 당신은 이곳에 머무를 수 없습니다. 제가 당신을 쫓아낼 테니까요. 당신은 이곳을 떠난 뒤 당신 스스로 당신 자신과 화해할 수 있을 때 돌아오게 될 것입니다. 있는 그대로의 현실을 이해하게 될 때 말입니다."

"돌아온다고요? 왜 제가 그런 생각을 하게 될까요? 저는 당신이 누군지도, 이곳이 어떤 곳인지도 모릅니다. 왜 제가 돌아온다는 것이죠?"

"그 강을 건너기 위해서입니다. 그때가 올 겁니다. 그러나 지금은 떠나야 합니다. 조금 후에 이곳에 폭풍우가 몰려 올 겁니다. 약과 상황 때문에 당신은 이곳까지 왔지만, 아직 완전히 우리의 시간은 아닙니다. 나무들 아래로 난 오솔길을 따라가세요. 그러면 당신은 그날 밤에 일어난 일을 알아내는 것 이외에는 당신에게 남아 있는 일이 없다는 것을 깨닫게 될 겁니다. 그렇게 하는 동안 당신은 이름 없는 사생아의 역할에 만족해야 합니다. 구원을 받은 것도 아닌, 그리고 영벌을 받은 것도 아닌 사람 말입니다. 그때가 올 때까지 당신은 천국과 지옥 사이에서 떠돌아야 합니다."

나는 그가 하는 말을 전혀 듣지 않는다. 그런데 아리엘에 대해 설명해 줄 것을 말하려는 순간 발밑 편편한 땅 저 아래서 무겁고 둔중한 대포 소리 같은 것이 들려온다. 나는 작은 창문을 향해 돌아선다. 어둠이 깔린다. 정말로 폭풍우가 몰려온다. 나는 다시 그를 향해 돌아선다.

"떠나야 할 시간이군요, 그렇죠?"

"네, 시간이 됐습니다. 그러나 그 전에 옷을 갈아 입으셔야 합니다. 그 차림새로는 갈 수 없습니다."

그는 의자를 반 바퀴 굴려 조금 나아간 다음, 침대 매트리스 밑에서 하와이풍의 셔츠와 그것에 잘 어울리는 바지, 그리고 플라스틱 샌들을 꺼내 내게 상냥하게 내민다. 나는 말없이 몸을 떤다. 내가 옷을 갈아입는 동안 그는 식탁을 치운다. 주머니가 없다. 나는 경관의 반지를 내 엄지에 끼운다. 나는 문을 등지고 서서, 기형의 몸으로 의자에 비굴하게 앉아 있는 사내를 마지막으로 쳐다본다. 그 역시 나를 오랫동안 쳐다본다. 나는 시선을 돌린다. 그가 내게 다가와 작은 목소리로 속삭인다.

"떠나세요, 지금."

나는 뒤도 돌아보지 않고 나간다. 짓누르듯 다가오는 폭풍 때문에 집의 유리창들이 가볍게 흔들린다. 하늘은 납빛을 띤 채 이따금씩 강렬한 섬광을 내비친다. 가끔씩 무언가 갈라지는 소리와 함께 계속 으르렁거리는 소리를 울리며 숲은 긴장감으로 전율한다. 개들이 수풀 사이에서 우두커니 서 있다. 그러고는 내 앞에서 몇 발자국 좌우로 움직인다. 목을 뻣뻣하게 뻗은 채 침을 흘리며, 코를 킁킁거린다. 그것들도 납빛을 띠고 있다. 나는 그것들을 무시하고 정원을 가로질러 작은 초목들 사이로 뻗어 있는 오솔길을 향해 간다. 개들이 바람처럼 내 앞을 지나 곁채 안으로 뛰어든다. 의자들과 식탁이 엎어지는 소리가 들린다. 나는 그것들이 울부짖으며 자기들의 주인을 물어뜯는 소리를 듣지 않기 위해 전력으로 내달린다. 사내가 히스테릭하게 웃는 소리가 고통스런 신음소리에 섞여 들린다. 하늘을 가린 나무들 아래로 들어선 순간 비가 쏟아진다.

신비한 기하학적 구조로 배치된 공원의 중심부에는 자갈로 덮인 오솔길이 우아한 아라베스크 무늬를 만들어 내고 있다. 세차게 쏟아지는 폭풍우가 그 길 위에서 진주 빛의 두꺼운 커튼으로 변해 편백나무와 회양목들을 흐릿하게 만든다. 공원의 전경과 원경을 구분하는 선들도 없어진다. 나는 절벽이 있다고 생각되는 곳을 향해 달린다. 그동안 빗방울들이 지면과 부딪치면서 대기는 더욱 뿌연 안개로 덮여 간다. 나는 숨이 막힌다. 그러나 목을 타고 흐르는 미지근한 물 때문에 힘을 얻는다. 참빗살나무로 만든 울타리를 뛰어넘는다. 나뭇잎들에 빗방울이 돋는 소리, 그리고 억수같이 쏟아지는 비 속에서 분수와 도랑과 연못의 물이 철렁거리며 넘치는 소리가 들린다. 한참이 지나서야 길 끝에서 물에 흥건히 젖어 하얀 연무가 이는 검은 절벽이 나타난다. 폭풍우에 의해 태곳적부터 침식되어 온 절벽. 절벽 표면에는 몇 백 년 묵은 지의[큰 바위나 절벽의 표면에 붙어 자라는 식물. '땅의 옷' 이라는 뜻]가 대리석 줄무늬처럼 펼쳐졌다. 그리고 그 광물질 표면에 가파른 계단이 나 있다. 나는 잠시 절벽 아래에 멈추어 서서 위를 올려다본다. 반짝이는 식물들 저 위로 멀리 어두컴컴한 하늘밖에 보이지 않는다. 빗방울들이 계단 위로 세차게 떨어지며 작은 폭포수를 만든다. 물은 즐겁게 쏟아지며 어서 뛰어올라 오라고 재촉한다. 비와 안개의 커튼 위로, 저 끝에 그 벼랑길이 있다. 쏟아지는 빗방울들 때문에 나는 눈을 깜박인다. 저 계단을 모두 올라가야 한다.

오르는 것은 생각보다 어려운 일이다. 절벽 아래로 떨어진다면 목이 부러질 것이기 때문에 미끄러지지 않도록 손발을 놀려야 한다. 나는 계속 오른다. 공원에서 가장 높은 나무들의 꼭대기를 지나친다. 그러나 아래를 내려다볼 수 없다. 그리고 멀어지는 숲을 감상하기 위해 고개를 돌릴 수도 없다. 그런 곡예짓을 시도하다가는 어김없이 추락할 것이다. 나는 무슨 이유 때문인지는 모르겠지만, 또다시 기적이 일어나리라고는 믿지 않는다. 그래서 고개 한 번 돌리지 않고 이 이상한 장소를 등진 채 내가 아는 정상을 향해 조금씩 올라간다. 한 시간 정도 시간이 지나자, 절벽은 마침내 편편해지고 계단은 오른쪽을 향해 직각으로 꺾인다. 나는 잠시 앉아 휴식을 취한다. 손가락 살갗은 벗겨지고, 손톱은 흔들린다. 팔은 힘이 쭉 빠져 있다. 샌들만이 그 거리를 이겨냈다. 나는 일어선다. 그리고 아래 있는 기괴한 휴식처를 바라보기 위해 절벽 가로 다가간다. 전체가 어떻게 배치되어 있는지 이해하고 싶지만 아무것도 보이지 않는다. 짙은 안개가 우울한 우윳빛 대양처럼 펼쳐져 있다. 나는 다시 계단을 오른다. 계단은 곧 돌 더미들 사이로 뱀처럼 뻗어 가기 시작한다. 계단을 따라가자 절벽이 시야에서 사라진다. 나는 숨을 몰아쉬며, 경련 때문에 마비가 일어난 다리를 마사지하기 위해 도중에 두 번 멈추어 선다. 폭풍우는 지나갔다. 강렬한 정오의 햇살이 구름을 뚫고 나온다. 옷이 몸 위에서 김을 내며 마르기 시작한다. 직선으로 난 길을 오랫동안 따라가자 마침내 계단은 잡초 사이에서 오솔길이 되고 벼랑길이 나타난다. 나는 다시 돌아왔다. 다시 시작이다.

덥다. 여름이다. 태양빛에 짓눌리는 가시덤불들에서 수진과 히스[메마르고 건조한 지역이나 황야에서 자라는 보라색 꽃잎의 식물] 냄새가 강렬하게 난다. 이곳에는 비가 오지 않은 것 같다. 모든 것이 말라붙고 열기를 품었다. 나는 반은 녹은 채 뱀처럼 뻗어 있는 아스팔트길을 따라간다. 어쩌면 차를 세울 수 있을지 모른다. 길은 아름다운 풍경을 따라 니스를 향해 구불구불 내려간다. 그리고 합류하는 강줄기처럼 곧 더 큰 도로와 이어진다. 나는 도로 한가운데를 벗어날 생각을 않고 도시를 목표로 계속해서 길을 따라간다. 그곳에 친구들이 있다. 돈을 조금 빌릴 수 있을 것이고, 다음 일에 대해 생각해 볼 수 있다. 분명히 그렇게 할 수 있을 것이다. 나는 경찰서에 가야 한다고는 생각지 않는다. 집에 돌아갈 수 있을까? 분명 사복 경찰들이 기다리고 있을 것이다. 그들이 만일 나를 체포한다면, 내게는 당혹스럽고 그들에게는 이상한 지금까지의 일들을 이야기하며 나를 정당화해야 한다. 누가 그 여자를 죽였을까? 그들은 호송차의 파편을 발견했을까? 경찰은 나를 어디로 데려가던 길이었을까? 근력이 시원찮은 운전사가 차를 안드로메다 궤도에 올려놓기 직전에, 옆에 앉은 짭새는 "넌 일을 저질렀어"라고 말했다. 만일 내가 그랬다 해도, 나는 오늘이 무슨 요일인지 더 이상 기억하지 못한다. 결혼식은 토요일 저녁에 있었다. 그러면 오늘은 화요일일 것이다. 여느 때 같으면, 지금은 바뇰레[파리 동쪽 끝에 위치한 지역]에 있는 BMW 대리점의 희끄무레한 조명등 아래에서 흰 와이셔츠에 어두운 넥타이와 정장을 입은 채 일을 하고 있어야 한다. 나는 쇼윈도에서 반짝반짝 빛을 내며 가지런히 정렬되어 있는 오토바이들을 떠올린다. 나는 그럴만한 돈이 없는 사람들에게 외상으로 매우 비싼 기계를 파는 일을 한다. 이웃의 호주머니를 터는 일이지만 밥벌이를 해야 한다. 그렇지만 나는 내 일을 좋아하고, 사람들에게 즐거움을 준다. 정확하게 말한다면, 비싼 대가를 받고 즐거움을 판다고 할 수 있다. 나는 말하는 것을 좋아한다. 상점에 찾아오는 오토바이족들은 내가 기계의 장점에 대해 떠벌리면 열정적인 태도로 얘기를 듣는다. 오토바이는 그들에게 기쁨을 준다. 나는 공들여 만든 기계 앞에서 행복한 꿈을 꾸기 위해 찾아오는 사람들을 만난다. 종종 그들이 오토바이를 끌고 떠나게 하기 위해서는 매우 힘든 수고를 해야 한다. 그러기 위해서는 오토바이에 정통해야 한다. 나는 상상력이 결핍된 공기업 간부 같은 사람들이 면허증이 있다는 이유로 타고 다니는 그 털털거리는 낡은 기계가 아니라 500cc 이상의 것들을 판다[일반적으로 스쿠터는 50-200cc 정도이다. 따라서 500cc 이상이면 배기량이 큰 오토바이에 속한다. 현재 최대 배기량의 오토바이는 2,300cc 정도의 경주용 오토바이다]. 그 관리들은 매달 SMIC[프랑스의 최저 임금제]의 열두 배가 넘는 돈을 벌면서도 개조한 19마력[약 150cc]짜리 오토바이에 앉아 뻰질나게 돌아다닌다. 아니, 진정한 오토바이라고 한다면 원하는 기름의 종류에 따라 실린더를 두 개나 세 개, 혹은 네 개를 갖추고, 배기량은 1리터 정도는 되어야 한다. 나는 기억할 수 있는 데까지 생각해 본다. 나는 항상 바퀴 위에서 살아왔다. 짐받이가 있던 노란색 세발자전거, 작은 바퀴들이 달렸던 빨간색 두발 자전거, 마뉘프랑스[유명한 프랑스 사이클 제조 회사 이름이자 상표명]처럼 매우 빨랐던 푸른색 자전거. 이미 열세 살 때 중고 카디 모토베칸[프랑스 모토베칸 사에서 만든 오토바이의 한 모델. 일반적으로 배기량이 100-175cc에 이른다. 아름다운 색에 우아한 형체를 하고 있어 인기가 많다]에 30유로를 투자했고, 이어서 불과 몇 달 후에 103 MVL[프랑스 푸조 사에서 만든 소형 오토바이]를 위해 모토베칸을 버렸다. 나의 광기가 시작되었다. 실린더 라이너에 줄질을 하거나 트랜스퍼에 구멍을 내면서, 혹은 배기 파이프에 광을 내면서 밤을 지새우곤 했다. 그리고 곧 이런저런 액세서리와 부품들을 모으는 데 온 시간을 바쳤다. 델 오르토 기화기, 밸브 박스, 이완기. 그리고 이때부터 이전의 모든 신념을 버리고 폴리니[경주용 자동차와 오토바이의 실린더 및 그 밖의 부품들을 생산하는 이탈리아 업체]와 말로시 [폴리니와 마찬가지로 경주용 실린더를 생산하는 이탈리아 회사. 폴리니와 라이

별 관계에 있다]를 쾌락의 신들처럼 경배하기 시작했다. 스피드의 악마들이 나를 사로잡았다. 성인인 스무 살이 되면서 일을 할 수 있게 되었고, 따라서 돈을 벌 수 있게 되었다. 이때부터 운전면허를 취득해서 대형 오토바이들을 탔다. 이 당시 나의 즐거움은 세 글자, 즉 ZZR, ZXR, GSX(R 혹은 F), YZF, GPZ, CBR, RSV, VTR, VFR, ZRX[모두 배기량이 큰 오토바이 모델명들이다]로 요약된다. 이것들은 각각 다른 방식으로 사고를 일으켰고, 각각 다른 방식으로 가슴을 뛰게 했다. 이상하고 생소한 어휘들을 더 열거할 수 있지만, 그것은 오토바이의 샹폴리옹[1790-1832, 프랑스의 이집트 고문서 해독 학자. '이집트학의 아버지'로 불린다]들만 알아들을 수 있다. 그렇게 시작된 내 생활은 BMW 세 글자에서 멈춘다. 기호 때문이라기보다는 우연 때문에. 그렇게 나는 BMW를 내 직업으로 선택했다.

이렇게 생각에 잠겨 길을 걸어가는 동안, 어느새 내 앞에는 10기통 12,000cc의 대형 볼보 세미 트레일러가 한 대 서 있다. 강철로 만들어진 산이 요란한 엔진 소리와 수증기 내뿜는 소리를 내며 내 앞을 막고 있다. 피스톤이 작동하는 강철 심장으로부터 둔중하고 깊은 소리가 내 가슴에까지 울린다. 나는 잠시 갓길에 멈추어 선다. 그리고 지상으로부터 3m 높이에서 작은 감시탑처럼 서 있는 운전실로 들어가기 위해 작은 사다리 층계를 오른다. 문을 연다. 아무렇게나 면도를 한 매우 야윈 작은 사내가 운전석에 앉아 있다. 머리는 스포츠 형으로 짧게 잘랐고, 입에는 쌈지 담배꽁초를 물었다. 적어도 30대. 페달에서부터 백미러까지 사정이 많이 나아졌기 때문에 장거리 트럭 운전자들은 더 이상 예전처럼 강한 사내들이 아니다. 그래도 이 운전자는 자신의 지상낙원 내부에 개인적이고 지방색 섞인 분위기를 만들어 낼 줄 아는 것 같다. 마르셀[컬 스타일로 유명한 프랑스의 헤어드레서] 식으로 컬을 하고 챙이 위로 접힌 폴 리샤르[프랑스 모자 회사의 상표명] 모자를 쓴 사내는 폴로 89라고 쓰인 등록 번호판 뒤쪽에서 이상한 표정으로 나를 쳐다본다. 심지어 뚫어지게 나를 바라본다. 순간 나는 그의 밤색 눈동자에서 공포의 빛이 지나가는 걸 본다. 나는 그가 나를 못 알아보았기를 바란다. 그들은 분명 내 얼굴을 모든 지방 신문들의 1면에 실었을 것이다. 간이침대 위에는 트럭 운전자용의 커다란 캘린더가 걸려 있는데, 거기에 여자 나체 사진이 덕지덕지 붙어 있다. 나는 안심한다. 이런 친구는 신문을 볼 사람이 아니다. 나는 잠시 앉아 통풍 장치가 잘된 실내 공간을 즐긴다. 그러고는 사내를 향해 돌아본다.

"이곳에서 멈추시다니 천만다행입니다. 제 차가 벼랑길에서 고장 났거든요. 저를 시내까지 태워 주시면 매우 고맙겠습니다."

"음… 예. 그런데, 고속도로로 진입하는 톨게이트에서 내려 드려야 하겠는데요. 니스에는 들어갈 수 없습니다. 금지됐습니다. 길을 잃으셨나요?"

"아니요, 차가 고장 났습니다. 친구를 찾아 차를 고치려고 합니다. 점화 장치에 문제가 있는 것 같습니다."

사내는 나를 오래전부터 알고 있기라도 한 것처럼 주의 깊게 쳐다본다. 그는 내가 즉석에서 만들어 낸 거짓말을 믿는 것 같지는 않다. 그는 대형 엔진에 시동을 걸면서 나를 은밀히 계속 감시한다. 흘끔흘끔 시선을 던진다. 나는 아무것도 못 본 척한다. 그가 다시 말한다.

"운전을 하시나요?"

"예, 다들 운전을 하죠."

"아, 제가 말하고 싶은 것은… 면허증을 갖고 계신지?"

"아, 예."

그는 자기가 애지중지 하는 차가 흔들릴 만큼 억제할 수 없는 웃음을 터뜨린다. 그러고는 숨을 몰아쉬고 나서 또박또박 다시 말한다.

"아, 이런 일이, 이런 일이 내게 일어나다니. 살다보니 별 걸 다 경험하는군. 나사에서 기술자로도 일한다고 말하시겠네요, 예? 차고에 있는 내 친구들은 절대 믿지 않을 걸. 아, 이런 일이. 잠깐, 잠깐."

그는 앞을 응시한 채 한 손으로 운전을 하면서 다른 한 손으로 조수석에 있는 서랍을 열고 그 속을 신경질적으로 뒤진다. 자동차 한 대가 클랙슨을 울리며 우리를 추월한다. 그가 1회용 카메라를 꺼내더니 나를 향해 조준한다. 그러고는 파인더에 눈을 대지도 않고 셔터를 누른다. 그런 그가 나를 초조하게 한다.

"당장에 그만두시죠. 저는 당신에게 사진을 찍으라고 한 적이 없습니다. 당신이 무슨 권한으로 그러는 거죠? 그러시겠다면 이곳에서 나를 내려 주시죠, 걸어서 갈 수 있습니다."

"아, 진정해요, 친구. 웃자고 하는 겁니다. 정말 셔츠가 멋져

서요. 그 차림으로 그 먼 데를 가시려구요?"

이 말을 내뱉고 나서 바보는 다시 곱추처럼 마구 웃어댄다. 할 수 없다. 길 위에는 항상 미친놈이 있기 마련이다. 나는 단호한 모습을 보이려고 노력한다.

"제가 가려는 곳에서 사람들이 기다리고 있습니다. 그리고 저는 제 차를 수리해야 합니다."

"아, 예, 아, 예, 그렇죠."

나는 포기한다. 침묵이 이어진다. 우리들 몸은 천천히 흔들린다. 그는 고인 눈물을 손등으로 훔친다. 서로 아무 말도 하지 않는다. 차는 오랫동안 국도를 달린다. 차들이 매우 많은 이 길을 따라가면 지름길로 진입하는 램프에 닿을 수 있다. 나는 사내가 프로의 정연하고 능숙한 솜씨로 기어를 올리는 것을 바라본다. 몇 킬로미터를 더 달린 뒤 그는 갓길에 차를 세운다.

"자, 친구, 도착했어요. 피차 조금 전의 일은 잊자구요, 예? 가드레일을 넘어 비탈을 내려가면 시에 닿을 수 있습니다. 잠깐, 잠깐."

그는 더 이상 웃지 않는다. 그의 얼굴이 진지해진다. 사내는 나를 한 번 더 쳐다보더니 잠시 내 눈동자를 응시한다. 그러고 나서는 빨리 시선을 돌린다. 팔을 뻗어 계기판 위의 선글라스를 집는다.

"시에 갈 생각이라면 적어도 이걸 쓰는 게 안전할 거요."

"왜죠?"

"셔츠에 잘 어울릴 겁니다. 저도 한때 감방에 들어간 적이 있죠. 원한다면 그걸 잘라드리지."

그는 내 손목에 매달려 있는 수갑을 가리킨다. 사실 내게서 보이는 것은 그것밖에 없다. 나는 백 미터도 못 가서 체포될 것이다. 그는 트럭에서 내린다. 그리고 잠시 후 커다란 절단기를 들고 나타난다. 그러고는 말없이 저주받을 쇠줄을 자른다. 살이 깊이 패었음에도 불구하고 나는 수갑을 오랫동안 잊고 있었다. 사내는 고개를 끄덕이면서 일이 끝났다는 것을 알린다. 나는 수갑을 좌석에 내던진 뒤 한마디 감사의 말이나 인사말도 없이 트럭에서 내린다. 그는 나를 알아보았다. 틀림없다. 그러나 그가 당국에 알릴 거라고는 생각지 않는다. 그렇지 않다면 나를 도와주었을 리 없다. 그런데 이 바보는 차에 편승한 사람은 누구든지 사진으로 찍어두는 걸까? 나는 그가 먼지와 함께 검은 디젤 연기를 거대한 구름처럼 일으키며 다시 출발하는 것을 바라본다. 차는 이제 다른 도로에서 기계의 요란한 심포니를 연주하기 위해 천천히 멀어진다. 선글라스를 손바닥 위에 올려놓고 무게를 잰다. 한순간 그것을 고속도로 바닥에 널려 있는 쓰레기들 사이로 던져 버릴 생각을 한다. 그러나 나는 결국 그것을 코에 걸쳐 쓴다. 그의 말대로 안전에 도움이 될지 모른다. 다만 내가 우스꽝스런 모습이 되지 않기를. 이것은 확인해 봐야 한다. 조금 있으면, 정신병자와 장애인을 만나며 시간을 보낸 지 삼일이 된다. 휴식, 마실 것, 먹을 것이 필요하다. 그리고 정상적으로 대화를 나눌 수 있는 사람들이 필요하다. 나는 비닐봉지와 캔들로 가득한 비탈을 재빨리 내려가 가드레일을 건넌다. 그리고 한길로 나아간다.

III

국민당이 정권을 잡기 전, 니스는 중성자 폭탄과 같은 곳이었다. 즉, 니스는 언제나 사람들이 아무렇게나 되는 대로 투표를 하는 곳이었다. 그래서 신문의 부동산 난에 영국인 산책로[니스의 해안가를 따라 나 있는 세계적 관광 도로]에서 재래식 폭탄이 터졌다는 소식이 실린다 해도 아무도 놀라지 않을 것이다. 그런데 해안을 따라 펼쳐진 이 8차선 도로가 그런 명성을 얻은 건 어찌된 일일까? 솔직히 말해 보자. 그건 이해할 수 없는 일이다. 히프를 아프게 하는 자갈들. 새까맣게 탄 노인들은 앙상한 다리를 끌며 방추형의 자세로 걸어 다닌다. 그리고 건장하고 귀티 나는 젊은이들이 사이클 선수용 팬티를 입은 채 스케이트보드를 타고 돌아다닌다. 또한 거리에서 위에는 수영복만 입은 채 롤러스케이트를 타고 돌아다니며 몸매를 자랑하는 처녀들. 그리고 차를 몰고 다니는 허풍쟁이들. 호텔들은 고급스럽다지만, 말뿐이다. 그래서 시니컬한 사람들은 니스를 모나코의 복제품이라고 말한다[유럽의 도시 국가이자 카지노와 유흥 도시로 유명한 모나코 공국은 니스에서 불과 11km밖에 떨어져 있지 않다. 모나코는 19

세기 중반에 공식적으로 국가의 지위를 부여받았지만, 지금도 프랑스의 강한 영향력 아래 있다. 역사적으로나 지리적으로 비슷한 환경에 있기 때문에 모나코와 니스는 많은 문화를 공유한다. 모나코는 현재 군주제 국가인데, 그래서 아래에서 모나코 왕의 부패 사건에 대한 언급이 나온다]. 그래도 공국이 합병되고 파리의 규정을 따르면서 문제는 부분적으로 해결되었다. 공국에 낙하산이 몇 번 투하되고, 공국이 유엔의 감시 하에 들어가면서 군주들은 회계 부정, 무기 밀매, 뇌물 수수, 도박법 위반, 풍기 문란, 특혜 관세 적용 거부, 프랑스에서 유입된 자금의 횡령죄로 재판을 받았다. 그들의 재산은 몰수되었고, 왕족들은 교육적인 차원에서 생-피에르-에-미클롱[캐나다 동쪽에 있는 프랑스령 군도. 주민들은 농업과 어업으로 살아간다. 프랑스가 영국과의 다툼 끝에 1816년에 획득한 땅]으로 보내졌다. 군대가 니스를 청소하기 시작했고, 돈다발이 든 가방은 뒷골목에서 사라졌다. 시곗줄을 차고 다니거나 가문家紋의 문장이 새겨진 반지를 끼고 다니는 것 같은 유행은 사라졌다. 중견급 지도자들은 가죽 외투를 벗고 위엄 있는 태도를 내던졌다. 그러고는 선글라스를 쓰고 살을 태웠다. 돈은 도시와 그 인근 지역에서 빠져나갔고, 조폭들도 보다 조심하고 활력을 잃었다. 도시는 견딜 만한 곳이 되었다. 어떤 사람들은 700년이 넘는 왕조의 후예들을 어떻게 그렇게 다룰 수 있냐면서 눈물을 흘렸다. 다른 사람들은 그들이 그래도 호의적인 대우를 받아 아델리 땅[남극에서 호주 쪽으로 있는 프랑스령]에서의 강제 노동을 벗어난 게 특혜라며 반박했다.

나는 사람들 눈에 띄지 않게 조심하며 과거의 도시 니스를 가로지른다. 도시는 감자튀김과 선탠용 화장품 냄새를 풍기는 관광객들로 들끓고 있지만, 이곳으로 부동산 개발업자들 — 이들은 대부분 졸부이거나 러시아 마피아이다 — 이 몰려오기 전부터 살았던 사람들에 의해 생겨난 부드러운 파스텔 같은 분위기를 아직도 간직하고 있다. 그렇게 외부의 영향을 전혀 느낄 수 없는 포석 깔린 작은 골목길들을 걸으며 나는 다시 고요한 매력을 발견한다. 한낮인 이 시각에 쓰레기통에서 나는 고약한 냄새, 부엌에서 조용하지만 부산하게 움직이는 소리, 막다른 골목 끝의 그늘, 그리고 나병 환자의 피부처럼 포스터가 덕지덕지 붙어 있는 벽. 나는 지금 말로 설명하기 힘든 순수한 냄새를 따라 바다를 향해 산책하듯 걸어간다. 나는 옷 때문에 관광객들 사이에서 눈에 띄지 않는다는 것을 안다. 분명히 신문에서 사진을 보았을 사람들도 나를 의심하지 않을 것이다. 그래서 정글 속 코만도들의 복장보다는 이 상의가 낫다. 나는 신문 1면에 '살인자' 라는 커다란 글씨 아래 지면의 가는 점선들이 보일 정도로 그로테스크하게 확대되어 실렸을 흑백 사진을 완벽하게 상상할 수 있다. 다른 사진들이 그렇듯이, 그것도 짙고 검은 눈을 한 갈색 피부의 사내 얼굴을 보여 주고 있을 것이다. 아마도 나만이 사진 속의 얼굴을 알아보지 못하는 유일한 사람이겠지. 나는 사진이 모든 경찰서에, 공항에, 세관 공무원의 자동차에, 택시에, 그리고 버스 정류장에 붙어 있는 것도 상상할 수 있다. 인터넷에도 뿌려졌겠지. 어쩌면 지금 나의 옛 바캉스 사진 필름들이 선정적인 잡지사에 팔리고 있을지도 모른다. 그렇게까지 깊게 상상하지는 말 것. 이젠 걸음을 재촉해야 한다.

구 시청 앞을 지난다. 어디나 마찬가지로 현판에서 '시장' 이라는 글자는 사라지고 대신 '위정자' 라는 글자가 새겨져 있다. 자세히 보면 지금의 글씨 아래에서 옛 글씨의 흔적을 알아볼 수 있을 것이다. 그런데 지난 공화국의 표어 역시 지워져 있지만 다른 글로 대체되지는 않았다. 현관 위에 국민당 기가 국기와 함께 나란히 걸려 있다. 나는 한순간 가슴이 아프다. 두 깃발 모두 혐오스러울 정도로 불결하다. 나는 돌아서서 걷는다. 그렇게 더러워진 깃발들을 본 것 때문에 다소 우울하다. 그것들을 위해 우리는 오랫동안 싸웠다. 마침내 나는 햇빛이 내리쬐는 바닷가에 도착한다. 나는 심호흡을 한다. 그리고 끊임없이 비행기들이 날아다니는 만을 재빨리 둘러본다. 그 아래에는 상어들이 살고 있다고 한다. 나는 공항 쪽을 향해 걷는다. 저녁의 햇빛이 나를 계속 따라다닌다. 매순간 나는 롤러스케이트 마니아들에게 걸려 넘어지거나 경관들의 눈에 띄지 않도록 조심한다. 나는 경관 몇 명이 자신들이 쳐놓은 덫에 걸려든 운전자들에게 딱지를 떼느라고 도로 위에서 매우 분주하게 움직이는 것을 본다. 운전자들은 재수 없이 거미줄에 걸려들었다. 국민당의 '국민부대' 경관들은 이전보다 크고 어두운 색상의 새 유니폼을 입었다. 어깨는 몇 겹으로 단을 댔고 허리는 매우 인상적인 수많은 액세서리들로 치장을 했다. 리볼버 권총, 전기 곤봉, 일반 곤봉, 진압용 폭탄, 수갑, 워키토키, 마스터 키, 토치형 손전등, 스위스 군용 칼, 딱지철, 호루라기, 지도, 그리고 (그것도 4가지 색의) 볼펜. 그러나 이런 사도마조히즘적인 휘황찬란한 액세서리들에도 불구하고, 경관들은 운전자들과 별로 즐거운 것 같지 않다. 나는 목을 축이기 위해 분수에서 잠시 멈춘다. 선글라스를 벗고 물릴 정도로 물을 마신다. 시원하고 맛있다. 흰 털에 눈 주위가 검은 작은 잡종 개 한 마리가 나를 쳐다본다. 용감한 놈. 그것은 우두커니 나를 쳐다보더니 곧이어 작은 소리로 끙끙댄다. 나는 물마시기를 중단하고 갑자기 몸을 일으킨다. 개는 찢어지는 울음소리를 내며 해변 쪽으로 도망친다. 나는 서둘러 안경을 쓴다. 당황하긴 했지만 아무 일도 없었다는 듯 떠난다. 그 똥개가 무엇을 보았지? 나는 거의 쳐다보지도 않았다. 나는 계속 나 자신에게 대답할 수 없는 우울한 질문들을 하며 길을 걷는다. 그러나 결국에는 내가 죄책감을 느낄 필요는 없다는 결론에 이른다. 만일 내가 그 개를 도망치게 했다면, 그것은 내가 아이들에게 겁 주는 것을 매우 좋아했기 때문이다. 한때 나는 식당에서 아이들에게 살인마의 무시무시한 표정을 지어보이는 데 선수였다. 아이들은 난쟁이처럼 테이블 사이로 요란하게 뛰어다니며 조용히 식사하는 것을 방해한다. 공공 생활에 재앙이 되는 이런 무리를 조용하게 만드는 데에는 한 가지 방법밖에 없다. 먼저 우두머리를 알아낸 다음 그 아이가 다른 곳을 쳐다보지 못하도록 정면으로 응시한다. 그리고 "나는 너와 네 엄마, 아빠를 잡아 먹을 것이다"라고 말하는 듯한 표정을 짓는다. 그러고는 정말 그러기라도 하듯 눈을 돌려 식탁 위의 고기를 한 점 집어 천천히 맛을 음미한다. 식후 디저트가 끝날 때까지 아이들을 정말 조용하게 있도록 하기 위해 주저하지 않고 고기를 한 번 더 삼키는 동작을 한다. 조금씩 방법상의 차이가 있더라도 이런 식으로 하면 기차에서도 잘 통한다. 언제나 아이들은 나를 성가시게 한다.

나는 곧 모자이크처럼 건물을 장식한 에나멜 빛 건물을 알아본다. 다음 신호등에서 오른쪽으로 들어간 뒤 사거리를 지나 왼쪽으로 급커브 길을 올라가면 된다. 그 뒤 오른쪽 골목 첫 번째 집이다. 매우 모던하고 예쁘게 생긴 집에서 셀리아와 라시드가 산다. 그들에게 아쉬운 것이 있다면 1층에 산다는 것이다. 그러나 지금 내겐 다행이다. 측백나무 울타리 바로 너머에서 그들은 여느 때처럼 햇빛을 쬐며 쉬고 있을 것이다. 그 울타리 같지 않은 울타리만 지나치면 샤워를 하고 식사를 할 수 있다. 때마침 초록 울타리 너머로 식기들이 부딪치고 낮은 목소리로 대화하는 소리가 들린다. 나는 작은 목소리로 셀리아와 라시드를 부른다. 아무 대답이 없다. 나는 울타리 가지들 사이로 얼굴을 내민다. 50대 정도 되는 한 남자와 여자가 하얀 플라스틱 테이블에 앉아 차를 마시고 있다. 그들은 목욕 가운과 수영복 차림새다. 여자가 나를 알아보더니 크게 소리를 지르며 손에서 찻잔을 떨어트린다. 여자의 다리에 뜨거운 물을 쏟아 부은 찻잔이 바닥으로 떨어져 깨지면서 큰 소리를 낸다. 수증기 때문에 목이 막힌 듯 여자가 기침을 한다. 남자는 나를 향해 몸을 돌리고는 테이블 위에 버터용 칼을 내려놓는다. 나는 선수 친다.

"아, 매우 놀라게 해서 정말 죄송합니다. 저는 셀리아 뮈뉘에라의 친구입니다. 이 집 주인이죠. 지금 집에 있나요?"

남자는 아무 대답도 하지 않고 일어선다. 여자는 물집이 생기고 피부가 갈라지는 다리를 믿을 수 없다는 듯 바라보며 낮은 신음소리를 낸다. 충격을 받은 사내는 여자와 나를 번갈아 바라본다.

"당신, 누구요? 뭘 원하는 거요? 당신이 한 짓을 보시오! 괜찮아, 여보?"

"아니요."

여자가 흐느낀다. 그녀는 바닥에 널린 날카로운 조각들 사이에서 발을 구른다. 뜨거운 물에 핏물이 섞인다.

나는 걸려든 순진한 봉에게 싸구려 물건을 파는 상인처럼 상냥한 미소를 지으며 다시 말한다.

"사장님, 사모님, 놀라게 해드려서 정말 죄송합니다. 그런데, 말씀드렸다시피, 집주인과 얘기를 하고 싶은데요, 뭐뉘에라 부인이라고… 제 친한 친구입니다…."

"아니, 내가 이 집 주인이오. 식민성植民省으로부터 이 집을 할당받은 게 벌써 몇 년 전이오. 도대체 뭘 원하는 거요. 가시오, 그렇지 않으면 경찰을 부르겠소. 이건 가택 침입이오, 당장 사라지시오! 당신 일에는 관심 없소. 마지막 경고요!"

분노한 남자는 얼굴이 붉어진다. 그는 말 한마디 한마디를 확실히 끊으며 강하게 발음한다. 나는 사내의 목소리, 밋밋한 가슴에 난 회색 털, 그리고 가운의 무늬로 그가 조기 퇴직한 하급 군 지휘관이 틀림없다고 생각한다. 여자는 의자에 털썩 주저앉는다. 그러고는 고통스러운 듯 말을 끊어 가며 남편에게 말한다.

“어떻게 좀 해봐요, 피에르-장.”

“괜찮아, 마리-세실.”

나는 계속해서 말한다.

“들어보세요, 이건 있을 수 없는 일입니다. 저는 지난 5월에도 주인 내외를 보러 왔었는데요. 라시드 베나브데라만과 셀리아 뮈뉘에라 부부입니다. 이해할 수 없는데요.”

“이해하지 못하는 건 당신이 미쳤기 때문이오. 가시오. 난 당신이 누군지 모르오. 내 집사람에게 한 짓을 보시오. 경찰에 전화해서 당신을 체포하도록 하겠소.”

나는 후퇴하는 것이 현명하다고 판단한다. 그가 방금 아주 작은 휴대폰을 꺼내 숫자 두 개를 눌렀기 때문이다. 나는 물러선다. 그때 선글라스가 가지에 걸려 자동차의 싸구려 방향제처럼 대롱대롱 매달린다. 여자가 울음을 그치고 공포에 질린 비명을 지른다. 화가 나 발갛게 달아올랐던 사내의 얼굴이 순식간에 창백해진다. 사내는 전화기를 쥐고 있던 손을 천천히 아래로 내린다.

“아니, 이럴 수가, 당에서는 이미 끝난 일이라고 말했는데, 너희들은 더 이상 프랑스에 없다고 했는데. 우리에게 무슨 짓을 하려는 거지? 우리에게 뭘 원하는 거야?”

“오, 하느님. 피에르-장, 이런 일이. 도와주세요. 어떻게 좀 해봐요. 내쫓으세요.”

나는 매달려 있는 선글라스를 집어 서둘러 도망친다. 나는 있는 힘껏 도망치는 와중에도 발코니를 잘못 본 것은 아니라는 걸 확인한다. 그렇다, 주소도 맞고, 테라스도 그 테라스다.

집을 할당받았다고? 몇 년 전에? 나는 아무것도 이해할 수 없다. 상황이 혼란스럽다. 나는 얼마 떨어지지 않은 곳에 있는 벤치에 앉는다. 커다란 야자수가 시원한 그림자를 드리운다. 배고프다. 돈이 필요하다. 전체적으로 상황이 복잡해졌다. 사내에게 셀리아의 새 주소를 아는지 물어 봤어야 했다. 그렇다고 다시 돌아갈 수는 없다. 셀리아가 몇 년 전에 떠났다고? 불가능한 일이다. 나는 어떤 냄새를 맡는다. 경찰이 나를 붙잡기 위해 수작을 꾸미고 있다. 그런데 조금은 조잡하다. 그들은 그렇게 프로는 아닌 것 같다. 아니, 그럴 법도 하다. 여자가 다기를 떨어트린 게 나를 살린 것일 수도 있다. 차분해지자. 우선 무언가 먹고, 돈을 구해야 한다. 경관의 결혼반지를 장물아비에게 팔 수 있겠지. 아니면 보석 가게에라도. 그런데 나는 이 도시에 아는 곳이 전혀 없다. 어떤 일을 당할지 모른다. 강도짓을 당할 수도 있다. 어떤 일이 일어날지는 신만이 안다(하긴 이건 신이 존재할 때의 얘기다). 경찰이 나를 찾고 있다. 가장 현명한 해결책은 금을 구입하는 보석 가게를 찾는 것이다. 강력한 군대의 도착을 알리는 전령처럼 위에서 길게 꼬르륵거리는 소리가 난다. 어쨌든 가게들이 아직 문을 닫지 않았기를[소설에서 지금은 늦은 오후 시간이다. 늦게까지 상점 문을 여는 우리나라와는 달리 프랑스에서는 오후 여섯 시 정도면 가게들이 문을 닫는다].

나는 떠나기 위해 다시 일어선다. 그 순간, 예고도 없이 경찰밴 세 대가 사이렌 소리를 크게 울리며 갑자기 나타난다. 나는 벤치 뒤로 재빨리 숨는다. 밴들은 돌풍처럼 내 앞을 지나 곧바로 그 집까지 올라간다. 그것들이 지나가자 비둘기와 더러운 기름때가 묻은 종이들이 날아오른다. 벤치의 가는 나무 판자들 사이로 광경을 모두 볼 수 있다. 아니, 도로의 커브와 요철들 때문에 크게 착각했다. 그래도 여전히 측백나무 울타리가 보인다. 한 분대의 경관들이 최첨단의 밴에서 내린다. 모두 곤봉과 끝에 가죽이 달린 기다란 진압봉을 들었다. 길에 돌아다니는 개를 처리하는 인부들 같다. 나는 지체하지 않고 그들이 온 곳과 반대 방향으로 달리기 시작한다. 이제부터 조심해야 한다. 무엇보다 옷을 바꿔 입어야 한다. 나는 잠시 사람들 사이를 돌아다닌 뒤 산책하는 사람들 무리에 섞이려고 노력한다. 나는 큰길에서 금과 보석을 매입한다는 요란한 문구를 진열창에 써 붙인 보석 가게를 발견한다. 나는 선글라스를 쓴 채 안으로 들어간다. 내가 문을 채 닫기도 전에 주인과 두 여급이 경멸감과 혐오감이 섞인 시선으로 나를 아래위로 훑어본다. 내가 그들 고객의 평균 수준에 못 미치는 것 같다. 상관없다. 나는 앞으로 나아간다. 주인은 이야기를 나누고 있던 금발 가발의 여자에게 양해를 구한 뒤 금으로 반짝반짝 빛나는 진열대를 돌아 나와 공손하게 내 앞길을 가로막는다. 검고 몸에 꽉 끼는 제3공화정 시대[1870년부터 1940년까지의 프랑스 정치 체제]의 양복을 입은 주인 남자는 작은 키에 대머리다. 그는 불안감과 경멸 그리고 단호함이 섞인 말투로 내게 말을 건넨다.

"안녕하세요, 손님. 무슨 도와드릴 일이라도?"

"예. 금을 팔려고 합니다."

"어느 정도나?"

"가격을 보고 결정하죠."

"아 예, 알겠습니다. 잠시 앉으시죠. 발레리, 미안하지만 잠시 부인과 함께 있어 주겠어요?"

발레리는 가소롭게 젠체하는 중년 부인 곁으로 총총걸음으로 다가간다. 부인은 지금 자신의 미적 감각을 적절하게 표현할 수 있는 기회를 놓칠까봐 안달이 나 있다. 나는 편안하게 보이는 검은 가죽 소파를 보고 거기에 털썩 주저앉는다. 엉덩이가 가죽 표면 위에서 미끄러지면서 커다란 방귀 소리가 난다. 잠시 거북한 침묵이 흐른다. 나는 계속 말한다.

"말씀을 드리자면, 이곳처럼 전문적으로 금을 구입하는 상점들을 차례로 둘러보고 있습니다. 아시겠지만, 비교를 하고 있는 거죠. 예를 들어, 이런 것 하나에 얼마를 주실 수 있나요? 가격이 적절하다고 생각되면 차후에 더 좋은 것으로 대량으로 거래할 수 있습니다."

나는 이렇게 말하며 엄지에서 반지를 빼내 남자에게 내민다. 그는 반지를 집고 한참 바라본 뒤 나를 또 한참 바라본다. 이어서 한쪽 눈에 렌즈를 끼고 반지를 이리저리 돌려본다.

"'로베르와 비비안, 영원히.' 반지 안쪽에 글자가 새겨져 있군요. 이 반지가 어디서 났는지는 알고 싶지 않습니다만, 증인證印 표시가 확실하게 남아 있군요. 자, 제 생각은 이렇습니다. 반지 출처가 매우 의심스럽긴 하지만, 제대로 금값을 쳐서 40유로에 사겠습니다. 손님께 유리하도록 우수리도 없앴습니다. 하실 말씀이라도 있으신가요?"

"아니요, 40유로면 좋습니다."

사내는 카운터로 가 서랍에서 지폐 네 장을 꺼내 내게 내민다. 나는 마음속으로 로베르와 그의 두꺼운 팔에 감사한다. 또한 로베르의 미망인에게도. 그녀는 지금 분명 슬픔으로 가슴이 무너져 내리고 있겠지. 그리고 자기를 꼭 껴안아 주던 그 크고 털이 많이 난 팔을 그리워하고 있겠지. 언젠가 영원을 위해 손수 반지를 끼워 준 그 굵은 손가락도. 나는 반지를 팔아치운 다음, 나가자마자 첫 번째 가게에서 빵을 사먹을 것이다. 나는 인사말도, 이후의 대량 거래에 대한 언질도 한마디 없이 가게를 나선다. 배가 고프다. 그리스 샌드위치를 파는 매점이 맨 먼저 눈에 띈다. 나는 초라한 공원 한쪽에 웅크리고 앉아 싸구려 인스턴트를 마구 삼킨다. 짠맛으로 얼얼해진 입안을 가시기 위해 분수에서 물을 마신다. 젊은 남자가 맞은편 벤치에 앉아 있다. 나는 그가 작은 스푼을 불에 데우고, 팔에 주사바늘을 꽂는 것을 지켜본다. 남자는 매우 야위었고 눈동자는 죽었다. 팔에는 주사바늘 자국투성이다. 나는 떠나면서 그의 옆에 아무렇게나 놓여 있는 레몬 반 조각을 가져간다. 그는 나를 의식하지 못한다. 그는 먼 곳으로, 아주 먼 곳으로 떠났다. 나는 레몬을 먹는다. 레몬은 갈증을 가시게 하고 괴혈병을 예방한다. 광장을 나설 때 BMW 한 대가 지나간다. 처음 보는 모델이다. 좌석은 높이 설치된 반면 핸들은 매우 낮게 설치되었다. 핸들 앞부분이 작고 몸체는 회색 유선형이다. 양쪽 발판에 의해 기하학적으로 날렵하게 디자인되어 있는 건 언제나 마찬가지다. 그것은 아무 소리도 내지 않고 지나가는데, 뭔가 의심스럽기도 하고 실망스럽기도 하다. 코트 다쥐르[니스, 칸, 마르세유가 있는 프랑스 남부 지중해 연안]에는 저런 식으로밖에 튜닝을 할 줄 모르는 조잡한 취향의 친구들밖에 없다. 아니, 내가 상관할 바 아니다. 정말, 그런 게 문제가 아니다, 내게 필요한 건 사람들 눈에 덜 띄는 옷이다. 교차로에 막 일을 끝내려는 헌옷장수가 있다. 나는 그에게서 천으로 된 테니스화 한 켤레, 양말 몇 켤레, 1유로 52상팀짜리 베이지색 바지 한 벌, 얼룩무늬의 흰 폴로 상의 하나를 산다. 수영복은 사지 않는다. 너무 비싸다. 나는 구역질 나는 무늬의 하와이 풍 상의와 바지 그리고 발 가득 물집이 잡히게 만든 샌들을 팔고 싶은데, 헌옷장수는 거절한다. 그가 괘씸한 나는 챙이 달린 모자 하나를 훔친다. 하수도 입구에 구역질 나는 섬나라 옷들을 버린다. 이어서 나는 현실 세계와 접촉하기 위해 해수욕을 하기로 결정한다. 옷을 벗은 다음 선글라스를 쓴 채 물속에 들어가 오랫동안 태양을 응시한다. 눈을 깜빡거리지 않고 빛을 바라볼 수 있는 이 시각이면 태양은 세상에서 가장 경이로운 것이 된다. 시간이 조금 더 지나자 태양은 완벽하게 둥글고 찬란한 콤팩트디스크가 된다. 나는 그것이 주위를 붉게 물들이면서 자동차와 클랙슨 그리고 항공기의 소음들 속에서 언덕들 뒤로 천천히 사라지는 것을 바라본다. 나는 물 위에 떠서 하늘에 별들이 나타나고 해변에 인적이 완전히 끊기기를 기다린다. 이따금씩 경관들이 개를 데리고 지나간다. 나를 찾고 있다. 어둠이 짙어지고, 마침내 나는 물에서 나와 몸을 닦지 않고 — 하긴 몸을 닦을 수 있는 것도 없다 — 옷을 입는다. 준비가 되었다. 파리로 가야 한다. 집으로 돌아가야 한다. 아내를 만나야 한다. 이렇게 하는 것이 내게는 좋은 생각으로 보인다. 사태를 명확히 바라보기 위해

안전한 곳을 찾아야 한다. 지금 남아 있는 18유로와 동전 몇 개 가지고는 멀리 가지 못한다. 프레데릭을 만나 결혼식에 참석한 사람들의 리스트를 얻어야 한다. 그리고 골프장으로 돌아가 그날 저녁에 정확하게 무슨 일이 일어났는지를 알아야 한다. 나도 모르는 사이에 나는 길 위에 서 있다. 그리고 거리에는 사람들의 발길이 드물어지기 시작한다. 나밖에 없다면 붙잡힐 수 있다. 나는 기차역을 향해 빠른 걸음으로 걷는다. 내가 표값을 내리라고 생각하지 않기를.

나는 기차역을 쉽게 발견한다. 전략적으로 중요한 도심의 모든 곳들이 그렇듯, 역 주위에는 길 잃은 자들을 안전하게 인도하는 일군의 표지판들이 우후죽순 서 있다. 나는 초현대식으로 지은 건물 안으로 들어간다. 아직 마르지 않은 페인트 냄새로 목이 막힌다. 열차 시간표를 본다. 파리로 가는 기차는 2번 플랫폼에서 23시 38분에 떠나 10시 8분에 리옹 역['리옹'은 프랑스 중부의 도시 이름이지만, 여기서 언급되고 있는 리옹 역은 파리에 있는 기차역을 가리킨다]에 도착한다. 지금 11시 7분. 31분 남았다. 확인 끝, 몸만 움직이면 된다. 나는 대합실을 가로질러 플랫폼을 찾는다. 개찰기를 무시하고 선로를 따라 가능한 멀리 나아간다. 열차의 맨 앞 칸에 오를 것이다. 차량의 금속 발판에 발을 올리는 순간, 뒤에서 명령하는 듯한 소리가 울린다.

"이봐요, 아저씨. 잠시만 기다리시죠."

나는 돌아본다. 경관 다섯이 느리고 위협적인 걸음으로 다가온다. 한 줄로 늘어서서 대형을 갖춘다. 그들 옆에는 아주 덩치 큰 개 두 마리가 달려들 태세를 갖추며 으르렁거리고 있다. 가죽 끈이 달린 커다란 진압봉을 든 가장 가까이 있는 사내가 그것으로 내 목을 칠 자세를 취한다. 다른 한 사내는 전기 곤봉의 스위치를 올린다. 그 끝이 가로등의 오렌지 불빛 속에서 푸르스름하게 빛난다. 나는 순간 분노가 치밀어 오른다. 그러나 아무것도 생각하지 않고 차량들 사이로 뛰어든다. 그들은 소리를 지른다. 나는 차량 아래를 통과해 반대편으로 나온다. 그들은 나를 쫓는다. 나는 선로 위를 달린다. 정지하라는 외침이 들린다. 나는 소리에 신경 쓰지 않고 전력으로 내달린다. 그들이 발포한다. 총구에서 불이 뿜어져 나오는 것이 보인다. 총알들이 머리 위로 지나간다. 나는 소스라치게 놀란다. 나는 화물차들이 정차해 있는 곳을 향해 방향을 바꾼다. 그곳이 어둡다. 녹슨 쇠들의 미로인 그곳이 안전할 것이다. 그들은 계속해서 발포한다. 내 발 밑에서 빛을 반사하는 철로가 열을 지으며 지나간다. 나는 살기 위해 바람처럼 달린다. 내가 커브를 돌자 그들은 쏘는 것을 멈춘다. 나는 해변에 쓰러져 있는 고래들 같은 두 차량 사이를 지나간다. 그들은 나를 놓친 것 같다. 나는 망을 본 뒤 조금 걷는다. 어둠이 완전하게 깔린다. 내 뒤로 토치형 회중전등의 빛기둥이 이곳저곳 뒤지는 것이 보인다. 나는 막 나타난 달빛의 도움을 받아 사다리를 타고 기차의 지붕에 오른다. 그곳에서 석탄을 실은 칸으로 내려가 게처럼 몸을 숨긴다. 내 몰골이 볼만하겠지.

나는 경관들이 움직이는 소리에 귀 기울인다. 그들은 조용히 걷고 있다. 개들이 숨을 헐떡이며 이리저리 냄새를 맡더니 갑자기 매우 사납게 짖는다. 그것들은 매우 가까이 있다. 사다리에서 냄새를 맡은 것이 틀림없다. 그것들은 냄새를 더 따라 갈 수 없자 발을 구른다. 나는 차량의 진동으로 경관이 바로 옆 차량 지붕으로 올라왔다는 것을 알아챈다. 나는 움직이면 안 된다. 움직이지 않는 한 그들은 나를 찾을 수 없을 것이다. 조금 전부터 숨바꼭질이 시작되었다. 발견되지 않으려면 움직이지 않아야 한다. 지금 지붕 위로 두 개의 초록색 점이 흉칙한 두 마리 개똥벌레처럼 이동하고 있다. 나는 너무 놀라 얼어붙는다. 그들은 적외선 쌍안경으로 질서정연하게 나를 찾고 있다. 그러나 경관은 내가 있는 쪽은 잊어버리고, 잠시 뒤 사라진다. 조금 뒤 그가 사다리를 내려가는 소리가 들린다. 한 번 더 이겼다. 숨바꼭질과 똑같다. 전혀 새로운 것은 없다. 나는 발자국 소리가 더 이상 들리지 않기를 기다린다. 그리고 한동안 더 기다린다. 이어서 기차 지붕에서 매우 조심스럽게 내려가 역을 향해 뱀처럼 움직여 간다. 차량들 아래를 지난 뒤 전신주에서 전신주로 빠르게 달려간다. 그리고 어둠에서 어둠으로, 침목들이 쌓인 곳에서 배전함으로 뛰어간다. 가끔씩 오랫동안 멈추어 서서 아무도 없는 철로를 바라본다. 기차에 오르기 위해 꾸준하게 조금씩 플랫폼으로 접근한다. 더 이상 경관들의 흔적은 없다. 나는 첫 번째 차량에 거의 이르렀다. 삼십 미터, 이십 미터. 작은 콘크리트 벽 뒤에 웅크리고 앉아 잠시 호흡을 가라앉힌다. 마지막 스프린트를 위해 일어서는 순간 내 앞에 개들이 나타난다. 나는 그것들을 잊었지만 그것들은 나를 잊지 않고 있었다.

그것들은 내게서 3미터도 채 떨어져 있지 않다. 그것들은 땅

바닥에 드리워진 가로등의 동그란 불빛 원 안에서 이리저리 움직이며 원을 그린다. 나는 어떻게 아무 소리도 듣지 않고 그것들에게 이렇게 가까이 다가갈 수 있었는지 알 수 없다. 개들은 크고 단단하게 생겼다. 공포를 불러일으키는 몸집을 가진 그것들은 주인들에게 절대적으로 복종하는 악마들이다. 특수경찰들의 완벽한 종이다. 그것들은 겁도 의혹도 타협도 모른다. 어떤 짓도 할 수 있도록 훈련받았다. 나는 작은 별채의 그 불쌍한 사내를 생각한다. 이제는 내 차례다. 내가 죽는 장면이 널리 전파를 타겠지. 그것들 중 한 놈의 목걸이에, 매우 가느다랗고 섬세하게 휘어 있는 선 끝에 마이크로카메라가 달려 있는 게 보인다. 어쨌든 내 몸이 갈가리 찢기는 장면이 찍히는 동안 고통을 잘 참아낼 수 있으면 좋겠다. 두 짐승이 으르렁거리며 다가온다. 나는 이제 아무 두려움도 느끼지 않는다. 지금껏 충분히 느껴 왔다. 이제는 그만 끝내고 싶다. 내가 그것들을 응시하자 그것들은 그 자리에서 멈추더니 몸을 비틀며 끙끙댄다. 나는 한 걸음 더 다가간다. 그것들은 지금 자갈 위에 스핑크스처럼 웅크린다. 그것들 몸을 만지기 위해 팔을 뻗자 그것들은 옆으로 쓰러져 죽는다. 나는 눈을 든다. 아무도 없다. 개들은 분명 내 앞에서 죽어 있다. 눈동자가 유리알처럼 투명하다. 입에서는 흰 거품이 흐른다. 나는 잠시 어리둥절한 채 주위를 몇 번 둘러본다. 아무도 없다. 무슨 일이 일어난 것일까? 기차가 귀청이 찢어지는 소리를 내며 출발한다. 나는 쓰러진 두 짐승의 주검을 뛰어넘어 달리기 시작한다. 계단에 올라서자 뒤에서 기차의 자동문이 압축 공기 빠지는 소리를 내며 닫힌다. 나는 마침내 기차에 올랐다. 나는 창문을 통해 가로등 불빛 아래 누워 있는 두 몸뚱어리를 잠시 바라본다. 그것들은 멀어진다. 자야 한다. 씻고 자야 한다.

IV

나는 빈 객실을 찾아 이리저리 기차간을 돌아다닌다. 내가 알기로, 야간열차는 사람들이 언젠가 한 번은 찾게 되는 유일하게 바퀴 달린 침실이다. 예외적인 환경 때문에 그 침실은 이상한 무리들로 가득 찬 생물학 지대가 된다. 그곳에서는 광포하고 개인주의적인 인간 무리가 나누어 쓸 수 없는 것, 즉 잠자리를 서로 나누어 써야 한다. 실제로 낯선 사람들 사이에서 자는 여행자들은 제대로 잠을 자지 못한다. 항상 다른 사람들을 의식해야 하고, 그들을 관찰하거나 때로는 경계까지 해야 한다. 밤이고 불안한 환경이기 때문에 더욱 그렇다. 시간을 보내고자 지나가는 풍경을 감상하는 것은 불가능하다. 따라서 기차간의 작은 세계는 자신의 세계 위에 다른 여러 세계를 포개어 놓은 세계다. 거기에는 젊은 룸펜들, 돈 없는 대학생들, 그리고 한 무리의 아이들을 성단처럼 데리고 다니는 엄마들이 한곳에서 섞인다. 간이 침대는 작고, 그 사이 간격은 좁다. 주위 사람은 코를 골거나 방귀를 뀌고, 계속 수다를 떤다. 아이들은 여행을 견딜 수 없거나 흥분해서 울거나 소리 지른다. 많은 사람들은 잠을 포기하거나, 설령 잠을 자려고 해도 잘 수가 없다. 주위 사람들에 대한 불신은 모르페우스[그리스 신화에 나오는 잠과 꿈의 신]에 대한 불신으로 변한다. 그래서 몽유병 환자처럼 깨어 있는 사람들은 담배를 피우거나 혹은 닫힌 창 너머로 세계의 불빛들이 지나가는 걸 바라보면서 기차간의 복도를 배회한다. 나는 마치 죽은 나무숲을 가로질러 가듯 이렇게 깨어 있는 사람들 사이를 지나쳐 간다. 기차간의 화장실들이 닫혀 있어 나는 간단하게 씻은 다음 복도 커튼에 얼굴을 닦는다. 이상하게도 내 옷은 거의 더럽혀지지 않았다. 나는 무연탄으로 뒤덮여 새까맣게 된 나를 생각하고 있었다. 침실 하나가 빈 객실을 발견한다. '사람들,' 즉 두 쌍의 부부와 어린아이 하나가 막 자리를 잡고 있다. '사람들' 이란 말이 이 순간만큼 적절하다고 느껴본 적이 없었다. 한눈에 보아도, 그들은 어떤 비정상적인 것을 발견하거나 비난할 여지가 없는 평범한 보통 사람들이다. 나는 그들에게 침대에 자리가 있는지 묻는다. 한 번 올라갔다 내려오는 어깨. 나는 주인이 없다고 생각하고 그곳에 자리를 잡은 뒤 창 쪽으로 머리를 하고 눕는다. 사람들 역시 하나둘씩 삐걱거리는 스프링 소리를 내며 자리에 눕는다. 불들이 꺼진다. 기차 때문에 내 몸이 가볍게 흔들린다. 기차는 파리를 향해 빠르게 어둠 속을 달린다. 집에 돌아가 아내를 볼 수 있다. 마침내 나는 눈을 감는다.

나는 과수원 풀밭 위를 걷는다. 매우 무더운 여름 저녁의 태양이 비스듬히 빛을 비춘다. 주위는 온통 밀밭이다. 뜨거운 바람을 따라 밀들이 대양처럼 일렁인다. 그런데 나는 바람을 느낄 수 없다. 소리도 들리지 않는다. 그러나 나무들의 짙은 향기는 맡을 수 있다. 나는 버찌나무들이 늘어 서 있는 오솔길로 나아간다. 열매들 때문에 가지들이 고개를 숙인다. 푸른 색과 흰색의 체크무늬 드레스를 입은 한 여자가 서 있다. 색깔이 하늘색을 꼭 닮아 옷의 푸른 색 부분은 마치 하늘에서 떨어져 나온 한 조각 천처럼 보인다. 그녀는 아름답고 우아하며 키가 크다. 나는 그녀를 안다. 나무에 매달려 있던 그 여자다. 그녀가 나를 향해 걸어온다. 그녀의 움직임이 너무나 우아하고 기품이 있어 나는 목이 멘다. 그녀가 한동안 나를 바라본다. 나는 그녀가 나를 사랑하고, 무엇보다도, 다른 누구보다도 나를 욕망하고 있다는 것을 안다. 그리고 나도 그녀의 바람에 대한 답으로 그녀를 사랑하고 욕망하고 있다는 것을 안다. 우리는 수풀에 앉는다. 그녀가 내게 미소 짓고 낮은 소리로 무슨 말을 하는 동안 나는 그녀의 몸을 바라본다. 이어서 그녀는 고개를 젖히고 나무의 열매를 따기 위해 팔을 뻗는다. 나는 그녀의 새하얀 목에 오랫동안 키스를 하고 손을 내밀어 풀 속에 있는 그녀의 손 위에 올려놓는다. 눈을 감고 그녀를 쓰다듬는다. 다가오는 저녁의 긴 그림자가 풀밭 위로 펼쳐진다. 이어서 밤이 온다. 밤이 깊어 가고, 마지막으로 기우는 초승달이 창공에서 창백한 빛을 낸다. 서로의 손을 포개는 때를 제외하고 우리는 움직이지 않는다. 우리는 말없이 앉아 상아처럼 빛나는 태곳적 밤의 마지막 시간을 맛본다. 그 빛 속에서 우리의 피부도 달빛을 닮아 간다. 나는 우리가 모든 사물의 정수에 닿아 있다는 것을 안다. 더 이상 아무것도 변하지 않기를. 절대로.

나는 객실에서, 잠든 육체들의 냄새 한가운데서 깨어난다. 기차는 어김없이 북쪽을 향해 달리고 있다. 나는 고개를 돌려 언덕과 그 위로 별이 총총히 박힌 하늘을 잠시 지켜본다. 그리고 가끔씩 불 켜진 신호등들이 어둠 속에서 갑자기 나타나 달리는 기차를 스치고 지나가는 것을 바라본다. 이따금씩 우리는 아무도 없는 역을 멈추지 않고 지나간다. 이때는 살아 있는 모든 것이 사라져버린 것 같다. 나는 다시 잠든다. 더 이상 꿈을 꾸지 않는다.

아침에 사람들의 웅성거리는 소리에 나는 깨어난다. 리옹역에 도착했다. 나는 도처에서 우리가 역에 도착했다는 신호를 느낄 수 있다. 나는 베개에서 머리를 든 뒤 침대 가장자리에 앉는다. 엄마들, 아빠들, 아이들 모두가 나를 지켜보고 있음을 느낀다. 그들은 왜 내가 머리를 발치에 두고 잠을 잤는지, 그리고 왜 선글라스를 낀 채로 잠을 잤는지 궁금해 한다. 나는 왜 내가 죄책감을 느껴야 하는지 이해할 수 없다. 그 이유를 알아내야 한다. 나는 아무 짓도 저지르지 않았다. 그들은 나를 잘못 쫓고 있다. 나는 모든 면에서 결백하다. 차에서 내리기 전에 나는 작은 탁자에 앉아 동전들을 여러 번 세어 본다. 피자 하나와 콜라를 사기에는 충분하다. 조만간 포숑 가게[프랑스의 유명 베이커리 체인점. 빵 이외에도 돼지고기나 술, 야채 등을 파는데, 1886년에 오귀스트 포숑에 의해 설립되었다]에 가서 포숑 콜라에다 포숑 피자를 사먹을 수 있겠지. 나는 동전들을 다시 챙긴 뒤 일어난다. 기차에서 내린다. 나는 감시 카메라와 열심히 무언가를 탐색하고 있는 경관들의 시선을 피하기 위해 고개를 숙인 채 플랫폼을 걷는다. 많은 짐들로 무너질 듯한 카터들이 사람들 사이로 클랙슨을 울리며 뱀처럼 아주 빠르게 지나간다. 잠이 덜 깬 보행자들은 급하게 옆으로 물러선다. 나는 우리가, 개미 집단인 우리가 보이지 않는 날카로운 시선에 의해 감시당하고 있다는 것을 느낀다. 나는 지금 우리가 보안이라는 이유로 어떤 익명의 친절한 기관에 의해 관찰당하고 있다는 것을 안다. 그들이 플랫폼 저 끝에서 나를 기다리고 있다는 것에 내기를 걸어도 좋다. 실제로 나는 그들을 알아본다. 사복 차림에 자연스러운 자세를 취하고 있다. 한 사내는 벽에 기대 있고 다른 한 사내는 누군가를 기다리는 척한다. 나는 그들이 시선을 주고받는 것을 보았다. 그리고 푸른색의 가죽 잠바를 걸친 새로운 종種의 요원들이 서 있다. 바로 이들이 권력을 쥔 상급자들의 하급 복제품들이다. 그들은 조금 더 멀리 떨어진 곳에서 팔짱을 끼고 눈을 살며시 뜬 채 기다린다. 그들은 주도면밀하게 감시한다. 당을 위해. 그들은 '새로운 프랑스'라는 슬로건을 내세운 상급자들에게 유해한 것은 어떤 것이든 제거할 의지로 고무되어 있다. 갑자기 그들 중 하나가 내가 있는 쪽으로 발길을 움직인다. 나는 돌아서서 다시 기차에 오른다. 걸쇠를 벗기고 반대편 선로로 내린다. 화물용 열차 한 대가 우리들이 타고 온 기차와 나란히 정차해 있다. 나는 양쪽으로 긴 곡선처럼 뻗어 있는 두 기계 덩어리 사이의 비좁은 바닥에 웅크린다. 옆 열차에 오르려고 하지만 문을 열 수 없다. 차량 밑을 통과해서 사람이 없는 반대편 플랫폼으로 올라간다. 나는 빠른 걸음으로 홀을 건너 역을 나온다. 자, 조금 더 걸어가 디드로 역에서 지하철을 타기만 하면 된다. 도중에 길에서 먹을 것을 살 수 있을 것이다. 나는 문을 나선다. 파리다.

언제나 그렇듯 파리의 날씨는 흐리다. 회색은 비둘기와 보도블록의 색이기도 하지만 파리의 색이기도 하다. 파리의 색과 파리의 냄새. 가로수를 따라 걸어가는 동안 회색빛 먼지, 녹슨 쇠, 그리고 마른 오줌 냄새 때문에 마음이 가벼워진다. 누구에게나 제각기 프루스트의 마들렌은 있는 법이다[마르셀 프루스트(1871-1922), 프랑스의 소설가. 마들렌은 과자 이름인데, 프루스트의 작품 『잃어버린 시간을 찾아서』의 중요한 소재다. 프루스트의 주인공은 어느 날 마들렌의 맛과 냄새에 의해 잊혀진 과거의 기억을 떠올리게 되는데, 이 기억을 따라가면서 잃어버린 시간을 되찾는 과정이 작품의 내용을 이룬다. 지금 여기에서도 주인공은 냄새를 통해 과거의 파리로 되돌아왔다는 것을 느낀다]. 조금 더 가면, '도심 산책' 이라는 듣기 거북한 이름이 붙은 길이 있고, 그 길의 한 부분인 철교를 지난 곳 오른쪽에 아내와 내가 자주 식사를 하는 작은 중국식 레스토랑이 있다. 아내와 나는 15년 전에 그곳에서 만났다. 그리고 이후 계속해서 찾아가곤 했다. '르 드라공 도르' ['금빛 용' 이라는 뜻]라는 이름의 이 집은 길에서 보면 별로 눈에 띄지 않는 싸구려 식당이자 술집이다. 7유로가 안 되는 가격에 보통 식당의 몇 배나 되는 음식을 제공한다. 그리고 원하는 대로 추가분을 시킬 수 있다. 요리는 목구멍 안으로 겨우 넘어간다. 차가운 가솔린 같은 그 분홍빛 포도주의 싸구려 뒷맛도 언급할 가치가 거의 없다. 음료수는 화학 실험실에서 맛볼 수 있는 것이고, 결코 취하지 않는 술은 한 잔만 마셔도 머리가 깨질 듯 아프다. 플라스틱 의자와 포마

이카를 칠한 테이블, 아이들의 학교에서나 볼 수 있는 유치한 벽장식들. 식당에 들어서면 주인 마담 리가 억지 미소를 지으며 손님을 맞는다. 매순간 분위기를 잘 따라야 하고, 그녀가 지정해 주는 자리에 대해 너무 왈가왈부해서는 안 된다. 자리에 앉아야 메뉴를 고를 수 있다. 그리고 그녀가 가져오는 메뉴판은 한마디로 로제타석[나폴레옹의 이집트 원정 당시 나일 강 서쪽의 로제타 지방에서 발견된 비석. 상형문자, 고대 이집트 민간 문자, 그리스어 등이 새겨진 이 비문을 샹폴리옹이 해석했는데, 고대 이집트 연구에 중요한 자료다]이다. 복사한 종이 곳곳에 줄을 그어 지운 글씨 위에 새 글자들이 가필되었다. 혹은 잔뜩 화이트가 칠해져 있거나 몇 겹의 흰 반창고와 라벨이 덕지덕지 붙어 있다. 한마디로 온갖 것이 붙어 있는 응괴암이다. 글자는 모두 휘갈겨 쓰여 있는데, 그중 어떤 것들은 표의문자이다. 무엇보다 진정한 예술품이라고 할 수 있는 건 가장자리에 매달린 채 서로 부드럽게 부딪치는 방울 같은 두 개의 술 장식이다. 이 유물 같은 메뉴판은 일반 가격의 1/4로 정선된 중국 특산 요리를 제시한다. 작은 새우튀김과 광동 쌀밥, 익히면서 양념을 한 오리고기와 버미첼리 수프[버미첼리는 일종의 서양 국수을 말하는데, 중국식 버미첼리 면은 콩가루를 재료로 해서 아주 가느다랗고 투명하게 만든다]. 그러나 주의 깊게 읽는다면 만용을 부리지는 않을 것이다. 가령, 버터에 데친 스페셜면 — 이것은 닭국수의 면발을 버터에 데친 것의 변형이다 — 은 추가분을 요구한다 해도 여주인으로부터 "안 돼요, 안 돼, 손님. 너무 많이 드셨습니다"라는 말을 듣게 될 정도로 양이 많다. 실제로 그런 소스로 데친 면의 진수성찬 뒤에 추가로 한 그릇을 더 먹을 수 있는 사람은 아내 이외에는 아무도 없었다.

나는 레스토랑 바로 앞에 도착했다. 리 씨는 더 이상 없다. 주황색으로 벽을 칠한 술집은 없어졌다. 커다란 커튼과 싸구려 등들도 없어졌다. 내가 좋아하던 식당 대신 음흉한 이름의 옷 가게가 들어섰다. 비키니 수영복보다 더 밝게 빛나는 내부는 어두운 곳이라고는 전혀 없다. 나는 맞게 찾아왔는지 다시 한 번 더 확인한다. 맞다, 틀림없다. 나는 마지막으로 3개월 전에 아내와 아이들과 함께 리 씨 가게에서 식사를 했었다. 훌륭한 저녁이었다. 식사가 끝나자 주인은 마지막 손님인 우리에게로 왔다. 우리는 리 씨의 열정적인 취미인 난초와 보석에 대해 오랫동안 얘기를 나누었다. 나는 식물이나 광물에 대해 아는 바가 전혀 없었지만, 아내가 그것들에 대해 전문적 지식을 갖고 있어 대화를 나눌 수 있었다. 내가 다른 얘기를 시도해 보려고 했지만, 아쉽게도 리 씨 부부는 오토바이에 대해 아는 바가 전혀 없었다. 만일 그들이 집을 팔아야 했다면, 우리에게 얘기했을 것이다. 그래, 분명 얘기했을 것이다. 나는 부티크 안으로 들어간다. 진열된 모델들은 모두 내가 처음 보는 것들이다. 음악이 둔중한 리듬을 따라 매우 끈끈하게 울려 퍼진다. 실내는 여전히 두 개의 방으로 배치되어 있다. 내가 나의 연인을 만났던 레스토랑이 확실하다. 나는 여급에게 다가간다. 그녀는 이미 나를 건달 정도로 취급하고 있다. 나는 그녀에게 질문한다.

"안녕하십니까, 부인? 이상한 질문인지 모르겠지만, 여쭤보고 싶은 게 있습니다. 혹시 이전에 이 자리에 있던 중국식 레스토랑이 어떻게 되었는지 아십니까? 리 씨 부부가 운영하고 있었는데요. 식당 주인 내외가 왜 문을 닫았는지 아십니까? 이사를 했나요?"

여자는 10대 후반이다. 나이트클럽 같은 데서 통하는 최첨단의 유행을 따랐다. 게다가 멋으로 FM까지 듣는다. 요란하게 화장을 했고, 손이 매우 많이 간 머리를 했다. 굵고 짧은 손가락에는 가느다란 반지들을 끼었다. 그리고 하트 모양의 구멍 투성이인 검은 드레스를 입었다. 구멍들이 아주 적절하게 배치되어 있다. 그래서 거의 알몸이라고 할 수 있는데도 불구하고 정작 보이는 것은 아무것도 없다. 그녀가 입을 연다. 입술에는 루주가 붉게 칠해졌고, 그 아래로 이들이 보인다.

"아, 모르겠어요, 새로 왔어요, 가게가 이곳에 생긴 진 몇 년 되었다고 들었어요."

나는 이런 공격적이고 천박한 말투에 아무 대꾸도 하지 않는다. 나는 얼굴에 아무런 기색도 나타내지 않으려고 애쓴다. 선글라스 뒤에 숨어 있지만, 모자 아래에서 머리가 뜨거워지는 것은 어쩔 수 없다. 나는 속으로 큰 충격을 받는다. 데자뷔의 인상이 선명하다. 하루 사이에 똑같은 일이 두 번 벌어지고 있다. 나는 돌아서서 이 그로테스크한 장소를 떠난다. 나는 내가 무엇을 찾는지 안다. 거리를 바라본다. 바로 길 건너 조금 위에 신문을 파는 매점이 있다. 나는 뛰어서 길을 건넌다. 자동차 한 대가 나를 피해 가며 클랙슨을 울린다. 내게는 자동차 소리는 들리지 않는다. 나는 신문 가판대 앞에 도착해서 미동도 없이 가만히 서 있는다. 무시무시한 현기증이 나를 사로잡는다. 나는 비틀거린다. 회전식 우편엽서 진열대를 붙잡는다. 나는 오한을 느낀다. 눈앞이 깜깜해지고 몸이 떨린다. 나는 주위에 사람들이 서 있는데도 불구하고 바지에 오줌을 싼다. 나는 이해했다. 됐다, 모든 것을 이해했다.

어느 신문들이나 모두 같은 날짜를 가리키고 있다. 오늘은 분명 수요일이다. 그러나 18번 홀 페어웨이의 그 유명한 밤, 그러니까 우리가 그 여자를 발견한 그날 밤으로부터 12년이 흘러 있다. 12년하고 3일이. 나는 주위를 둘러보며 한 번 더 비틀거린다. 플라타너스 한 그루를 붙잡고 토한다. 친구들이 사라진 것, 가게들이 문을 닫은 것, 경찰들이 과잉 무장을 하고 있는 것, 건물들이 초현대식으로 바뀐 것, 그리고 내가 처음 보는 오토바이 모델들, 그래, 모든 것을 이해했다. 12년 3일의 공백. 나는 나시옹 광장을 향해 걷는다. 과연 무슨 일이 일어난 것일까? 나는 어디에 있었을까? 나는 그사이에 무엇을 했을까? 생각들이 물밀듯 밀려온다. 사고 때문에 내게 일종의 기억 상실증이 일어났을 수 있다. 혹은 의식 불명 상태가. 그래, 나는 이런 것을 텔레비전에서 본 적이 있다. 아니다, 만일 12년 동안 그랬다면 몸에 어떤 흔적들이 남아 있을 것이다. 그런데 병원에 대한 기억이라든가 혹은 의식 불명에서 깨어나는 과정 같은 것들에 대한 기억이 전혀 없다. 기억 상실증이 보다 그럴 법하다. 혹은 그때 어떤 심리적 장애가 일어났을 수 있다. 어두운 세계를 발견한 충격으로 그 이전부터 내 안에 잠재해 있던 이상한 심리적 요소들이 한꺼번에 표출되었을 수 있다. 그렇다, 가능한 일이다. 사실 나는 지난 며칠 동안 이상한 것들을 보았다. 그것은 이전의 심각한 상태에서 파생된 결과일 수 있다. 만일 충격적인 사고가 없었다면 그것은 아무 흔적도 남기지 않고 지나갔을 것이다. 어쨌든 광기의 12년, (미스터리한 세계에 대한 기억과 이상한 꿈을 제외하고는) 현실 세계가 완전히 부재했던 12년. 어쩌면 나는 자수를 하는 게 나을지 모른다. 실제로 나는 12년 동안 어떤 기관에 감금되어 있다가 탈출했을 것이다. 그러나 감금과 관련된 기억들을, 즉 12년 동안 한결같이 보았을 방, 공동 식당, 창, 풍경, 그리고 전날과 다름없이 반복되는 일과에 대한 기억을 가지고 있어야 한다. 그들이 수용소에 있는 사람들에게 어떤 약을 주사했건 그런 것들에 대한 기억을 가지고 있어야 한다. 그런데 사고가 일어난 이후 지력이 손상될 수 있는 경우는 몇 번 있었지만, 현실 감각을 잃었다는 느낌을 받은 적은 없다. 이상한 사건들을 경험했다. 그러나 온전히 술과 마약에 취했던 결혼식 날 밤을 제외하고 나의 지각이나 감각이 크게 변했다고 느낀 적은 없었다. 아무튼 자수는 하지 않기로 결정을 내린다. 은신처든 감옥이든 아니면 꿈의 세계든 그 12년 동안 내가 어디에 있었건, 나는 지금 아무 문제가 없다. 나는 전후를, 옳은 것과 그른 것을 구별할 줄 안다. 나는 아내를 만나러 갈 것이다. 아내는 분명히 나를 기다렸을 것이다. 확신한다. 나는 그녀를 안다. 그녀는 나를 기다리고 있었을 것이다.

걸어가며 새로운 도시를 느끼는 동안 나는 조금씩 기운을 되찾는다. 도시는 변했다. 긴 잔에 담긴 채 끊임없이 탁탁 소리를 내며 터지는 알코올 기포들처럼, 도시의 일상을 이루는 디테일한 요소들은 매일같이 변한다. 그래서 한참이 지나면 동일한 것은 아무것도 없고, 이때 잔에 담겨 있는 건 이미 다른 술이다. 나는 없어진 상점들과 그 자리에 새로 들어선 상점들을 세어 본다. 개발이라는 암이 수많은 곳으로 빠르게 전이되었다. 저 멀리 있는 나시옹 광장의 맥줏집들도 간판은 바뀌지 않았지만 개축되었다. 나는 부케 뒤 트론느에서 설탕 크레이프로 배를 채운다. 길의 방향은 바뀌었지만 두껍게 포석이 깔린 보도는 여전히 그대로이다. 모두 사라진 것은 아니다. 빈센 산책로는 일렬로 가지런히 늘어선 나무와 인도들 때문에 여전히 위엄 있어 보인다. 그런데 붉은 신호등이 더 많아졌다. 따라서 차들은 더 심하게 정체되고 있다. 이런 이유로 자가용 운전자들은 자동차를 구입하면서도 그것을 제대로 사용할 수 없는 상황을 경험한다. 사람들이 바퀴 네 개 달린 의족을 마치 필수불가결한 소비 항목이자 사회적 성공의 귀결점으로 제시하는데도 말이다. 그러나 중요한 것은 도로의 원활한 흐름이 아니라 자동차를 소비하도록 만드는 것이다. 이것은 변하지 않았다. 나는 오염된 대기로 말라가는 나무들 아래를 걷는다. 마로니에 나무들 아래에서 자신들의 요염한 매력을 뽐내던 여인들도 자리에서 쫓겨난 것 같다. 유감이다. 왜냐하면 나는 중학교와 고등학교들 건너편 인도에서 다리를 쭉쭉 뻗으며 걸어 다니던 그 아가씨들에게서 교육학적 덕목을 발견하곤 했기 때문이다. 즉, 사춘기의 멜랑콜리에 대해서는 아무것도 그것 이상의 약효를 발휘하지 못한다. 나는 피레네 가를 올라가 강베타 역에 이른다. 위정자의 동상과 때가 낀 분수가 보인다. 이곳에서 다시 벨그랑(파리 하수도국장을 지냈던 기술자다) 가를 내려가 펠르포르(사단장을 지낸 사람이다) 역에 도착한다.

우리는 빌 드 파리의 붉은 벽돌 아파트에서 살았다. 거실이 있고 층계에 양탄자가 깔린 고급 임대 아파트였다. 60평방미터가 넘는데도 매달 500유로 이하의 집세밖에 지불하지 않았다. 비밀 번호를 누르지 않으면 안으로 들어가는 것이 불가능했다. 이전에는 그런 식으로 문이 설치되어 있었다. 나는 초록색 벤치 위에 앉아 생각에 잠긴다. 그러고는 5층 창문에서 무언가를 알아보기 위해 눈을 든다. 안은 바뀐 것 같다. 내 장식품들은 보이지 않는다. 특히 살롱에 당당하게 자리 잡은 채 음악의 파도를 쏟아 부을 준비가 되어 있던, 두 개의 큰 드럼통 같은 브와 뒤 테아트르['극장의 소리' 라는 뜻]가 보이지 않는다. 문을 닫은 극장에서 친구가 갖고 온 것이다. 좋은 거래였던 것 같다. 전쟁이 끝난 후 스크린 뒤에 설치된 그 오래된 스피커는 극장이 없어지면서 거리로 버려졌다. 그것을 엘리베이터로 옮긴다는 것은 불가능했다. 계단을 이용해야 했고, 13평방미터의 방에 500리터가 넘는 두 통을 설치하기 위해서는 아내를 힘들게 설득해야 했다. 그 당시 내 생각을 바꾸기는 쉽지 않은 일이었다. 나는 우둔하고 고집 센 오디오 애호가였고, 그래서 소리만 들을 수 있다면 방의 모습은 중요하지 않았다. 어쨌든 나는 그것을 방에 설치했다. 그리고 앰프가 불그스름하게 빛나는 것을 바라보며 대부분의 여가 시간을 음악을 들으면서 보내곤 했다. 사실 몇 년 동안 그런 식으로만 생활했다. 지금 내 브와 뒤 테아트르가 보이지 않는다. 그러나 나는 그녀가 아직도 저기에 살고 있다는 것을 안다. 발코니에 초록색과 푸른 색의 도자기 화분들이 보인다. 화분에서는 변함없이 꽃과 나무들이 시들고 있다. 언제나 우울한 그런 발코니의 풍경에도 예외가 있었다. 인도 대마 줄기들은 잘 자랐다. 나는 느리게 지나가는 파리의 겨울 시간을 달래기 위해 그것들을 해마다 정성들여 가꾸곤 했다.

나는 오후 내내 계속 앉아 있다. 저녁은 좀처럼 오지 않는다. 이슬비가 매우 가늘게 내려 마치 빗줄기들이 공중에 매달려 있는 것처럼 느껴진다. 곧 이 황혼의 빗줄기 아래서 피곤한 태양빛을 대신해 도시의 불빛들이 하나둘씩 부화한다. 불이 켜진 창문들 너머에서 죽은 낮 이후의 삶이 시작된다. 나는 견본책 표지를 훑어보듯 건물 표면과 여러 가지 색으로 빛나는 창문을 훑어본다. 어떤 때는 네온 형광등의 강렬한 흰 빛이, 어떤 때는 천으로 만든 갓을 씌운 전등의 따뜻한 빛이 보인다. 그리고 어떤 때는 두꺼운 커튼을 뚫고 TV의 광선이 비춰 나온다. 아직 사람이 들어오지 않은 아파트에는 어둠이 자리하고 있다. 곳곳에서 예전에 집으로 돌아가면서 느꼈던 그 조용한 생동감을 느낄 수 있다. 비록 그 순간에도, 오늘 하루 종일 분주하게 뛰어다녔고, 내일도 마찬가지로 분주하게 뛰어다녀야 한다는 것을 잊지 않고 있었다고 하더라도 말이다. 우리는 비애가 우리를 사로잡을 때까지, 결국 우리가 노인들을 위한 요양원에 격리될 때까지 쉬지 않고 뛰어다녀야 한다는 것을 알고 있었다. 비애는 더 빨리 찾아올 수도 있고, 보다 늦게 찾아올 수도 있다. 끝나지 않는 이 삶의 비애.

비가 내린 지도 꽤 되었다. 나는 그녀가 도착하는 것을 본다. 나는 그녀의 키, 자세 그리고 걸음걸이를 알아본다. 커다란 우산에 가려 그녀는 보이지 않는다. 나는 저 큰 우산도 안다. 내 심장이 멎는다. 그녀의 머리가 희끗희끗하다. 가슴이 뛴다. 그녀 옆에서 한 소년이 걷고 있다. 그녀보다 머리 하나가 더 커 보인다. 아들이다. 나는 걸음걸이로 그 애라는 걸 안다. 내 가슴이 찢어진다. 키가 큰 금발의 남자 하나가 그들을 맞이하고, 아내가 남자를 껴안는다. 아내는 나를 기다리지 않았다. 그녀는 다른 남자를 찾았다. 나는 가까스로 벤치에서 일어나 길을 건넌다. 그들에게 다가간다. 아내는 나이에 비해 일찍 머리가 세었지만, 그 머리색이 그녀에게 잘 어울린다. 아들은 키가 크고 건강하고 아름답다. 그는 교육적인 것을 비웃고 다른 사람을 멸시하는 그런 아이들의 특징을 지녔다. 딸의 모습은 보이지 않는다. 나는 그들에게 매우 가까이 다가간다. 그들 세 명은 웃으며 우산 아래서 걷는다. 남자는 나보다 크고, 매력적이고, 훨씬 더 건장하게 생겼다. 그는 서퍼 같은 얼굴과 체격을 갖추었다. 드넓은 해변에서 오래 생활한 끝에 물결처럼 일렁이는 금발머리에, 살이 보기 좋게 그을린 사내의 모습을 하고 있다. 완벽하게 단련된 몸과 하얀 이와 강한 의지를 드러내는 턱. 이런 남자들은 단호한 눈빛으로 바다를 바라보고, 예쁜 소녀들을 웃길 줄 안다. 그는 분명 윤이 나는 조개껍질 목걸이를 갖고 있을 것이다. 그리고 내 브와 뒤 테아트르를 팔아 서핑보드를 샀을 것이다. 그의 자동차도 분명 아주 재밌는 스티커들로 뒤덮여 있을 것이다. 나는 오후 내내 벤치에 앉아 꿈에 잠겨 있었다. 무언가 할 말을 미리 생각해 두었어야 했다. 나는 인도 한가운데 멈추어 서서 그들을 가로막는다. 그들은 걸음을 멈춘 채 나를 바라본다. 남자가 끼어들려고 몸을 움직인다. 나는 무슨 말을 해야 할지 모르면서 먼저 입을 연다.

"안녕, 알반, 나야, 내가 돌아왔어."

그녀는 무슨 말인지 이해하지 못하겠다는 시선으로 나를 쳐다본다. 나는 선글라스를 벗는다. 그들은 일제히 소스라치게 놀란다. 나는 그녀를 바라본다.

"미안하지만, 알반, 나를 도와줘. 내게 이상한 일들이 일어나고 있어. 프레데릭 결혼식 이후…."

사내가 내 말을 가로막는다.

"길을 비켜 주시겠어요?"

나는 무슨 말을 해야 할지 몰라 잠시 침묵한다. 그들을 차례로 바라본다. 마침내 그녀가 말을 한다.

"길을 비켜 주세요. 어떻게 이곳까지 오시게 되었는지 모르겠지만, 마음대로 돌아다니시면 안 돼요. 그 사람들이 올 거예요. 그들이 당신들은 위험하다고 말했습니다. 자수를 하셔야 해요."

"아니, 여보, 기억해 봐. 우리는 결혼을 했고, 이 애는 우리 아이야, 그렇지?"

나는 소년에게로 몸을 돌린다. 그는 두려워하는 듯한 표정을 짓고 있다.

"네가 앙리지, 그렇지? 네가 내 아들이란다. 내가 네 아빠다. 아마도 나를 기억하지는 못할 거다. 내가 떠났을 때… 그러니까 여행을 떠났을 때 넌 매우 어렸으니까. 긴 여행이었지. 나는 너를 잊은 적이 없다, 너도, 네 엄마도, 네 동생 뤼시도. 그런데 뤼시는 어디에 있니?"

"뤼시는 죽었어요. 그리고 당신은 저의 아버지가 아니에요."

나는 너무 놀라 순간 움직이지 못한다. 내 아이가 죽었다. 언제? 어떻게? 그녀는 매우 어렸다. 지난주만 해도 나는 그 애를 안고 있었다. 일곱 달하고 막 여드레가 지난 아이였다. 감정이 혼란스러워 말이 나오지 않는다. 서퍼는 화가 난 듯 내게 다가온다.

"됐어, 충분해, 이제 그만 가시지."

그녀가 그의 팔을 잡는다.

"조심하세요, 여보. 그들이 위험하다고 말했어요."

"그러니까 이대로 놔두면 안 돼."

그가 내 목을 주먹으로 때린다. 나는 길가의 하수로 위로 넘어진다. 그는 매우 강하다. 내 머리는 화강암 도로 턱 위에 놓여 있다. 조금 얼얼하다. 나는 일어나는 도중에 몇 번 다시 쓰러지며, 그들이 빠른 걸음걸이로 아파트로 들어가는 것을 쳐다본다. 그녀가 한 번 더 나를 물끄러미 바라본다. 순간, 나는 홀의 불빛을 통해 그녀가 지금 회색빛 머리를 하고 있지만, 긴 머리와 도자기처럼 빛나는 피부 때문에 여전히 아름답다는 것을 발견한다. 왜 그녀는 나를 알아보지 못했을까? 나는 자동차 보닛 위에 잠시 앉아 아픔이 조금 가시기를 기다린다. 나는 머리를 문지른다. 넘어지다니. 나는 얼마나 바보인가. 나에 대해 설명할 수 있는 시간조차 갖지 못했다. 그리고 그녀는 아무것도 이해하지 못했다. 아니, 그것이 아니다. 그녀는 나를 알아보지 못했다. 12년간 떠나 있는 동안 나는 분명히 변했을 것이다. 내 아기가 죽었다. 나는 선글라스를 줍는다. 놀랍게도 아무 문제가 없다. 내가 어떤 모습을 하고 있는지 보아야겠다. 나는 보닛을 돌아가 몸을 기울여 가로등 불빛을 이용해 백미러를 들여다본다. 아무것도 보이지 않는다. 나는 손가락 끝으로 백미러 표면의 물방울을 닦는다. 그래도 아무것도 보이지 않는다. 나는 셔츠 끝자락을 집어 완벽하게 닦아 낸다. 아무것도 보이지 않는다. 나는 다른 자동차의 백미러에도, 화물차의 백미러에도 똑같이 시도해 본다. 도서관의 유리창에도.

나는 어디에서도 보이지 않는다.

나는 어둠 속에서 계속 벤치에 앉아 있었다. 지금 많은 비가 내린다. 나는 예전에 나의 소유였던 아파트 창을 오랫동안 바라보았다. 그들도 창문 앞에서 서성거리며 나를 바라보곤 했다. 어느 순간, 그녀는 혼자 밖으로 나와 나를 몇 분간 뚫어지게 바라보았다. 이후 그녀는 다시는 나타나지 않았다. 그들은 왜 경찰을 부르지 않았을까? 아마도 그녀가 반대했을 것이다. 나는 내 두 손을 바라본 뒤 얼굴을 만진다. 여전히 모든 것이 정상적으로 느껴진다. 한순간 나는 다시 일어나 백미러에 나를 비춰 보러 간다. 변한 것은 아무것도 없다. 나의 존재를 증명할 수 있는 진한 검은색이나 흐릿한 자국은 전혀 나타나지 않는다. 나는 분명 꿈을 꾸고 있다. 아마도 지금 내 주위에서 일어나는 이런 일들은 모두 꿈일 것이다. 병원의 침대나 니스 배후지 절벽 바닥에서 죽어 가는 뇌 활동의 마지막 잔류 효과일 것이다. 어쩌면 나는 어떤 보호 시설의 홀에 앉아 있는 정신병자일 수 있다. 아침부터 저녁까지 침을 흘리면서 이리저리 몸을 흔들며 꿈을 꾸고 있는. 혹은 그 사내가 말한 것처럼 이 모든 것은 현실이다. 나는 두 세계 사이에서 떠도는 환영이다. 나는 그가 횡설수설한다고 생각해서 그의 말에 거의 귀를 기울이지 않았기 때문에 지금 생각나는 것은 아무것도 없다. 춥다, 배고프다. 밤이고 비는 그칠 것 같지 않다. 나는 유리, 자동차, 가로등 그리고 창문의 불빛을 반사하는 젖은 땅을 바라본다. 도시가 거기에 드러누워 자신의 형태를 바꾸고 있다. 거기 젖은 땅에서 흐릿하고 모양이 뒤섞인 다른 도시가 태어난다. 시선을 아래로 내린다. 그러자 반짝반짝 빛나는 젖은 아스팔트로부터 '세상'의 모든 빛이 대기로 올라가 하늘을 오렌지빛으로 일그러트리고 있는 것처럼 보인다. 나는 더 이상 벤치에 머무를 수 없다. 나는 몸을 일으켜 무작정 발길을 옮긴다. 멀지 않은 곳에 지하철 입구가 빗속에서 입을 쩍 벌리고 있다. 지하에서 올라오는 빛이 나를 이끈다. 나는 계단을 내려간다. 몸을 덥힐 수 있겠지. 마른 곳을 찾을 수 있겠지. 지하철은 항상 낮이다. 그러나 나는 곧 환멸을 느낀다. 나는 뼛속까지 젖어 있는데, 거대한 포르트-드-바놀레 역 곳곳에는 얼음같이 차가운 바람이 분다. 나는 열차를 기다리며 주위를 둘러본다. 광고판들은 더 이상 눈에 띄지 않는다. 대신 그 자리에 커다란 거울들이 설치되었다. 여전히 내 모습은 나타나지 않는다. 플랫폼의 반대편 끝에서 한 승객이 주의 깊게 거울을 쳐다본다. 나는 그 사람이 그렇게 서 있는 것을 몇 분간 지켜본다. 그는 거울에 반사된 자신의 모습에 주의를 기울이며 우두커니 서 있다. 거울 속의 모습이 그의 정신을 모두 빼앗고 있다. 그가 자신의 모습에 빠져 있는 것이 아니라면, 거울의 상이 그를 즐기고 있는 것처럼 보인다. 나는 내일 아침에 다시 돌아가 알반과 단둘이서 얘기를 해볼 것이다. 그녀가 나를 잊었다는 건 있을 수 없는 일이다. 지하철이 도착한다. 나는 오른다. 11번 노선의 종착역인 샤틀레로 갈 것이다. 차 안은 매우 후끈하다. 지하의 커다란 자궁이 내뿜는 열기 속에 웅크리고 앉아 다시 태어날 준비를 할 수 있다. 역들이 지나간다. 사람들이 오른다. 차에 오르는 사람들은 잠시 나와 함께 길을 간 뒤 각자 목적지에서 내린다. 우리는 한 번의 눈짓으로도 서로를 안다고 생각한다. 그리고 몇 정거장 동안 함께 삶을 산 뒤 헤어져 더 이상 서로 보지 않는다. 내 모습은 여전히 유리에 나타나지 않는다. 시간을 보내기 위해 나는 어두운 터널에 설치된 등들을 센다. 누군가에게 말을 걸어 내게 일어난 일을 얘기하고 싶다. 내가 사라졌을 때 눈물을 흘린 사람들에게 돌아가 내가 완전하게 사라진 것이 아니라는 걸 알리며 그들을 기쁘게 해 주고 싶다. 그런데 나만을 생각하는 사람이 있을까? 나의 부모님들은 오래전에 돌아가셨다. 한 분은 카터필러 트랙터에 치여서, 다른 한 분은 콜레스테롤 때문에. 내게는 가족이 없다. 친구들도 거의 없다. 물론 프레데릭이 있지만, 그를 만나려면 니스로 돌아가야 한다. 그것은 지금으로선 힘에 부치는 일이다. 내가 지쳤다는 것을 느낀다. 고통을 느낄 힘도, 통증이나 절망을 느낄 힘도 없다. 내 아이가 죽었다. 나는 페르-라셰즈에서 갈아탄 다음 벨르빌르에서 한 번 더 갈아탄다. 지하철은 마침내 고무가 벗겨지는 듯한 소리를 내며 종착역에서 멈춘다[프랑스 지하철에는 타이어가 있는 차량도 있다]. 사람들이 모두 내린다. 나도 따라서 내린다. 굳은 다리를 풀고 옷을 말리기 위해 조금 걷기로 한다. 늦은 시각이다. 밤을 배회하던 무리들이 막차가 떠나기 전에 집으로 돌아가거나 나이트클럽을 나서기 위해 서두른다. 나는 하얗게 빛나는 끝없이 이어진 복도를 돌아다닌다. 복도는 곳곳에서 여러 방향으로 나뉜다. 또한 에스컬레이터, 곡선으로 이어지는 길, 문, 그리고 눈에 잘 띄지 않는 요철들이 여기저기서 나타난다. 이따금씩 나는 어떤 교차점을 보고 제자리로 돌아왔다고 생각한다. 그러나 다른 곳이다. 그만큼 모든 통로가 닮았다. 역은 매우 크다. 매우 많은 게시판들이 있지만, 내게는 거기에 쓰여 있는 글들을 읽고 싶은 마음이 전혀 들지 않는다. 내가 원하는 것은 단지 '세계'의 뱃속으로 들어가 모든 것을 잊고 하얀 가루를 물리도록 맛보는 것이다. 나의 아기 뤼시는 지금 어디에 있을까? 나는 손잡이가 없는 놋쇠 수도꼭지에서 방울방울 흘러내리는 물을 마신다. 플랫폼에 이른다. 의자들 뒤에 공간이 있다. 나는 거기에 눕는다. 피곤하다, 덥다. 나는 복도의 타일 위에서 그대로 잠든다.

달의 끝 부분도 먼 물결 속으로 사라졌다. 그러자 어둠이 깔린다. 나는 여기저기 마스트가 무수하게 솟은 커다란 항구 한가운데의 나무 선창을 걷는다. 간격을 두고 떨어져 있는 입수대들이 아직도 희미한 빛을 선창에 던지고 있다. 그래서 선창은 칠흑 같은 어둠 속에서 유일한 도전자처럼 빛 난다. 나는 물에 떠 있는 가는 나무판자 길을 말없이 걷는다. 걸음을 옮길 때마다 발아래서 가볍게 판자들이 가라앉는다. 나의 발자국 소리가 나무판자들 사이로 울린다. 나는 물이 찰랑거리는 소리를, 그리고 마룻줄이 돛대에 부딪치며 철썩거리는 소리를 듣는다. 나는 걷는다. 그녀가 저 아래 감아 놓은 로프 위에 앉아 있다. 그녀는 왜 저렇게 먼 데까지 갔을까? 육지와 가까운 곳에서 나를 기다릴 수는 없었을까? 나는 나의 길이 끝이 없으리라는 것을 느낀다. 나는 앞으로 계속 나아가지만, 그녀가 있는 곳에 이를 수 없다. 나는 그녀 앞에서 멈춘 채 슬픔을 느끼며 팔을 흔든다. 그녀가 시선을 돌린다. 나는 다시 그녀를 차지하고 싶지만, 그녀는 더 이상 나를 원하지 않는다. 나는 다른 사람을 잃어버린 것처럼 그녀를 잃었다. 항구가 사라진다. 대양이 뒤로 물러나고 내 눈앞에는 수포가 이는 진흙과 물에 젖어 빛나는 해조류들의 시커먼 갯벌이 나타난다. 나는 그녀를 부르지만, 그녀는 물과 함께 사라진다. 나는 그녀가 이유를 말해 주기를 원한다. 내 시야에서 완전히 사라지기 전에 다시 보자는 말을 해 주기를, 나에 대한 사랑을 다시 상기시켜 주기를 원한다. 그녀는 떠났다. 나는 차갑고 깊은 진흙 속으로 내려간다. 나도 그녀를 뒤따라갈 것이다.

"이곳에 있으면 안 됩니다, 아저씨."

나는 소스라치게 놀라 깨어난다. 네온사인들이 꺼진 역은 어슴푸레한 빛 속에 잠겨 있다. 노란 작업복을 입은 덩치 큰 흑인이 푸른 양털로 된 작은 챙 없는 모자를 쓰고 손에 플라스틱 빗자루를 든 채 나를 향해 몸을 기울이고 있다. 그의 옆에는 동료 다섯이 활처럼 반원을 그리며 나를 지켜본다. 그리고 여섯 번째 사내는 플랫폼의 쓰레기들을 치우기 위해 개량된 자동 로봇을 조심스럽게 운전하고 있다. 그는 동료들 근처에 오자 기계를 세우고 거기서 내린다. 그들은 솔과 걸레들을 내려놓고 한데 모인다. 그들은 청소부들이다. 밤 동안 낮의 오물들을 치우는 일을 맡은 사람들이다. 나는 팔꿈치로 기대고 일어나 그들에게 말한다.

"몇 시죠? 따뜻한 곳에서 자고 싶었는데요. 하시던 일이나 계속 하시고, 저는 내버려 두시죠."

"이곳에 있으면 안 됩니다. 그들이 당신을 발견하면 우리만 난처해집니다. 나가시죠. 두 시간 후면 차량들이 운행을 시작하고, 밖은 춥지가 않습니다. 나가시죠. 그렇지 않으면 경찰을 불러야 하는데, 우리는 난처한 일이 생기길 원치 않습니다."

나는 움직이지 않고 그들을 바라본다. 그들은 바보들의 명령에 맹목적으로 따를 자세가 되어 있다. 나는 잠에서 깨어나는 것 이외에는 다른 방법이 없다는 걸 깨닫는다. 일어나 앉는다. 선글라스가 떨어진다. 그들은 깜짝 놀란다. 그들 중 한 명은 놀라 비명을 지른다. 다른 사람들도 충격을 받고 소리를 지른다. 내게 말을 붙인 사람은 한 걸음 뒤로 물러난다. 그는 매우 놀란 것 같지만 이내 정신을 차리고 내게서 눈을 떼지 않은 채 동료들에게 월로프어[세네갈의 공용어]로 말하기 시작한다. 그의 말은 짧게 끊기는데, 지시를 내리는 것처럼 보인다. 이어서 그는 큰 쓰레기통을 들고 있는 사내와 소리를 높이며 말다툼을 한다. 그리고 그들 모두가 한꺼번에 얘기를 주고받는다. 갑자기, 나를 깨운 남자가 손을 들어 조용히 할 것을 지시한다. 그는 빗자루를 벽에 기대어 놓고 나를 향해 돌아서서 천천히 다가온다. 나는 두려움을 느끼지 않지만, 그는 두려움을 느끼는 것 같다. 그가 땀을 흘리는 것이 보인다. 그가 무릎을 꿇고 손을 내밀어 내 두 눈 사이에 엄지손가락을 올려놓는다. 그의 눈동자가 마치 어린아이의 눈동자처럼 빛난다. 그가 미소를 짓는다.

"당신은 영靈입니다, 그렇죠?"

"네?"

나는 음매 하고 우는 기억의 송아지 무리들을 다시 불러 모으려고 노력한다. 단편적인 기억의 무리들은 내가 잠든 틈을 이용해 풀을 뜯어먹으러 떠났다. 지난 며칠간의 기억들이 다시 돌아와 내게 심한 매질을 한다. 사실 나는 영, 그러니까 유령 이외에는 다른 것이 될 수 없을 것이다. 혹은 다른 것이 될 수 있다 하더라도, 떠돌이 이외에 무엇이 될 수 있을까?

"나는 내가 누군지 모릅니다. 적절한 말을 찾지 못하겠습니다. 3일 전에 여행에서 돌아왔는데, 주위에 남아 있는 사람이 아무도 없습니다. 거울에서도 내 모습을 볼 수 없습니다. 도와주시죠, 배가 고픕니다."

그가 진지한 표정을 짓는다. 그는 사람이 없는 역을 한 번 둘러본 뒤 다시 내게로 고개를 돌린다. 그의 말이 명령처럼 울린다.

"함께 갑시다."

나는 일어나 그를 따라간다. 도시 지하철 운영자들은 절약을 위해 한밤에는 불빛 세기를 낮춘다. 따라서 역과 통로들은 청록색의 우울한 미광 속에 잠겨 있고, 그래서 이런 황량한 지하에서 느끼는 불건전한 고독감은 더욱더 고통스러워진다. 지하철의 주요 인테리어와 장식들은 여전히 지하철을 이용하는 사람들만을 위한 눈요깃거리다. 청소를 위해 고용된 사람들은 이미 일을 시작했다. 그들은 적절하게 힘을 써 가며 닦아 낼 수 있는 것들만 천천히 닦아 낸다. 아마도 그들은 새로 설치된 역의 벤치들이 그들로서도 어쩔 수 없을 만큼 빛을 잃어 가고 있다는 것을 눈치 채기 시작했을 것이다. 그들이 그렇게 광을 내고 있는 동안, 나는 나를 깨운 사내를 따라간다. 우리는 계속해서 나타나는 복도와 계단들을 가로지르며 내려가는데, 마치 도시에서 가장 깊은 곳으로 끝없이 내려가는 것 같다. 사내는 지하철 인부들이 드나드는 통로로 나 있는 문을 연다. 나는 그를 따라 안으로 들어간다. 그는 말없이 앞에서 걷는다. 우리는 파이프와 케이블들이 드러나 있는 무더운 심부 속으로 깊숙이 들어간다. 장식 없는 전력 박스들이 규칙적으로 늘어서서 폴립처럼 빛을 내고 있다. 나는 사내가 말을 건네기를 기다린다. 우리가 어디로 가는 것인지 간단한 설명이라도 해 주기를 기다린다. 대신 그는 교차로와 핏줄처럼 이어진 연결 통로들 사이에서 모든 방향 감각을 잃게 만든다. 나는 지친 몸에 흐릿한 정신 상태로 걷는다. 마침내 지상의 정반대편에 이르렀다고 나 혼자 생각한다. 벽에서 물들이 배어나온다. 바닥은 따뜻하다. 이곳은 지하철의 수맥이 흐르는 곳이다. 그가 철문을 연 다음 우리는 안으로 들어간다. 탈의실이다. 하얀 형광등이 잠시 깜박거린 뒤 눈이 아린 빛을 내보낸다. 벽걸이에 노란 유니폼들이 걸려 있다. 철망이 쳐 있는 벽장에는 청소 도구함이 색깔별로 가지런히 정렬되어 있다. 의자 일곱 개가 쇠테이블 주위에 놓여 있다. 사내는 자리에 앉은 뒤 내게 건너편에 앉으라는 손짓을 한다. 나는 그의 말에 따른다. 그가 입을 연다.

"당신은 거리나 지하철에 머물면 안 됩니다. 숨어 지내야 합니다. 당신은 영이에요. 당신은 길을 잃었는데, 만일 그들이 당신을 발견하면, 당신은 아무도 모르게 없어지게 될 겁니다."

"왜 저를 돕는 거죠? 사람들은 내가 전염병에라도 걸린 것처럼 나만 보면 피하거나 도망치더군요. 마치…."

나는 말을 찾기 위해 잠시 생각에 잠긴다. 그래, 마치 내가 눈이 세 개라도 되는 것처럼… 나는 그런 것을 어떤 잡지에서 읽은 적이 있다. 짐승이든 사람이든 모두가 그런 기형을 두려워하고 피한다. 만일 그것으로부터 달아날 수 없으면 그것을 죽이거나, 아니면 그것의 이상한 힘에 끌려 들어가느니 차라리 스스로 죽음을 택한다. 나와 마주친 사람들이 그런 과격한 행동을 보인 것도 그런 이유 때문이 아니었을까? 내게는 이상한 기운이 존재한다. 나는 내 앞에서 개들이 죽는 것도 보았다. 나는 계속해서 말한다.

"저는 유령일 뿐이죠, 그렇지 않습니까?"

그는 그렇다는 뜻으로 고개를 끄덕인다.

"제가 쫓기는 것도 그것 때문입니까?"

"그렇습니다."

"그런데 내가 죽은 자라면, 왜 계속해서 무언가를 마시거나 먹는 것이죠?"

"모르겠습니다."

"이런 모든 것의 의미는 무엇이죠?"

"영들의 세계가 당신을 받아들이길 거부한 것입니다."

"나는 앞으로 어떻게 되는 거죠?"

"당신 자신만이 그것을 결정할 수 있습니다. 당신은 많은 질문들을 하고 있어요. 그것은 당신이 지금 처한 상황으로 인해 고통 받고 있기 때문입니다. 나는 지금 당신의 질문들 하나하나에 대답해 줄 시간이 없습니다. 우리들은 해가 뜨기 전에 집으로 돌아가야 합니다."

" '우리들' 이라뇨?"

"청소를 하고 있는 사람들과 나, 그리고 당신입니다."

"왜 해가 뜨기 전까지죠?"

"오랫동안 떠나 있었나요?"

"12년간 떠나 있었습니다."

"많은 것들이 바뀌었습니다. 백인이 아닌 사람들은 낮 동안 외출할 수 있는 권리를 갖고 있지 않습니다. 그들이 선거에서 이기고 난 뒤 생겨난 법입니다. 보세요, 저는 프랑스에서 태어났고, 프랑스에서 학교를 다녔고, 이곳에서 학업을 이어왔습니다. 그런데도 저는 제가 원하는 곳에서 일할 수 있는 권리가 없습니다. 그래서 생계를 위해 밤에 이곳에서 일을 합니다. 제 아내와 아이들은 국적을 잃고 고국으로 돌아갔는데, 그곳에서도 이곳에서처럼 이방인 취급을 받고 있습니다. 그래도 거기에서는 이방인이라는 것이 피부 위에 쓰여 있지는 않습니다. 이곳에서는 일을 하는 것이 아닌 한 머무를 수 없습니다. 우리들은 격리되었고, 밤에만 일을 하고, 낮에는 외출할 수 있는 권리가 없습니다. 제 아버지도 슬픔 때문에 돌아가셨습니다. 아버지는 풍족한 삶을 사셨는데, 이곳에 오기 훨씬 이전에는 고향에서 대사제를 지내셨고, 파리에서도 인정을 받으셨습니다. 아내를 여러 명 두셨고, 자동차와 집도 있었고, 사람들로부터 존경도 받았습니다. 그런데 인종성人種省이 건립되면서 아버지는 축출되었습니다."

"누가 국가를 지배하고 있죠?"

"당신네 백인들이 뽑은 사람들입니다. 국민당 지도부는 정권을 잡자마자 국가 기관을 나누어 가졌습니다. 모두 일곱 명인데, 기억하실지 모르겠지만, 자신들을 '칠총통'이라고 부르게 했습니다. 처음에 우리들은 대수롭지 않게 봤습니다. 그러나 잠시뿐이었습니다. 그들은 강했습니다. 그들은 당신들에게는 번영을 가져다줬지만, 그 혜택이 모든 사람들에게 돌아가지는 않았습니다. 지금 그들 중 다섯이 남았습니다."

"다른 두 사람은 어떻게 됐죠?"

"암살당했습니다. 정권이 막 들어섰을 때였습니다. 그때는 저항이 매우 심했죠. 그 후부터 우리들은 나머지 총통들을 보지 못하고 있습니다. 모습을 드러내지 않고 있는 겁니다. 아무도 그들이 어디에 있는지 모릅니다. 정보망이나 매체를 통해 전해지는 것은 디지털화된 그들의 대역 배우들뿐입니다. 영인 당신에게 이런 것은 상관이 없겠죠. 당신의 문제는 다릅니다.

당신은 지금 고통 받고 있어요."

"싸우고 있는 사람들은 더 이상 없습니까?"

"네. 거의 모든 백인들이 선전 기관의 활동에 맥을 못 추게 되었습니다. 그것에 대해 당신에게 얘기해 줄 수 있는 사람은 제가 아닙니다. 제 작은아버지께서 해 주실 거예요."

나는 그가 그렇게 하면서 무거운 짐을 덜고, 그가 본 사회를 묘사해야 하는 부담에서 벗어나려 한다는 것을 느낀다. 이 사람은 지금의 사회 상황에 대한 내 생각을 상상할 수 있을까? 나는 아무 말도 하지 않는다. 이런저런 비평을 할 생각은 없지만, 내가 떠난 이후로 사태가 갈 길을 가고 있다고 생각한다. 나는 거북해지는 것을 느낀다. 아니 솔직히 말하면, 이 남자 앞에서 약간 부끄러움을 느낀다. 나는 질서와 위엄을 되찾을 것을 약속한 그들에게 투표를 했다. 다른 자들은 모두 타락하고 건전하지 못하며, 따라서 거짓과 기만의 화신이라는 말에 설득당해서 그들에게 투표했다. 기존 사회를 떨어내기 위해 투표했다. 내게 공화국 유지를 요구하던 사람들, 그러니까 자신도 이해하지 못하는 말을 입에 담으면서 낄낄거리던 사람들, 그동안 전혀 관심을 두지 않았던 마르세유[프랑스의 국가]를 출세하기 위해 읊어대던 사람들 때문에 화가 난 나는 극단적으로 대청소를 감행할 것을, 새로운 정부를 세울 것을, 그리고 잘못을 반복하는 일이 있더라도 '역사'를 무시할 것을 택했다. 그래서 우리는 투표를 했다. 그리고 크게 이겼다. 모리배들, 기생충들, 타락한 자들, 그리고 게으른 자들, 즉 쓰레기들은 그런 승리의 결과에 보조를 맞춰야 했다. 지금 그 쓰레기들 중 하나가 나를 도와주려 한다. 나는 이 자리에서 도움을 거절하고 그의 얼굴에 침을 뱉을 용기가 없다. 그런데 나는 그들에게 투표하고 난 이후 그렇게 했었다. 나는 다른 많은 사람들처럼 비겁한 자다. 비겁하고 이득만 취하는. 나는 내게 주어지는 것을 한 번만 더 이용하고자 결심한다. 그렇게 하기 위해서는 지난 며칠 동안 많은 것을 잃어버렸다고 얘기해야 한다. 나는 기회를 붙잡는다.

"나를 당신 집으로 데려갈 건가요?"

"예, 서둘러야 할 겁니다. 그리고 당신은 안경을 써야 합니다. 제가 심령술을 한다는 걸 아십니까?"

"당신은 사제가 돼서 아버지의 일을 이어받고 싶지 않으셨나요?"

"아버지가 돌아가신 뒤 그렇게 하고 있습니다. 저는 낮에는 상담을 합니다. 그건 매우 위험합니다. 만일 잡히면 감옥에 갈 것입니다. 아버지는 제게 눈에 보이지 않는 것을 어떻게 보는지 가르쳐 주셨습니다. 제가 당신을 알아본 것도 그 때문입니다. 저는 영들을 볼 수 있고, 그들이 원하는 것을 압니다. 자, 집으로 갑시다. 식사도 하고 잠도 잘 수 있을 겁니다. 그 이후에 얘기를 하면 됩니다. 그런 다음 당신은 떠나야 합니다. 당신은 살아 있는 자들 곁에 머무를 수 없습니다. 그리고 당신은 조만간 여행을 떠나기 전에 마쳐야 할 일들이 있습니다."

그의 말을 확인시켜 주려는 듯, 문이 열리고 지상에서 일하던 하급 기능인들이 들어온다. 그들은 좁은 공간이 허락하는 범위 내에서 가능한 멀리 나를 돌아서 간다. 그들은 내가 알아

듣지 못하는 말로 다시 대화를 나눈다. 나는 나를 데리고 온 남자에게 질문한다.

"당신 이름을 알 수 있을까요?"

"저는 당신에게 제 이름을 말해서는 안 됩니다. 그렇게 하면 당신이 제게 커다란 영향력을 갖게 될 것입니다. 갑시다, 떠나죠."

그러고는 그는 동료들과 함께 우스꽝스런 유니폼을 벗고 싸구려 옷들을 끼워 입는다. 방을 떠나기 전에 모두 오랫동안 인사를 나눈다. 우리는 마지막으로 방을 나서서 방금 전에 떠난 사람들과 반대 방향으로 간다. 왜 이들을 '땅'의 가장 깊은 곳에 배치했을까? 지상에 장소를 마련해 주는 게 더 비용을 절감하는 것이 아닐까? 오랫동안 구불구불한 복도를 따라간 뒤 우리는 마침내 리볼리 가로 나온다. 비는 그쳤다. 해가 뜨려면 멀었다. 우리는 걷는다.

"어디에 사시죠? 항상 걸어서 돌아가시나요?"

"예, 걸어서 갑니다. 에피네-쉬르-센[파리에서 북쪽으로 11km 떨어진 도시. 유럽에서 인구 밀도가 높은 곳에 속한다]에서 삽니다. 아주 먼 거리지만 시간이 있습니다. 어쨌든 저는 대중교통 수단을 이용하거나 자동차를 소유할 수 있는 권리가 없습니다."

나는 그의 옆에서 말없이 걷는다. 나무들이 늘어선 북쪽 대로를 걸어가면서 나는 어둠 속에서 생명체들이 북적대는 것을 발견한다. 그들은 모두 벽을 따라 걷는다. 모두 혼자 걸으면서 가능한 적은 공간을 차지하려 한다. 그리고 가로등 아래를 지날 때는 작은 그림자를 만들려고 한다. 흑인, 중국인, 아랍인들인 그들은 해가 뜨기 전인 지금 서둘러 집으로 돌아가고 있다. 도시는 밤이라고 해서 버림받는 곳이 아니다. 그곳은 다른 곳, 즉 경찰들이 감시하는 곳이 된다. 우리의 안전에 대한 의문이 머리에 떠오른다.

"혹시 순찰차에 걸리진 않을까요? 제 눈을 보는 사람들은 하나같이 미친 듯한 반응을 보입니다. 이렇게 함께 걷다간 당신이 위험에 처할 수도 있을 것 같습니다. 만일 검문을 받는다면 최악의 사태가 발생할 수도 있습니다. 제가 떨어져서 따라가는 게 낫지 않을까요?"

"너무 불안해하지 마세요. 도처에 카메라가 설치되고 나서부턴 경찰들은 거리에서 순찰을 거의 하지 않습니다. 선글라스를 쓰시고 고개를 숙이고 걷는다면 아무 문제없을 겁니다."

우리는 이제 막 교통 흐름이 시작된 외곽 순환도로를 지나간다. 나는 난간 너머로 몸을 기울여 대동맥처럼 펼쳐진 도로가 헤드라이트의 물결을 쏟아 내는 것을 바라본다. 그가 내 소매를 잡아당긴다. 우리는 A1[파리에서 북쪽으로 이어지는 고속도로]을 따라 계속 걷는다. 지금 그 주변에는 우울한 공원들이 널려 있다. 우리는 거의 말을 하지 않는다. 그는 내게 집에 돌아가서 얘기를 나누고 싶다고 했다. 우리 등 뒤로 도시의 아름다운 빛들이 멀어지고, 세계가 차츰차츰 어두워진다. 이때부터 우리는 드문드문 서 있는 가로등과 희미한 불빛을 지나친다. 오스망 식 대저택들[19세기 중반 나폴레옹 3세 치하 때 파리는 오스망 장관에 의해 현대식 도시로 대대적인 탈바꿈을 한다. 파리의 도로가 확장되고 하수도 시설들이 정비되고 공원들이 생겨난 것이 이 시기다. 그리고 이때 파리의 빈민

촌들이 철거되면서 도시 노동자들이 대거 시 외곽으로 이주한다] 대신에 작은 벽돌집들이 나타나고, 잘 가꾸어진 마로니에 나무들 대신에 잡풀이 나타난다. 교외가 소리 없이 위로 덮쳐지는 검은 그물망처럼 우리 주위에 나타난다. 더 이상 차들의 흐름은 보이지 않는다. 집마다 겉창은 닫혀 있고, 불은 꺼져 있다. 우리는 시커먼 물가를 따라 불안정하게 서 있는 벽들을 따라 걷는다. 타르 액처럼 소리도 없이 아주 천천히 흐르는 시커먼 물은 바로 센 강이다. 보도에는 표지판도 없다. 우리는 보도를 뚫고 자라난 이름 없는 풀들을 밟고 지나간다. 그것들은 우리들 발밑에서 으스러질 때마다 마른 오줌 냄새를 풍긴다. 가끔씩 입을 크게 벌린, 때 낀 창고들의 출입구가 나타난다. 거기에서 길 위로 판자, 양철통, 상자, 고철들이 쏟아져 내렸다. 우리는 그것들과 마주칠 때마다 길을 바꾼다. 심지어 내 안내자는 전혀 부끄럼도 없이 가득 찬 쓰레기통을 뒤지기 위해 이따금씩 그 앞에 멈추어 선다. 그는 아주 자연스럽게 행동한다. 그는 내게 선택의 여지가 없다고 말한다. 그렇게 우리는 버림받고 죽어가는 구역 속으로 계속 들어간다. 집들은 거리 위로 허물어지지 않도록 받침대들로 받쳐졌다. 창문이 봉해진 집들은 무덤처럼 보인다. 우리는 쓰레기장을 지난 뒤, 몇 킬로미터에 걸쳐 철길과 나란히 나 있는 공터를 가로질러 더욱 멀리 나아간다. 여기저기 칠이 벗겨진 자동차들의 강판이 부식되고 있다. 우리는 음산한 냄새를 풍기며 고여 있는 깊은 물웅덩이들을 돌아서 간다. 나는 지금 포기하고 싶다. 그는 계속 길을 가도록 내버려두고, 나는 되돌아가고 싶다. 그런데 얼마 지나지 않아 교외가 생명을 띠기 시작한다. 아니, 어떤 생명이 이곳을 차지해 교외 형태를 띤다. 우리는 어떤 집단 주거 지역으로 가까이 가고 있다. 손에 닿는 모든 것을 가루로 으깨서 씹어 삼키는 키클로프스[호메로스의 〈오디세이〉에 나오는 외눈박이 거인]의 이빨들처럼 하얀 탑들이 거대한 모습으로 일렬로 솟아 있다. 이것들은 과대망상증에 걸렸던 건축가들의 작품이다. 그들은 영원히 닿을 수 없는 하늘을 관통하겠다는 희망으로 절망적인 작업을 시도했지만, 비참한 일벌레였던 그들의 시도는 좌절됐다. 탑들은 서로 닮았다. 몇몇 창과 벽면들에 동일한 주제의 그림이 보인다. 나는 눈을 들어 하늘을 바라본다. 구름들이 빠르게 지나가며 찢어진다. 탑들은 별들이 총총히 박힌 저 둥근 우주의 천정과 경쟁하기에는 불충분했다. 건축물들 아래에는 콘크리트와 매끈매끈한 대리석으로 만든 광장이 펼쳐져 있다. 그 위로 얼음같이 차가운 바람이 휑하니 분다. 모든 것이 단단하고, 차갑고, 각이 지고, 날카롭다. 어딘지 모르지만 탑들 가운데 한곳을 향해 아주 천천히 나아가는 우리는 멈춰 서 있는 여행자들 같다. 마침내 우리는 유리문이 있는 홀 안으로 들어간다. 문에는 누름단추나 열쇠구멍도 없다. 평범함, 명백함, 그리고 빛나는 청결함. 베네치아의 라벤더[주로 지중해 연안에서 자라는 향이 강한 식물]처럼 강한 소독약 냄새가 코를 찌른다. 방금 전까지 우리 위로 솟아 있던 거대한 토끼장들의 미니어처 같은 편지함들이 왼편으로 가지런히 정렬되어 있다. 그것들은 어느 것 하나 앞으로 튀어 나온 것 없이 벽면에 정확히 붙어 있다. 서로 구별할 수 있는 개성적인 표식 같은 것은 전혀 없다. 불에 타거나 손상된 흔적도 없다. 우리는 많은 승강기들 중 하나를 택한다. 거기 벽에도 낙서라든가 껌 같은 저질스러움이나 불손함, 그리고 음란함과 반항이나 풍자의 흔적 같은 것은 전혀 없다. 건조하다 못해 권태롭기까지 하다. 시대가 변한 것처럼 보인다. 나는 커다란 거울을 통해 내 모습이 보이지 않는 것을 확인한다. 사내는 그런 나를 바라본다. 큰 상자에 덩그러니 커다란 거울 하나만 설치하다니, 좋은 생각이었다. 승강기가 19층에서 우리를 내뱉는다. 이 복도도 편지함만 없다 뿐이지 아래의 홀과 똑같은 모습이다. 나는 구석에 있는 문까지 사내를 따라간다. 소독약 냄새 역시 아래와 마찬가지다. 그가 단단한 철문을 열기 위해 열쇠 꾸러미를 꺼낸다. 그가 사는 곳이라는 것을 알려 주는 금빛 번호판을 제외하고는 여타의 문과 다른 것이 전혀 없는 문이다. 그가 열쇠를 집어넣고 빗장을 벗긴다. 우리는 안으로 들어간다. 아파트는 밝다. 그가 내 뒤에서 문을 닫는다. 아프리카다.

천장에 매달린 아무 장식도 없는 동그란 알전구처럼 벽들은 모두 발가벗겨져 있다. 그림도 벽지도 없다. 모두가 맨살이다. 발랐다기보다는 흘러내린 콘크리트가 우중충하고 오돌토돌하게 내벽 표면을 덮고 있다. 잠시 나는 바닥도 편편한 흙일 것이라고 생각한다. 내 생각은 빗나간다. 거기에는 아주 얇고 더러운 양탄자가 깔려 있다. 그것은 오랫동안 사람들의 발길과 무게에 짓눌려 바닥에 거의 붙어 있다. 그 얇은 갈색 양탄자는 굽도리[벽과 마루가 만나는 부분에 새롭게 판자 같은 것을 댄 곳]를 타고서 조금 위로 올라갔고 네 귀퉁이에서는 끝이 말렸다. 그리고 밟힌 풀이 있는 오솔길처럼 사람들이 지나다닌 흔적이 나 있다. 넓은 거실은 매트리스들 때문에 걸어 다니기에 불편하다. 흑인들이 그 위에서 마치 눈을 뜬 채 잠들어 있는 것처럼 보인다. 우리가 누워 있는 몸들 위로 성큼 뛰어 건널 때마다 하얀 눈동자들이 우리를 뒤쫓는다. 사내가 나를 부엌으로 데리고 간 다음 간단하게 먹을 것을 내놓는다. 나는 그것을 받는다. 한 노인이 자리에 앉아 손으로 밥을 집어먹고 있다. 남자와 노인이 잠시 낮은 소리로 얘기를 주고받는다. 이어서 노인이 접시를 들고 나간다. 부엌에는 가전제품이라고는 흔적도 없다. 그 때문인지 부엌이 넓어 보인다. 꺼진 가스버너만이 커다란 냄비를 받치고 있다. 나의 주인은 싱크대 아래서 큰 접시를 꺼내 주걱으로 식은 밥을 담는다. 우리는 다른 식기 없이 같은 접시에 퍼 담은 눌어붙은 흰 밥을 함께 먹는다. 소금이나 양념거리도 없다. 그는 밥이 맛있는 것 같다. 나는 억지로 밥을 한 움큼 입에 집어넣고는 수도꼭지를 틀어 가늘게 흘러나오는 염소수를 오랫동안 마신다. 언제 다시 배가 고파질지 모를 일이다. 내가 그에게 배를 채웠다는 표시를 하자 그는 일어나 나간다. 나는 그를 따라간다. 우리는 다시 거실을 건넌다. 다시 눈동자들이 주의 깊게 우리를 쫓는다. 그 노인이 밑이 푹 꺼진 소파 위에 잠들어 있다. 그의 무릎에는 반쯤 비워진 접시가 놓여 있다. 우리는 통로 끝까지 가 여기저기 물건들이 쌓여 있는 방으로 들어간다. 목재 가구들의 색은 어둡다. 침대 머리맡의 램프에 불이 켜져 있다. 침대는 흐트러졌고, 한 여자가 잠들어 있다. 삐걱거리는 책장 선반들이 불안정하게 쌓여 있는 책들을 받치고 있다. 사내가 초에 불을 붙이고 램프를 끈다. 여자는 움직이지 않는다. 크랙[코카인에서 추출한 마약의 일종] 파이프가 침대 옆의 작은 탁자 위에 놓여 있다. 그녀는 한동안 움직이지 않을 것이다. 사내는 옷장을 열어 수가 놓인 하얀 실내복을 꺼내 상의 위에 그대로 입는다. 이어서 그는 더러운 바닥 위에 돗자리를 편다. 우리는 서로를 마주보며 양반다리를 하고 앉는다. 그가 마침내 입을 연다.

"저는 당신을 돕기 위해서 데리고 왔습니다. 그렇게 하면, 아마도 당신이 다른 세계에 있을 때 저를 악운과 저주로부터 보호해 줄 것이기 때문입니다. 당신이 제게 빚을 졌기 때문에 저를 도와줄 것이라고 생각합니다."

"제가 정말로 원하는 건 제게 무슨 일이 일어났는지를 아는 겁니다. 그리고 제가 무엇이 되었고, 지금 무엇을 해야 하는지를 아는 겁니다."

그는 손으로 긴 묵주를 돌리면서 나를 오랫동안 주시한다. 그러고는 다시 내 이마에 엄지를 올려놓는다. 나무 구슬들이 부딪치는 소리가 들린다. 그가 말한다.

"당신은 끔찍한 일을 저질렀습니다. 당신이 당신 안으로 이끌어 들인 악령을 느낄 수 있습니다. 지금 당신 안에는 어떤 커다란 비밀이, 어떤 악마가 있습니다. 그것이 당신도 모르는 사이에 당신을 지배하지 않도록 조심하세요. 당신은 무슨 일을 저질렀습니까?"

나는 사내에게 내가 기억하고 있는 것을 가능한 데까지 모두 말한다. 그는 아무 말 없이 오랜 시간 동안 얘기를 듣는다.

내가 거울에 비치지 않는 상황까지 얘기했을 때 그가 내 말을 자른다.

"당신은 영이기 때문에 모습이 비치지 않습니다. 당신의 상은 거울 속으로 흡수된 뒤 거기에서 나오지 않습니다. 왜냐하면 당신 영혼의 일부분은 다른 세계에 있어서 거울이 그것을 비추지 못하기 때문입니다. 당신의 육체는 당신이 해야 할 일을 완수할 때까지만 잠시 주어진 것일 뿐입니다. 당신이 당신 모습을 볼 수 있는 유일한 곳은 사람의 눈동자입니다. 원한다면 안경을 벗고 내 눈을 보시죠."

그가 초를 가까이 끌어온 뒤 내게 몸을 숙인다. 나는 그의 검은 눈동자를 바라본다. 거기에 나의 작은 상이 있다. 마침내 나의 상이 나타난다. 나는 코가 거의 맞닿을 정도로 그에게 다가간다. 나는 더 이상 내가 아니다. 머리카락은 짧고 검다. 눈은 옆으로 째지고 처졌다. 나의 반쯤 벌어진 입에는 타액으로 빛나는 두꺼운 혀가 매달려 있다. 나는 휠체어에 앉아 있던 그 사내, 보다 정확하게 말한다면, 몽고증 환자다.

"이것이 정말로 제 모습인가요?"

"그것이 우리가 보고 있는 모습입니다. 그렇다고 당신이 '하늘의 왕국' 에 속하는 것은 아닙니다."

"무슨 의미죠?"

"우리들 식으로 말한다면, 당신은 알라를 보았습니다. 그런데 알라는 당신의 영혼을 거두어 가지 않았습니다. 알라는 지금 당신의 가슴속에 공포를 심어 놓은 사람을 찾도록 당신을 되돌려보냈습니다. 내가 당신 속에 웅크리고 있다고 한 악마를 심어 놓은 사람 말입니다."

"저는 아무것도 이해할 수 없습니다. 제가 무슨 일을 저질렀죠?"

"제가 알 수는 없습니다. 그것을 알아내야 하는 건 당신입니다. 제가 당신과 같은 영에 대해 알고 있는 것도, 그 세계에 대해 알고 있는 것도 거의 없습니다. 저는 단지 다음과 같은 사실만을 말씀드릴 수 있습니다. 즉, 몇 해 전부터 당신과 같은 사람들, 그러니까 미숙아들, 불구자들, 그리고 추하게 생긴 사람들이 거리에서 사라졌습니다. 달리 말한다면, 추방당한 것입니다. 그들이 거리에 있는 건 이성과 인간의 육체에 대한 그들의 이상을 더럽히는 것입니다. 그들이 당신을 쫓고 붙잡으려는 것도 그런 이유 때문입니다. 그런데 당신은 그들이 정권을 잡은 초기에 사라진 몽고증 환자들과는 다른 부류에 속합니다. 당신은 그 이후에 나타난 사람들에 속합니다. 무엇 때문인지 모르겠지만, 나중에 나타난 사람들은 그들의 시각에서 볼 때 매우 귀중한 능력을 갖고 있습니다. 그들이 당신을 잡기 위해 모든 수단을 동원하고 있기 때문에 당신은 조심해야 합니다. 항상 선글라스를 쓰시고 눈에 띄지 않도록 하세요. 그리고 빠르게 움직여야 합니다. 왜냐하면 이 세상은 당신의 장소도 아니고, 당신이 우리들 사이에서 머무를 수 있는 시간도 한정되어 있기 때문입니다."

"어디서부터 시작해야 하죠?"

"당신이 이 세상으로 되돌아온 것은 무언가를 시작하기 위해서, 특히 새로운 삶을 살기 위해서가 아니라는 걸 명심하세요. 이전의 삶을 마무리하기 위해 되돌아왔다고 생각해야 합니다. 당신이 그 이전의 삶에 대해 질문을 한다 해도 저는 어떤 대답도 해 줄 수 없습니다. 두려운 일이라 해도, 당신 혼자서 답을 구해야 합니다. 당신은 내일 떠나야 합니다."

"그 개들이 죽은 것은 무엇 때문이죠?"

"모르겠습니다. 그러나 그들이 당신을 찾는 것은 바로 그런 점 때문이라고 생각합니다. 당신은 영이에요. 아마도 이 세상을 떠나기 전에 이상한 일들을 많이 보고 경험하게 될 것입니다."

"저와 같은 사람들이 또 있나요?"

"많습니다. 어디에나 있습니다. 그러나 그들은 눈에 띄지 않게, 슬픈 생활을 하며 사람들 무리를 피해 살아가기 때문에 쉽게 목격되거나 관찰되지 않습니다. 그러나 결국에는 문제를 일으킨다고 생각하기 때문에 그들이 제거하려는 것입니다."

"당신은 내가 죽은 사람이라고 말하지만, 나는 심장이 뛰고 있는 걸 느낄 수 있습니다. 저는 이전보다도 훨씬 더 강렬하게 살아 있다는 것을 느낍니다. 그것은 왜죠?"

"이미 말씀드린 대로 저는 그런 질문들 모두에 대답해 줄 수 없습니다. 당신이 죽었건 살아 있건, 그렇게 말하는 것이 위로가 되고 편하다면 그렇게 하세요. 지금 제 손을 만져 보시죠."

이렇게 말하면서 그는 오른손을 들어 손가락을 벌리고 손바닥을 내게로 향한다. 나는 그의 손바닥에 내 손바닥을 댄다. 나는 내 손을 잘 안다. 그것의 힘줄, 점, 그리고 흉터를 잘 안다. 그러나 그렇게 손바닥을 붙이는 동안 내 눈에 보이는 것은 다른 사람의 손, 두껍고 주름진 작은 손이다. 지금 흑인의 검고 큰 손바닥에 마주 붙어 있는 건 휠체어를 굴리던 그 손이다. 나는 내가 지금까지 생각하고 있던 그런 존재가 아니다. 나는 내 몸에 대해 꿈을 꾸고 있었다. 여전히 튼튼하고 건강한 몸을 상상하고 있었다. 이렇게 본다면, 나는 그 사고에서 살아남았던 것이 아니다. 다만, 무슨 이유 때문인지는 모르겠지만, 의식만이 보존된 것이다. 그것도 어떤 알 수 없는 목적을 달성하기 위해. 내일 아마도 국립도서관의 자료들을 열람해야 할 것이다. 내가 되돌아온 이 이상한 세계를 이해해야 한다. 표면적으로는 안전하고 조용한 세계이지만, 이면에는 경찰들이 감시하는 폭력적인 세계. 사내는 손으로 계속 묵주를 돌리면서 오랫동안 얘기한다. 군대, 깃발, 행렬, 플래카드, 환호, 침묵, 검열, 선전, 도청, 협의, 위협, 납치, 실종, 고발, 경찰, 수색, 간수, 부동자세, 심문, 감금, 고문, 감옥, 집행, 그리고 공동 묘지. 이제 밤이 늦어 우리는 더 이상 얘기를 나누지 않는다. 내게는 들은 것과 본 것을 소화할 시간이 필요하다. 나쁜 이야기들을 들으면서 그만큼 나의 회복 시간도 단축된다. 불상사에 단련된 운동선수처럼 나도 단련되어 간다. 그가 오랫동안 기도한다. 계속 이야기를 이어가기 전에 내게 수연통[고대부터 페르시아 지방에서 마약을 피울 때 쓰던 도구. 고무파이프처럼 생긴 긴 도관 안에 향이 강한 물이 담겨 있고, 연기가 이 물을 통과해 입으로 들어온다]을 내민다. 나는 받는다. 영혼을 구제해야 할 이때 몸에 대해 신경을 쓸 필요가 있을까? 물이 오른 파이프는 전등갓을 통과하는 빛과 거의 색이 비슷하다. 그래서 전등갓을 벗겨내지 않는 한 파이프와 전등에서 나오는 빛을 거의 구분할 수 없다. 사내는 파이프를 우리 사이에 내려놓는다. 이어서 그는 침대 아래에서 담배 잎사귀를 싼 천을 꺼내 정성스럽게 바닥에 놓는다. 그러고는 천에 싸여 있는 상태 그대로 하시시[마리화나의 일종. 고대부터 전통적으로 내려오던 마약] 잎들을 잘게 부순다. 우리는 피운다. 머리가 어지러워진다. 밖에는 탑들이 하얗게 빛나고 있다. 탑들 너머로 하늘은 다시 찾아온 새벽으로 인해 꿈틀대기 시작한다. 나는 일어나 탑들을 보러 간다. 나는 그것들이 나름대로 아름답다는 것을 발견한다. 저것들은 상승하려는 인간의 의지를 증명한다. 그 아래로 화물열차가 쉴 새 없이 덜커덩거리는 소리를 내며 지나간다. 잎사귀에서 모락모락 피어나는 연기와 함께 열차 소리가 내 안에서 미묘한 음악처럼 울린다. 나는 음악이 사라진 뒤에도 오랫동안 그 음을 즐긴다. 도시가 백인들을 위해서는 깨어나고, 다른 인종들을 위해서는 잠들고 있다. 그런데 정면 탑에서 반사되는 푸른 불빛이 내 주의를 끈다. 나는 아래를 바라본다. 경찰 밴 여덟 대가 건물 아래에 주차해 있다. 나는 창문을 연다. 순간 얼음 같은 바람이 들어오고 천천히 오르던 연기가 방 안에서 소용돌이친다. 나는 다시 아래를 내려다본 뒤 나의 주인에게 돌아서서 와서 보라는 신호를 보낸다. 그가 다가와 몸을 숙이며 아래를 바라본다. 그러고는 몸을 일으키며 말한다.

“여기에 있으면 안 돼요. 곧 손님들이 찾아올 거예요.”

“저는 어떻게 해야 하죠?”

“숨어야 합니다. 오세요.”

그는 나를 입구로, 다시 층계참으로 데리고 간다. 그의 손에는 빗자루가 들려 있다. 그것으로 그는 승강기 앞 복도의 천장 패널을 밀어 올린다.

"자, 빨리 올라가시죠. 나를 타고 올라가세요. 그들이 올라오고 있습니다. 위에서 바닥에 엎드려 있으세요. 일이 끝나기 전까지 움직여선 안 됩니다."

나는 그의 손바닥에 발을 올린다. 비좁고 먼지가 가득 쌓여 있는 공간 안으로 힘들게 올라간다. 나는 누워서 패널을 제자리에 끼워 넣는다. 침묵과 어둠 이외에는 아무것도 없다. 승강기가 작동하는 소리만 들린다. 윙윙거리는 울림 때문에 미세한 콘크리트 가루들이 진동한다. 나의 구원자는 소리 없이 현관문을 닫는다. 경찰들이 들이닥치기 바로 2초 전이었다. 계단과 승강기를 통해 무장한 바퀴벌레들이 쏟아져 나온다. 나는 움직이지 않는다. 숨을 쉬지 않는다. 그들은 아무 경고도 없이 현관 철문을 플라스틱 폭탄으로 폭파시킨다. 그리고 집을 벌집으로 만들어 놓는다. 군화가 바닥에 부딪치는 소리, 고함 소리, 때리는 소리가 들린다. 그리고 워키토키의 잡음, 수갑을 차는 사람들의 신음 소리. 침입은 순식간에 끝난다. 대략 5, 6분 사이에. 그러나 내게는 영원의 한 조각과도 같은 순간이다. 마침내 모든 것이 잠잠해진다. 바로 아래에서 발걸음이 무겁게 오가는 소리가 들린다. 나의 기름지고 약한 몸뚱어리 바로 몇 센티미터 아래에서 폭풍우가 가라앉고 있다. 나의 눈은 이미 어둠에 익숙해져 있다. 틈새로 올라온 빛이 내 눈앞에서 굴절한다. 그들 중 두 명이 층계참에서 멈춘다. 이야기를 주고

받는다. 이들의 발걸음은 보다 우아하고 가볍다.

"어떻습니까?"

"잡진 못했지만 머물렀던 흔적이 있어."

"지금부터 어떻게 해야 하죠?"

"깜둥이가 얘기를 하겠지. 우리 요원들에게 기대를 해도 좋을 거야. 사라진 놈이 그놈들 중 하나인지 알게 되겠지."

"확실히 그놈들 중 한 놈입니다. 혹은 더 있을 수 있죠. 그런데 여기서 무엇을 하려고 했는지 아십니까?"

"딴 새끼들처럼 문제를 일으키려는 거겠지. 빨리 없애고 메나르 님에게 보고해야 하는데…."

오랫동안 침묵이 이어진다. 라이터 켜는 소리가 들린다. 그들 중 하나가 연기를 들이마신다.

"잡을 수 있지. 시간문제일 뿐이야. 그런 몸 상태론 오랫동안 도망 다닐 수 없어."

"도와주는 놈이 없을 때 얘깁니다. 그런데 어떻게 흑인들의 보호를 받게 됐죠?"

"몰라. 그것도 알게 되겠지."

"아무튼 이번에도 총책임을 맡으셨군요."

승강기 문이 열린다. 두 사내는 안으로 들어간다. 그 둘의 발자국 소리가 마치 팽팽한 북 표면에서 울리는 소리처럼 승강기의 얇은 강판 위에서 울린다. 두 사내가 나에 대해 이야기하고 있다는 것을 이해하는 데 대단한 지식이 필요한 건 아니다. 그런데 그렇게 많은 경찰들이 그토록 오랜 시간이 지난 후에도 나를 찾고 있다니, 도대체 어떻게 된 일일까? 내가 다른 사람의 모습을 하고 있는데, 어떻게 나를 쫓고 있는 것일까? 그렇게 많은 병력이 단지 몽고증 환자 하나를 위해? 그들이 정말로 찾고 있는 것은 무엇일까? 그들이 두려워하고 있는 것은 무엇일까? 나는 복도 위에서 지나가는 발걸음 소리를 들으며 오랫동안 기다린다. 마침내 조용해진다. 나는 매우 피곤하다. 깊은 잠속으로 빠진다. 불편하다. 다리에 경련이 오고 배가 철판에 눌릴 때마다 숨이 막힌다. 의식은 깨어났지만, 눈이 잘 떠지지 않는다. 밤인지 낮인지 알 수 없다. 잠시 귀를 기울인다. 나밖에 없다는 확신이 들자 아래를 보기 위해 패널을 든다. 고요하다. 이 비참한 침대에서 내려가도 좋겠다. 도와주는 사람이 없으니 어렵다. 주저주저하면서 몇 번 서툰 동작을 하다가 고깃덩어리처럼 무겁게 바닥으로 떨어진다. '쿵' 하는 소리가 들린다. 아픔을 참고 일어난다. 문은 봉인되었다. 들어갈 수 없다. 어쨌든 안에는 아무도 없는 것 같다. 승강기 단추를 누른다. 올라오지 않는다. 지층까지 혹은 그 너머까지 나선형으로 뻗어 있는 19층 계단을 걸어서 내려간다. 이따끔씩 계단의 자동 전등이 꺼진다. 그때마다 나는 불빛 한 조각을 구걸하듯 팔을 뻗고 장님처럼 어둠 속에서 빛을 내는 스위치를 향해 걸어간다. 이때마다 바깥의 진정한 빛이 그리워진다. 그런데 마침내 바깥으로 나왔을 때 나를 맞이하는 것은 잔인한 빛이다. 머리가 아프고 눈앞이 캄캄해진다. 바늘 같은 빛살로부터 눈을 보호하기 위해 고개를 돌려야 한다. 선글라스는 저 위, 부엌 테이블 위에 있다. 밥을 먹을 때 선글라스를 거기에 벗어둔 것을 정확하게 기억한다. 제기랄. 나는 고개를 숙이고 앞으로 곧장 나아간다. 사람이 전혀 없는 포석 깔린 드넓은 광장을 가로지른다. 움직이는 것은 아무것도 없다. 불과 몇 걸음 떨어지지 않은 곳에 아파트들이 있는데도, 이곳에는 밤이나 낮이나 생명을 지닌 것은 아무것도 없다. 하긴 아파트도 잠만을 위해 만들어진 창고에 불과하다. 마침내 매우 가파른 계단이 나타난다. 거기를 내려가 나는 많은 사람들이 오가는 상업 지구에 도착한다. 은퇴한 사람들이 장을 보고 있다. 인종적으로 우수한 그들은 무리를 이뤄 다니며 즐거워한다. 나는 순간 담배를 파는 곳에 선글라스가 진열되어 있는 것을 본다. 나는 눈을 아래로 내리고 들어가 검은색의 큰 선글라스를 하나 집어 쓴다. 고개를 들어 주위를 둘러본다. 5단으로 된 〈프랑스 민족〉은 '우수한 경제 성적'을 자랑하고 있다. 나도 모르게 비웃음이 나온다. 꼿꼿하게 서서 안경 값을 지불해 주기를 기다리는 여주인 이외에는 그런 내게 주의를 기울이는 사람은 없다. 그 도둑년은 내게 1유로 62상팀밖에 거슬러 주지 않는다. 나는 잔돈으로 마르스[미국의 마르스 사에서 만드는 바 형태의 초콜릿]를 산 뒤 손에는 빨간 동전들을 들고 입에는 산업 시대의 사탕을 문 채 가게를 나선다. 파리로 돌아가야 한다. 그리고 신문도 읽어야겠다. 수사를 맡았던 사람은 누구였을까? 그들은 무엇을 발견했을까? 나를 끌고 간 그 경관들은 누구였을까? 아마도 사건에 대해 기사를 쓴 사람들 중 하나와 접촉할 수 있을 것이다. 나는 아무 지향 없이 걷는다. 마침내 파리를 가리키는 커다란 이정표가 나타난다. 아직도 한참을 가야 한다. 신발이 닳겠다. 어딘가에서 RER[파리의 수도권 고속전철] 역을 발견하지 않는 한 그 먼 길을 다시 걸어서 돌아가야 한다. 마르스를 다 먹었다. 갈증이 난다. 어디로 가야 할지 모르겠다. 갑자기 행운의 여신 하나가 나를 향해 미소 짓는다.

V

반짝거리는 작은 오토바이 하나가 저속으로 공회전을 하며 내 앞 인도에서 '당첨자'를 얌전히 기다리고 있다. 그것은 장난감 따발총처럼 자극적인 소음을 내며 푸른 연기를 조금씩 내뿜는다. 눈부신 햇빛 속에서 환한 빛을 낸다. 뒷좌석에는 가죽으로 만든 가방과 나무줄기로 만든 야채 바구니가 있다. 핸들 앞에는 철사로 만든 장바구니가 있다. 아가씨는 참을성 있게 주인을 기다린다. 주인은 천천히 정육점을 나선다. 백발에다 슬리퍼를 끄는 그는 두 손에 분홍색과 흰색 모눈종이로 포장된 작은 고깃덩어리를 들었다. 그는 직장 생활을 시작한 초기에 이 아름다운 오토바이와 만났을 것이다. 돈 없는 하급 공무원이었던 그는 큰 맘 먹고 공장에서 막 출시된 처녀 같은 그녀를 샀을 것이다. 이후 그들은 한시도 서로를 떠나지 않았을 것이다. 그의 직장 생활 내내 그녀는 10월에는 아침 안개를 뚫고 5월에는 세찬 비바람을 가로지르며 병에 한 번 걸리지 않고 주인을 일터에까지 씩씩하게 실어날았을 것이다. 그에 대한 보답으로 주인은 그녀를 애지중지하고, 언제나 닦아 주고,

항상 몸을 온전하게 유지시켜 주었을 것이다. 그래서 그녀의 크롬 강철 색은 결코 바래지 않았고, 라이트는 어둠 속에서 항상 힘찬 빛을 냈을 것이다. 그 둘은 이미 오래전에 한 몸이 돼서 언젠가는 헤어져야 한다는 사실도 잊어버렸다. 나는 노인을 밀치고 기계에 올라탄다. 그리고 가스를 한 움큼 내뿜는다. 오토바이는 무섭게도 천천히 움직인다. 주인은 땅바닥에 주저앉았다. 그는 고래고래 소리치며 사람들을 부른다. 나는 속도를 내기 위해 미친 듯 페달을 밟는다. 골목 모퉁이를 돌기 전에 백미러를 통해 피범벅인 앞치마를 두른 정육점 주인이 손에 식칼을 든 채 나를 향해 마구 손짓하는 것을 본다. 나는 저런 인간의 손님은 되지 않을 것이다.

나는 그럭저럭 돌아가는 길을 찾는다. 남쪽을 향해, 태양을 향해, 파리를 향해 달린다. 밤 못지않게 우울한 모습을 하고 있는 가난한 사람들의 구역들이 잔인하게 쏟아지는 햇빛 속에서 내 옆으로 열을 지으며 지나간다. 나는 나도 모르는 사이에 몇 번 우회한 뒤 포르트 다스니에르[에피네-쉬르-센에서 북쪽을 통해 파리 중심으로 들어가는 길에 있는 문]를 통해 수도로 들어간다. 그리고 곧 포르트 드 샤펠르로 이어지는 직선도로를 타고 자유롭게 달린다. 나는 마음껏 자유를 즐기고 싶다. 이 아름다운 거리에 두 번 다시 못 올 수 있다. 이렇게 햇빛이 쏟아지는 시각에, 예전에 나의 기쁨이었던, 작지만 즐거운 이 광기를 언제 다시 즐길 수 있을까? 나는 작은 오타바이를 타고 있지만, 와그람 가를 오르기로 결정한다. 이런 오토바이를 타고 샹젤리제 거리를 전속으로 달리지 말라는 법은 없다. 나는 고개를 숙이고 더욱더 세게 페달을 밟는다. 속도가 45km를 넘어서고 순식간에 에트왈르 광장[파리의 개선문이 있는 광장. 여기서 파리에서 가장 유명한 거리 중 하나인 샹젤리제 거리가 뻗어 있다]에 도착한다. 나는 피자 배달 오토바이부터 관광객들을 가득 실은 버스까지 차들의 흐름을 막는다. 이렇게라도 해야지 소형 오토바이가 차선 안쪽에서 달릴 수 있다. 나는 프롱드 효과[17세기 중반 프랑스에서 국가의 재정 정책에 반대하는 두 번의 프롱드 난이 일어난다. 국가에 반기를 든 사람들은 왕의 군대와 부딪히고 이 과정에서 학살이 일어나 난은 모두 실패로 끝났는데, 여기서 '프롱드'는 '반항'이라는 비유적인 뜻으로 쓰인다]에 기대를 건다. 그런 식으로 자신 있게 보이는 게 가난한 교통수단의 주인인 내가 세계에서 가장 아름다운 도시이자 자동차들로 넘쳐나는 이곳 도로에서 질주를 할 수 있는 유일한 방법이다. 나는 화려한 거리를 따라 내려간다. 이곳은 가진 것이 돈밖에 없는 사람들이 자신을 과시하기 위해 사방에 돈을 뿌리는 곳이다. 이어서 나는 취한 듯 콩코르드 광장을 가로지른다. 바람에 머리카락이 날리고 입에는 미소가 떠오른다. 튀일르리 가를 따라 버스 차로를 타고 센 강 쪽 인도로 들어선다. 마침내 나무들 아래서 엔진을 끄고 가벼운 몸이 된다. 강이 바라다보이는 낮은 벽에 오토바이를 기대어 놓은 뒤 한동안 볼품 없는 배들이 죽은 것처럼 서 있는 관광객들을 실어 나르는 탁한 물줄기를 바라본다. 잎이 무성한 높은 나뭇가지들 사이로 햇빛이 비춰 들어와 내 몸 위로 일렁이는 작은 그림자 점들을 만든다. 나는 흥분 상태에서 빠져 나오기 위해 잠시 아무 생각도 않고 서 있다. 이어서 오토바이에 실린 물건들을 살펴본다. 핸들 앞의 바구니는 비어 있다. 나는 그것을 접어 조심스럽게 벽 위에 올려놓는다. 다음에는 뒷좌석에서 야채 바구니를 고정시키고 있는 팽팽한 푸른색 줄 두 개를 떼어낸다. 바구니에는 싱싱한 가지 한 개, 향이 강한 파 다섯 뿌리, 아주 못생긴 작은 호박 두 개가 있다. 나는 이것들을 바구니 채로 모두 센 강에 던진다. 이런 것에 신경 쓸 마음의 여유나 시간이 없다. 이제부터 서둘러야 한다. 사람과 차들이 많은 여기보다는 인적이 없는 공터 같은 곳에서 이런 작업을 해야 했다. 이어서 나는 뒤쪽의 가방을 연다. 여기에도 이것저것 많이 들어 있어 짜증이 난다. 바싹 구운 바케트 빵 반쪽, 아주 마른 소시지 하나, 잘 만든 카망베르 치즈 하나, 이름이 생각나지 않는 작은 감자 한 줄. 그리고 특히 지갑. 오토바이 주인 이름은 에밀 뤼시엥 포르. 에피네의 파리 가 11번지. 태어난 해를 볼 때 곧 있으면 일흔일곱이다. 생일은 6월 13일. 나는 증명서에 있는 칩 때문에 매우 놀라 잠시 생각에 잠긴다. 그들은 모레노[1975년에 초소형 회로를 발명한 프랑스의 기업가]의 미세한 발명품 속에 무엇을 넣을 생각을 했을까? 이런 새끼들은 지옥으로나 꺼지길. 나는 내 것만 챙기면 된다. 영감은 국민당 당원 증명서를 가졌다. 나는 이것을 귀중하게 챙긴다. 사진도 없고, 생년월일도 없다. 분명 언젠가 소용이 될 것이라는 생각이 든다. 다른 증명서들은 훔쳐봤자 소용없을 것 같다. 커다란 행복은 낡은 지갑을 두툼하게 만드는 지폐 뭉치에서 오는 법이다. 장을 보러 갈 때 600유로나 들고 가는 이런 일은 노인들의 전형적인 나쁜 습관 중 하나다. 그렇게 많은 돈으로 무엇을 살 생각들을 하는 걸까? 내친 김에 나는 수표책까지 챙긴다. 희생자가 될 무구한 상인들만 불쌍하다. 이름을 써넣고 사인만 하면, 그들은 늘 그렇듯 수표를 받을 것이다. 수표책이 시작을 알리는 작은 불꽃이라고 한다면, 신용카드는 피날레를 장식하는 폭죽이다. 실제로 카드의 바코드 위에 화약 뇌관과 연결된 포스트잇이 붙어 있다. 영감이 신고를 하기 전에 현금을 인출해야 한다. 나는 단지 동전 지갑만 들고 정육점에 들어갔다는 사실 하나 때문에 가련한 노인에게 비싼 대가를 치르게 한다. 아마도 영감은 오랫동안 그 몇 백 그램의 돼지고기를 천추의 한으로 생각할 것이다. 그러나 배고픈 내게 다른 방법은 없다.

나는 중앙 스탠드로 받쳐 놓은 오토바이에 오른 뒤 엔진을 가동시키기 위해 몇 번 페달을 밟는다. 가스가 뿜어 나온다. 짐승은 몸이 매우 뜨겁다. 그것은 잔기침을 몇 번 하더니 2박자 노래를 시작한다. 나는 다시 떠난다. 바구니들이 없어 홀가분하다. 그리고 매우 부자가 되었다. 나는 맨 처음 마주친 현금지급기에서 시동도 끄지 않고 오토바이에서 내리지도 않은 채 칠백 유로를 인출한다. 두 번째 지급기에서도 칠백 유로를 인출한다. 세 번째 기계는 카드를 삼킨다. 젠장. 나는 사마리텐가 옆으로 난 길 속으로 사라진다. 그리고 곧장 레 할레스 쪽으로 달린다. 순찰차와 마주치지 않기를. 그들은 지금 작고 납작한 플라스틱 조각을 삼킨 지급기를 향해 피라니아 떼처럼 사납게 몰려들 것이다. 한치도 의심치 않는다.

나는 낡은 오토바이를 체인으로 묶거나 자물쇠로 채우지도 않은 채 그대로 이노상 분수에 기대어 놓는다. 나는 레 할레스에서는 항상 공포가 뒤섞인 강렬한 우울감을 경험했다. 이 커다란 지하 쇼핑센터에 대해 갖고 있는 기억은 바로 이곳에 올 때마다 느꼈던 그런 거북한 감정에 대한 것이다. 이번에도 나는 걸어가면서 어떤 부서진 벌통으로, 어떤 개미굴로 다가가고 있다는 감정에 휩싸인다. 벌통과 개미굴에서는 야생의 벌떼와 우글거리는 개미떼가 흘러나온다. 그들은 내 곁을 지나면서 탐욕적이고 적대적인 시선으로 나를 바라본다. 마치 나의 약점을 찾아내 그것을 비웃기라도 하는 것처럼. 지하로 내려가면 더 나쁜 상황이 벌어질 것이다. 무서운 집단의 대부분은 지상이 아니라 바로 지하통로에 있다. 부랑자들, 극빈자들, 펑크족들, 그리고 랩을 읊조리는 무리들이 몰려 있다. 이곳을 지나갈 때마다 두려움이 속으로 날카롭게 파고든다. 그 무리들에 대한 두려움과 두려움을 들킬 것이라는 두려움. 그리고 이 소굴에서 살고 있는 무리들이 악한 존재들이고, 언제나 악을 생각하고, 그것을 찾고, 그것에 전율하고, 그것을 발견하고 행하고 있다는 확실한 느낌은 내게 이상한 감정을 불러일으키고는 했다. 에스컬레이터 입구에 각 층 도면을 보여 주는 커다란 스크린이 있다. 나는 지문들로 덕지덕지 기름때가 낀 화면을 터치한 뒤 갈 길을 생각한다. 생각이 하나 떠오른다. 지하 2층에 사이버 카페가 있다. 정보를 수집해야 한다. 옆에서는 여자 하나와 남자 둘이 예전의 광고판 자리에 설치된 거울을 들여다보며 전화를 하고 있다. 그들 셋 모두 거울에 코를 박고 있다. 나는 도시 사람들 모두가 미쳤다고 생각하며 서문西門 안쪽으로 깊숙이 들어간다.

에스컬레이터가 지하 깊숙한 곳에 나를 내려놓는다. 나는 영원히 꺼지지 않을 하얀 인공 빛 속에 빠진다. 여기에 있는 사람들은 더 이상 지상에서 보던 사람들이 아니다. 국가나 거기에 부속된 어떤 기관이 코카서스인을 이곳에서 받아들일 수 있는 유일하고 공통된 인간의 전형으로 만들기 위해 작업을 한 것처럼 보인다. 우선 나는 나의 상당수 백인 동포들이 금발에 창백한 피부를 하고 있다는 것을 발견한다. 유행의 모드는 북구 쪽으로 옮겨가고 있다. 나는 어렵지 않게 그 이유를 알 수 있다. 나의 밤색 눈동자는 슬픈 머리와 피부들에서 벗어나 부드럽게 빛나는 고급 유리창 쪽으로 옮겨간 뒤 그것을 찬찬히 살펴본다. 상점들은 상류층들이 찾는 이 지하 통로 양쪽으로 열을 지어 선 채 하나같이 휘황찬란하고 투명한 빛을 낸다. 그렇게 하기 위해 경쟁이라도 하고 있는 것처럼 보인다. 나는 상점들 사이를 걷는다. 그러나 나는 예전처럼 유행이나 스포츠 용품 혹은 가구들에 전혀 관심을 갖지 않는다. 이 지하 거리의 모퉁이에 카페가 있다. 옛 양식으로 외벽을 꾸민 집이다. 나무로 만들어진 벽은 에나멜 칠이 되었고, 창문은 작은 십자형 나무틀로 만들어졌다. 이제까지 본 상점들과 선명하게 대조가 되는 장소다. 커다란 흰 커튼이 걸려 있는 입구에는 카페의 분위기를 그대로 보여 주는 '기술과 전통의 사이버네틱 아베이롱' ['아베이롱,' 프랑스 중남부의 피레네 산맥 근방의 한 도道]이라는 글자가 쓰여 있는 간판이 쇠줄에 걸려 있다. 좋다, 들어가자. 자동문도 없고 종업원도 없다. 안으로 들어가기 위해서는 손잡이를 돌린 뒤 직접 문을 열고 들어가야 한다. 실내는 따뜻하고 편안한 분위기다. 주인은 내부를 옛 농가처럼 만들기를 원했던 것 같다. 바닥에는 남부 지방의 6각형 타일이 깔렸다. 의자와 테이블도 모두 목재로 만들어졌다. 테이블을 덮고 있는 천은 비쉬[프랑스 중부에 위치해 있는 도시] 양식이다. 십여 대의 컴퓨터 스크린들에서 나오는 빛 때문에 이 모든 것이 뚜렷하게 보인다. 안내 문구가 쓰여 있다. 30분 단위로 컴퓨터를 쓸 수 있다. 비스킷을 먹거나 음료수를 마실 수 있고, 식사를 할 수도 있다. 시간이 길어질수록 요금은 적은 비율로 부과된다. 가격은 적당해 보인다. 나는 카운터로 다가가 모형 굴뚝과 폴리우레탄으로 만든 큰 술통 사이에 있는 구석진 컴퓨터를 주문한다. 남자는 분명 50대다. 회색 머리에 머리끝을 말꼬리처럼 땋았고, 청바지에 검은 가죽조끼를 입었다. 그는 등록 명부를 꺼내면서 내게 신분증을 보여 달라고 말한다. 나는 잊고 있었다는 듯이 주머니를 뒤진 뒤 아무렇지도 않게 사내의 코앞으로 당원 증명서를 내보인다. 그는 기록부에 기입한다. 나는 테이블로 커피 한 잔을 갖다 달라고 말하고 자리를 잡는다. 운영체계는 많이 바뀌지 않았다. 아무 때나 광고가 뜨는 것을 제외하고는 예전보다 더 매끄럽고 신속하게 작동한다. 순식간에 접속된 뒤 다채롭고 호화롭게 장식된 페이지들이 나타난다. 나는 초고속 검색 엔진의 도움을 받으며 오랫동안 자료들을 찾는다. 마침내 흉악 범죄를 스크랩해 놓은 어느 이탈리아인의 사이트에 접속한다. 그는 사건들에 대한 목록을 만들어 세심하게 분류해 놓았다. 밝혀졌거나 밝혀지지 않은 수많은 사건들이 몇 페이지에 걸쳐 날짜나 장소, 혹은 희생자와 살인자의 이름, 혹은 범죄에 사용된 도구에 따라 분류되었다. 매우 잘 만든 데이터베이스들이 신속히 정렬된다. 이런 것이 공공연히 공개되어 있다는 게 놀랍다. 잔 바닥의 설탕이 다 녹지 않아 나는 두 번째 커피를 시킨다. 빈 칸에 주제어를 입력한다. 케이스에 항목을 입력한다. 마지막으로 등록된 사건은 10년 전 사건이다. 이것이 의미하는 바는 사이트는 그물망을 벗어났지만, 사이트 임자는 그물망에 걸려 배 위로 끌어 올려져 통조림이 되었다는 것이다. 리스트 하나가 나타난다. 나의 살인 사건과 관련된 행을 본다. 화면 한가운데 날짜, 장소, 그리고 내 이름이 있다. 내 몸에서 모든 힘이 빠져나간다. 마우스가 몇 톤이나 되는 것처럼 무겁게 느껴진다. 그러나 나는 저항하지 못하고 커서를 옮겨 '상세 정보' 를 클릭한다.

맨발이던 그 여자의 이름은 아그네스 부테이유. 31살. 그녀는 면도칼과 울타리용 쇠말뚝으로 살해됐다. 내가 살인자로 추정되는 인물이다. 검고 작은 서체의 글씨들 한가운데 굵은 파란색 글씨로 내 성이 표시되었다. 나는 클릭한다. 이름, 태어난 연도, 사망한 연도(내가 죽은 날! 내가 읽고 있는 것을 믿을 수 없다. 내게 죽은 날이 있다!), 학위, 전과 기록, 그리고 정신과 병력이 기록된 표가 나타난다. 심지어 작은 사진도 실려 있다. 물론 내 얼굴은 잘 알아볼 수 없다. 고객 담당 전문 자격증을 따기 위해 찍었던 이 사진을 기억하고 있다. 생-미셸 전철역의 즉석 사진기에서 뽑은 것이다. 마르지 않은 일련의 사진들이 배출구 접시로 떨어졌을 때, 얼굴이 아프가니스탄의 저항 단체 요원 같다고 혼잣말을 했던 기억이 난다. 이후에도 이 사진을 볼 때면 그 생각이 들곤 했다. 비록 지금 나의 모습은 완전히 다르긴 하지만. 내가 보는 것들은 이미 내가 알고 있는 사실들이다. 희생자 발아래서 체포된 범인은 심문을 받기 위해 니스의 중앙 경찰서로 호송되던 중 차 사고로 죽었다. 정신병자인 범인과 국민부대 경관들 사이에서 난폭한 싸움이 벌어지면서 차가 절벽 아래로 떨어지는 사고가 발생한 것으로 추정된다. 그러나 차의 파편들이 발견된 그 이상한 장소에 대한 언급은 전혀 없다. 분명히 그 절벽 길은 도심으로 가는 길이 아니었다. 나와 함께 체포되었던 사람에 대한 언급도 없다. 그도 분명 범인으로 추정되어야 할 인물이다. 짧게 끝나는 텍스트는 〈모닝 니스〉 인터넷판을 참조하라고 되어 있다. 나는 거기로 가보지만, 예상대로 사이트는 폐쇄되었다. 나는 포기하고 되돌아간다. 그리고 몇 분간 나의 사이코 동료들의 행각을 읽으며 시간을 보낸다. 세계는 미친 살인자, 독살자, 토막 살인자, 교살자, 그리고 총잡이로 가득 차 있다. 심지어 러시아에서는 서른아홉 명의 소녀들 — 이들 중 나이가 제일 많은 희생자가 막 열여섯 살이 된 소녀였다 — 을 황산구리로 죽인 남자도 있다. 나는 이것에 비하면 아무것도 아니다. 나는 면도칼과 울타리 쇠말뚝을 사용한 살인 아마추어다. 다른 사이트도 있다. 이번에는 칠레 사람 것이다. 〈모닝 니스〉의 자료들을 무상으로 제공한다. 살인의 이유가 어떻게 써 있을까.

사건은 여러 페이지에 걸쳐 세 개의 기사에서 언급된다. 사건 전후 3주일간의 과정이 기록되어 있다. 여기 쓰여 있는 것에 따르면, 내가 범인으로 추정되는 사람이고, 사건의 정확한 경위는 알 수 없지만, 대략 내가 핸들을 강제로 빼앗는 과정에서 호송차가 길에서 벗어나는 사고가 일어났다. 그리고 그 결과 내가 죽은 것으로 판단된다. 사건의 유일한 출처는 당시 사건 책임을 맡은 에밀 르포르라는 경찰서장이다. 결혼식이 있었던 골프장의 이름도 알게 된다. 브랑드브와 골프장. 나는 이 이름을 잊고 있었다. 아내와 나는 숲에 위치한 예배당의 결혼식에 참석하고 나서 장소라든가 길의 이름 같은 것에는 주의를 기울이지 않고 단지 앞의 자동차를 뒤따라갔을 뿐이다. 그 후 술을 매우 많이 마셨고 마리화나를 피웠기 때문에 장소에 대한 기억이 잘 나질 않는다. 이름을 알아낸 것은 다행이다. 골프장 브랑드브와. 부모들이 아이들의 결혼식 장소로 선택하게 만들 정도로 발음이 매우 음악적인 곳이다. 이름이 입속에서 잘 울린다. 이런 곳의 바에서는 푹신한 의자에 몸을 깊숙이 파묻고 앉아 가슴을 쭉 편 채, 혐오스럽지만 돈이 매우 많은 골퍼들과 어울릴 수 있다. 이 골퍼들은 겸손하게 걷는 능력을 상실했지만, 특정한 코스나 코스들 사이로 드라이브를 할 때 돈을 뿌릴 줄 안다. 경기의 질은 별로 중요하지 않다. 이곳은 졸부들끼리 주소록이 있는 수첩을 서로 내보이기에 완벽한 곳이다. 재능은 없지만 이름난 연예계의 주인공들, 회사에서는 폭군이고 상스럽지만 여기서는 고만고만한 사장들, 변변찮은 변호사들, 그리고 천박한 상인들의 이름이 수첩에 적혀 있다. 브랑드브와 골프장. 두 번 다시 잊어버리지 않을 이름이다. 다른 두 기사는 분명 수습기자가 작성한 것이 틀림없다. 수고를 했지만 결국에는 날림으로 작성한 짤막한 기사다. 첫 번째 것은 부검 결과를 담았다. 멍청이가 맨 눈으로 보아도 알 수 있는 것 이상은 적혀 있지 않다. 여자는 말뚝에 맞아 두개골이 깨진 뒤 많은 피를 흘린 채 창백한 얼굴로 죽었다. 살인에 사용된 말뚝은 발견 당시 나무에 기대어져 있었다. 두개골과 마찬가지로 배는 그녀의 숨이 끊어지지 않은 상태에서 갈라졌다. 시신을 나무에 매단 것은 아마도 살인이 끝난 후 미학적인 장면을 연출하고 싶었던 판타지에서 비롯된 것으로 보인다. 마지막 세 번째 기사는 호송차의 파편에 대한 분석을 실었다. 중요한 것은 아무것도 없다. 탑승자들 모두가 죽은 것으로 결론 내린다. 그렇게 수사는 끝난다. 기사는 국민부대 경관들의 이례적인 희생정신에 대한 헌사로 끝을 맺었다. 그들은 타락한 우리 사회 최악의 인간들을 견제하기 위해 매일 자신들의 목숨을 걸고 있다 등등. 저널리스트들은 언제쯤이면 이런 마니교적 모럴리즘[마니교에서는 세계가 서로 싸우는 선과 악으로 나뉘어 있다고 보는데, 여기서 주인공은 선과 악의 단순한 이분법을 풍자하고 있다]을 그만둘까? 나를 연행한 경찰들은 결코 교회 합창단 소년들이 아니었다. 나는 그들의 죽음에 대해서는 관심 없다. 아니 모든 것을 생각해 볼 때, 그 죽음은 그들의 행위에 대한 응당한 대가다. 나는 조금도 주저 없이 그들이 죽었다는 사실에서 기쁨까지 느낀다. 그들도 어떤 궁극적인 업을 마무리하기 위해 이 세계로 되돌아왔는지, 혹은 '지옥'의 법정에서 잔인한 화염에 휩싸여 불타 사라졌는지는 모르겠다. 어쩌면 그들과 곧 마주칠지도 모른다. 그들이 자신들의 때 이른 죽음에 대한 대가를 치르게 하기 위해 이 세계에서 이미 나를 찾고 있는지도 모른다. 안 그래, 로베르? 네 비비안도 나의 알반이 그랬던 것처럼 너를 맞아 주었나? 너 대신 그녀의 팔에 안겨 있던 남자의 이름은 어떻게 되지? 너와 나는 순진한 자들이 아니었을까, 로베르? 예전에는 우리들의 생명을 갖고 놀고, 지금은 우리들의 죽음을 갖고 노는 사람들은 누구지? 나는 이런저런 생각들을 하며 이 무책임한 세 기사의 편집자를 알아낸다. 마뉘엘 팡지올리니. 아무리 잘 봐 준다 해도 사건에 대한 그의 조사 작업은 불성실하기 짝이 없다. 여자는 어떤 사람이었지? 아무 이유 없이 살인을 저질렀다는 그 젊은 가장은 어떤 사람이었지? 그는 왜 그 자리에 있었지? 왜 그런 끔찍한 살인을 저질렀지?

나는 전화기와 세 번째 커피를 주문한다. 에스프레소 한 잔과 이동식 전화기가 전달된다. 페이지에 써 있는 번호대로 전화를 한다. 두 번 신호가 가자 비발디가 흘러나오고, 수화기는 내게 〈가을〉을 반복해서 들려준다. 이어서 교환 아가씨가 전화를 받는다. 나는 마뉘엘 팡지올리니를 부탁한다. 그녀의 명부에 이름이 없는 것 같다. 교환 아가씨는 편집실로 연결한다. 10초짜리 비발디의 한 구절이 정확하게 18번 반복된다. 마침내 한 남자의 목소리가 들린다.

"편집실입니다."

나는 이런 익명의 목소리를 좋아하지 않는다. 소리는 멀리 있는 목구멍에서 흘러나온 뒤 이 미지의 인간이 들고 있는 송화기 속에서 지지직거리는 전류로 변신한다. 나는 신선한 공기라고는 전혀 없는 사무실에 앉아 있는 사내의 젖은 목젖을 상상할 수 있다. 그는 본래의 자신과는 전혀 어울리지 않는 위엄을 갖춘 태도로 일을 하고 있을 것이다.

"안녕하십니까? 〈시카고 헤럴드〉의 프랑스 주재 특파원인 스티브 하비입니다. 팡지올리니 씨와 통화를 하고 싶은데요. 그분께 전해 드릴 정보가 있습니다."

잠시 침묵. 수화기를 들고 있는 이 사내는 분명 생각을 하고 있다. 무언가가 머릿속에서 맴돈다. 잠시 뒤 사내가 또박또박 말한다.

"이곳에 그런 이름을 가진 사람은 없습니다."

"설마요. 제가 알기로 팡지올리니 씨는 그곳에서 계속 일을 하셨는데요. 그러면, 편집장님과 통화할 수 있을까요?"

다시 비발디가 들린다. 몇 분 동안 반복되는 소리 때문에 나는 질린다. 다시 교환수와 연결된다. 나는 한 번 더 편집장을 부탁한다. 그들은 내게 베네치아인의 바이올린을 한 번 더 들려준다. 그러나 소용없다. 또다시 교환수와 연결되고, 이번에는 편집장이 통화중이라고 말한다. 아가씨는 다시 전화할 것인지, 아니면 기다릴 것인지 묻는다. 비발디를 나중에 다시 듣느니 지금 듣는 게 낫다. 그래서 〈가을〉은 계속해서 들리고, 나는 구역질을 느낀다. 마침내 한 남자가 전화를 받는다.

"르포르체입니다."

간략하게 말하는 것이 좋다. 나는 그에게 똑같이 지껄인다.

"안녕하십니까? 〈시카고 헤럴드〉의 프랑스 주재 특파원입니다. 팡지올리니 씨와 꼭 통화를 하고 싶습니다. 사실, 그분에게 전할 아주 중요한 정보가 있거든요."

"팡지올리니? 팡지올리니… 팡지올리니! 마뉘엘 팡지올리니. 그분은 여기에서 더 이상 일을 하지 않으시는데요. 퇴직을 하셨는데… 가만 있자, 죄송합니다… 아 예, 일을 그만두신 지가 적어도 10년은 훨씬 넘었습니다. 〈글로벌 네트워크〉가 이곳을 인수하기 전이었습니다. 전해드리겠다는 중요한 정보가 무엇이죠? 제게 말씀하시죠. 만일 모렝 상원 의장과 그의 정부情婦에 대한 것이라면 소용이 없을 것 같습니다. 저희들이 이미 모든 사실을 파악했거든요."

"아니, 편집장님, 그것에 관한 것이 아닙니다. 마뉘엘 씨와 꼭 연락을 하고 싶은데요. 오래되었지만 그분은 제 친구입니다. 전화번호라든가 집 주소, 혹은 이메일 주소 같은 것이라도 없으신가요?"

"없습니다. 보르들레로 가신 것으로 기억하고 있습니다. 그분이 그곳을 매우 좋아하셨거든요."

"고맙습니다, 편집장님. 다시 연락을 드리겠습니다."

나는 바로 전화를 끊는다. 그리고 의자 등받이에 몸을 기대어 오랫동안 생각한다. 비발디가 계속 머리에서 맴돈다. 음들이 서로 교차하는 그 싸구려 바이올린 소리 때문에 정신을 집중할 수 없다. 나는 카랑카랑거리는 자극적인 소리를 없애기 위해 라가뷜렝[향이 강한 스코틀랜드 산 위스키를 프랑스어로 표현한 것]을 한 잔 시킨다. 주인이 테이블 위에 무겁고 두꺼운 잔을 내려놓는다. 잔이 테이블 위에 놓이는 소리도 나를 즐겁게 한다. 나는 전화번호를 검색하며 차가운 잔을 들어 내 얼굴로 가져간다. 그리고 한 잔 들이킨 뒤 잔을 이리저리 돌리며 잔의 벽을 따라 흐르는 알코올 방울을 바라본다. 발 아래로 이탄이 깔린 황야가 펼쳐진다. 안개가 자욱이 깔린 어느 이른 아침이다. 여기저기 흩어진 불길이 풀잎과 재의 냄새를 실어온다. 거기에는 물보라와 요오드 냄새를 풍기는 바닷바람 냄새도 섞여 있다. 나는 다시 잔에 입술을 갖다 댄다. 그리고 다시 쭉 들이킨다. 강한 부식토와 흙 냄새가 입속으로 퍼지며 내 정신을 사로잡는다. 술은 다시 내 영혼을 뜨겁게 한다. 내 몸속으로 스며들어와 작은 기관들 속으로 흘러간다. 나의 고독감도 가라앉고 피로도 풀린다. 미묘한 향기가 나를 취하게 하고, 감각들을 날카롭게 한다. 사고들이 침잠한다. 언덕에서 가축들이 우는 소리가 들린다. 나는 무덤들 사이를 걸으며 풀로 뒤덮인 작은 언덕을 내려간다. 그녀가 저 아래 모래밭에 앉아 있다. 그녀는 얇은 천으로 몸을 감쌌다. 내 욕망의 여자. 그녀가 남자 하나를 열정적으로 껴안는다. 나는 끝나지 않는 그들의 키스를 바라본다. 나는 그들을 향해 걷는다. 그녀가 나를 바라보며 미소를 짓는다. 그리고 남자의 귀에 무언가를 속삭인다. 그러자 사내도 나를 향해 고개를 돌린다. 그 남자다. 이럴 거라고 짐작했어야 했다. 나는 그들을 향해 걸으며 굵은 나뭇가지 하나를 집어 단단히 움켜잡는다. 나뭇가지는 단단하고 딱딱하다. 그러나 껍질이 떨어져 나갔기 때문에 표면이 매끄럽고 감촉이 좋다. 그가 그런 식으로 키스를 한다면 나는 이런 식으로 발기할 수밖에 없다. 나는 매우 가까이 다가간다. 바람이 그들 옷을 스치며 지나가는 소리가 들린다. 그녀는 계속해서 내게 미소 짓는다. 나는 나무를 내려칠 곳을 찾는다.

나는 소스라치게 놀라 깨어난다. 한 손으로 이마를 받치고,

다른 손으로는 잔을 단단히 쥐고 있다. 컴퓨터의 작은 시계를 본다. 거의 두 시간이 흘렀다. 카페는 차츰 도시의 젊은이들로 채워진다. 그들의 눈동자는 유리알처럼 비어 있거나 권태로 가득 차 있다. 나는 선글라스를 내려놓은 뒤 오랫동안 얼굴을 비빈다. 화면에는 팡지올리니의 전화번호가 그대로 있다. 나는 전화기를 다시 주문하기 전에 번호를 다 외운다. 전화번호를 누르며 잠시 주저한다. 이 무감각하고 천편일률적인 사람들 사이에서 식사를 하기 위해 계속 머물러 있어야 할까? 이곳에 너무 오래 머물렀다는 생각이 든다. 전화를 한 뒤 떠나야겠다. 약한 신호음이 가자마자 한 사내가 전화를 받는다. 쉬고 지친 목소리다. 텔레비전 소리에 덮여 잘 들리지 않는다.

"여보세요, 마뉘엘 팡지올리니입니다."

"안녕하세요, 팡지올리니 씨, 저는…."

그가 내 말을 끊는다.

"잠시만 기다리시죠, 죄송합니다."

그가 일어나는 소리가 들린 뒤 텔레비전 소리가 들리지 않는다. 그가 다시 수화기를 집는다.

"예, 말씀하시죠."

"네, 저는 〈시카고 헤럴드〉의 스티브 하비입니다. 지금 저는 프렌치 리비에라[니스 근방의 지중해 지역]에서 일어났던 매우 충격적인 사건들에 대해 기사를 쓰고 있습니다. 그런데 부테이유 양 사건에 대해 관심을 갖게 되었는데, 팡지올리니 님께서 〈모닝 니스〉에 그 살인 사건에 대해 글을 쓰신 것을 알게 됐습니다. 사건에 대해 몇 가지 여쭤 볼 게 있는데 만나 뵐 수 있을까요?”

침묵이 이어진다. 나는 그가 내 거짓말을 간파한 것인지, 아니면 대답할 말을 찾고 있는 것인지 판단하지 못한다. 미국식 악센트 쓰는 것을 잊어버렸다. 잠이 덜 깼다. 그가 대답한다.

“예, 물론입니다. 부테이유 양 사건이라, 기억하고 있습니다. 끔찍하게 살해당했죠. 호송차와 범인으로 추정되는 사람들이 골짜기 바닥으로 떨어졌죠. 생존자는 한 명도 없었습니다. 그 사건을 말씀하시는 것이죠?”

“네, 바로 그 사건입니다. 혹시, 내일 점심 무렵에 댁으로 찾아뵐 수 있을까요?”

그는 내게 괜찮다고 말한 뒤 찾아오는 방법을 설명한다. 아르카숑 해안[대서양 해안에 접해 있는 프랑스 남서부 지방. 쾌적한 기후 때문에 해수욕장으로 유명하고, 굴양식업이 크게 발달하였다. ‘아르카숑’은 도시 이름이기도 하다]의 레이르 삼각주에서 꽤 멀리 떨어진 곳에 집이 있다. 우리들은 대개 구나 우편번호, 또는 짝수와 홀수 번지를 구별하기 위해 비스[‘2’라는 뜻]나 테르[‘3’이라는 뜻]로 쓰는 주소, 혹은 건물 번지나 숫자와 알파벳으로 조합된 주소에 익숙해 있는데, 이런 의미에서 보면 그는 엄격한 의미의 주소는 가지고 있지 않다. 나는 일어나 지하 거리로 나가기 전에 요금을 계산한다. 그는 ‘범인으로 추정되는 사람들’이라고 말했다. 만일 범인이 나 혼자가 아니라는 것을 알았다면 왜 그는 그것을 기사에 쓰지 않았을까? 나는 패스트푸드점을 찾아 잠시 복도를 헤맨다. 그곳에서 나는 인간 존엄과 요리 예술에 대한 치욕을 게걸스럽게 먹는다. 입으로 물렁물렁한 것들을 씹으며 나는 가능한 한 이성적으로 다음 일을 생각한다. 내일 정오까지 대서양 해변에 있어야 한다. 그곳으로 가는 방법에는 거의 선택의 여지가 없다. 확실한 신분증명서가 없기 때문에 비행기를 탄다거나 렌트를 한다는 건 불가능하다. 그러면 다시 기차를? 짜증 난다. 기차는 정말 혐오스럽다.

나는 에스컬레이터를 타고 지상으로 올라온다. 거리에는 사람들의 왕래가 늘어나기 시작한다. 극장에 가거나 외식을 하기 위해 밖으로 나오는 시간이다. 나는 구겨진 옷을 바르게 편 뒤 오토바이를 세워 놓은 분수를 향해 걷기 시작한다. 그것은 아무런 잠금 장치도 되어 있지 않다. "저를 훔쳐 가세요"라는 글만 써 있지 않을 뿐이지 누구라도 가져갈 수 있다. 나는 과연 오토바이가 자리에 그대로 있는지 궁금해진다. 아직도 있다. 그런데 이것은 내가 우려했던 것이기도 하다. 예전 같으면 오토바이는 이륜차 주차 구역으로 옮겨져 있어야 한다. 세상은 정말로 변했다. 내가 이 세상에 있을 자리는 없다. 내가 그것을 너무 잘 이해하고 있는 것이 아니라면, 나는 이 세계를 더 이상 이해하지 못한다. 이 사회는 나를 못 견디게 한다. 사회는 내 뇌에 독한 방부제를 뿌린다. 나는 생-라자르 역으로 가기 위해 기계에 올라탄다. 그러나 그와 동시에 백미러를 통해 아치 기둥들 뒤에서 남자 셋이 뛰어나오는 게 보인다. 그들 중 하나가 "정지"라고 소리친다. 메아리가 사방에서 반사되어 몇 번 내게 돌아온다. 그런 뒤 도시의 소음 속으로 사라진다. 나는 기계에서 뛰어내려 사람들로 붐비는 광장을 가로질러 달린다. 그 사이에 선글라스를 떨어뜨린다. 그들은 나보다 더 빠르지만, 지금은 내가 조금 앞서 있다. 나는 쓰레기통을 뛰어넘고, 차들이 오가는 걸 보지도 않고 차도를 가로지른다. 사람들이 클랙슨을 울린다. 타이어들이 비명을 지른다. 금속판들이 충돌하는 소리가 들리고 누군가 짧게 비명을 지른다. 분노에 찬 그 소리는 순식간에 공중으로 사라진다. 나는 바람처럼 달리지만, 나를 뒤쫓는 발자국 소리는 멀지 않은 곳에서 계속 들린다. 이 약한 기형의 육체가 얼마나 오랫동안 내 의지를 따라갈 수 있을까? 나는 보부르 센터 앞을 지난다. 순간 우아하게 높이 솟은 환상적인 복합 단지의 모습에 감탄한다. 갑자기 진한 푸른색 외투를 입은 경찰 두 명이 길을 가로막을 목적으로 오른쪽에서 튀어 나온다. 나는 사정없이 왼쪽으로 방향을 틀어 일직선으로 난 길을 절망적으로 뛴다. 그러고는 건물 마당으로 들어간다. 나는 그들이 왜 아직 나를 붙잡지 않는지 이해할 수 없다. 그들은 훈련된 인간이다. 나는 어깨 너머로 그들이 얼마나 따라오고 있는지 보고 싶은 욕망을 억누르고 달린다. 곧 있으면 숨이 끝까지 차오를 것이다. 나는 이미 힘이 빠져 있다는 것을 느끼기 시작한다. 나는 건물 마당에 설치된 울긋불긋한 파이프들을 돌아 나와 레퓌블리크 광장을 향해 대로를 달린다. 지금 발자국 소리는 매우 가까이서 들린다. 그리고 가끔씩 긴 간격으로 이어지는 부드러운 보폭 소리와 함께 운동선수의 리드미컬한 호흡 소리가 들린다. 그들이 나를 붙잡지 않는 것은 그것을 원하지 않기 때문이다. 그들은 지금 나의 모든 힘을 빼고 있다. 적어도 어떤 중요 기관이 파열되어 죽기를 바라는 것이 아니라면, 그들은 내가 숨을 쉴 수 없어 더 이상 나아갈 수 없을 때까지 기다리고 있다. 입에 거품을 물고 그들의 팔에 안겨 쓰러질 때까지 기다리고 있다. 나는 더 이상 달릴 수 없다. 고통이 너무 크다. 아프다. 피를 토하고, 심장이 바깥으로 튀어나올 것 같다. 그때 갑자기 흰색 BMW 405 한 대가 내 앞으로 돌진한다. 그리고 방향을 꺾어 옆을 스치듯이 지나간다. 그것은 보도를 전속력으로 달린다. 길바닥으로 몸들이 엎어지는 둔탁한 소리가 들린다. 나는 고개를 돌린다. 차는 멈추어 섰다. 차의 앞 유리창 한가운데에는 머리카락이 섞인 살점들이 별 모양으로 찍혔다. 나를 쫓아오던 그 두 사내가 아스팔트 위에 누워 있다. 한 사내는 몸을 움직이며 도움을 구하지만 입에서 아무 소리도 나오지 않는다. 다른 사내는 다리가 비틀려 부러진 채 전혀 움직이지 못한다. 나는 멈추어 선 뒤 그들을 향해 되돌아간다. 그 순간 BMW의 차문들이 열린다. 거기서 건장하게 생긴 흑인 세 명이 내린다. 그들 중 하나가 내게 차에 타라는 신호를 보낸다. 나는 말에 따른다. 쇠망치를 들고 있는 다른 한 사내는 도움을 구하는 남자의 머리를 그것으로 몇 번 내려찍는다. 그러고는 망치를 버린 뒤 잭나이프를 꺼내 정확한 동작으로 다른 남자의 목 뒤에 박는다. 나는 자동차에서 내리고 싶다. 누군가 나를 붙든다. 왼쪽에 앉은 네 번째 남자가 내 팔 위에 손을 올려놓는다. 나는 돌아본다. 부엌에서 밥을 먹던 그 노인이다. 그는 내 손을 토닥이며 안심하라는 신호를 보낸다. 그의 세 동료들이 서둘러 차에 올라탄 다음 차문을 세게 닫는다. 차는 다시 매우 빠르게 출발한다. 잠시 후 경찰 밴 두 대가 사이렌을 크게 울리며 우리들 옆을 지나간다. 나는 호흡을 가라앉히고 그들에게 감사의 표시를 하려 한다. 하지만 고통과 함께 구역질만 느낀다.

1분도 채 안 되어 차는 왼쪽으로 꺾어지고 속도를 늦춘다. 우리는 천천히 상티에 가를 지나 곧 어떤 건물의 차고 입구에 도착한다. 모두 내린다. 나는 그들과 함께 십여 미터를 뛴다. 이어서 녹이 많이 슨 흰색 화물차 안으로 들어간다. 누군가 운전석에 앉아 기다리고 있다. 차는 출발한다. 바스티유 가를 지나 로케트 가로 접어든다. 우리는 마분지 위에 앉아 있다. 마분지가 우리를 차가운 철판으로부터 보호해 준다. 내 정면에 있는 사내가 소팔렝[주방 같은 데서 쓰는 기름 흡입력이 좋은 휴지. '소팔렝'은 프랑스의 종이 회사 이름]으로 쇠망치를 훔친다. 나는 그런 그를 바라보면 토를 할 것만 같다. 그가 그 남자의 목에 칼을 박았다. 노쇠한 흑인이 마침내 내게 말을 건넨다. 가끔씩 지나가는 가로등 불빛으로 그의 얼굴을 볼 수 있다. 그의 목소리는 천천히 이어진다. 알루미늄 종이를 비비는 듯한 소리를 낸다.

"당신이 어젯밤에 제 조카를 만났죠. 그렇지 않습니까? 당신은 조카와 함께 집으로 왔었습니다. 부엌에서 보았어요. 거기서 밥을 먹었죠. 그런데 그 뒤 국민부대가 찾아와 모두 끌고 갔습니다. 제 생각에는 아무도 돌아오지 못할 것 같습니다. 예, 제 조카는 돌아오지 못할 거예요. 야간 가택 수색은 매우 이례적인 경우입니다. 제 경험으로 볼 때, 그들은 무권리자를 체포할 때 매우 조심스럽고 치밀했습니다. 그들이 당신 같은 단순한 몽고증 환자 하나를 위해 그렇게 많은 병력을 동원하진 않았을 거예요. 당신은 생각 이상으로 국민당의 주의를 끌고 있어요. 마찬가지로 저희들의 관심도 끌고 있습니다. 정치국 경찰 소속의 그 두 장교를 기억하십니까? 저도 숨어 있었기 때문에 그들이 하는 얘기를 들었습니다. 그들이 단순히 저능아 하나를 본부로 데리고 가기 위해 그 흰둥이들을 보낸 것은 아닐 겁니다. 조카는 정치에 관여하지 않았습니다. 제 형이 죽은 후부터 조카는 제게 아들과 같은 존재였어요. 그래서 저는 누구보다도 그를 잘 압니다. 그들은 그 애 때문이 아니라 당신 때문에 왔습니다. 당신은 당신이 생각하는 것 이상으로 몸값이 나가는데, 당신은 그걸 모르고 있는 것 같습니다. 그들이 왜 당신을 쫓는지 아나요? 그들이 영에게서 무엇을 원하는 것일까요?"

"무슨 얘기를 하시는지 전혀 모르겠습니다. 당신은 누구죠? 경관 두 명을 죽였는데, 그렇게까지 할 필요는 없었다고 생각합니다."

"우리가 누군지는 당신에게 중요하지 않아요. 괜찮다면 저를 바롱 삼디라고 부르시죠. 지금 국가에 우호적인 친구들만 있는 것은 아니라는 걸 아셔야 합니다. 몇 년 전부터 사람이 거의 살지 않는 빈민 지대나, 경찰의 감시가 없는 지하실이나 여러 장소에서 상황을 바꾸고자 시도하는 그룹들이 계속해서 성장하고 있습니다. 우리들은 다시 해방되기를 원합니다. 이런 행동은 분명 우리들이 입은 고통에 대한 정확한 반작용입니다. 우리들은 그 우두머리들에게 그들이 행한 짓 그대로 되돌려주고 있어요. 그렇게 해야지, 그들이 자신들에 대해 의식할 수 있다고 생각해요. 경관들의 운명에 대해선 그렇게 놀라지 마세요. 그들이 당신을 붙잡았다면 당신에게 어떤 짓을 했을지 당신은 전혀 몰라요. 그랬다면 아마도 당신은 진정으로 죽지 않았던 것을 후회했을지도 모릅니다."

"그런데 저는 지금…."

"당신이 살아 있는 존재라고는 생각하지 마세요. 저도 영들을 알고 있습니다. 당신이 누군지 알아요. 그들이 집권하기 전까지는 이곳에 영들이 없었어요. 이 세상에서의 시간이 모두 끝난 사람들이 어떻게 해서 되돌아올 수 있게 되었는지는 모르겠습니다. 당신과 같은 모습을 한 사람들에게 어떤 의미를 부여해야 할지도 모르겠습니다. 그러나 계속해서 생각해 봐야 할 문제입니다. 당신도 차에서 나간다면 같은 질문을 해야 할 겁니다."

그가 내게 선글라스를 내민다. 내가 아파트 부엌 식탁에 두고 온 것이다. 나는 지금 하고 있는 조사 작업이나 내일의 약속에 대해 말을 하지 않기로 결심한다. 지금은 말을 너무 많이 하지 않는 게 현명하다. 나는 그 팡지올리니라는 자와 약속이 있고, 그와 이야기할 수 있기를 기대하고 있다. 어쩌면 생각을 바꿀 수도 있다. 두 명의 경관이 살해된 사건에 공범이 된 지금, 나를 복원시키기 위한 작업이 필요할까? 그러나 나는 휠체어에 앉아 있던 그 사내와 그가 한 말을 떠올린다. 나는 이곳에 살기 위해 온 것이 아니라, 더 이상 나의 자리가 없는 이 세계를 떠나기 위해 왔다. 내가 바라는 것은 단 한 가지다. 내가 한 일을 이해하고, 이 모든 광기와 관계를 끊고 떠나는 것이다.

낡은 화물차가 정지한다. 빠른 속도로 달리고 있었기 때문에 그것은 귀청이 찢어지는 금속성 소리를 낸다. 그리고 운전자는 서툴게 후진을 하다 주차해 있는 다른 차들과 부딪친다. 운전자가 시동을 끈다. 모두 내린 뒤 좁고 가로등 불빛이 희미한 길을 따라 50미터 정도를 빠른 걸음으로 걷는다. 길 양쪽으로 흰색 벽의 낡은 집들이 늘어서 있다. 우리는 열려 있는 차고 문 안으로 들어간 뒤 어둠에 잠긴 마당을 건넌다. 발아래에서 보도를 느낄 수 있다. 고개를 들자 별이 없는 사각형의 검은 하늘이 보인다. 다른 사람들이 칠흑 같은 어둠 속을 능숙하게 걸어가는 동안 나는 몇 번 발을 헛디뎌 넘어진다. 그럴 때마다 사람들이 달려와 나를 부축해서 일으킨다. 우리는 건물 안으로 들어간다. 삐걱거리는 나무 층계를 더듬으며 올라간다. 나는 층을 센다. 5층, 마지막 층에 도착한다. 열쇠 꾸러미가 찰랑거리는 소리가 들리고, 한순간 금속 물체가 반짝인다. 그 뒤 끼익 소리가 나며 문이 열린다. 우리는 들어와 어둠 속에 그대로 서 있다. 마루 위로 발이 오가는 소리, 커튼 치는 소리, 그리고 문이 닫히는 소리가 들린다. 마침내 촉수가 약한 전구 하나가 불그스름한 빛을 낸다. 등나무와 대나무로 만든 오래된 가구들이 거실을 장식하고 있다. 그 거실 천장 한가운데 전구가 매달려 있다. 바닥에는 짚으로 만든 매트가 깔려 있다. 의자들도 나무로 만들었다. 바롱 삼디 외에는 무슨 명령을 기다리는 것처럼 서 있는 사내 하나밖에 없다. 다른 두 사내는 가버린 것 같다. 노인은 앉으면서 옆에 서 있는 젊은 그 사내에게 마실 것을 가져오라고 한다. 사내는 궤에서 찻잔 세 개와 도자기 병을 꺼낸 뒤 우리에게 식초 냄새가 나는 무색의 술을 따른다. 그도 앉는다. 바롱은 내게도 앉으라고 권한다.

"잠시 테이블에 앉으시죠. 제 아들 방드르디입니다. 한 잔 드세요. 몸이 녹을 겁니다. 조금 뒤에 식사도 하고 씻을 수도 있습니다. 그리고 깨끗한 옷들도 준비되어 있습니다. 이곳은 우리들이 일할 때마다 찾는 곳입니다. 오늘 밤에는 바깥에 있지 않는 것이 좋습니다. 조만간 대사냥이 시작되고, 저희들은 사냥의 표적이 될 겁니다. 그런 카페에 들어가 인터넷을 한 건 미친 짓이었어요. 전파 방해 장치가 없었다면 당신은 매우 쉽게 붙잡혔을 겁니다. 단어 몇 개를 잘못 입력만 했어도 당신 목숨은 불과 몇 초 사이에 끝장났을 겁니다. 저희들은 경찰이 밖에서 매복하는 것을 지켜보았습니다. 당신이 카페에서 시간을 오래 끄는 바람에 우리들도 다음 일을 준비할 수 있었어요. 그런데 왜 그들이 당신을 쫓고 있나요? 당신은 정치 활동을 했습니까? 야당이나 금지된 노동조합의 멤버였습니까? 아니면, 당신 가족들이나 친구들이 어떤 식으로든 반국가 단체 활동을 했나요? 그렇지 않으면 비밀 서류를 갖고 있습니까? 사진? 책? 회계장부? 공금을 횡령했나요? 쿠데타를 조직하거나 실행했나요? 아니면 금지된 일들, 그러니까 이중 결혼이라든가 외국인을 투숙시켜 주는 것 같은 범죄를 저질렀습니까?"

나는 그가 이런 질문을 할 때마다 고개를 좌우로 천천히 흔든다. 나는 이전의 삶에 대해 조금 얘기한다. 나와 아내가 어떤 사람이었으며, 우리가 무엇을 좋아하고 무슨 일을 했는지, 그리고 우리의 기쁨과 슬픔, 그녀를 잃은 나의 슬픔을 설명한다. 불길한 선거 때 국민당에 투표했던 것도 고백한다. 그는 그 이후 선거가 없었다고 대답한다. 갑자기 젊은 사내가 내가 알아듣지 못하는 말로 증오에 찬 욕설을 퍼붓는다. 노인이 그런 그를 제지하며 훈계한다. 나는 노인이 그에게 하는 말을 이해하지 못하지만, 젊고 건장한 흑인이 느낀 환멸을 이해할 수는 있다. 그는 자신이 껴안으려던 세계가 불타는 것을 보았다. 사춘기 때 꿈을 향해 팔을 벌린 순간에 그 꿈의 세계가 불타 사라지는 것을 보았던 것이다. 나는 그를 바라보며 아무 말도, 아무 변명도 하지 않는다. 내 눈빛이 그의 눈 속으로 파고든다. 나는 그의 검은 눈동자 속에서 춤추는 생명을 탐욕스럽게 바라본다. 그의 눈빛을 통해 그의 육체의 열기 속으로 들어간다. 그의 심장이 뛰고 그의 피가 흐르는 소리가 들린다. 공기가 그의 폐 속을 지나고, 내장이 느린 박동으로 수축하며 움직이는 것을 느낀다. 처음에는 장난에 불과했지만, 이것이 내게 즐거움을 준다. 나는 잔인하게도 계속 진행하고 싶은 욕망을 느낀다. 젊은 남자의 목에서 힘줄이 경련을 일으킨다. 그가 고통으로 얼굴을 찌푸린다. 얼굴에서 굵은 핏줄이 불거진다. 갑자기 굵고 검은 핏방울이 그의 뺨 위로 흘러내린다. 이때, 내 눈이 피가 맺힌 사내의 눈동자를 더 이상 바라보지 못하도록 노인이 재빨리 손을 뻗는다. 나의 희생자는 고통스럽고 절망스런 긴 신음소리를 내며 의자에서 넘어진다. 나는 지금 그 개들이 어떻게 해서 죽었는지 이해한다. 이 사내도 죽을 것이라고 생각한다. 그러나 아무 일도 일어나지 않는다. 그는 바닥에 앉아 머리를 문지른 뒤 뺨을 닦는다. 내가 그에게 말한다.

"당신이 저주하고 있는 사람은 다른 사람입니다. 그리고 그 사람은 죽었어요. 지금 당신 앞에 있는 저를 그렇게 성급하게 판단하지 마세요. 그 사람은 이미 심판을 받았습니다. 당신은 지금 살아 있으니 내일 일에 신경을 쓰세요. 조만간 당신에게도 과거의 기억에만 사로잡힐 때가 올 겁니다."

노인도 방드르디를 위해 말한다.

"이것이 네게 도움이 될 게다. 그리고 이 사람이 누구인지를 더 이상 잊지 말거라. 만일 네 사촌 형의 말을 조금이라도 들었다면 이런 일이 일어나지 않았을 게다. 그가 이제는 네 눈을 정면으로 쳐다보지 못하도록 해라."

방드르디는 어두운 마루 위에 잠시 앉아 있다. 이어서 가까스로 일어난 뒤 부엌으로 가 물에 머리를 담근다. 그가 휘청거리며 걸어가는 동안 마루도 그의 발아래서 삐걱거린다. 나는 그가 씻는 소리에 귀를 기울인다. 바롱 삼디는 죽은 자인 내게 몸소 화주를 다시 따른다. 그는 술로 입술을 가득 축이며 내게 말한다.

"제가 살던 마을에서는 나이 드신 분들이 어린애들에게 영과 죽은 사람들에 대한 얘기를 해 주곤 했습니다. 그 이야기들은 슬프기도 했고 기쁘기도 했고 아름답기도 했고 즐겁기도 했습니다. 이야기를 하는 동안 사람들은 춤을 추거나 노래를 부르기도 했는데, 때로는 매우 무섭고 이상해서 우리들은 실제 세계와 꿈의 세계를 구분하지 못하기도 했죠. 제 어린 시절은 당신과 같은 백인들은 결코 이해하지 못하는 영적 삶으로 그렇게 가득 채워져 있었습니다. 나중에 이 땅에 온 뒤 저는 모든 것을 잊어버렸습니다. 그것이 나의 생명 자체였는데도 불구하고 그것을 부정한 것이죠. 저는 다른 사람들 사이에서 살아가기 위해 저의 한 부분을 부정했습니다. 그런데도 저는 미친 듯이 분주한 도시의 삶 속에도 보이지 않는 어떤 은밀한 삶들이 있다는 것을 항상 느껴 왔습니다. 자신들의 운명에 이끌려 우리들 사이를 그냥 지나쳐 가는 생명들 말입니다. 그들이 영입니다. 당신도 그들 중 한 명이고요."

"제 위치가 부러우신가요?"

"아닙니다. 왜냐하면 당신이 위치한 그 자리는 평화가 없기 때문입니다. 당신과 같은 존재가 된다는 것은 혼자가 되고, 짐승처럼 쫓긴다는 것을 의미합니다. 당신은 궁지에 몰린 짐승이고 늑대들에게 포위되어 있는 양입니다. 그런데 저는 당신을 도울 수 있습니다. 그러나 그에 대한 보답으로 당신도 저희들의 일을 도와주어야 합니다."

"만일 제가 거절한다면요?"

"당신은 당분간 자유롭고 그 시간을 온전히 마음대로 사용할 수 있습니다. 저는 당신의 의지에 반해 강요할 순 없습니다. 그러나 확실하게 말씀드릴 수 있는 것은, 당신이 우리를 돕는다면 저도 당신을 돕겠다는 겁니다."

인간은 믿을 수 없다. 나는 사내가 늙은 뇌 한 구석에 다른 생각을 숨기고 있다고 생각한다. 나를 이용하려는 어떤 생각을. 나는 다른 어느 누구도 믿지 않는 것처럼 이 사람도 믿지 않는다. 그런데 그가 나의 도움을 원한다면 나의 몸값은 오를 것이다. 나는 머리를 스쳐 지나가는 생각들을 재빨리 정리한다.

"저는 가짜 증명서와 차가 필요합니다. 이동해야 할 일이 있거든요. 그리고 부테이유 양 사건을 조사한 경찰관들이나 기자들 모두에 대한 정보가 필요합니다. 그들의 이름과 주소를 가르쳐 주시죠. 결혼식에 참석했던 사람들 명단도 구하고 싶습니다. 그들이 무엇을 보았는지, 무엇을 들었는지, 무엇을 먹거나 마셨는지 알아야겠습니다. 끝으로, 그 아그네스 부테이유라는 여자에 대해 알고 싶습니다. 그녀의 가족과 친구들을 만나 그녀가 누구를 만나는 중이었는지, 누구와 편지를 주고받고 있었는지, 누구와 이야기를 하고 일을 했으며, 누구와 잠을 잤는지 알고 싶습니다. 즉, 모든 것을 알고 싶습니다. 저는 제가 어떻게 해서 그 미친놈들의 차에 올라타게 되었는지 이해를 해야겠습니다. 이런 것들이 모두 만족될 때에만 도와드릴 수 있습니다."

"과연 당신에게 그 모든 것을 알 수 있는 시간이 주어질지 모르겠군요. 아무튼 결정을 하는 건 제가 아닙니다. 우선, 식사부터 하시죠. 옷도 드릴 것이고 주무실 수도 있을 겁니다. 제 아들이 당신에게 타고 갈 것을 보여 드릴 겁니다. 내일까지 긴 여행을 해야 한다고 말씀하셨죠? 지금은 우선 식사부터 합시다."

노인이 방드르디를 부른다. 그가 부엌에서 나온다. 그는 아직도 충격을 받은 것처럼 보인다. 두려움과 원한의 무게로 등이 굽어 보인다. 그가 나무로 만든 반죽용 통에서 식기를 꺼내 테이블 위로 말없이 올려놓는다. 그는 내가 쳐다볼 때마다 다른 곳을 바라본다. 그의 아버지가 일어나 몇 마디 말하며 그의 어깨에 손을 올린다. 그런 뒤 거실을 나간다. 방드르디는 나를 향해 돌아서서 눈을 나의 어깨 너머 먼 곳에 고정시킨 채 말한다.

"저와 함께 가시죠. 아버지께서 식사를 준비하시는 동안 차고를 보여 드리겠습니다."

그는 입구에서 검은 나무 탈의 뿔에 매달린 열쇠를 집는다. 우리가 층계참으로 이동하는 동안 나는 바롱 삼디가 한 손에 생닭을 들고 거실을 가로질러 가는 것을 본다. 그가 내게 다정한 몸짓을 해 보인다. 방드르디가 다시 문을 닫는다. 우리는 올라올 때처럼 조용하고 가벼운 발걸음으로 더듬으면서 층계를 내려간다. 우리는 마당으로 나간다. 어둠 속에서 나는 그를 뒤따라 차고의 것으로 보이는 커다란 문을 향해 걸어간다. 금속들이 부딪치고 이어서 걸쇠가 벗겨지는 소리가 들린다. 방드르디가 문을 열고 다시 뒤에서 닫는다. 나는 잠시 서서 기다린다. 따뜻하다. 우리의 숨소리가 들린다. 소리가 울리지 않기 때문에 크기는 알 수 없다. 그가 초에 불을 붙여 빈병 주둥이에 꽂는다. 예전에 차고로 쓰였던 창고가 모습을 드러낸다. 판지, 상자, 천들 때문에 걸어 다니기가 불편하다. 그가 몇 발자국 움직여 물건들을 한쪽으로 치운다. 나는 그런 그를 바라볼 뿐 돕지 않는다. 방드르디는 힘들게 무거운 상자와 철판들을 옮긴다. 그가 끙끙대며 일하는 동안 나는 앉아서 병 밖으로 촛농이 흘러내리는 것을 바라본다. 그가 물건들을 모두 치우자 마침내 잡동사니 한가운데서 지저분하게 기름때가 낀 유령 같은 흰 덮개가 나타난다.

"자, 내일부터 이것으로 어디든지 갈 수 있을 겁니다."

그가 덮개를 잡아당기자 그것이 바닥으로 미끄러져 내린다. 이어서 내 앞에 기계 하나가 나타난다. 순간 내 가슴이 뜨겁게 달아오른다. 춤추는 작은 촛불의 오렌지 빛 속에서 오토바이가 비스듬히 벽에 기대어 있다. 1기통의 대형 실린더를 갖춘 주행용 오토바이다. 몇 년 동안 사용하지 않은 것같다. 볼트들이 튀어나온 크로스컨트리용의 투박한 바퀴 대신 날렵하고, 얇고, 늘씬하며, 매끈한 바퀴가 붙었다. 기체 옆구리에는 커다란 기화기가 남근처럼 튀어 나왔다. 머플러에 남아 있는 흔적을 보면 이 오토바이는 지나가는 자리마다 황산구리를 쳐바른 게 틀림없다. 서로 배치되는 관념이 결합된 "슈퍼 오토바이족"이라는 말이 통념에 위배되는 이런 종류의 기계에 헌정할 수 있는 표현이다. 한 개의 실린더밖에 없지만, 이것은 슈퍼 오토바이족들이 타는 것이다. 실린더가 대형이기 때문에 가능하다. 가공할 만한 기계는 쇠테를 두른 얇은 바퀴를 미친 듯이 굴리며 도심에서 위력을 발휘한다. 냄비같이 생긴 단 하나의 피스톤은 2박자의 단일한 야성적 리듬으로 피를 끓어오르게 만든다. 사람들로부터 사랑 받는 아름다운 기계. 그런데 이곳에 주인 없이 버려져 있던 몇 년 동안 영광의 시대가 지나며 얼룩졌고 시들었다. 나는 기계에서 눈을 떼지 않은 채 방드르디에게 질문한다.

"당신 건가요?"

"아니에요. 그로 마르시알이라는 친구의 오토바이였어요.

오토바이를 매우 좋아했는데, 건달에다 사기꾼이었어요. 세군데 도청에서 실업 수당을 타먹은 친구였어요. 한마디로 대단한 친구였어요. 그런데 국민당이 권력을 잡자마자 가난한 사람들에게 주던 지원금과 보조금을 정리하기 시작했어요. 그들에 의하면, 그 돈들이 이민자나 극빈자들, 그러니까 무권리자들에게만 도움이 된다는 것이었죠. 녀석은 체포되었고, 초과 지불액을 보상하기 위해 집을 압류당했어요. 그후에 어떻게 되었는지 모르겠어요. 그런데 체포되었을 때 놈이 우리 집에서 이 오토바이를 타고 있었어요. 그들은 오토바이는 길에 버렸는데, 제가 밤에 나가서 몰래 가져왔어요. 이후 여기서 한 번도 움직이지 않았죠. 오래전 일이에요."

나는 다가가 오토바이를 바로 세운다. 그 위에 열쇠가 있다. 엔진에는 오일이 있다. 나는 올라타 좌우로 흔들어 본다. 액체가 출렁거리는 게 느껴지지 않는다. 기름 탱크에서는 휘발유가 오래 전에 증발했다. 눈으로 보아도 알 수 있다. 냄새도 나지 않는다. 나는 방드르디를 향해 머리로 기름 탱크가 비었다는 신호를 보낸다. 그러자 그는 턱으로 커다란 문 쪽을 가리킨다. 그곳에 커다란 붉은 기름통이 놓여 있다. 나는 오토바이를 스탠드로 받친 뒤 통을 가지러 간다. 나는 통을 기름 탱크 주둥이에 바짝 갖다 댄다. 내가 아무런 말도 하지 않았는데 방드르디가 손 펌프를 내밀며 손가락으로 고무관을 가리킨다. 나는 펌프질을 한다. 우리는 이제 대단한 일을 하려 한다. 한순간 나는 배터리를 생각한다. 그러나 곧 이 기계는 킥스타터로 시동을 건다는 것을 떠올린다. 스포츠가 시작될 것이다. 시동을 걸고 스타터를 밟는 것. 그전에 근육을 풀어야 한다.

시동을 걸기 위해 온몸의 무게를 실어 밟아야 하는 것이 킥스타터다. 어떤 기계는 단순히 버튼을 누르거나, 가는 끈 같은 것을 잡아당겨 엔진을 작동시킨다. 혹은 이것처럼 페달을 밟는 것도 있다. 그런데 이 경우 잘못하면 몸에 상처가 나거나 멍이 들 수 있다. 혹은 힘줄이 늘어나거나 탈장이 일어날 수 있다. 그리고 척추가 어긋나기도 한다. 더한 일이 생길 수도 있다. 무엇보다도 가장 위험한 때는 킥스타터가 반동으로 올라올 때다. 이 작은 페달을 만든 사람들은 용감한 사람들이었지만, 다음과 같은 사실을 예상하지 못했다. 즉, 변덕스런 엔진의 작은 딸꾹질에도 킥스타터가 다리의 비골이나 경골을 부러뜨릴 만큼 강한 힘으로 되올라온다는 것을 말이다. 따라서 킥을 시작할 때 꺼림칙함과 경계심이 내 마음에 떠오른다. 아무 일도 일어나지 않는다. 나는 5분 동안 땀을 흘린다. 숨이 가쁠 정도로 수고한다. 실패한다. 이번에는 방드르디가 벽에 등을 기댄 채 팔짱을 끼고 바라본다. 나는 씁쓸하게 웃으며 사실을 인정한다.

"전혀 작동하지 않는데요. 기체가 녹슬었거나 점화 장치에 문제가 있는 것 같은데, 이걸로는 어디에도 못가겠어요. 분해를 해야겠는데 뭐가 없을까요? 그렇지 않고서는 다시 시동을 걸어도 실패하겠어요."

"있어요. 점화 플러그부터 보죠."

그래서 나는 시적인 이름[점화 플러그를 가리키는 프랑스어는 '촛불'이라는 뜻도 갖고 있다]을 가진 도기 색의 작은 금속 물체를 분해한다. 무언가가 맺혔다. 분해하기를 잘했다. 나는 솔질을 하고 제 자리에 꽂은 뒤 다시 고정시킨다. 키를 던지자 방드르디는 공중에서 그것을 잡는다. 나는 한 번 더 시도하기 전에 그에게 묻는다.

"이번엔 잘될 거라고 생각하나요?"

"킥이나 하시죠. 잘될 겁니다."

나는 페달 위로 몸을 곧추 세우고 온몸의 무게를 실어 킥스타터를 밟는다. 점점 더 세게 밟는다. 귀를 멍멍하게 만드는 소리가 차고에 울린다. 단속적인 무거운 소리가 경사를 구르는 큰 바위처럼 가슴까지 울린다. 기계는 살아나면서 몸을 부르르 떤다. 불평을 하더니 잠시 뒤 연속적으로 터지는 대포처럼 규칙적인 소리로 강하게 고막을 두드린다. 나는 돌아온 이후 처음으로 웃는다. 잠을 잘 때 아기들이 짓는 그런 웃음을 짓는다. 나는 활짝 피어난 아름다운 기계의 온화하고 부드러운 소리에 귀를 기울인다. 방드르디가 내 소매를 잡아당긴다.

"자, 됐어요. 작동하네요. 그런데 시동을 끄는 게 좋겠어요. 귀청이 찢어지겠어요. 지금은 올라가 식사를 하세요. 그렇지 않아도 오늘밤 내내 이것과 시간을 보낼 수 있을 텐데요."

나는 아쉬워하며 엔진을 끈다. 그리고 마당을 가로질러 층계를 오른다. 층계는 이제 익숙해지는 것 같다. 우리는 닭을 먹는다. 닭에서 나온 갈색의 기름 즙을 제외하고는 아무런 양념도 없다. 우리는 거의 말을 하지 않는다. 바롱 삼디는 내 앞에 앉아 매우 맛있게 먹는다. 그는 머리카락이 많이 빠졌고, 뼈는 앙상하게 드러났다. 마침내 그가 침을 가득 튀기며 말문을 연다.

"자, 거기, 약속한 곳으로 가게 됐습니다. 돌아올 때는 부탁한 자료들 일부가 준비되어 있을 겁니다. 그 이후에는 당신이 우리들을 위해 일해 주어야 합니다. 여전히 동의하시는 거죠?"

"예."

"좋습니다."

"다른 것들은 어디에 있죠?"

"목욕탕에 있습니다. 거기에서 씻고 옷을 갈아입으세요. 그러고 나서 출발하면 됩니다. 이미 시간이 많이 지났습니다. 후회를 하신다거나 질문은 없으신가요?"

"없습니다."

"좋습니다."

나는 닭 다리를 마저 먹고 나서 일어나 씻으러 간다. 물이 미지근해서 쾌적한 목욕이라고는 할 수 없다. 샤워실은 작고 낡았으며 어둡다. 욕조 위에 마른 수건들이 걸려 있다. 타일들은 흐르는 물 때문에 흐린 녹색 자국들로 얼룩져 있다. 누런 창문 너머 도시의 빛들이 눈물을 머금은 별들처럼 반짝인다. 나는 이곳이 아닌 다른 곳에 있을 수 없다는 슬픔에 휩싸여 그 별들을 바라본다. 미지근한 물이 나의 피부 위로 흐르며 싸구려 샤워 젤의 사과 냄새를 실어 간다. 나를 위한 옷들이 의자 위에 놓여 있다. 양모 양말, 티셔츠, 폴로 상의, 청바지, 스웨터, 잠바, 그리고 운동화. 언제나 팬티는 없다. 나는 그것까지 달라는 말은 못하고 옷을 입는다. 나는 경험상 도로에서는 몹시 추울 것이라는 것을 안다. 나는 주인들을 찾아가 떠날 시간이라는 것을 알린다. 그들은 내가 약속 때문에 떠난다는 것을 알면서도 다시 붙잡는다. 우리는 금실로 수놓은 비단 쿠션 위에 앉아 차를 마시고 설탕을 입혀 반짝거리는 과자를 함께 먹는다. 우리는 대화를 나눈다. 나는 포만감을 느끼면서 안정을 찾는다. 고요한 안정감 속에서 잠을 자고 싶다는 생각이 강하게 나를 붙든다. 오랜 침묵이 이어진 뒤 다시 사회 상황에 대해 이야기를 나눈다. 바롱 삼디가 나를 포옹한다. 바롱의 아들은 어느새 자리에 없다. 바롱이 이제 떠나라고 말한다. 그리고 차고의 문이 열려 있을 것이며, 이곳에서 경험한 평안감이나 안정감이 무엇이건 돌아보지 말고 떠나라고 말한다. 나는 마지막으로 신문지를 갖다 달라고 부탁한다. 옷들 사이에 끼워 넣을 것이다. 나는 다시 두려워지기 시작한다. 무슨 일이 나를 기다리고 있는지 모른다. 떠나기 싫다.

VI

내가 거대한 엔진의 거친 숨소리에 몸을 싣고 남쪽을 향해 날아갈 때는 이미 밤늦은 시각이다. 순찰대도 우리를 찾기를 그만둔 시간이다. 방드르디가 나를 위해 입구에 헬멧을 놔두었다. 그것은 내게 너무 크지만 추위와 사람들의 시선으로부터 보호해 줄 것이다. 나는 굉음을 내며 잠든 도시를 가로지른다. 이 시간이면 어떤 영혼도 감히 밖으로 나올 생각을 하지 못한다. 기계는 내가 원하는 대로 튀어 오르고, 커브를 돌고, 급정거한다. 나는 도로의 모든 약속과 법규를 무시하고 비웃는다. 곧 길들이 평탄해진다. 진입로와 입체 교차로들이 지나간다. 도로는 차츰 일직선이 된다. 도시의 가로등들이 멀어진다. 나는 외곽 고속도로를 물들이고 있는 오렌지색 빛에서 빠져 나온다. 멀리서 써늘한 검은 심연이 다가온다. 진정한 밤과 잠든 평원의 어둠. 내가 그것에 다가가면 어둠은 오렌지색 빛 뒤로 한 걸음 뒤로 물러나고, 빛 둘레를 갉아먹는다. 그러고는 그것을 삼켜 사라지게 한다. 순간 희미한 가로등만 빛나는 숲이 나타난다. 나는 전속력으로 회색 띠 같은 아스팔트 위를 달린다. 길은 매우 고통스럽다는 듯 몸을 뒤튼다. 길이 죽어 가는 것처럼 보인다. 엔진의 규칙적인 단속음도, 바람의 울부짖음도, 아무것도 들리지 않는다. 도로의 하얀 선들만이 눈앞에서 어른거린다. 어둠 속에서 선들은 빛을 내며 박자에 맞춰 열을 지으며 지나간다. 거대한 오르간의 묵음 멜로디. 나는 직선 도로에서는 곧장 달리고, 커브에서는 돌고, 내리막길에서는 몸을 숙인다. 그리고 평지에서는 기계를 한쪽으로 기울이고, 가능할 때는 더 비스듬히 눕혀 달린다. 가끔씩 속도를 올리기 전에 잠시 속도를 늦출 때가 있지만, 지체하지 않기 위해 대부분 계속해서 속도를 올린다. 마을을 지날 때마다 집들은 해체된 뒤 내 옆으로 연기가 되어 사방으로 흩어진다. 다음에는 숲이 길게 이어지는 간막극들이 등장한다. 숲은 다채로운 밤의 향기들로 흔들린다. 무거운 낙엽 더미들이 내 앞으로 굴러와 한순간 빛 속에서 반짝이고는 내 뒤로 사라진다. 예전에 나는 숲을 좋아했다. 그것이 바람에 살랑거리는 소리, 그것이 발아래서 바스락거리는 소리, 그리고 황토색과 초록색이 뒤섞인 그 색을 좋아했다. 내가 좋아하는 그것을 나의 아이들이, 나의 뤼시가 발견할 수 있게 해 주었다면 좋았을 것이다. 나는 그 애가 작은 드레스를 입고 낙엽들 사이에 앉아 있는 것을 본다. 그 애는 지금 어디에 있을까? 지금 내가 그 아래를 바람처럼 지나고 있는 구름 같은 나뭇잎들 위에서 그의 오른편에 앉아 놀고 있을까[여기서 '그'는 신을 가리키는데, 기독교 문화에서는 아기들이 죽으면 하늘로 올라가 하느님의 무릎에 앉아 논다는 믿음이 있다]? 나는 연못들이 많은 퓌사예의 숲을 가로지른다. 리모주[파리에서 아르카송 해안으로 가는 길목에 있는 프랑스 중부의 대도시]로 가기 위해 비에르종에서 A20번 도로를 탄다. 내게 영원과도 같은 시간이 지나자 졸음이 오기 시작한다. 나는 고속도로의 기계가 아니다. 나는 간신히 나를 끌고 간다. 나는 깜빡 잠이 들고, 차선을 벗어나고, 이리저리 불안하게 움직이고, 다시 정신을 차린다. 이렇게 하기를 몇 번 반복한 뒤, 마침내 두려움과 나를 부르는 먼 불빛에 지쳐 주유소에서 멈춘다. 기름 탱크를 채울 것이다. 나는 가능하면 불빛에서 가장 멀리 떨어진 곳에, 주차장 끝에 오토바이를 세운다. 그곳에서 도로는 작은 숲으로 이어진다. 나는 오토바이에서 내려 조금 걷는다. 멍하고 녹초가 되었다. 굳은 몸을 풀기 위해 몇 번 동작을 한다. 손은 아직도 진동 때문에 얼얼하다. 엔진은 꺼졌지만 소음이 아직도 머릿속에서 울린다. 차츰 그것이 사라지고, 대신에 어둠의 미세하고 지속적인 휘파람소리가 내 안에 자리 잡기 위해 힘껏 파고든다. 나는 야외 테이블에 앉아 내 안에서 일어나는 파동이 완전히 멈추기를 기다린다. 그러고는 커피를 마시기 위해 불이 환히 켜져 있는 매점을 향해 손에 헬멧을 들고 곧바로 걸어간다. 운전사들이 차에서 자고 있다. 그들은 갑자기 밤이 찾아와 어쩔 수 없게 된 외판원들이거나, 지친 관광객들이다. 혹은 낮에 술을 너무 많이 마신 사람들이다. 장거리 운전사들은 커튼이 쳐 있는 차 안에서 달력을 즐기고 있겠지. 사람들은 지나가는 차의 변조된 긴 멜로디를 들으며 달콤하게 잠으로 빠져들고 있다. 상점 유리문이 한숨을 내며 열린다. 진열대들이 나타난다. 거기에는 터무니없이 비싼 음식과 싸구려 물건들이 가득 쌓여 있다. 나는 복잡하게 얽힌 선반들 사이를 이리저리 지나 커피 자판기가 있는 곳까지 간다. 푸른색 블라우스를 입고 초록색 숄을 두른 여인이 김이 나는 대걸레를 밀고 있다. 콧수염을 기른 건장하게 생긴 남자가 커피를 홀짝거리며 지도를 본다. 나는 자판기 구멍에 동전을 집어넣는다. 기계는 부르릉거린다. 설탕이 든 진한 에스프레소 한 잔을 내놓는다. 나는 집는다. 자판기 위에는 좋은 여행이 되기를 바란다는 문구가 3개 국어로 쓰여 있다. 나는 등을 돌린 채 손을 덥히기 위해 잔을 움켜쥔다. 조간신문은 아직 나오지 않았다. 나는 시간을 보내기 위해 샌드위치를 사고 커피를 한 잔 더 뽑는다. 오토바이를 타고 여행 중인 커플 하나가 들어온다. 키가 크고 금발인데, 장거리 여행을 위해 요란하게 치장했다. 네덜란드 사람들이거나 독일 사람들? 그들은 내 헬멧을 보더니 머리로 인사를 해 보인다. 나도 그들에게 인사하지만 선글라스는 벗지 않는다. 그것 때문에 커플은 나를 무례하다고 생각하는 것 같다. 그 이후부터는 내게 아는 척하지 않는다. 나는 신경 쓰지 않는다. 오줌 누러 가야 한다. 순례 여행을 할 때 예배당과 지하납골당에 반드시 들러야 하는 것처럼, 고속도로로 여행할 때는 화장실에 반드시 들러야 한다. 화장실은 물을 충분하게 사용해서 청소를 할 수 있도록 설계되었다. 여기서 암소 한 마리를 다이너마이트로 폭살시킨다 해도 몇 분 안에 흔적 없이 물로 씻어낼 수 있을 것이다. 사방에 대리석, 타일, 모자이크가 붙어 있다. 흰색과 푸르스름한 회색의 인테리어는 긴 여행이나 우는 아이들 때문에 신경이 예민해진 운전사들, 혹은 유급 휴가가 끝나는 것을 아쉬워하는 사람들의 마음을 달래기 위한 것이다. 오른쪽으로 칸막이된 공간이 있고, 안쪽으로 소변기가 있다. 그리고 왼쪽으로 네 개의 세면대와 큰 거울이 하나 있다. 나는 방문했다는 자취를 남길 요량으로 소변기를 향해 당당히 걸어간다. 바닥이 젖은 것을 보면, 숄을 두른 여인이 방금 전에 청소를 했다는 것을 알 수 있다. 양잿물을 사용했지만, 여전히 모든 공중 화장실에서 공통적으로 나는 냄새가 난다. 거울 앞을 지날 때, 그것은 여전히 어떤 모습도 비추지 않는다. 옷과 손에 들린 헬멧도 비추지 않는다. 다른 사람들은 거울을 통해 나의 모습을 볼 수 있는 특권을 가지고 있는지 모르겠다. 그렇지 않다면 내 상은 누구도 볼 수 없는 것인지 궁금하다. 답을 찾을 수 없는 질문들을 한다. 불안을 느끼지만, 그렇다고 오줌을 눌 수 없을 정도는 아니다. 나는 지퍼를 올린 뒤 파블로프[개를 이용해 조건 반사 실험을 한 소련의 심리학자]의 조건 반사에 따라 위생을 위해 손을 씻으러 간다. 뒤에서 누군가 물을 내린다. 문이 열리는 소리가 들린다. 그리고 거울을 통해 한 사내가 세면대로 다가오는 게 보인다. 손에 챙이 있는 모자와 스카프를 들었다. 그리고 선글라스도 썼다. 그는 잠시 멈추더니 거울을 통해 나를 본다. 나는 그를 향해 돌아선 뒤 당혹감을 느낀다. 소리내며 닫히는 칸막이 문밖에는 아무도 없다. 그러나 거울을 통해서는 그가 보인다. 그는 세면대로 와 내 옆에 선다. 거울 안에서 그가 동작을 하는 동안, 수도꼭지가 허공 속에서 돌아간다. 물이 흐르기 시작한다. 그가 손을 씻는다. 나는 손을 말린다. 한동안 우리들은 거울을 통해 서로를 말없이 바라본다. 그가 먼저 침묵을 깬다.

"당신과 똑같은 사람을 만난 게 처음이죠, 그렇죠?"

"예, 무슨 일이 일어나고 있는 거죠?"

"우리들은 이 저주받은 거울을 통하지 않고서는 서로를 보지 못합니다. 이 세계로 돌아온 지 얼마나 되었죠?"

"며칠 되었습니다. 저는 어떤 단절을 경험했습니다. 12년간 떠나 있었습니다. 그리고 돌아온 이후에는 짐승처럼 쫓기고 있습니다. 당신도 마찬가진가요?"

"몇 달 되었습니다. 저도 당신과 마찬가지입니다. 7년 동안 떠나 있었습니다."

"당신도 휠체어를 탄 그 남자와 개들을 보았습니까? 검은 털의 마른 말들을 닮은 그 큰 개들 말입니다."

"예, 저도 그 남자와 개들을 보았습니다. 그 짐승들이 내 눈앞에서 남자를 물어뜯어 죽였는데… 그러는 동안에도 남자는 계속 웃었습니다. 그 사람이 누구인진 모르겠습니다. 아마도 간수나 문지기, 혹은 정신 발달이 덜 된 심부름꾼이겠죠. 저는 그 남자를 기아나[브라질과 국경을 면하고 있는 프랑스령]에 있는 어느 호숫가 도시의 거리에서 만났습니다. 제가 죽은 교회에서 멀지 않은 곳이었습니다. 처음에 저는 살아남은 것이라고 생각했는데, 현실을 받아들여야 했습니다. 분수에서 물을 마시면서 내 모습이 비치지 않는다는 것을 알았죠."

"어떤 사고가 있었나요?"

"미사를 올리는 중에 교회에 화재가 났습니다. 모든 일이 순식간에 일어났습니다. 저는 여자와 아이들이 짚단처럼 불타는 것을 보았습니다. 처음에 저는 국민부대 요원들이 인이나 네이팜[화약의 한 종류]으로 교회를 폭파시킨 것이라고 믿었습니다. 혹은 교회를 '지옥'으로 만들 수 있는 어떤 것으로요. 교회는 그 지역의 중요한 저항 본부였습니다. 그런데 최근에 저는 폭탄을 설치한 사람이 저였다는 것을 알게 되었습니다. 플라스틱 폭탄이었습니다. 그 당시에는 신식 폭탄이었죠. 그런데 제가 어떻게 그런 일을 할 수 있었는지를 모르겠습니다. 그리고 왜 그런 일을 했는지도. 아무튼 저는 회랑까지 나갈 수 있었습니다. 환기창을 통해 빠져 나올 수 있었던 것 같은데, 그때 유리창에서 녹은 납들이 내 위로 비처럼 쏟아져 내렸습니다. 거리로 나왔을 때는 어떤 어린애의 손을 붙잡고 있었습니다. 세 살이나 네 살 정도 되는 애였죠. 그런데 고사리로 덮인 그 이상하고 인적 없는 도시에 도착하자마자 개들이 그 애를 어딘가로 물어 갔습니다."

"그곳에서는 어떻게 돌아왔죠?"

"배에 숨어서 빠져나왔습니다. 그리고 일단 이곳에 도착한 다음부터는 조금씩 나의 조건에 익숙해져야 했습니다. 가장 힘든 것은, 아시겠지만, 매일 나의 고독을 발견해야 하는 것이었습니다. 그리고 내가 알고 있던 세계가 파괴되고 그 세계의 사람들이 사라지는 것을 끊임없이 지켜보아야 한다는 것이었습니다."

"저도 이미 고통의 잔 밑바닥에 남은 찌꺼기까지 모두 맛보았습니다. 우리들과 같은 사람이 얼마나 되죠?"

"모르겠습니다. 몇 명, 몇 십 명, 몇 백 명, 혹은 몇 천 명? 누가 알까요? 당신은 제가 세 번째로 만난 사람입니다. 방금 전에 보신 대로 우리들은 서로를 볼 수 없습니다. 이것 때문에 마주칠 가능성이 적습니다. 그래도 거울은 우리를 서로 비춰주는 것 같습니다."

"우리들은 왜 돌아온 거죠? 다시 떠나기 위해서는 무엇을 해야 하죠? 이 모든 것의 의미는 무엇이죠? 우리들은 무엇이죠? 유령? 환영?"

"전혀 모르겠습니다. 아마도 그것에 대한 대답을 찾을 수 있는 사람만이 다시 떠날 수 있는 권리를 얻게 될 것입니다."

"다른 사람들은 당신에게 무슨 말을 하던가요?"

"모두 같은 얘기를 했습니다. 폭력과 죽음, 인적 없는 장소, 휠체어를 탄 그 몽고증 환자, 그리고 개들 말입니다. 그리고 이런 모습으로 되돌아온 것, 죽을 때의 상황과 비슷한 끊임없는 추격. 당신도 마찬가지일 것이라고 생각합니다."

갑자기 젊은 남자 하나가 들어와 대화가 끊어진다. 젊은이는 결연한 자세로 안쪽의 소변기까지 걸어간다. 우리는 침묵을 지키며 각자 자신의 세면대를 마주하고 서 있다. 이유를 알 수 없지만, 무언가 나를 고통스럽게 만든다. 내 동료는 물을 좀 더 세게 틀어 낮은 목소리로 다시 말한다.

"당신에게는 무슨 일이 일어난 겁니까?"

"저는 니스의 배후지에서 경찰차에 실려 가는 중에 죽었습니다. 큰 저택에서 휠체어를 탄 그 몽고증 남자를 만났습니다. 산속에 위치한 아주 큰 공원 한가운데에 집이 있었죠. 집 지하실 깊은 곳에서 울음 소리와 비명 소리, 그리고 한탄 소리가 들리던 것을 기억하고 있습니다. 그 소리들을 다시 듣게 될까 두렵습니다. 제 목소리도 그 길 잃은 슬픈 목소리들에 섞일 것 같은 느낌입니다. 나머지 일은 당신이 제게 얘기한 것과 크게 다르지 않습니다. 다른 사람들과 접촉할 수 있는 수단이 있으신가요?"

"없습니다. 우리들이 서로 만나기 위해 되돌아 왔다고는 생각지 않습니다."

젊은이는 일을 끝내고 손을 씻으러 우리 옆 세면대를 향해 온다. 그는 자연스럽게 비누 거품을 뽑은 뒤 손을 문지르기 시작한다. 물로 손을 씻으려는 순간, 그는 내게 미소 짓기 위해 고개를 들어 거울을 바라본다. 그리고 깜작 놀라 손에 거품을 가득 묻힌 채 갑자기 우리를 향해 몸을 돌린다. 자리에서 꼼짝 못하고 거울을 다시 본 뒤 입을 반쯤 벌려 "설마?" 라고 희미한 소리를 낸다. 갑자기 철썩 하고 때리는 소리가 이어진다. 불쌍한 청년은 바닥에 물방울을 튀기며 뒤로 벌렁 자빠진다. 그가 젊은이의 얼굴을 주먹으로 때린 것이다. 나는 거울을 통해 그가 문을 향해 도망치는 것을 본다. 그는 반쯤 열린 문틈으로 사라지기 전에 나를 향해 돌아서서 외친다.

"여기에 머물지 말고 다시 길을 떠나세요. 아마도 다른 곳에서 다시 만날 수 있을 겁니다."

그의 뒤로 문이 닫힌다. 나는 바닥에 쓰러진 청년을 훌쩍 뛰어넘는다. 그의 찢어진 입술에서 흘러내린 피가 지금까지 더러운 자국 하나 없던 타일 위로 번져 나간다. 나는 숄을 두른 부인이 알아서 할 일이라고 생각하며 떠난다. 그런데 다시 놀라운 광경이 펼쳐진다. 주유소의 카페테리아는 사람들로 가득 차 있다. 스무 명 정도 되는 건장한 남자들이 커피나 토마토 포타주[고기와 야채를 넣어서 만든 수프의 한 종류]를 사기 위해 줄을 서 있다. 그들은 모두 같은 모델을 본떠 만든 것 같다. 모두 국민당을 상징하는 색의 옷을 걸쳤다. 그들을 보며 나는 즉각 어떤 구기 종목 팀일 것이라고 생각한다. 아마도 이동 중에 있을 것이다. 나는 'W.C.' 라고 쓰인 문 앞에 잠시 어리둥절한 채 서 있다. 농구 선수들도 아니고 럭비 선수들도 아니다. 축구? 그래, 축구다. 틀림없다. 그들 중 하나가 나를 지나쳐 문을 연다. 그는 들어가자마자 다시 튀어나와 소리치기 시작한다.

"이런 씨발, 야, 이리들 와봐! 마리오가 당했어!"

그가 나를 향해 돌아서며 나의 존재에 대해 생각한다. 피가 그의 머리 꼭대기까지 치솟은 것처럼 보인다. 손가락으로 나를 가리킨다.

"이 새끼야!"

핏기 없는 곧게 뻗은 긴 손가락 하나가 나를 가리킨다. 나는 죄인이다. 유죄 판결을 받은 나는 대가를 치러야 한다. 아마도 신속하고 잔인한 방법으로. 용서나 속죄 같은 건 없다. 사람들은 항상 복수를 요구한다. 그것도 가능하다면 폭력적인 방법으로. 순간, 이전에 내가 갖고 있던 교양과 침착함이 떠오른다. 모든 것을 이성적으로 천천히 설명해 보자는 생각이 스치고 지나간다. 그러나 데카르트적이지만 감상적인 이런 생각은 오래 가지 않는다. 나는 생각을 바꾼다. 'W.C.' 앞에서 흘러나온 고함 소리 때문에 생겨난 마비 상태와 혼란을 틈타 토끼처럼 도망친다. 내가 밖으로 30미터쯤 뛰어 갔을 때, 첫 번째 무리가 주유소 주차장을 향해 한 무더기 똥 덩어리처럼 나를 뒤쫓아온다. 오토바이는 꽤 멀리 떨어진 곳에 주차되어 있다. 그러나 어둠을 이용할 수 있다. 사냥개 무리들이 헐떡거리며 소리를 지른다. 그들은 분노와 어리석은 복수심으로 가득 차 고함을 지른다. 나는 기계에 올라탄다. 오토바이는 차가운 밤공기 때문에 싸늘하게 식었다. 당연한 일이지만, 그것은 출발하려 하지 않는다. 나는 다급하게 기도 문구들을 내뱉으며 미친 듯 킥스타터를 밟는다. 그러는 동안 패거리의 중심 무리들이 최후의 각적을 울리며 달려든다. 연료가 꽉 들어찬 엔진에서 기름 냄새가 풍긴다. 나는 분노에 휩싸인 채 집요하게 시도한다. 최악의 상황을 각오하고 있을 때, 갑자기 기계가 천둥 같은 소리를 낸다. 나는 복수심에 불타는 패거리의 앞부분을 지나친다. 그 한가운데를 꿰뚫자 길이 크게 열리고, 아마추어 린치 집단은 당황한 비둘기들처럼 흩어진다. 고속도로로 접어드는 길 위에서 속도를 올린다. 나는 헬멧 안에서 살며시 미소 짓는다. 이겼다, 도망쳤다, 그리고 나와 같은 사람을 하나 만났다. 길은 여전히 멀지만 나는 개의치 않는다.

그러나 조용한 밤과 단조로운 코스 때문에 잠시 동안 되찾았던 활력은 이내 사라진다. 잠에 정복당하지 않기 위해 울퉁불퉁하고 커브가 매우 많은 길을 달려야 한다. 나는 고속도로를 빠져 나와 페리고르[프랑스 남서쪽에 있는 고원과 삼림이 울창한 계곡 지대]의 어두운 계곡을 가로질러 계속 서쪽을 향해, 바다를 향해 달린다. 차갑고 습한 안개가 짙게 깔리고, 하늘이 새벽빛의 전조들로 희끄무레해진다. 옷은 물론 여기저기에 세계의 차가운 호흡물인 물방울이 맺힌다. 창백하고 싸늘한 해가 백미러에 콤팩트디스크처럼 나타난다. 나는 아무것도 생각하지 않고 달린다. 아침이 조금 지날 무렵, 기름을 채우기 위해 작은 주유소에서 멈춘다. 주유소는 나무와 풀이 자라지 않는 절벽과 수증기가 피어오르는 강 사이에 있다. 나는 연료통을 채우는 동안 물결 위로 잔주름을 일으키며 떨어지는 나뭇가지를 바라본다. 늙은 어부가 모래사장에서 강물로 보트를 밀며 올라탄 다음 천천히 노를 젓기 시작한다. 나는 이슬에 젖었다. 조금 춥다. 그러나 지체하지 않고 다시 출발한다.

나는 계속, 오랫동안 달린다. 마침내 전나무와 소금 냄새가 헬멧 안으로 들어온다. 바다는 다시 가까이에 있다. 거기서 나온 나는 거기로 되돌아간다. 나는 그랑드 오['큰 물' 이라는 뜻]를, 대서양을 만나러 간다. 길가로 사구가 열을 지으며 지나간다. 나는 배를 띄우던 남자를 다시 생각한다. 아마도 그는 온기가 조금 남은 잠자리와 천천히 식어 가는 이불 끝자락을 아내에게 남기고 꼭두새벽에 일어나야 했을 것이다. 나는 그가 창고에서 낚싯대와 미끼들을 준비하고, 마당에서 자신의 다이아나[로마 신화에서의 사냥의 여신. 여기서는 노인의 낚시 도구들을 가리키는 것으로 보인다]를 말리는 것을 상상한다. 이어서 그는 배가 기다리고 있는 물가까지 안개 속을 달렸을 것이다. 그리고 내가 도로에서 지켜보고 있다는 사실도 모른 채, 너무나 친숙한 강으로 작은 배를 밀어냈을 것이다. 그의 아침은 평온하겠지. 그는 강과 기슭, 차가운 아침 안개, 그리고 지탄 담배[프랑스 사람들이 즐겨 피우는 담배의 상표명] 꽁초와 차례로 접촉할 것이다. 정오가 되고 종소리가 울리면 집으로 돌아가겠지. 빈손이라도 중요치 않다. 고기를 잡기 위해 나온 것만은 아니니까. 그의 행복은 뭔가를 잡는 것이 아니라 자연과 접촉하는 것이다. 그것은 그에게 하루하루 삶의 무게를 잊어버릴 수 있는 힘을 준다.

해는 이제 높이 떠올랐다. 안개는 대기 속으로 사라졌다. 하늘은 내가 쳐다보기 힘들 정도로 새파랗게 빛난다. 내 여행이 끝을 향해 나아간다. 나는 도처에 강력하게 침투한 대서양의 존재와 짙은 요오드 냄새의 흔적을 느낀다. 대서양이 저기에 있다. 강한 냄새를 풍기는 전나무들 뒤로, 햇빛에 강렬하게 빛나는 모래언덕 바로 너머에 있다. 굴 양식장이 열을 지어 지나간다. 그 주변에는 이가 빠진 나이든 굴양식업자들이 사는 붉은색 기와의 검은 오두막집들이 있다. 그들은 붉은색 바지에 푸른색 상의를 입고 햇볕에 앉아 굴을 따고 있다. 둑에는 그물들이 널려 있다. 나는 부두 끝에서 오토바이를 세운다. 여기에서 도로가 끝난다. 나는 헬멧을 벗고 앞에 펼쳐진 해안을 바라본다. 드넓고 고요한 해안. 신선한 미풍이 아직도 새벽 안개 때문에 차가운 나의 얼굴을 덥힌다. 바다는 만조다. 파도는 전혀 일지 않는다. 거기에는 수많은 나무말뚝들이 박혀 있다. 무엇을 경계 짓고 있는 것인지 모르겠다. 팡지올리니가 이 해변에 산다. 오솔길과 소금기를 머금은 물줄기들이 미로처럼 펼쳐진 이곳 구석 어딘가에. 나는 그 소형 오토바이의 교훈을 떠올리며 오토바이를 잡목림 속으로 밀어 넣어 숨긴다. 길을 정확하게 기억하지는 못하겠다. 소금 냄새를 풍기는 초원을 오른쪽에 두고, 나는 해안 분지와 단조로운 모래벌판을 따라 걷는다. 가끔씩 오솔길은 녹슨 옛 수문을 돌아서 간다. 이곳에는 수세기에 걸쳐 존재해 온 개흙과 모래 입자의 흔적 하나하나가 풍경에 남아 있다. 사람들은 여기까지는 오지 않는다. 모든 것이 너무 느리다. 끊임없이 흐르는 진흙물은 해안 기슭에 구멍을 내기도 하고 메우기도 한다. 진흙물이 그렇게 끊임없이 땅의 지형을 바꾸는 동안, 갈대와 가시양골담초들도 자리를 차지하기 위해 변화하는 땅에서 서로 다투며 자란다. 나는 잎들 사이로 가는 빛을 통과시키는 말라비틀어진 전나무들이 자라는 이상한 통로 같은 곳을 지난다. 나무다리를 몇 개 건넌다. 그리고 아주 느리게 바다로 흘러가는 얕은 물줄기를 걸어서 지나간다. 바닷물이 스며든 드넓은 모래밭 건너에 나무로 만든 낮고 길쭉한 집이 한 채 있다. 붉은색의 커튼이 적의를 드러낸다. 조용히 풀을 뜯어 먹던 말들이 내가 지나가자 불안한 듯 멀리 물러선다. 우편함에는 아무 이름도 적혀 있지 않다. 그러나 난 내가 어디에 있는지 안다. 나는 정원의 작은 문을 연 뒤 노크를 하기 위해 현관을 향해 나아간다. 안에서 개가 한 마리 짖는다. 피곤하다, 자고 싶다. 그러나 그 전에 해야 할 것들이 많다. 잠시 후 커튼 하나가 살짝 움직인다. 거의 눈치를 채지 못할 정도로. 그러나 나는 눈치 챈다. 문 너머에서 목소리가 들린다.

"누구시죠?"

나는 어떻게 대답해야 할지 몰라 말없이 있는다. 나는 〈시카고 헤럴드〉 기자인 스티브 하비라는 자의 살 안에 들어가 있는 사람이다. 나를 감추기 위한 우습고 유치한 거짓말이다. 그러나 내 본성은 조금씩 드러날 것이다. 나는 누구일까? 나는 이 질문에 더 이상 대답할 수 없다. 나는 이전의 삶으로부터 정신만 물려받은 가엾은 존재다. 심지어 거짓말도 모든 사람들이 명백하게 알고 있는 것에 대한 것이라면 성립되지 않는 것이 아닐까? 나는 누구였지? 순수한 사람들의 아이였다. 그분들은 다른 사람들과 마찬가지로 먼지와 왁스가 차례로 괴롭히는 작은 사무실에서 일했다. 나는 이름 없는 어떤 교외에서 조용한 유년 시절을 보냈다. 귀족들이 사는 조용한 곳도 아니었고, 이민자들이나 노동자들이 사는 번잡한 곳도 아니었다. 바놀레의 아이. 더러운 반바지를 입고 무릎에 상처가 난 채 공터에서 축구를 하고는 했다. 떠돌이 개나 거지들에게 돌을 던지기도 했다. 조금 나이가 들어 사춘기가 되었을 때는 아무런 목적 없이도 공부를 해 나가는 데 그럭저럭 재능을 보였다. 몇몇 소녀들, 한두 명의 친구들. 그리고 아무런 열정 없이 취득한 상업 전문 자격증. 알반이 나의 유일한 연인이었다. 나의 사랑, 내가 매우 사랑했던 알반. 그녀는 매우 부드럽고 수줍어하는 성격이었지만, 내 귀에 내가 좋아하는 말들을 속삭일 때는 거침이 없었다. 나의 알반. 그녀는 지금 머리가 세었고, 매우 먼 곳에 있다. 나의 다정한 알반은 떠났다. 두 아이들도 떠났다. 뤼시, 나의 아기 뤼시. 아마도 나는 마지막에는 열정이 없다거나 너무나 범용하다는 이유로 죽을 것이다.

"누구시죠?" 목소리가 들린다.

나는 사람이기도 하고 사람이 아니기도 하다고 대답하고 싶어진다. 잠시 망설인 뒤, 나는 이런 고통스런 순간에도 그로테스크한 거짓말을 계속 할 수 있는 힘을 발견한다.

"안녕하세요, 부인. 저는 〈시카고 헤럴드〉의 스티브 하비입니다. 마뉘엘 팡지올리니 씨와 약속이 있습니다."

문이 조금 열린다. 나이가 매우 많은 노부인이 잠시 나를 관찰한다. 그런 뒤 문을 활짝 연다. 부인은 몹시 키가 작고 몸이 딱딱하게 굳어 있다. 그리고 거의 살이 없다. 부인은 뼈가 앙상한 손을 앞치마로 닦으며 현관 앞 계단 쪽으로 나온다. 부인은 나를 한 번 더 관찰하고 나서 말한다.

"마뉘엘은 지금 없습니다. 제가 그 애 에미입니다. 그 애에게 무슨 일이 있으시죠?"

"저는 완전히 밝혀지지 않은 범죄 사건들을 조사하고 있습니다. 팡지올리니 씨가 은퇴하기 전에 그런 사건들을 많이 취재한 것으로 알고 있습니다. 팡지올리니 씨가 언제 돌아오는지 아십니까?"

"그 애가 돌아온다면 저도 놀랄 거예요."

노부인은 내게로 한 걸음 더 다가와 나를 강렬한 눈빛으로 바라본다. 시간과 태양이 예전에 푸른색이었던 노부인의 눈동자를 하얗게 만들었다. 부인이 내 얼굴을 향하여 야윈 손을 천천히 내민다. 나는 움직이지 않고 부인의 동작을 가만히 바라본다. 부인은 조심스럽게 내 선글라스를 벗긴다. 나를 관찰하는 부인의 얼굴에는 아무 표정도 나타나지 않는다. 마침내 부인이 내게 말한다.

"들어오세요."

나는 들어간다. 집의 내부는 크고 아늑하다. 나는 거실 문 너머로 통로와 방들이 있는 것을 발견한다. 가구들은 이상할 정도로 오래되었다. 텔레비전 위에 십자가가 걸려 있다. 식탁 위에는 교황의 사진이 있다. 내가 모르는 얼굴이다. 부인은 식탁에 앉으라고 한 뒤 내 앞에 물 잔을 놓고 거실을 가로질러 간다. 벽에 걸려 있는 햄을 하나 떼어낸다. 부인은 그것을 가늘게 썰면서 다시 말한다.

"어제 당신의 전화를 받자마자 마뉘엘은 매우 불안해했습니다. 아시겠지만, 그 애는 살인 사건들에 대한 기사 때문에 많은 일들을 겪었습니다. 이곳에 온 것은 조용한 생활을 하기 위해서예요. 저녁 때 그 애는 오두막으로 갔어요. 그곳에서 당신의 방문을 기다린다고 말입니다. 그 애에게는 다행한 일이었어요. 밤늦게 정장을 한 두 남자가 찾아왔으니까요. 경찰이라고 하지만 요원들이었습니다. 그들은 마뉘엘을 만나 몇 가지 질문을 하고 싶어 했어요. 저는 그 애가 고기를 잡으러 바다로 떠나 며칠 동안 돌아오지 않을 것이라고 대답했어요. 그들은 떠나면서 마뉘엘이 돌아오거나 누군가가 찾아오면 알려달라고 했습니다. 그들은 당신을 찾고 있어요, 그렇지 않나요?"

"예."

"드세요. 드시고 난 뒤에 마뉘엘을 찾으러 가지요."

나는 짠맛이 나는 햄 몇 조각을 버터 바른 빵에 얹어서 먹는다. 부인은 마실 것으로 단맛이 나지 않는 백포도주를 한 잔 준다. 맛이 완벽하다. 이어서 부인은 앞치마를 풀고 고무장화를 신는다. 뼈밖에 남지 않은 부인의 앙상한 다리가 고무장화 안에서 마치 화단에 꽂힌 두 그루 나무줄기처럼 보인다. 우리는 밖으로 나와 집을 돌아간다. 뒤쪽 갈대 울타리 사이로 오솔길 하나가 완만하게 아래쪽으로 이어진다. 우리는 곧 강 연안의 작은 모래밭으로 나온다. 배 몇 척이 말라비틀어진 검은 나무말뚝에 매어 있다. 어떤 배는 낙엽과 빗물로 가득 찼다. 어떤 배는 강바닥에 가라앉아 거의 보이지 않는다. 이 배들은 조금씩 해조류들의 서식처로 바뀌며 썩어 가고 있다. 노부인은 소금기로 색이 바랜 작은 플라스틱 배의 밧줄을 푼다. 우리는 배에 오른다. 부인이 노를 젓기 시작한다. 우리는 강의 흐름을 따라 내려간다. 부인은 작은 모래섬들 사이로 배를 저으며 내게 설명한다.

"이 소형 배는 얕은 강에서 타는 것이에요. 이 강은 큰 배가 다니기에는 너무 얕습니다. 이것을 타고 가면 저희 배가 있는 운하에 닿을 겁니다. 배는 거기 선창 기둥에 묶여 있답니다. 저는 이제 그렇게 건강하질 않아요. 그래서 운하를 오르내릴 때는 물의 흐름이 바뀌기를 기다려야 한답니다. 그런데 당신은… 외모와는 다른 것 같은데… 그렇지 않나요? 몸이 어떻든 간에 당신은 정상입니다. 당신은 어떤 분이신가요?"

"아드님이 제게 그 얘기를 해 주길 기대하고 있습니다. 제가 노를 저을까요?"

"아니요."

부인은 단호하게 거절한다. 목소리에서 나는 이 노부인의 순수한 결심과 의지를 알 수 있다. 확실히, 부인은 누구보다도 이 강을 잘 알고 있다. 세상이 무엇을 준다 해도 아무에게나 자리를 내주지 않을 것이다. 그리고 이 나이의 노부인이면 상대방이 대답하지 않는 질문들을 반복하는 것을 경멸할 것이라고 나는 생각한다. 오래지 않아 부인 스스로 질문들에 대한 답을 얻게 될 것이다. 그것 때문에 부인은 열심히 노를 젓는 데 만족하며 더 이상 아무 질문도 하지 않는다. 가끔씩, 작은 보트의 바닥이 모래 위를 부드럽게 스칠 때마다 허리를 통해 올라오는 기분 좋은 흔들림을 느낀다. 물줄기가 우리를 데리고 가는 동안 노부인은 엄격한 시선으로 주의 깊게 강의 하류를 계속 바라본다. 나는 조금씩 몸이 풀리는 것을 느낀다. 한순간 잠을 잘 수 있다는 생각까지 한다. 바로 이때 나는 등 뒤로 나를 뚫어지게 바라보는 어떤 거대한 존재의 날카롭고 차가운 시선을 느낀다. 나는 뒤돌아본다. 마침내 강이 끝나고, 드넓은 대양이 펼쳐져 있다. 물과 바람의 사막, 자연에 대한 나의 신앙을 두텁게 하는 바다. 단순한 아름다움. 나는 그 아름다움과 결합된다. 나의 시선은 자연의 요소들을 나누는 선 위를 이리저리 맴돈다. 부인은 노를 젓고, 배들은 파도를 따라 춤춘다. 부인은 늑재가 가늘고 길쭉한 작은 나무배를 향하여 노를 젓는다. 그 배는 인적 없는 베네치아에서 길을 잃은 곤돌라처럼 저기에 있다. 나는 성년이 되기 전까지는 배에 대해 아는 바가 전혀 없었다. 경험이 책보다 낫다는 것을 깨닫게 되는 성년이 되기 전까지는 말이다. 우리는 단짝이었다. 우리의 손아귀에 여름을 쥐고 있다고 생각했다. 한마디로 두 마리 개와 같은 존재였다. 우리는 하늘을 향해 주먹을 내지르며 우리에게 가장 큰 행운을 내려달라고 윽박질렀다. 우리는 고등학교를 멀리 벗어나 페사로 근방의 아드리아 해안[이탈리아와 발칸 반도 사이에 있는 지중해의 한 부분]에서 그해의 가장 더운 시간을 죽이고 있었다. 우리보다 몇 해 여름을 더 산 파올로를 알게 된 것도 거기에서였다. 그는 타는 듯 뜨겁던 그 여름 어느 오후에 함께 바다로 나가자고 제안했다. 기껏해야 며칠밖에 걸리지 않는다고 했다. 나는 그때까지는 콘크리트와 보도블록의 아이였다. 나는 수영장을 전혀 좋아하지 않았다. 더구나 우리를 빛 너머의 세계로 데리고 갈 순간만 기다리는 짐승 같은 대양은 더더욱 좋아하지 않았다. 그래서 파올로의 제안은 내 마음에 들지 않았다. 비록 그 여행의 목적이 상당한 양의 세르비[마약의 일종]를 가져오는 것이었다고 해도 말이다. 몇 주간을 환각에 빠질 수 있는 양이었다. 그 당시 어떤 오지에서 물건을 가져오는가 하는 것은 우리에게 중요하지 않았다. 해변에서 뒹굴고 몸을 태우면서 아침부터 저녁까지 약에 빠질 수만 있다면…. 우리는 기쁨과 경이로움을 느끼며 우리 내면의 태양이 기우는 과정을 지켜보고, 다시 약을 먹을 수 있는 새벽이 돌아오기를 바랐다. 그런데 거친 사내들과 함께 바다로 여행하는 것은 전혀 그런 것이 아니라고, 나는 궁극적으로 생각했다. 파올로는 아마추어가 아니었고, 허풍쟁이는 더더욱 아니었다. 모터 없이 돛만 두 개 달린 나무배, 옛날 식으로 항해하는 것. 사나운 물, 바람, 공기 속에서 약을 먹고 하는 항해. 나는 키를 잡은 채 나침반 바늘에서 눈을 떼지 않고 보낸 며칠 밤을 기억한다. 반구형의 나침반은 파도의 불안정한 움직임과 함께 너울대고는 했다.

사람이 살지 않는 바위투성이 해안, 그리고 멀리서 들리던 둔중하고 불안한 포성 소리도 기억한다. 파올로는 손에 가득 약을 들고 물에 발을 담근 채 뱃머리에 앉아 있고는 했다. 그런 채로 레바논 동요들을 부르거나 베카[레바논의 고원지대. 대부분 건조한 지역이지만 관개가 발달된 곳에서는 무슬림들이 공동체를 이루어 영농 생활을 영위하고 있다]에 관한 시를 소리 내어 읊곤 했다. 우리에게 목숨보다도 더 소중한 약 부대를 가득 채우고 돌아올 때 항로를 잃고 표류했던 것도 기억한다. 어느 날 밤에 무시무시한 폭풍이 있었다. 하늘은 분노했다. 바다는 끓어올랐고, 물과 대기는 서로 구분할 수 없을 정도로 뒤섞였다. 내가 키를 잡고 있었다. 그날 저녁 우리는 전기 램프를 이용해 국수를 만들어 먹었다. 지금도 내 눈에는 파올로가 버섯 모양으로 뭉실뭉실 피어오르는 연기 한가운데서 냄비를 채에 기울이던 모습이 선히 보인다. 그리고 우리는 파르마 산 치즈를 소화하기 위해 보드카를 두 병이나 마셨다. 친구들이 깊은 잠에 빠져 있는 동안, 나는 나의 토사물들 사이에서 미끄러지지 않기 위해 키를 꽉 잡고 있어야 했다. 태풍의 위력이 최고조에 달했을 때, 나는 죽음이 두려웠다. 쩍 하고 배가 갈라지는 듯한 소리를 더 이상 듣지 않고 모든 것이 끝나기를 바라는 마음에서 실제로 배가 부서지기를 바랐던 것까지 기억한다. 그러나 그런 일은 일어나지 않았다. 그리고 비록 나 때문에 난바다로 더 나아가긴 했지만, 배는 바다 속으로 가라앉지 않았다. 갑자기, 세차게 쏟아지는 빗방울과 돌풍 속에서, 잠깐씩 비추는 섬광을 통해, 우리 위로 거대한 탑들이 흐릿하게 솟아나는 것이 보였다. 어둠 속에서 그것들은 명확하게 보이지 않았다. 그러나 차츰차츰 철근과 기중기들의 실루엣이 나타났다. 우리 배는 석유 시추용 플랫폼들 사이에서 표류하고 있었다. 이어서 강력한 탐조등들이 길을 잃고 헤매는 초라한 우리 배를 사정없이 비추었다. 나는 모든 힘을 동원해 키를 잡고 철의 산을 통과했다. 그러는 동안에도 앞으로 나아가는 우리 배 뒤에서 하늘은 계속 포효했다. 그러나 나는 그날 밤에 본 것을 친구들에게 말하지 않았다. 우리 배 위로 잔인하게 쏟아지던 그 불빛을, 심해까지 발을 디딘 채 물결에 흔들리던 그 거대한 도시의 모습을, 그리고 그 순간 알몸이고 혼자이던 나를 내 자신이 어떻게 느끼고 있었는지를 결코 말하지 않았다. 나는 그 여행에서 약과 강인한 바다 남자의 경험에 대해서만 기억하기를 바랐다. 원하지 않을 때는 항해를 하지 말 것.

"어, 제 얘기를 들어 보시겠어요?"

노부인은 배를 선창의 한쪽 끝에 맨다. 노부인은 말한다.

"저는 당신과 같이 가지 않을 겁니다. 물이 돌아오고 있는데, 지금 돌아가야 합니다. 마뉘엘은 저 아래 '새들의 섬' 이라는 곳에, 카반찬케[바닷가에 말뚝들을 세우고 그 위에 오두막처럼 만든 집. 아르카송 해안에서 자주 볼 수 있는 집의 형태]들 뒤에 있습니다. 저것이 우리의 피나스에요. 항구 연안에서 타는 것입니다. 제 아버지의 배였습니다. 언젠가는 마뉘엘의 것이 되겠죠."

나는 손짓으로 부인이 하는 말을 전혀 이해할 수 없다는 표시를 한다. 부인이 한숨을 쉬고서 다시 말한다.

"돌아서 보세요. 저기 말뚝들 위로 집들이 보이시죠?"

나는 눈썹으로 그렇다는 표시를 한다. 부인이 계속해서 말한다.

"저기에 있는 배가 피나스라고 하는 겁니다. 그것을 타고 가세요. 물과 바람의 방향을 거슬러 올라가야 할 겁니다. 그러나 배가 튼튼하기 때문에 걱정 안 하셔도 될 거예요. 저 집들이 있는 곳이 섬의 동쪽입니다. 거기에서, 북쪽으로 이어지는 운하를 따라 가세요. 바다가 아직 만조는 아닙니다. 그러나 실패한다 해도, 곧 있으면 올라오는 물이 당신을 그곳으로 데려갈 것입니다. 일단 섬에 도착하면 마뉘엘이 당신을 찾아올 겁니다. 섬이 보기보다 크기는 하지만, 섬을 잘 알고 있는 사람들에게는 작으니까요. 배를 끌고 함부로 양식장에는 가지 마세요. 굴들이 자라는 어장이 있습니다."

나는 다시 당황하며 말없이 서 있는다. 노부인은 계속해서 말한다.

"운하만 따라 가시고 말뚝들 사이에는 가지 마세요. 늑재가 말뚝에 부딪힐 수 있습니다."

"잘 알겠습니다. 부인은 어떻게 하실 거죠?"

"제게는 낚싯대와 미끼들을 주시면 됩니다. 저기 상자 안에 있을 겁니다. 가세요. 그리고 조금만 더 빨리 움직이세요. 떠나세요."

나는 어렵게 다른 배로 넘어간다. 나의 서툰 움직임 때문에 파란색과 하얀색으로 칠해진 피나스가 좌우로 흔들린다. 창이 닫혀 있는 큰 선실이 배의 갑판을 앞뒤로 나누고 있다. 이물의 양쪽에 설치된 나무의자 두 개가 상자 역할도 하고 있다. 나는 부인이 가리키는 상자를 열어 발밑에 내용물을 쏟아 놓는다. 자잘한 도구들이 무더기로 떨어진다. 나는 부인이 턱으로 가리키는 낚싯대와 커다란 고무줄로 묶어 놓은 회색 상자를 집어 모두 부인에게 건넨다. 부인은 내게 고맙다는 말을 하고 배에 다시 앉는다. 그리고 내게 다시 말한다.

"바닥에 있는 문을 열면 모터가 있어요. 다루실 줄 아시나요?"

"예."

"키도 있습니다. 키를 잡으실 줄 아시나요?"

"예."

"어려움이 있더라도 빨리 끝내기를 바랍니다. 마뉘엘이 당신 같은 사람의 방문을 기다리고 있다는 게 믿기지 않습니다."

"아무도 저 같은 사람을 기다리지 않습니다. 도와주셔서 고맙습니다."

노부인은 노를 한 번 저어 배를 회전시킨다. 그리고 배는 멀어진다. 고물에 금빛 대문자로 커다랗게 글자가 새겨져 있다. "엘비스." 배의 이름이다. 엘비스는 왕과 함께 낚시하러 떠났었지. 나는 몇 마디 말을 더 하고 싶다. 그러나 부인은 이미 내게 관심을 갖지 않고, 무릎을 X자형으로 만든 뒤 그 위에 낚시바늘들을 가지런히 늘어놓는다. 나는 돌아서서 무릎을 꿇고 모터가 있는 바닥 문을 연다. 기름때로 얼룩진 낡은 모노실린더 하나가 얌전하게 나를 바라본다. 그 반은 물에 잠겨 있다. 나는 주유 펌프의 배(梨)처럼 생긴 작은 버튼을 몇 차례 누른다. 그리고 전원을 켠다. 다음에는 매우 단순하게 구성된 계기판의 버튼을 눌러 모터를 작동시킨다. 기계가 재채기를 한다. 잔기침을 한다. 가래를 내뱉고 코를 푼다. 마침내 크랭크가 긁히는 시끄러운 소리가 나며 모터가 돌아간다. 차가운 물이 늑재에 난 작은 구멍들을 통해 포물선을 그리며 바다로 튀어 나간다. 물에는 기계가 뱉은 기름방울들이 섞여 있다. 수면에 무지갯빛 기름 원반이 생긴다. 나는 바닥 문을 닫고 배의 작은 심장이 뜨거워지도록 내버려둔다. 그러고는 선실 문을 연다. 잠자리가 있다. 그리고 먹을 것들도 있다. 상표 딱지가 붙어 있지 않은 통조림들이 이곳저곳에 흩어져 있다. 낚싯대, 장화, 작살, 작살총, 삽, 조끼, 새우잡이용 그물, 그리고 로프. 여기저기에 물건이 쌓여 있고 오랫동안 사람의 손길이 닿은 진정한 의미에서의 선실이다. 바닥이 몇 센티미터 정도 검은 물에 잠겨 있어 나는 신발을 벗는다. 뾰족하고 날카로운 물건을 밟지 않도록 조심하며 선실을 가로지른다. 물속에는 항상 날카로운 도구나 파편들이 있기 마련이다. 그리고 그것들은 살이 얼마나 부드러운가를 보여 주기 위해 항상 살 속으로 파고든다. 다행히 나는 무사히 선실을 가로질러 이물로 나온다. 그리고 해초들이 더덕더덕 붙어 있는 폴리스틸렌 기둥 주위의 밧줄을 푼다. 이번에는 물에 잠겨 있는 그 우울한 선실을 다시 건너고 싶지 않기 때문에, 뱃전을 통해 키가 있는 곳으로 간다. 나는 레버를 끌어당겨 가스를 배출시킨다. 속도를 올린다. 배는 놀라울 정도로 생동감 있게 흔들리며 출발한다. 긴 뱃머리 늑재가 소리 없이 물살들을 가로지르며 서쪽을 향해 달린다. 나는 노부인을 향해 신호라도 보내려고 돌아선다 — 나는 노부인의 이름도 알지 못한다. 그러나 이미 부인은 아주 멀리 있다. 운하가 끝나는 곳에서 점 하나로 보인다. 할 수 없지. 나는 무릎으로 키를 잡고 몸을 활짝 편다. 그리고 고개를 들어 바람을 맞는다. 배가 물 위에서 질주한다. 가장자리에 말뚝들이 박혀 있는 운하가 배 양쪽에서 지나간다. 거기서 뱃길이 실타래처럼 복잡하게 얽혀 있다. 그러나 나는 계속해서 세상에서 가장 넓은 도로를 달린다. 배는 작은 건물 두 채가 있는 곳을 향해 곧바로 나아간다. 만을 둘러싸고 있는 먼 기슭들을 바라보며 나는 가끔씩 물이 고인 거대한 분화구 안을 항해하고 있다는 인상을 받는다. 태곳적 우주에서 일어난 천재지변의 작품인 크레이트. 이런 생각은 환상적이다. 그러나 사실 내가 이곳에서 느끼는 것은 용암들이나 지각 변동 같은 과거의 흔적이 결코 아니다. 이곳에서는 물과 바람이 평화를 만들어 낸다. 아주 오랜 시간 동안 천천히 형성된 해안에서 우주적인 모습은 사라지고 지상의 모습만이 남았다. 수상 가옥들로 다가가면서 나는 노부인이 그 집들을 가리킬 때 보여 준 씁쓸한 표정을 이해한다. 높은 콘크리트 바닥 위에 세워진 이 집들은 어쩌면 한 때는 아름다웠겠지만, 지금은 부자연스러워 보이지 않는다고 하기에는 너무 깨끗하고, 너무 많은 색들로 치장되어 있고, 너무 눈에 띈다. 나는 그 두 집들 사이를 지나간다. 집들은 나보다 몇 미터 높이 솟아 있다. 불안정하게 흔들리는 것이 눈에 띈다. 거기서 내려오는 계단은 물속으로 사라진다. 집들을 돌아가면 북쪽으로 이어지는 작은 운하가 있다. 깊고 가느다랗게 패인 주름이 얕은 물 위에서 검은 실처럼 꾸불꾸불 이어지고 있다. 나는 조심스럽게 피나스를 그곳으로 조종한다. 피나스의 바닥이 이따금씩 울퉁불퉁하고 부드러운 모랫바닥을 스친다. 곧이어 수로는 서쪽으로 완만하게 돌며 섬의 심장부를 향해 들어간다. 섬의 안쪽에는 물과 모래와 개흙 그리고 짧게 자란 희끄무레한 해초들이 한데 섞여 있다. 침식된 진흙 둑에는 게들이 우글거린다. 내가 지나가자 게들은 재빨리 몸을 감춘다. 배가 앞으로 나아갈수록 작은 운하는 조금씩 폭이 좁아진다. 나는 끽수를 본 뒤 마침내 닻을 내린다['끽수'란 배가 물에 잠기는 부분을 말한다. 여기에서는 물이 곧 빠지기 때문에, 이때 배가 물과 함께 쓸려가지 않도록 닻을 내리는 것을 말한다]. 다시 모든 것이 조용해진다. 나는 주위를 둘러본다. 수면이 내려간다. 물이 대서양 쪽으로, 대양 속으로 되돌아가며 사라진다. 곧 있으면 배는 옆으로 누운 채 다음 밀물이 올 때까지 기다리게 될 것이다. 나는 배에서 내린다. 물이 아주 얕다. 주위를 둘러보기 위해 미끄러운 둑을 올라간다. 섬은 내가 생각했던 것보다 크다. 여전히 멀리 보이는 섬의 서쪽은 나무와 풀로 덮여 있다. 그 아래로 굴양식업자들의 검은 오두막집들이 몇 채 보인다. 나는 하얗고 노란 구아노[새들의 배설물들이 쌓여 형성된 퇴적물]로 뒤덮인 오솔길을 따라 그 오두막집들의 마을을 향해 걷는다. 여기저기 널려 있는 붉은색과 초록색의 탄약통들이 이곳이 예전에 수렵지였다는 것을 보여 준다. 깊은 웅덩이들 위에 두꺼운 철로 횡목들이 놓여 있다. 횡목들은 다급하게 놓인 것처럼 보인다. 나는 그것들을 밟으며 작은 생명체들이 수면에서 물방울을 탁탁 튀기고 있는 깊은 웅덩이 위를 지나간다. 그러는 동안에도 모든 것이 정지해 있다. 하늘을 나는 새와 구멍을 드나드는 게들 이외에는 이곳에 아무것도 없다. 나는 마침내 마을에 도착한다. 나무 아래에는 집 몇 채만 있다. 모래 위를 얕게 스치고 지나는 바닷물 한 줄기가 나와 마을 사이를 가르고 있다. 나는 신발을 손에 쥐고 물을 건넌다. 나아갈수록 물은 푸르게 변하고 모래는 하얗게 변한다. 반대편에서 남자 하나가 내게로 다가온다. 강한 햇빛 때문에 나는 그가 오는 것을 보지 못했다. 우리는 서로 마주보며 물가에 선다. 그는 키가 크고 피부가 붉다. 그의 우아한 태도가 며칠 동안 깎지 않은 턱수염과 선명한 대조를 이룬다. 군복을 입고 있는데, 바지를 무릎까지 말아 올렸다. 우리는 발을 물에 담근 채 잠시 서로를 관찰한다. 내가 마침내 침묵을 깬다.

"당신이 마뉘엘 팡지올리니 씨군요, 그렇지 않습니까?"

"예. 하비 씨라고 불러드릴까요, 아니면 다른 이름이라도?"

"스티브라고 불러 주시죠. 그렇게 하는 것이 우리들 일에 잘 어울릴 것 같습니다. 정말 아름다운 곳에서 살고 계시군요. 이곳에서 원하시는 대로 아름다움을 즐길 수 있으시니, 좋겠습니다."

"그런데, 전 사실 가을에 사냥하러 올 때 이외에는 이곳에 거의 오지 않습니다. 사람들이 비밀스러운 곳이라고 말하는 이곳에 다급하게 온 건 당신이 전화를 했기 때문입니다. 저는 오래전부터 그런 전화를 기다리고 있었습니다. 그런 사건들은 쉽게 망각될 수 없죠. 누군가가 언젠가는 그런 일로 저를 찾아올 것이라고 확신하고 있었습니다. 운명이 제 문을 두드릴 것이라고요. 스티브, 당신은 제게 베토벤의 5번 교향곡과 같습니다."

그는 미소를 지으며 내 팔을 잡은 다음 둑을 따라 걷는다. 그는 잠시 수평선을 바라보고 나서 다시 말한다.

"당신은 기자가 아닙니다, 그렇지 않나요? 요원은 더구나 아닙니다. 그런데 이상하게도 부테이유 양 사건이 당신의 흥미를 끌고 있습니다. 아주 오래 전 일이긴 하지만, 저는 그 사건에 관심을 가졌던 사람들이 경험한 혼란과 불안을 잊지 않고 있습니다. 부테이유 양 사건이 당신의 첫 번째 작업인가요?"

"솔직하게 말씀드리면 처음이자 마지막 작업입니다. 그리고 아마도 유일한 작업일 겁니다. 그런데 부테이유 양 사건에 대해 왜 그렇게 이야기가 많은 겁니까? 하나의 살인 사건에 불과한데요."

"부테이유 양의 아버지를 아십니까?"

"아니요. 어떤 사람이었죠?"

"파트릭 부테이유 씨는 마르세유 경찰청장의 보좌관이었습니다. 급진 카스트로주의 당의 스파이이기도 했던 것 같습니다."

"급진 카스트로주의 당?"

"당신이 무슨 생각을 하는지 압니다. 그러나 이름 때문에 성급하게 유치하다고 생각하지 않길 바랍니다. 부테이유 씨는 경찰청의 그 편안한 자리에 들어간 이후 몇 달간 극좌파 테러리스트 집단에게 경찰 내부의 정보를 제공해 주었던 것 같습니다. 부테이유 양은 그 테러리스트 집단의 폭탄 설치 요원이었는데, 아버지를 협박했다고 합니다. 크리빈느라는 특수 테러단에 의해 국영 방송국이 점령당했던 사건을 기억하고 있습니까?"

"아니요."

"사형이 합법화되고 얼마 지나지 않았을 때의 일입니다. LCR[앞의 '급진 카스트로주의 당']과 가까운 어떤 광신자 그룹이 '글로벌 네트워크'의 국영 뉴스가 진행되는 스튜디오에 침입했습니다. 명분은 그 얼마 전에 죽은 한 좌파 지도자 — 말썽꾸러기였죠 — 의 죽음을 애도한다는 것이었습니다. 적어도 4천만 명이 시청하고 있었을 겁니다. 한 남자가 아나운서의 따귀를 때리자 젊은 여자 하나가 데스크에 앉아 경악한 국민들이 지켜보는 앞에서 무언가를 낭독했습니다. 그녀의 다른 동료들은 그동안 음향실을 장악했고요. 데스크에 앉아 글을 낭독한 젊은 여자가 바로 아그네스 부테이유입니다. 그들은 방송국을 점령한 지 채 몇 분도 안 돼 명령을 받고 출동한 특수부대에 의해 그 스튜디오 홀에서 무참히 피살되었습니다. 그러나 그 말괄량이 아가씨는 무사히 빠져 나갔다고 합니다."

"제가 보기에는 일종의 객기 어린 자기선전이었던 것 같군요. 부테이유 양은 무엇을 낭독했나요?"

"뻔합니다. 흔히 보는 그런 객설들이었죠. 당이 국민들을 순종적으로 만들기 위해 약물을 대량으로 사용하고 있다는 것을 증명하는 문서들을 언론에 살포하겠다는 협박을 제외한다면 말입니다. 사실 이전부터 정부를 의심하는 사람들이 있었는데, 그들이 모든 것을 명백하게 드러내는 문서들을 손에 넣은 것입니다. 어쨌든 부테이유 양은 당국의 손아귀를 항상 빠져나갔습니다. 얼마 지나지 않아 교활한 정치국 경찰들이 부테이유 씨에게 접근하는 방법을 취했습니다. 아버지를 협박하면 딸을 잡을 수 있을 것이라고 생각한 거죠."

"자기 딸을 그런 식으로 밀고할 아버지는 없을 것 같은데요."

"저도 같은 생각입니다. 사실, 저는 그 사건과 관련해서 아는 것이 그렇게 많지 않습니다. 어쨌든 부테이유 양은 이런저런 방식으로 아버지를 손아귀에 넣고 있었던 것 같습니다. 제 기사들 — 제가 직접 조사해서 얻은 결과물들 말입니다 — 은 모두 당국으로부터 발표 허가를 받지 못했습니다. 〈모닝 니스〉에 실린 부테이유 양 사건 기사들은 모두 자동 문서 작성기 같은 인간들에 의해 작성된 것이죠. 당신은 부테이유 양 사건 전반에 퍼져 있던 광기를 상상하지 못할 겁니다. 그러나 그 광기는 거의 피부로 느낄 수 있을 정도로 명백히 존재했습니다."

"부테이유 양은 단순하게 살해된 것이 아닙니다. 도륙을 당했다고 할까, 아무튼 말로는 표현할 수 없을 정도로 무참하게 죽었습니다. 제가 시체를 보았습니다. 단순한 정치적 암살과는 다릅니다. 그녀의 아버지에게는 아무 일도 일어나지 않았는데, 그러니까 더욱 이상한 생각이 듭니다."

"뭔가 잘못 생각하고 있군요. 부테이유 씨는 딸이 살해당하기 이 주 전에 건강상의 이유 — 사람들이 하는 말입니다 — 로 사직을 했습니다. 부테이유 씨 자리는 곧 다른 사람으로 대체되었고, 그 후 부테이유 씨를 본 사람은 없습니다. 아무도 없습니다. 증발된 것이죠. 여기까지는 그래도 사건이 명확하게 보이지만, 밝혀지지 않은 부분도 많습니다. 제가 한 얘기도 추측일 따름입니다. 아그네스 부테이유 양이 노조 운동 그룹 내의 한 반대파 조직에 의해 살해당했다는 주장도 배제할 순 없습니다. 그 당시, 모든 좌파 그룹들은 사실상 지상에서 모습을 감추고 지하에서 보다 과격하고 전투적인 행동에 들어갔습니다. 경찰들은 그들을 가만히 놔두지 않았죠. 체포된 사람들은 고문 때문에 동료를 팔지 않을 수 없었는데, 서로 반대파 동료들을 팔곤 했습니다. 그래서 경찰에 체포될 상황에 놓인 반대파 동료를 사전에 제거하는 것이 종종 가장 간단한 해결책으로 제시되곤 했었죠."

"당신의 조사를 방해한 사람은 누구죠?"

"주로 정치국 수사관들이었습니다. 사건 책임자를 직접 볼 수는 없었는데… 갑자기 이름이 생각나지 않는군요."

"르포르. 르포르 경찰서장입니다."

"맞습니다. 전화로 한 번 통화한 적이 있죠. 그 사건 때문에 그가 매우 충격을 받았던 것으로 기억하고 있습니다. 르포르도 그렇고, 부테이유 양 사건을 맡은 수사관들도 누구 하나 저와 얘기를 하려 하지 않았습니다. 르포르 씨는 어떻게 되었는지 모르지만, 뒤몽테라는 젊은 수사관이 디 시市로 전속된 것으로 알고 있습니다. 그 친구는 아마도 너무 많은 호기심을 가졌던 것 같습니다. 그러나 사건을 비밀에 붙이려는 사람들이 볼 때 별로 위험한 존재는 아니었죠. 그래서 그 친구를 다른 곳으로 파견하는 것으로 끝났습니다. 이런 것들 때문에 저는 정부가 저지르는 정치적 살인 사건에 관심을 갖게 되었지만, 조심하세요. 만일 당신이 사건을 공개한다면, 당신 목숨뿐만 아니라 당신 가족들 목숨도 위험해집니다. 부테이유 양 사건이 오래전의 일이긴 하지만, 국가 정보망이 이미 당신의 움직임을 눈치 챘을 수 있습니다. 단지 부테이유 양 사건만 있는 게 아닙니다. 당신은 지금 어떤 거대한 것을 파헤치고 있습니다. 조심하세요. 당신의 전화가 있자마자 경찰들이 집에 나타나는 걸 보고 저는 매우 놀랐습니다. 저는 늙은 여우입니다. 멀리서도 적의 냄새 맡을 수 있어요. 제가 해질 무렵에 이곳으로 빠져 나온 것도 바로 그 때문입니다."

"알고 있습니다. 어머니께서 얘기해 주셨습니다."

우리는 섬의 남쪽 해안까지 계속 걸어간다. 그는 몸을 웅크리고 앉아 바다를 한 번 더 바라본다. 그리고 길다란 잔가지로 모래 위에 그림을 그리며 말한다.

"그 사건에는 이해되지 않는 게 몇 가지 있습니다. 무엇보다, 그 야만적인 살인 방법을 이해하지 못하겠습니다. 그 끔찍한 의식儀式의 의미가 무엇일까요? 머리에 대고 방아쇠를 한 번 당기는 것만으로도 충분했을 텐데요. 그리고 범인들을 이송하던 경찰차가 사고를 당했습니다. 살인자를 제거하는 게 그들로서는 가장 마음 편한 방법이었겠죠. 이미 종종 보아왔던 대로 말이죠."

"제가 그 경찰차에 타고 있었고, 모든 것을 보았습니다."

팡지올리니가 들고 있던 나뭇가지가 갑자기 부러진다. 그는 매우 놀란 듯 잠시 말이 없다가 불안한 목소리로 다시 말한다.

"그러니까 당신이 부테이유 양을 죽이고 차 사고를 일으킨 그 사람입니까? 당신은 사망한 것으로 발표되었습니다. 그동안 무엇을 하며 지냈죠? 어디에 숨어 있었죠?"

나는 그에게 모든 것을 자세하게 이야기한다. 그러나 언급하지 않고 넘어가야 할 부분을 잊지 않는다. 잠시 뒤 나는 내 이야기의 진실성을 증명하기 위해 선글라스를 벗는다. 나는 그의 얼굴에서 혐오감이 스쳐 지나가는 것을 본다. 그 순간 나는 내가 이 사람에게 얼마나 역겨움을 일으키고 있는가를 깨닫는다. 내가 그가 생각하는 것과는 다른 사람이라는 것, 내가 아무 일도 저지르지 않았다는 것, 여자에게 전혀 손을 대지 않았다는 것, 나 외에도 다른 사람이 있었으며 이 사람이 내가 힘을 잃고 수풀에 무릎을 꿇고 앉아 있는 동안 모든 것을 같이 보았다는 것을 그에게 얘기해도 소용이 없을 것이라는 것을 깨닫는다. 마뉘엘 팡지올리니는 뼛속까지 기자 근성으로 차 있는 사람이다. 외설적이고, 다른 사람의 사생활을 들여다보길 좋아하고, 계산적이다. 진급에 대한 열망에 사로잡혀 있고, 배신도 일삼는 사람이다. 이들은 더럽고 불결한 사건들을 좋아한다. 사건이 공포를 일으키는 것일수록 그들을 매혹시킨다. 거기에서 그는 전율을 이끌어낸다. 그리고 사건과 함께 스포트라이트가 그를 비추고, 독자들의 돈이 찾아온다. 독자들은 전율을 느끼기 위해 기자들에게 돈을 퍼부을 준비가 되어 있다. 나는 내가 이 사람에게 혐오감을 불러일으키고 있다는 것을 안다. 그는 내게서 일어나는 변화를 전혀 눈치 채지 못하고 말한다.

“당신은 당신 얘기를 하기 위해 이곳 오지 해안까지 왔습니다. 그러나 나는 당신 말을 다 믿진 않아요. 아마도 당신은 당신의 고용주에게 정보를 제공하기 위해 온 것 같군요. 그런데 그 흑인들이 어떤 자들인지 정말 알고나 있나요?”

“제게는 고용주가 없고, 저는 혼자입니다. 그 사람들은 제가 모든 것을 잃어버렸다고 생각한 순간 저를 도와주었습니다. 그들은 저항하고 투쟁하고 있는데, 그것은 상황을 바꾸기 위해서가 아니라 단지 죽지 않기 위해서입니다. 저는 당신에게 제가 결백하다는 것과 무거운 비밀의 짐 때문에 고통을 느끼고 있다는 것을 말씀드리기 위해서 왔습니다. 진실이 명백하게 드러나야만 저는 자유롭게 될 것입니다. 그래서 제게는 어떤 사람들의 명단이 필요합니다. 명령에 따라 일개 시민인 나의 운명에 갑자기 개입하여 잔혹한 고통을 가한 자들의 이름을 알고 싶습니다. 내가 온 것은 그것 때문입니다.”

“뒤몽테라는 자를 만나셔야겠어요. 당신 얘기를 설득력 있게 전달할 수만 있다면 정보를 얻으실 수 있을 겁니다. 힘드시겠지만 진실을 말하시죠.”

“그는 디에 계속 머물고 있나요?”

“그럴 겁니다. 제가 알고 있는 것은 거의 말씀드렸습니다. 그 당시 서류들을 가지고 있었습니다. 물론 대부분 조작되었지만, 부검 보고서도 갖고 있었습니다. 그런데 모두 압수당했죠. 그래서 더 이상 전해 드릴 게 없습니다. 이제부턴 어떻게 하실 건가요?”

“모르겠습니다. 아무튼, 당신이 말한 그 뒤몽테라는 사람을 만나 봐야 할 것 같습니다. 이후에는 파리로 돌아가 다음 소식들을 기다려야겠죠. 그 사람들이 나를 도와주는 대가로 무엇을 바라는지 모르겠습니다."

"충고를 하나 하죠. 흑인들을 믿지 마세요."

잠시 대화가 끊어진다. 다음 밀물이 올 때까지 열 시간을 더 기다려야 한다. 그런데 과연 밤에 돌아갈 수 있을지 모르겠다. 팡지올리니는 쉬운 일이라고 말하는데, 나는 내가 두려워하는 일이 일어날 것 같은 예감이 든다. 나는 밤에 항해를 하던 중에 다친 적이 있다. 그 벌어진 상처 위로 잔인한 빛이 쏟아지던 걸 기억한다. 우리는 마치 산책이라도 즐기듯 한동안 해변을 걷는다. 우리의 그림자가 차츰 길어진다. 갑자기 휴대폰의 멜로디가 작게 울린다. 나는 팡지올리니가 이런 곳까지 휴대폰을 갖고 오리라곤 상상도 하지 못했다. 그는 내게 양해를 구한다는 표시를 하고 몇 걸음 떨어져 전화를 받는다. 저 기계는 우리 삶을 망친다. 우리 자신을 온전하게 되찾기 위해서는 혼자 있는 게 필요하다. 그러나 저것은 우리가 혼자 있지 못하도록 하며, 우리를 소외시킨다. 지금 상황에서는 더욱 그렇다. 사람들은 지금 어떤 거대한 밑그림을 그리고 있는데, 우리가 거기서 빠져 나가는 것은 불가능하다. 생산 제일주의와 그것이 우리에게 부과한 자리를 빠져 나간다는 것은 불가능하다. 나는 바닷물이 뒤로 밀려가는 것을 바라본다. 넓은 모래펄과 갯벌 곳곳에 썩어가는 말뚝들이 박혀 있다. 그리고 그 한가운데로 통발들이 무거운 관들처럼 일렬로 늘어서 있다. 나는 통화가 어떻게 되어 가는지 보기 위해 뒤돌아선다. 그가 내 앞에 우뚝 서 있다. 여전히 통화를 하고 있긴 하지만, 다른 손에 리볼버를 든 채 내 머리를 겨누고 있다. 크롬 강철의 새까만 외눈이 나를 뚫어지게 바라본다. 비스듬히 내리쬐는 햇빛으로 인해 권총 옆구리가 강렬한 금빛을 반사한다. 팡지올리니는 전화기를 천천히 주머니에 넣는다. 그는 내 눈을 똑바로 응시하며 마지막으로 말한다.

"미안하오."

그러나 불행한 건 그다. 나는 코를 문지르는 척하며 선글라스를 벗었다. 그가 해변에 엎어진다. 그가 뱉은 얕은 구멍으로 바닷물이 끊임없이 드나든다. 어쩌면 이렇게까지 할 필요는 없었는지 모른다. 계속 추궁하는 것이 더 현명한 일이었을 것이다. 그러나 그가 어떤 인간인지 안 이상, 나도 여지를 남겨둘 수 없었다. 언제 방아쇠를 당길지 모르는 일이었다. 그래서 나는 그가 죽을 정도로 모든 힘을 빼앗았다. 그는 눈을 뜬 채 순식간에 모래 위로 넘어졌다. 그러나 나는 끝까지, 그의 심장이 멎을 때까지 계속했다. 나는 그렇게 한 데대해 아무 죄책감도 느끼지 않는다. 이상하게도 나는 모든 회한으로부터 자유로워지는 걸 느낀다. 이제까지, 내가 살인을 문제 삼아 생각해본 적은 한 번도 없었다. 심지어 누군가의 죽음을 바란 적도 한 번도 없었다. 그러나 나는 지금 사람을 죽였다. 그런데 아무렇지도 않다. 어쩌면 가책 때문에 모래밭 위에서 소리를 지르며 울어야 하는 지도 모른다. 그러나 아니다. 아무 일도 일어나지 않는다. 나는 총을 집는다. 말로 표현할 수 없을 정도로 아름답고 무겁다. 나는 잠시 그것을 바라보며 무기가 전하는 힘을 느낀다. 그리고 바다로, 가능한 한 내게서 가장 먼 곳으로 던진다. 이번에는 휴대폰을 집는다. 꼼꼼하게 살펴본다. 아마도 마지막 수신번호를 알 수 있는 기능이 있을 것이다. 나는 버튼을 몇 개 누른다. 그러나 곧 아무것도 이해하지 못할 것이라는 것을 깨닫는다. 나는 권총과 마찬가지로 그것도 침묵의 세계 속으로 던진다. 늦었다. 졸음이 온다. 떠나기 전에 잠을 자 두는 것이 좋겠지. 팡지올리니가 받은 그 이상한 전화는 어떤 내용이었을까? 과연 그가 처음부터 이상한 생각을 품고 있었을까? 이곳에서는 무엇을 하고 있었을까? 갑자기 태도를 바꾸었다면 무엇 때문이었을까? 상대방은 그의 귀에 무엇을 속삭였을까? 역시 대답 없는 질문들이다. 그러나 이젠 그런 질문들에 익숙하다. 적어도 이름과 사는 곳을 알았다. 디의 뒤몽테.

나는 어둠이 완전히 짙어지기 전에 배로 돌아간다. 배는 젖은 모래 위에 얌전하게 누워 있다. 나는 통조림 몇 개, 버너, 성냥, 그리고 담요로 쓸 수 있는 것을 꺼내 온다. 짧게 자란 풀 위에 앉아 소시지가 든 흰 강낭콩 스튜를 데운다. 작은 불꽃들은 희미한 빛을 낼 뿐 세게 타오르지 않는다. 나는 즐거운 마음으로 그 불꽃들을 바라본다. 아마도 이것이 마지막이 될지 모른다. 팡지올리니가 통화를 했던 그 미지의 인간들이 언제 나를 찾으러 올지 모른다. 그들이 나의 냄새를 맡고 불어오는 바람에 코를 킁킁대고 있다. 아마도 지금쯤이면 작전이 실패했다는 것을 알았겠지. 그들은 지체하지 않을 것이다. 물이 빨리 올라오면 좋겠다. 여기에서 벗어날 수 있도록. 그런데 디까지

가서 그와 얘기를 하려면 또 시간이 필요하다. 어쩌면 사건과 관계된 사람들 모두를 만나는 것보다 뒤몽테 한 사람을 만나는 것이 나을지 모른다. 나는 놋쇠 접시에 든 음식을 먹는다. 그러는 동안에도 작은 꽃다발처럼 타오르는 불꽃을 끄지 않는다. 그것은 지금 나의 동행자다. 그것들은 바람에 흔들리지 않고 또렷하게 타오른다. 그 불꽃은 어두운 옥좌에 앉은 '타락천사'의 주위를 둘러싼 불꽃을 닮았다.

나는 황야를 천천히 걷는다. 발을 잡고 여자의 시신을 끌고 간다. 내가 준비한 장작더미 위에 있는 시신에 그녀의 시신이 추가될 것이다. 나는 마른 풀과 강렬한 냄새의 이탄 그리고 바닷물에 떠밀려 온 통나무들로 커다란 화형대를 만들었다. 둘 모두 내가 두개골을 깨뜨려 죽였다. 다른 방법이 없었다. 여자는 지나가는 모래 위에 붉은색의 긴 자국을 남긴다. 나는 어떻게 이 상황까지 오게 되었는지 모르겠다. 다만 그런 식의 배반을 참지 못했다고 생각한다. 이제부터 그런 것은 중요하지 않다. 나는 탈구되어 힘이 빠진 여자의 시신을 다른 시신 위로 던진다. 영혼이 날아간 그녀의 육체는 전혀 무겁지 않다. 나는 위 아래 알몸으로 놓인 그들의 모습을 한 번 더 바라본다. 더 이상 참을 수 없다. 나는 불을 붙이고 멀지 않은 곳에 앉는다. 타는 풀과 그슬리는 고기 냄새에 취한다. 희고 짙은 연기가 공중으로 올라간다. 연기는 큰 망루가 된 뒤 천천히 흔들린다. 두꺼운 연기의 깃털들은 동그랗게 말리고 펴지기를 반복하며 계속 공중으로 올라간다. 마침내 그것들은 바람이 그치지 않는 높은 대기로 올라가 산산이 흩어진다. 이제 불은 오렌지 빛으로 희미하게 깜빡이며 창백한 나무 기둥을 비춘다. 그러나 곧 화염이 맹렬히 타오르면서 어둠이 뒤로 멀리 물러선다. 거대한 불기둥들이 몸을 일으키고, 분노한 듯 갈기를 흔든다. 사방으로 튀는 금빛 불똥들이 반짝이는 별들로 하늘을 수놓는다. 나는 머리를 두 손으로 이고 몸을 길게 뻗어 눕는다. 긴 밤이 될 것이다. 장관이겠지.

나는 살을 에는 듯한 추위를 느끼며 깨어난다. 접시를 무릎 위에 놓은 채 잠들었다. 접시에는 음식이 가득 들어 있다. 가스는 모두 떨어졌겠지. 나는 기름 덩어리가 된 채 차갑게 굳은 스튜를 마저 먹는다. 몸을 펴며 일어선다. 밤은 이미 끝나 간다. 별빛들이 희미해진다. 가을을 알리는 오리온좌가 떠 있다. 나는 물이 올라와 배가 떠 있는 것을 확인한다. 둑으로부터 사냥을 나선 게들이 움직이는 미세한 소리들이 들려온다. 나는 남은 음식을 모두 삼킨다. 그러고는 짧은 순간이나마 나의 야영지였던 장소를 그대로 놔둔 채 배에 오른다. 배는 이제 내게 익숙하다. 곧 별 어려움 없이 깊은 물을 만난다. 팡지올리니는 이 점에서 옳았다. 그러나 이제 그는 이 세상 사람이 아니다. 나는 구체적인 방향을 잡기 위해 선실 지붕으로 올라가 수평선까지 주위를 둘러본다. 흰색과 오렌지색의 불빛 점들이 찍힌 연안들은 모두 똑같아 보인다. 나는 최종적으로 가장 가까운 아르카송으로 가기로 결정을 내린다. 아르카송은 불빛들 때문에 끊임없이 불안하게 흔들거린다. 나는 도시의 중앙 쪽을 피해 가장 먼저 눈에 띄는, 어두운 도시의 서쪽으로 미끄러져 들어간다. 30분 정도 여기저기 헤매다 나의 피나스는 풀들이 자라고 소금 냄새가 진동하는 곳에서 좌초한다. 나는 배에서 뛰어내린다. 개흙 속으로 몸이 상반신까지 빠진다. 한순간, 내 몸을 죄며 점점 깊숙한 곳으로 빨아들이는 이 무거운 진흙 덩어리 속에서 결코 빠져 나가지 못할 것이라는 생각이 든다. 한참 동안 몸을 이리저리 틀며 노력한 끝에 나는 늪에서 빠져나와 도로 위로 기어오른다. 도로는 건너편에서 다시 비탈로 이어진다. 그리고 내가 물을 뚝뚝 흘리며 올라온 거대한 석재층들을 기반으로 드넓은 늪지대를 가로지르고 있다. 지금은 이른 시각임에 틀림없다. 넓은 국도로 보이는 길 위로 차 한 대 지나가지 않는다. 모든 것이 침묵에 싸여 있고 인적도 없다. 나는 조심스럽게 도시를 향해 나아간다. 필요하다고 생각될 때는 높이 자란 수풀 속에 숨는다. 두 가지 해결책이 있다. 파리로 돌아가거나, 여기서 곧장 디로 가거나. 나는 몇 백 미터를 걸은 뒤 마침내 결정한다. 수도에 있는 나의 주인들에게는 시간을 더 주고, 여기 정반대편에 있는 알프스의 오지에서 나의 운을 한 번 더 시험하는 것이다. 그런데 운명이 다급하게 찾아오는 순간에, 그것을 맞이하기 위해서는 반드시 있어야 하는 것이 늘 주위에 없다는 것은 언제나 불가사의한 일이다. 즉, 나는 무엇을 타고 떠나야 할지 모르겠다. 오토바이를 가지러 되돌아간다는 것은 불가능하다. 내가 그것을 어디에 두었는지는 대략 알고 있다 하더라도, 내가 지금 어디에 있는지 전혀 모른다. 조금 지나 '비행장' 이라고 쓰여 있는 표지판이 나타난다. 나는 금속 표지판의 받침대에 앉아 잠시 생각한다. 어쩌면, 경비행기와 조종사를 납치할 수도 있을 것이다. 그런 뒤에 조종사한테 그곳까지 날아가도록 하는 것이다. 경비행기는 연료를 채우면 한 번에 얼마나 날 수 있을까? 모른다. 조종사가 내 말을 듣게 하려면 어떻게 협박을 해야 할까? 그가 지도나 좌표 같은 것 없이 프랑스를 서에서 동으로 횡단할 수 있을까? 아마도 날카로운 면도기 하나면 끝날 것이다. 나는 한순간 팡지올리니의 괴물 같은 고물총을 버린 것을 후회한다. 항공기를 납치하기 위해서는 사실 그런 물건이 필요하다. 나는 위험 부담이 매우 큰 비행기에 대한 생각은 당분간 하지 않기로 결정한다. 계속 길을 걷는다. 밤이 끝나고 있다. 나는 아무도 마주치지 않고 한참 동안 어둠 속을 걷는다. 이런 시간에 도로에 사람이 없는 것은 당연하다. 나는 높이 자란 수풀을 돌아가다 갑자기 멈추어 선다. 저 멀리 검은 물과 내가 빠져 나온 섬이 보인다. 헬기들이 그 위를 날고 있다. 소리는 들리지 않지만 그것들이 강력한 탐조등으로 어둠을 샅샅이 뒤지고 있는 것이 보인다. 나는 그것들이 무엇을 찾고 있는지 안다. 프레데터들이 다시 한 번 더 사냥에 나섰다. 그것들은 멀리서 소리없이 날면서 광선으로 땅을 핥고 춤을 추며 공중에서 서로 교차한다. 나는 그 시커먼 개똥벌레들을 지켜보며 계속 길을 간다. 다행히 저것들이 도착하기 전에 밀물이 나를 도와주었다. 아마도 저것들은 나보다 강했을 테지만, 물과 바다는 나의 편이었다.

곧 경계병처럼 도시 입구에 서 있는 집들이 나타난다. 새벽빛 속에 주위가 조금씩 밝아 온다. 나는 등에 비치는 빛이 차츰 강해지는 것을 느낀다. 그 빛과 함께 나는 잠들어 있는 도시 안으로 들어간다. 계절이 끝나 가고 있긴 하지만, 도시는 여전히 여름을 느끼게 한다. 이른 시각이기 때문에 시소들은 정적 속에 있고, 풀장들은 방수포로 덮여 있다. 나는 하얗게 칠을 한 저층 주택들이 늘어선 큰 길을 성큼성큼 걷는다. 아무도 없다. 마침내 해가 떠오른다. 돌아보지 않아도, 오랫동안 떠나 있던 친구처럼 햇빛이 내 어깨를 어루만지며 위로하는 것 같다. 주위가 환해지면서 나는 내 모습을 확인한다. 잔뜩 도료를 바른 것처럼 몸 전체가 마른 회색 진흙으로 덮여 있다. 방금 땅 속에서 튀어나온 인간, 흙의 아이, 점토 동상. 나는 큰 덩어리들을 떼어내려고 시도한다. 그러나 곧 포기한다. 배가 고프다. 나는 문을 연 빵가게 앞에 멈추어 선다. 들어간다. 쳐다보는 시선도 무시하고 손에 크루아상['크루아상' 은 '초생달' 을 뜻하는데, '초생달 모양의 빵' 을 가리키기도 한다. 프랑스인들이 자주 먹는 빵들 중 하나] 하나를 집어서 나온다. 나는 우체국을 찾아 시내까지 걷는다. 뒤몽테, 디. 이것만으로도 충분히 주소를 알아낼 수 있을 것이다. 새로운 목적, 계속 전진을 해야 하는 이유.

나는 부두로 향한다. 태양은 조금씩 높이 솟아오른다. 바다 냄새가 사방으로 퍼지면서 내 몸까지 파고든다. 역한 냄새들이 풍긴다. 개흙과 휘발유 냄새, 젖은 밧줄 냄새, 폐기된 통발 냄새, 식은 모터 냄새, 하역된 정어리 냄새. 가로등이 아직 꺼지지 않아 나는 밧줄로 부두와 간신히 연결되어 있는 트롤선들이 밤 동안 어획한 고기들을 쏟아 붓고 있는 큰 어시장 한쪽을 따라서 걷는다. 폴리스틸렌 상자들, 나무 · 철 · 판자로 만든 작은 상자들, 플라스틱 고리바구니들, 통발들, 그물들, 낚싯

줄들. 그리고 하얀 조개껍질과 싱싱한 생선들. 경매장은 활력이 넘쳐난다. 목소리들이 울리고, 땀이 흐르고, 생선 악취가 가득하다. 바다의 미사. 노란 방수복을 입고 푸른 장화를 신은 수염 난 사제들이 미사를 진행한다. 장밋빛 건물은 드넓은 바다 위로 솟아난 폭이 좁은 방파제를 바라보고 있다. 나는 건장하게 생긴 남자들 사이를 걷는다. 가끔씩 그들이 지나갈 수 있도록 길을 비킨다. 한순간 이곳을 꿈에서 본 적이 있다는 생각이 든다. 그런데 그 모습이 정확하게 기억나지 않는다. 나는 물건을 사거나 팔기 위해 달음박질치고, 바삐 움직이는 사람들 사이에서 계속 길을 간다. 내 곁을 지나간 사람들 중 어떤 이들은 되돌아와 다시 내 곁을 지나간다. 흰색 화물차들이 길을 막고 있는 주차장을 지나면서 나는 길에 떨어진 갈고리를 하나 발견한다. 몸을 굽혀 줍는다. 큰 금속 날에 나무로 만든 둥근 손잡이가 있는 고기잡이용 갈고리다. 나는 그것을 잡고 한참 바라본 뒤 이리저리 돌려본다. 그리고 시험 삼아 공중에 대고 몇 번 수직으로 내려찍는다. 문이 열린 냉동차 컨테이너 뒤에 서 있던 남자가 나를 불안하게 쳐다본다. 나는 그것을 뚫어지게 쳐다보고 나서 허리춤에 끼운 뒤 다시 내 길을 간다. 시간을 단축하기 위해 나는 집과 배들 사이에 있는 길고 폭이 좁은 모래밭을 걷는다. 항구가 생기고 난 후부터 이곳에는 오물들이 바닷물에 밀려와 끊임없이 쌓인다. 그런 뒤 이 해안에서 마지막 해체 단계를 거친다. 나는 못들이 박힌 낡은 나무판자, 타이어, 병, 비닐봉지, 통조림들 사이를 조심스럽게 걷는다. 모두가 소금에 절었고, 태양빛에 퇴색되었다. 이곳은 슬퍼 보인다. 나는 항구를 둘러싼 방파제가 지어지기 전에 이 바닷가 집들에서 살았을 사람들의 삶이 어떠했을지 상상할 수 있다. 지금 그들은 더러운 물에 발을 담그며 살고 있다. 쓰레기 더미들이 끝나는 곳에서 나는 둑으로 오른다. 밧줄에 매여 일렬로 늘어서 있는 배들을 바라본다. 분명히, 이곳을 꿈에서 본 적이 있다. 그 기억은 아직도 생생하다. 한낮에 꿈을 다시 경험하는 이런 병에 어떤 의미를 부여해야 할지 모르겠다. 밤에 본 것들이 낮에 보는 것과 비슷하다. 조금 걸은 뒤, 나는 다시 모래벌판으로 내려온다. 이번에는 진정한 해안이다. 바다가 자신이 실어 온 모든 것을 다시 실어가고 있다. 노란색의 거대한 굴착기가 해안에 길게 널린 해조들을 쓸어 담고 있다. 이건 뭍의 사람들을 위한 조처다. 중장비는 멀지 않은 곳에 있는 덤프트럭 화물칸에 주름지고 서로 얽힌 해조 덩어리들을 쏟아 붇는다. 시는 관광객들에게 편안한 해안을 만들기 위해 많은 노력을 한다. 관광객들로 말한다면, 그들은 자외선에 피부가 벗겨지는 것을 대가로 기꺼이 주차비나 교통 위반 범칙금을 낸다. 나는 해수욕 하는 사람들을 위해 마련된 샤워기 앞에 멈추어 선다. 옷을 벗고 알몸으로 바다를 마주한 채 씻기 시작한다. 해안에는 서너 명의 사람들뿐이다. 그들은 나를 보더니 소스라치게 놀란다. 나는 옷들도 간단하게 빤다. 딱딱하게 말라붙은 마른 진흙 딱지들을 뗀다. 분해된 마른 진흙들은 바다의 미풍에 날아간다. 나는 다시 옷을 입고 시내로 향한다. 내 모습은 정상은 아니지만, 그래도 사람들 사이에서 걸어 다닐 만한 모양은 된다. 조금 더 해안을 걸은 뒤 상업 지구에 있는 대로로 들어선다. 아르카숑의 심장부다. 큰 카지노 앞을 지나면서 나는 이 도시가 과연 아름다웠던 때가 있었나 생각한다. 해수욕장으로 유명한 이 도시는 예전에는 울긋불긋한 집들과 사방으로 트인 발코니, 그리고 태양과 바다를 향해 난 긴 나무 베란다들이 있던 아름다운 곳이었다. 바보들이 관광이나 관광사업을 위해 이곳으로 떼거지로 몰려오면서 우아했던 옛 도시는 천박한 곳으로 변했다. 아름다웠던 것들은 사라지고 대신 사방에 조미료가 뿌려졌다. 해안선을 따라 세워진 건물들, 노상 시설들, 포장된 도로들, 쇼윈도들, 싸구려 장신구들, 천박한 색을 입힌 세공품들. 중앙 우체국은 니스에서 기차역을 찾던 때만큼이나 쉽게 찾아낸다. 그런데 아직 문을 열지 않았다. 나는 붉은색 나무 벤치를 보고 그리로 가 앉아 기다린다. 태양은 계속해서 솟아오른다. 마침내, 잠에서 덜 깨어난 듯한 공무원이 와서 커다란 유리문을 연다. 나는 빛이 쏟아지고 있는 커다란 홀로 들어간다. 위가 둥근 창문으로부터 하얀 대리석 바닥으로 햇빛이 쏟아져 들어온다. 나는 방문객들이 사용할 수 있는 검색대를 향해 간다. 무료로 자유롭게 사용할 수 있는 것 같은데 의심쩍다. 나는 디의 뒤몽테를 검색한다. 아무 결과도 나오지 않는다. 역시 공짜는 틀리다고 생각한다. 나는 검색 범위를 인근 도시와 도까지 넓힌다. 무심한 기계는 비슷한 철자들까지 포함한 꽤 긴 리스트를 내놓는다. 내가 이들 중에서 직접 선별해야 한다. 나는 검색대와 벽에 붙어 있는 큰 프랑스 지도 사이를 왕복한다. 나는 디에서 가장 가까운 곳부터 가장 먼 곳까지 '뒤몽테 씨' 로 된 모든 주소와 전화번호를 적어 리스트를 작성한다. 나는 밖으로 나와 건너편 담배 가게에서 전화카드를 산다. 거기서 멀지 않은 곳에 공중전화 박스들이 잔뜩 햇빛을 받으며 서 있다. 나는 그곳으로 향한다. 박스 문을 열고 들어서면서 지옥도 이곳보다 더 숨 막히지는 않을 것이라고 생각한다. 나는 체계적인 방식으로 전화하기 시작한다. 나의 수화자들 모두에게 똑같은 장광설을 늘어놓는다. 어떤 때는 노동자가 전화를 받고, 때로는 예술가들이 전화를 받는다. 그러나 대개는 평범한 사람들이다. 이른 나이에 전원에서 휴식을 취하고 있는 경찰관의 목소리 같은 소리는 들리지 않는다. 열 통 정도 전화를 한 뒤 나는 인내심을 잃기 시작한다. 하지만 희망은 잃지 않는다. 이어서 깜짝 놀라는 사람들, 말을 들으려 하지 않는 사람들, 무슨 말인지 이해하지 못하는 멍청이들, 그리고 의심하는 사람들이 나온다. 마침내 내가 원하는 통화가 이어진다. 그는 디에서 아주 먼 곳에서 산다. 나는 하마터면 그를 빠뜨릴 뻔했다.

"뒤몽테 씨?"

"누구시죠?"

"안녕하십니까? 저는 〈시카고 헤럴드〉의 스티브 하비입니다. 저는 프랑스의 리비에라 해안 지방에서 일어난 명확하게 밝혀지지 않은 사건들에 관해 조사하고 있습니다. 제 최근 기사가 부테이유 양 사건과 관련된 것인데요, 오랫동안 마뉘엘 팡지올리니 씨와 인터뷰를 하기도 했습니다. 그런데 팡지올리니 씨가 뒤몽테 씨를 언급하시더군요. 제가 알기로는 부테이유 양 사건이 뒤몽테 씨에게도 큰 피해를 준 것 같은데, 혹시 어떤 의견이라도 주시지 않으시겠습니까?"

꽤 오랫동안 침묵이 이어진다. 첫 순간부터 나는 과녁을 제대로 맞췄다고 생각한다. 그다. 그는 주저한다. 공포에 사로잡혔다. 의심을 하고 머릿속에서 수많은 질문들을 한다. 어쩌면 이 전화는 함정일 것이다, 아니 비밀을 털어 놓고 나를 해명할 수 있는 기회인지 모른다, 등등. 그는 잃을 것과 얻을 것 사이에서 무게를 잰다. 나는 기다린다. 침묵이 오랫동안 계속될 것처럼 느껴진다. 아마도 그는 자기가 이 세상에서 완벽하게 잊혀진 존재라고 생각했겠지. 그러나 죽은 자들 중에서도 그런 행운을 가진 사람은 드물다. 마침내 그는 결정을 내린다.

"생각을 해보겠습니다. 다시 한 번 더 이름을 말씀해 주시지요. 만날 장소도."

이번에는 내가 의심할 차례다. 이 자는 짭새였다. 그는 나에 관한 정보를 얻기 위한 시간을 벌려고 한다. 당연히 이 세상에 〈시카고 헤럴드〉도, '스티브 하비' 도 존재하지 않는다는 것을 알 것이다. 그렇게 되면 그는 나를 믿지 않을 것이고, 산꼭대기에 숨어 나와 얘기를 하려고 하지 않을 것이다. 과거의 상부 기관이 정치적인 복수를 위해 어떤 함정을 놓고 있다고 생각할 것이다. 나는 선수 치기로 마음먹는다. 그의 머리를 뜨겁게 만들 말을 날려야 한다.

"자, 들어보시겠습니까? 제 진짜 이름 같은 건 중요치 않아요. 중요한 건 제가 그 여자의 살인 사건을 완전히 밝히기로 결정했다는 것입니다. 저는 그 사건과 관련된 놀라운 정보를 가지고 있습니다. 선택은 간단합니다. 저와 대화를 나눈 후 알프스로 당신을 보낸 그 사람들에게 복수를 하든가, 아니면 정치국 경찰들이 당신 집 문을 노크할 때까지 숨어서 기다리든가, 둘 중 하나입니다. 그들 본부는 지금 저 때문에 미친 듯이 돌아가고 있습니다. 저는 그 인간들을 흔들기로 작정했습니다, 이해하시겠습니까? 제 목숨 같은 건 별로 중요하지 않아요, 어차피 저는 이미 죽었으니까요. 마뉘엘 팡지올리니로 말한다면, 안된 일이지만, 어제 제게 당신에 대한 얘기를 한 후 곧바로 이 세상을 떠났습니다. 저는 지금 이럴 시간이 없습니다. 어떻게 하시겠습니까?"

뒤몽테는 입을 다무는 데 뛰어난 기술을 가지고 있다. 침묵 때문에 나는 몹시 초조하지만 그에게 기회를 주기 위해 참을성 있게 기다린다. 한참 후, 내 눈으로 굵은 땀방울이 떨어질 때, 그가 마침내 대답한다.

"좋습니다. 저는 뤼스-라-크루아-오트, 정확하게 말한다면 라 자르자트에서 살고 있습니다[프랑스와 이탈리아 국경의 알프스 산맥에 위치한 라 자르자트는 계곡 지대로 유명하다. 뤼스-라-크루아-오트는 라 자르자트 옆에 있다]. 드롬이라는 곳이 있습니다. 어렵지 않게 찾아올 수 있습니다. 도로가 하나밖에 없는데, 그 도로 끝에서 살고 있습니다. 짚으로 지붕을 만든 집입니다. 만일 당신이 조금이라도 허튼수작을 한다면, 제가 그 자리에서 당신을 죽일 겁니다. 이해했습니까?"

"알겠습니다. 좋습니다. 내일 그곳으로 가겠습니다. 후회하진 않으실 겁니다."

나는 전화를 끊고 나온다. 내 몸은 땀으로 범벅이 됐다. 요리

법에서 말하는 그대로, 몸이 불에 살짝 익었다. 나는 정신을 차리기 위해 잠시 전화 부스에 등을 기댄다. 그리고 분수까지 걸어가 차가운 물로 얼굴을 적신다. 순간 내 몸이 약하다는 것을 떠올리고 잠시 숨을 고르기 위해 앉는다. 과거에 나는 유리 박스 안이 이렇게 더우리라고 생각한 적은 없었다.

역은 바로 근처에 있다. 나는 나무들이 무성한 주차장을 가로지른다. 자동차와 버스들이 줄을 맞춰 매우 얌전히 서 있다. 작은 역 건물을 30m 정도 남겨 두고 나는 옆으로 발걸음을 옮겨 플라타너스 뒤로 숨는다. 요원들이 있다. 나는 냄새를 맡았다. 그들이 대합실과 플랫폼에서 참을성 있게 나를 기다리고 있다. 그들의 작고 다부진 그림자가 눈에 들어온다. 기차는 좋은 생각이 아니다. 몸이 이전 상태에서 회복되지 않았기 때문에, 다시 오토바이로 여행하는 것도 불가능하다. 손과 발에 톱니 같은 상처가 났다. 등은 굽었다. 손에는 물집이 가득 잡혔다. 그러나 무엇보다도 잠이 쏟아진다. 나는 다른 사람들처럼 아무렇지 않다는 듯 길을 되돌아간다. 마음속에서 뭔가 걸리는 사람이 아무렇지 않다는 태도를 취하기 마련이다. 그런데 이런 모습이 내게 잘 어울린다. 나는 하릴없이 구경하고 있는 사람들을 지나친다. 하루하루 지날수록, 내 주위를 둘러싸고 있는 사람들이 더 먼 곳에 있는 것처럼 느껴지고 비현실적으로 보인다. 이 여행을 떠나기 전에 나는 내게 소중했던 사람들에게 이전에 못했던 얘기를 하고 싶다는 생각이 든다. 얼마나 큰 환상인가! 나를 기다리는 사람이 아무도 없는데, 과연 누가 나를 기억하고 있을까?

나는 음식과 물건들로 가득 찬 선반들이 빽빽하게 늘어선 거리로 들어선다. 조금 떨어진 곳에 가옥들이 모여 있다. 장날이다. 풍요의 날이다. 사람들이 서로 밀치며 먹을 것들이 가득 쌓인 진열대들을 따라 천천히 움직인다. 개인들은 각자 다른 목적을 갖고 다른 방향으로 움직이지만, 마치 불에 살살 끓는 인간 수프가 모락모락 연기를 내기라도 하듯, 전체적으로 사람들은 대류 현상에서처럼 한 방향으로 흘러가고 있다. 상자에 쌓인 사과와 꼬챙이에 꿰인 영계들이 각자의 가방 속으로, 망태 속으로, 바구니 속으로 옮겨진다. 모두가 장바구니를 들고 있거나 카터를 끌고 있다. 그리고 천으로 만든 귀여운 신발을 신었거나 촉감 좋은 베레모를 썼다. 여자들은 꽃 무늬 블라우스를 입었다. 맨살이 드러난 팔들에서는 건강한 힘줄들이 드러나 보인다. 노인들은 다음 주 날씨를 예상하며 지난주 날씨에 대해 이런저런 얘기를 한다. 서로 말다툼을 하고, 소리치고, 한담을 나눈다. 생선 장수는 생선 비늘을 벗기고, 푸줏간 주인은 고기를 썰고, 채소 장수는 채소를 다듬는다. 상인들은 모두 가장 좋다는 물건을 구경꾼들에게 내보이며 장광설을 늘어놓는다. 사방에서 동전들이 딸랑거리고, 손이 오간다. 나는 머릿속이 빙빙 돌고 몸에 힘이 빠지는 것을 느낀다. 나는 시끄럽고 소란스런 시장을 그대로 떠나 한 번 더 길을 벗어난다. 그리고 인적 없는 곳으로 이어진 길을 따라간다. 잠시 길 한가운데서 멈춘다. 그리고 다시 되는 대로 방향을 잡아 계속 길을 간다. 채색 겉창의 집들이 양편으로 늘어서 있는 막다른 길 끝에 날씬한 크림색 2CV[시트로엥 2CV. 미슐렝 사가 1940년대에 만든 자동

차. 딱정벌레처럼 생긴 이 차를 유럽 지역에서는 쉽게 볼 수 있다] 한 대가 있다. 순간적으로 나는 그것이 나와 관련된 물건이라고 생각한다. 나는 이 자동차가 훔치기 쉽다는 것을 안다. 나는 주위를 한 번 둘러보고서 안심한다. 우리 둘밖에 없다. 나는 소리를 내지 않도록 조심하며 그녀에게 다가간다. 나는 이제부터 천천히 구경할 소녀를 놀래키고 싶지 않다. 얇은 강판의 몸이 섬세하게 곡선을 그리고 있고, 마디마다 볼록 튀어 나와 있다. 나는 그녀의 둥근 헤드라이트를 쓰다듬는다. 옆구리를 손바닥으로 살짝 때린다. 손가락 끝으로 보닛을 누른다. 이어서 나는 차의 지붕 선을 따라 차 지붕을 천천히 걸어 낸다. 그리고 차 문 손잡이 끝을 조심스럽게 움켜쥐고 한 번에 문을 세게 잡아당겨 차 안으로 뛰어든다. 나는 운전석에 부드럽게 자리 잡는다. 계기판 위로 몸을 숙이고 그녀의 내부를 이리저리 살펴보는 동안 용수철들이 신음소리를 낸다. 나는 구미가 당기는 버튼을 재빨리 찾는다. 그러고는 나의 능숙한 손동작이 시작된다. 그런데 생각했던 것보다 더 섬세하게 손을 움직여야 한다. 나는 목적을 달성하기 위해 몇 번이나 반복해서 시도한다. 마침내 아가씨가 기별도 않고 부르르 몸을 떨며 내게 청춘의 소리를 들려준다. 작은 2기통 실린더가 비둘기 울음소리를 낸다. 나는 1단 기어를 넣고 출발한다. 담배가 필요하다.

VII

자동차를 모는 기술 전체는 2CV의 운전 기술에 포함되어 있다. 2CV만큼 정성과 주의력, 그리고 날렵한 손동작과 조심스런 자세를 요구하는 자동차도 없다. 그래서 순식간에 다른 생명을 앗아가거나 운전자 스스로 차에게 배반당하는 일이 종종 일어난다. 더블 클러치, 더블 브레이크, 엔진이 거친 소리를 내며 돌아간다. 나는 길에서 속도를 올린 뒤 넓은 도로로 들어선다. 도로에는 요철들이 있지만 내겐 무용지물이다. 나는 그것들 때문에 브레이크를 밟을 생각은 전혀 없다. 시트로엥은 요철이 없는 곳을 달릴 때도 가볍게 튀어 오른다. 나는 액셀레이터를 끝까지 밟고 아르카송을 빠져 나가 그르노블로 향한다. 고속도로로 이어지는 입체 교차로의 넓은 커브에서 작은 차는 다시 용수철의 탄력으로 튀어 오르고, 나는 차문의 유리창으로 쏠린다. 그래도 나는 속도를 줄이지 않는다. 110km 이상을 밟으며 오전의 태양을 향해 달린다. 당분간은 동쪽을 향해 달리고 있다는 사실 때문에 만족한다. 리모주를 지나면 본격적으로 일이 시작될 것이다.

나는 기름을 채우거나 간단히 식사를 할 때만, 혹은 타이어에 바람을 넣을 때만 작은 주유소에 들르고, 큰 고속도로와 마을들을 피하며 하루 종일 달린다. 저녁이 되고, 마시프 상트랄[프랑스 중부와 남부 지방에 걸친 고지대]의 지맥들이 멀리 보인다. 황량하고 늙은 모습. 나는 길을 잃어버리고, 곧 내가 달리는 길 위에선 표지판이나 교차로가 더 이상 나타나지 않는다. 나는 좁은 도로를 올라가는 것만으로도 만족감을 느낀다. 도로는 둥글게 솟아오른 산비탈을 따라 뱀처럼 꾸불꾸불 이어진다. 풀은 거의 찾아볼 수 없다. 나는 세계를 뒤에 남기며 달린다. 차의 지붕을 덮기 위해 길가에 잠시 차를 세운다. 난방기를 켜고 다시 출발한다. 몹시 춥다. 단조로운 경사지에 물기 없는 검은 돌들이 방추형으로 높이 쌓여 있다. 황혼도 끝나가고 나는 심하게 졸음을 느낀다. 그리고 이때부터 내가 어디에 있는지 전혀 알지 못한다. 고개의 정상에 도착한 것 같은데, 표지판이나 푯말이 전혀 없다. 나는 도로를 따라 나 있는 넓은 빈터에 차를 세운다. 내려서 앞이 트인 곳까지 걸어간다. 내 뒤쪽 멀리서 해가 바다 속에 잠긴다. 그 자리에는 붉은색의 옅은 구름 몇 점과 열기의 흔적만이 남았다. 발 아래로 검은 계곡 바닥이 슬퍼 보인다. 표지도 이름도 없는 이 도로에는 나무도 풀도 눈(雪)도 없다. 생명의 흔적은 전혀 보이지 않는다. 그러나 주위의 돌들에는 물결치는 평행선들이 선명하게 남아 있다. 산이 태어난 심해의 흔적들이다. 바위는 지금까지 그 깊은 바다의 색을 보존해 왔다. 나는 다시 차에 올라 차문을 모두 잠근다. 앞좌석 커버로 몸을 덮는다. 그리고 완전한 암흑 속에서 눈을 뜬 채 주의를 기울이며 미동도 없이 계속 앉아 있는다. 밤이 조금 깊어지자 비가 오기 시작한다. 나는 빗방울이 차의 금속판을 두드리는 소리에 오랫동안 귀 기울인다. 좀처럼 잠이 오지 않는다. 나는 인내심 있게 기다린다. 언젠가는 잠이 오겠지. 불은 모두 탔다. 마지막까지 남은 숯덩이들에서도 더 이상 연기는 나지 않는다. 나는 눈이 감기는 순간을 바라보듯, 그것들이 하나둘씩 꺼지는 것을 바라본다. 분노한 불길은 나를 위해 밤새 춤을 추었다. 그것은 사방에 연기를 날리며 공중으로 올라갔다 다시 내려오고, 먹이로 놓인 두 육체를 흉포하게 삼켰다. 나는 먹지도 마시지도 않고 며칠 동안 불을 지켜보았다. 화염이 타올랐던 자리에 지금은 뜨뜻한 회색 재들의 우울한 둥근 산만 남았다. 그 재들 위로 살이 모두 녹은 두개골 하나가 삐죽 나와 있다. 나는 걸어가 집는다. 아직도 온기가 남아 있다. 아래턱은 떨어져 나갔다. 아마도 다른 뼈들과 함께 사라졌겠지. 나는 자리에 앉아 그것을 오랫동안 손으로 이리저리 돌려본다. 나는 이 치아를 안다. 그녀의 입술과 키스가 떠오른다. 첫날 본 그녀의 모습을, 바에서 본 그녀의 모습을 언젠가 다시 볼 수 있을까? 내 손에서 완전히 식은 두개골은 가볍다. 나는 그것을 버린다. 그것은 바위 밑뿌리까지 굴러가 부딪혀 깨진다. 끝났다.

아침이 되자 어제의 광물질 같은 세계는 사라졌다. 차창 너머로 짙은 회색 안개밖에 보이지 않는다. 보닛 앞도 잘 보이지 않는다. 나는 밖으로 나와 오줌을 누기 위해 몇 걸음 걷는다. 그러나 차를 잃어버릴까봐 두려워 멀리 가지도 못한다. 오랫동안 깊이 잠들었던 것 같다. 꿈도 꾸었지만, 밤새 도로 위로 차 한 대 지나가지 않았다는 걸 안다. 차는 물론이고, 아무것도 지나가지 않았다. 나는 지체하지 않고 여기를 떠나기로, 이 오지의 우윳빛 새벽에서 벗어나기로 결정한다. 만일 이곳에서 멈춘다면, 지금 포기한다면, 백치 같은 망령, 공허하고 힘없는 유령이 될 것이다. 나는 기운을 차리고 차에 올라 차문을 힘껏 닫는다. 아직 완전히 준비가 된 건 아니다. 나는 전선을 꼰 뒤 시동을 건다. 그리고 출발한다. 마침내 엔진 소리가 나를 현실로 데리고 온다. 나는 다시 떠난다. 조심스럽게 차를 몬다. 소용돌이처럼 둘둘 말린 안개 너머로 도로 이곳저곳에서 급경사가 보인다. 꾸불꾸불 길게 이어진 고통스런 길을 지나 구름 아래쪽으로, 마침내 현실 세계로 되돌아 나온다. 마시프 상트랄은 내 뒤로 멀어진다. 도로변에 다시 생명이 나타난다. 울타리, 전선, 표지판들이 다시 나타나고, 심지어는 차들도 지나간다. 나는 보통 주유소보다 낡고 더러운 주유소에 멈추어 기름을 채운다. 주유소는 내가 모르는 작은 마을의 입구에 위치해 있다. 몸에 때가 낀 늙은이가 악취를 풍기며 다가온다. 그는 어젯밤이나 오늘 아침에 마신 술에서 덜 깨어난 것 같다. 그는 주유기 주둥이를 세게 잡고서 비틀거린다. 입에 지탄 담배를 문 채 내 차 위로 쓰러진다. 그러고는 가래 덩어리를 뱉기 위한 준비 동작을 하듯 아주 오랫동안 가래를 끓이며 기름을 넣는다. 나는 그의 작은 가게로 들어가 비스킷 한 봉지와 물 한 병을 산다. 나는 돈을 지불한 뒤 늙은이를 더럽고 목적 없는 일상 속에 그대로 내버려둔 채 떠난다. 비스킷은 상했다. 나는 지금 나를 둘러싸고 있는 세계 속으로 녹아들어가면서 매일 조금씩 인내심과 이해심을 잃고 있다. 조금 전까지 경멸하기만 했던 그 노인이 차츰 증오스러워진다. 나는 되돌아가 그가 내게 판 기름을 끼얹고 싶다. 단지 시험 삼아, 내가 주머니에서 라이터를 꺼내는 순간 그의 얼굴에 어떤 표정이 나타나는가를 보고 싶다. 아니면, 갈고리로 단숨에 그의 목젖을 도려낼 수도 있을 것이다. 그러나 이런 일들은 일어나지 않았다. 나는 그냥 나의 작은 자동차와 함께 달리는 것을 선택했다. 우리는 론 강[알프스에서 프랑스 남쪽을 지나 지중해로 흐르는 강] 유역의 음울한 계곡을 지난다. 졸린다. 모든 것이 단조롭다. 아가씨는 나를 위해 계속 달린다. 정오가 되자, 마침내 산들이 다시 나타난다. 그것들은 영화의 배경처럼 원경을 가로막고 있다. 그 너머로 햇빛에 빛나는 하얀 눈이 너무 눈부시게 밝아, 봉우리들이 인공 구조물처럼 보인다. 나는 그르노블을 지난다. 그러는 동안 시나브로 산의 정상이 나를 둘러싼다. 도로에도 조금씩 산의 모습이 나타난다. 길은 좁아지고, 경사지고, 꾸불꾸불 이어진다. 어떤 때는 갔던 길을 되돌아와 같은 장소를 지나거나 그 근방을 지난다. 1미터 간격으로 울퉁불퉁한 곳이 나타난다. 나는 계속해서 달리고 오른다. 나의 아가씨는 참고 견딘다. 벌겋게 달아오른 엔진은 커브를 돌 때마다 얼굴을 한층 더 심하게 찌푸린다. 주위의 가파른 봉우리들은 모두 깊은 계곡 바닥으로부터 솟아오른 것이다. 그것들은 공격하듯 하늘을 찌르고 있다. 그 정상에서 하얀 레이스 실털들이 바람에 날려 사방으로 흩어진다. 낡은 차는 가파른 길을 숨가쁘게 오른다. 저 멀리서 만년설로 덮인 가파른 길들이 자신감과 경멸감이 섞인 태도로 우리를 지켜본다. 우리는 이정표를 따라 계속 오른다. 종종 외따로 떨어진 이정표가 고도를 알리면 곧 가파른 길이 이어진다. 이어서 실내에 뜨거운 기름 냄새가 퍼지는 동안 차는 산을 가르고 있는 좁은 협곡 속으로 들어간다. 협로가 어두워 매우 답답하다. 협곡 저 아래로 급류가 거품을 일으키며 흐른다. 협로를 빠져 나오자 이번에는 평평한 바닥에 나무들이 자라고 있는 거대한 둥근 얼음 계곡이 나타난다. 그 높은 곳에는 끌로 새긴 듯 날카롭고, 나무 한 그루 자라지 않는 바위가 사방을 둘러싸고 있다. 나는 요란한 소리를 내며 흐르는 계곡물을 따라 달린다. 가장자리에 음침한 침엽수들이 늘어서 있고 꽃이 만발한 넓은 목초지 한가운데로 가로지른다. 도로 양편에 돌로 쌓은 낮은 담장이 있다. 곧 이어 그 위로 야생회양목으로 만든 울타리가 덧씌워진 담장들이 나타난다. 이따금씩 그 틈 사이로 아래 쪽에서 차가운 물이 솟아나며 흐르는 것이 보인다. 갑자기 보닛 옆으로 짙은 검은 연기가 새어 나온다. 이어서 뜨거운 기름방울이 가득 차의 앞 유리로 튄다. 유리가 쩍 하고 날카로운 소리를 내며 갈라진다. 엔진은 놀라거나 신음하는 소리도 내지 않는다. 금속이 갈라지는 소리나 크랭크가 긁히는 소리도 내지 않고 멈춘다. 시동을 끈 것처럼 멈춘다. 2CV는 지금까지 달려온 관성으로 한동안 계속 나아간다. 나는 그럭저럭 길가로 차를 몰지만, 나의 시도는 어긋난다. 차는 담장에 부딪힌다. 나는 아무것도 갖고 있지 않다. 나는 내려서 차를 둘러본다. 보닛 밑에서 이상한 소리가 희미하게 들린다. 튀김을 할 때 나는 탁탁 튀는 소리다. 나는 도랑 옆에서 죽어 가는 차를 바라본다. 그것은 자기가 태어난 강으로 되돌아온 한 마리 연어처럼 죽어 간다. 그러나 뒤에 남기는 것은 더러운 기름 자국뿐이다.

나는 지금이 정확하게 몇 시인지 모른다. 아마도 오후가 막 시작되었을 것이다. 천정점에 해가 보란 듯이 걸려 있다. 햇빛이 대기를 덥히고 피부를 따뜻하게 어루만진다. 사고가 나기 조금 전에 "라 자르자트 8km"라고 쓰인 표지판을 확실하게 보았다. 그러나 거기서 여기까지 얼마나 달려 왔는지 모른다. 나는 좌석의 커버를 벗겨내 둘둘 만다. 오늘밤에도 얼마나 추울지 알 수 없다. 동사하기 위해 여기까지 찾아온 것은 아니다. 그리고 좋지 않은 일이 일어날 것을 대비해 조수석 서랍에 놓아두었던 갈고리도 챙긴다. 나는 그것을 어루만진다. 그것이 내게 얼마나 환상적으로 보이는지 잘 설명할 수 없다. 나는 거기서 고개를 들어 수직으로 솟아오른 사암, 석회암, 그리고 이회암으로 형성된 산봉우리를 잠시 바라본다. 그러고는 남은 거리를 마저 가기 위해 길을 떠난다. 좁은 길이 한동안 절벽과 골짜기 사이로 나 있다. 이어 높이 반원을 그리고 있는 돌다리를 지나, 길은 절벽과 골짜기에서 해방되어 풀밭 사이로 이어진다. 나는 걷는다. 여기저기 커다란 개미집들이 있어 걸음을 방해한다. 시커먼 개미떼가 우글거리며 바삐 움직이고 있다. 나는 포식한 배처럼 불룩 솟은 젖은 바늘 돔들을 돌아서 지나간다. 내 시각이 미치는 곳 어디서나, 나무가 자라는 긴 경사지가 처음에는 완만하게 솟아 있다. 이어서 급경사가 된 뒤 정상에서는 날카로운 바위덩어리가 된다. 나는 물을 마시기 위해 저지대에 고인 물 앞에 잠시 멈추어 선다. 물이 깊어 하늘이 비치지 않는다. 이어서 단단하고 야무지게 생긴 다리를 걸어, 측정할 수 없을 정도로 깊은 심연을 건넌다. 다음에 길은 개천 바닥으로 이어진다. 여름이 끝나가는 지금 여기에는 가는 실개천밖에 흐르지 않는다. 나는 허리를 굽혀 희끄무레하고 매끈한 자갈을 줍는다. 내 손바닥에 놓여 있던 꿈속 여인의 두개골처럼 온기가 느껴지고 부드럽다. 마침내 길 끝에 이른 것 같다. 집들이 몇 채 모여 있다. 작고 다부져 보이는 집들의 지붕은 앞으로 내릴 눈의 무게 때문에 벌써부터 내려앉아 있는 것처럼 보인다. 벽은 산에서 가져온 편편한 돌로 만들었다. 바위에서 깎아낸 석반석과 풀밭에서 베어 온 짚으로 지붕을 엮었다. 나는 집들 사이로 난 편편한 땅 위를 걷는다. 안이 컴컴한 우리 앞을 지난다. 불안한 양들이 뒤쪽으로 급히 도망친다. 가축이 뿜어내는 후끈한 열기 때문에 목구멍이 막힌다. 급수장에서 멀지 않은 촌락 한가운데 종이 하나밖에 없는 예배당이 서 있다. 종은 검다. 나는 멈추어 서서 그것을 바라본다. 뭔가 불편한 걸 느낀다. 머리가 어지럽다. 아마도 더위와 조금 전에 마신 너무 차가운 물 때문일 것이다. 시끄러운 전기톱 소리 때문에 나는 구토기와 거북한 기운을 잊어버린다. 소리는 마을 바깥으로 이어지는 길 근방에 있는 투박하게 생긴 집에서 들려오는 것 같다. 거기에 짚으로 지붕을 만든 집 한 채가 햇빛을 가득 받으며 서 있다. 양 옆으로 쌓인 나무판자들 사이에서 남자 하나가 울부짖는 소리를 내는 금속 기계 위로 몸을 구부린 채 바삐 움직인다. 그는 추운 겨울에 대비해 나무 장작을 자르고 정성들여 쌓는다. 그는 검은색과 붉은색의 넓은 체크무늬 셔츠를 입고 있다. 그리고 청바지에 두꺼운 가죽 장화를 신고 있다. 그는 나를 보지 못했다. 그는 대팻밥과 연기가 날리고 시끄러운 소음으로 가득한 작업장 한가운데서 완전히 자기 일에 몰두하고 있다. 나는 다가간다. 그가 나의 존재를 알아챈다. 그러나 천천히 허리를 편다. 그는 한 손에 기계를 든 채 우뚝 버티고 서서 한동안 나를 관찰한다. 우리 주위로 대팻밥이 눈송이처럼 소리 없이 떨어진다. 나는 불안하다. 만일 그가 지금까지 자르던 나무를 버리고 나를 향해 전기톱을 겨눈다면 어떻게 해야 할까? 그는 강해 보인다. 피부는 갈색으로 그을렸고 눈빛은 강렬하다. 그리고 나는 지금 매우 지쳐 있다. 나는 산을 탈 줄 아는 사람을 상대할 수 없다. 그는 나를 관찰하는 것을 그만두고 전원을 끈다. 무거운 침묵이 이어진다. 그는 안경과 장갑을 벗고 무릎으로 뜰의 작은 문을 연 다음 내게로 온다. 우리는 길 위에서 마주보고 서 있다. 내가 먼저 말한다.

"뒤몽테 씨?"

"예."

"저를 기다리고 있었나요?"

"예."

"제가 어제 전화한 사람입니다."

그는 이름이 파트릭이라고 소개한 다음, 집으로 들어가자고 말한다. 집안은 어둡고 천장이 낮다. 모두 돌과 나무로 만들어졌다. 테이블로 쓰이는 크고 낮은 나무 그루터기 하나가 마루 한가운데 놓여 있다. 그리고 구석의 넓적한 큰 돌 위에 텔레비전이 있다. 한쪽 벽에는 커다란 벽난로가 다시 태어날 날을 위해 겨울을 인내심 있게 기다리고 있다. 그는 찬장 유리문을 열어 잔들을 꺼낸다. 내 앞에 리쾨르주를 한 잔 내놓는다. 반쯤 열린 문 사이로 서류가 무더기로 쌓인 사무실이 보인다. 서류는 컴퓨터에서 반사된 빛에 의해 반짝인다. 나는 그에게 우선 상투적인 말부터 던진다.

"이곳까지 오는 길이 멀었습니다. 차가 견디지를 못하더군요. 여기서 몇 킬로미터 떨어진 곳 같은데, 첫 번째 다리를 건너기 직전에 차가 고장 났습니다. 길가에 버려두고 왔습니다. 고칠 수 있을지 모르겠습니다. 제가 신문사 편집실 같은 곳에는 한 번도 발을 들여 놓은 적이 없는 사람이라고 분명히 의심하고 계실 텐데, 천만다행히도 그런 곳에는 발을 들여 놓은 적이 없습니다. 시간을 허비하게는 않겠습니다. 저는 부테이유 양 사건에 관한 정보를 구하고 있습니다. 여기까지 온 건 그것 때문입니다. 부테이유 양 사건은 제게 매우 중요한 일입니다."

"알겠습니다."

"당신은 그 사건을 조사했습니다, 그렇지 않습니까? 어떤 끔찍한 사실을 발견하셨기에 이런 오지에서 양치기 같은 생활을 하고 계시나요?"

"당신은 사고가 난 그 호송차에 타고 있던 사람입니다, 그렇지 않나요?"

"예…."

"죄송합니다만, 선글라스를 잠시 벗어 주시지 않으시겠습니까?"

나는 그의 말에 따른다. 선글라스를 벗었지만, 실내는 여전히 어둡다. 그가 나를 쳐다본다. 나는 그의 시선과 마주치지 않기 위해 눈을 돌린다. 그러나 그가 지금 자신을 사로잡고 있는 강렬한 감정을 감추기 위해 무척 노력하고 있다는 것을 안다. 그는 일어나 내게 불안해하지 말라는 손짓을 하며 전화기가 있는 데까지 걸어간다. 그리고 버튼을 누른 뒤 잠시 기다렸다가 말한다.

"뒤몽테에요. 와 주셔야겠어요."

"…"

"오셔서 직접 보시는 게 나을 겁니다."

그는 전화기를 내려놓고 계속해서 말한다.

"틀림없이 정치국 소속 경찰 정예 요원들이 네다섯 소대를 이끌고 이미 출발했을 겁니다. 조금 후면, 이곳에 도착할 겁니다. 시간이 아주 조금밖에 없어요. 내 직감은 틀린 적이 없고, 마지막 순간까지 기대를 저버린 적도 없습니다. 저는 전화에서 당신이 첫 마디를 끝내기도 전에 누구인지 짐작했어요. 당신 같은 사람을 이렇게 자유롭게 만나다니, 이전에는 생각도 못한 일입니다. 그런데 아그네스 부테이유 양의 사건에 관해 무엇을 알고 있죠?"

"마뉘엘 팡지올리니가 말해 준 거요."

"그는 죽었습니까?"

"예."

“그의 운명이군요. 그가 무슨 말을 했죠?”

“부테이유 씨가 마르세유 경찰청장의 보좌관이었다는 것, 그리고 부테이유 씨가 딸이 속해 있던 한 극좌파 테러리스트 집단에게 경찰의 작전 정보를 제공했다는 것을 들었습니다. 저는 그 집단이 어떤 집단인지는 자세히 모르겠습니다. 딸이 아마도 정보를 얻기 위해 아버지를 협박했던 것 같습니다. 정치국 경찰들이 아버지와 딸의 관계를 파악한 시점에 두 부녀가 제거되었습니다. 그런데 저로서는 매우 불행한 일인데, 아가씨가 살해된 순간에 저도 현장에 있었습니다. 저는 여자가 두개골이 깨진 채 나무에 매달려 죽어 있는 것을 보았습니다. 그들이 제게 무슨 일을 덮어씌우려고 했던 것 같은데, 사람을 잘못 골랐던 것 같습니다. 저는 그런 큰일을 할 수 있는 사람이 아닙니다.”

그는 마루를 가로질러 간 다음 등을 돌린 채 술을 한 잔 더 따른다. 무거운 침묵이 흐른다. 그가 한숨을 쉬며 말한다.

“부테이유 양을 죽인 사람은 당신이에요. 당신이 그녀가 죽을 때까지 고문했습니다. 그녀의 숨이 끊어지기 전에 당신이 그녀의 몸에 난도질을 했어요.”

나는 믿지 못하겠다는 듯 한순간 입을 다문다. 그는 자기가 하는 말에 대해 확신을 하는 것 같다. 확신을 한다는 것은 자신이 있다는 것이다. 그는 방금 한 말을 내가 한마디도 믿지 않고 있다는 걸 알아채고는 계속해서 말한다.

“당신이 그 아가씨를 죽였습니다. 그 점에 대해서는 저를 믿으셔도 됩니다. 당신이 그 여자의 배를 가르는 동안 얼마나 많은 카메라들이 당신을 찍고 있었는지 알고 있습니까? 잠시 후에 비디오테이프와 사진을 보여 드리지요. 인정하게 될 겁니다. 저를 믿으세요."

나는 어떻게 대답해야 할지 모르겠다. 아마도 그가 말하는 것은 진실일 것이다! 그날 밤 일이 그렇게 혼란스럽고 희미하게 떠오르는 것에는 이유가 있었다! 나는 한순간이나마 살인자와 역겨운 백정의 탈을 뒤집어쓰고 있는 내 모습을 상상하기 위해 노력해 본다. 그 얼굴이 예전의 내 얼굴인지 아닌지는 곧 보게 될 것이다. 예전의 얼굴. 그것은 지금의 나와는 아무 상관도 없는 얼굴이다. 누군가 문을 두드려서 나는 소스라치게 놀란다. 뒤몽테가 잔을 내려놓는다.

"아르노 신부입니다."

그는 일어나서 신부에게 문을 열어 주러 간다. 마른 몸의 신부는 머리가 눈처럼 하얗고 키가 작다. 신부는 흑옥처럼 새까만 법의를 입었다. 그리고 마을을 가로질러 오기 위해 그 위에 붉은색의 두꺼운 털외투를 걸쳤다. 그는 기계적인 동작으로 외투를 현관 옷걸이에 건다. 집 내부를 매우 잘 아는 것 같다. 그는 한순간도 내게서 눈을 떼지 않은 채 찬장을 향해 간다. 그리고 손에 쥔 병을 쳐다보지도 않고 술을 따른다. 두 사람 모두 술을 벌컥벌컥 마신다. 오랫동안 술을 참아 온 것이 틀림없다. 성직자가 있다는 게 내게는 고통스럽다. 어떤 고통스러운 일이, 불편하고 거북한 일이 생길 것 같은 느낌이다. 신부는 내가 앉은 소파의 팔걸이에 걸터앉은 다음 몸을 바싹 갖다 댄 뒤 뺨에 손을 댄다. 그런 행동이 나를 자극한다. 나는 깜짝 놀란다. 뒤몽테는 여전히 현관 근처에 서 있다. 그가 신부를 향해 말한다.

"어제 제가 말씀 드렸죠, 신부님? 조금 전에 도착했어요. 한 시간 조금 넘었어요. 경찰에 쫓기고 있는 것 같습니다."

"아, 그래? 재밌는 일이야. 당의 살인자라… 유령이라… 떠돌이라…."

신부가 얼굴을 가까이 갖다 댄다. 그의 목소리는 나긋나긋하다. 그가 내 어깨 위에 손을 얹는다. 그의 몸이 내 몸에 닿을 때마다 나는 혐오감과 구역질을 느낀다. 그가 속삭이듯 말한다.

"혼잔가?"

"예."

"두려운가?"

"예."

"곧 두려움이 너를 사로잡고, 너는 너 자신에 대한 모든 통제력을 잃게 될 거야. 네가 누군지 파트릭이 말해 주었나?"

"아니요."

"얘기가 조금 길어지지. 그래도 알건 알아야지. 조금 있으면 네 영혼을 어떻게 구제할 수 있을지 얘기해 볼 수 있을 거야. 뭐라도 먹고 싶지?"

"예."

"술을 한 잔 더 따라 마셔. 내가 먹을 것을 가져오지."

신부는 부엌으로 간다. 뒤몽테는 신발장에 팔꿈치를 기댄 채 한 손에 잔을 들고 있다. 그가 다시 말한다.

"국민당이 선거에서 이기기 훨씬 전부터 전국 제약회사 연합회가 보조 심리 치료제에 대한 야심찬 연구 프로젝트를 시작했습니다. 뇌 활동을 조절하는 약이었는데, 개인들로 하여금 무의식적으로 학습에 노출되도록 만들었습니다."

그는 입구에서 옆에 있는 사무실로 들어간다. 나는 잠시 혼자 있다. 캐비닛 쇠문이 열리는 소리가 들리고, 이어서 이리저리 서류를 뒤지는 소리가 들린다. 아르노 신부는 젖은 수건으로 치즈 덩어리를 몇 겹으로 쌓은 채 들고 온다. 신부는 그것을 몇 조각으로 자른다. 나는 먹는다. 신부는 옆에 서 있다. 태도가 진실하다고 하기에는 너무나 호의적이다. 신부는 내게 아주 낮은 목소리로 말한다.

"너처럼 이 세상으로 되돌아온 사람들을 만날 수 있다는 건 언제나 크나큰 특권이야. 너희들은 너무 조심스럽고 의심이 많아. 더 이상 두려워 마, 이제부터 부활하신 그리스도께서 항상 너와 함께하실 테니까."

뒤몽테가 사무실에서 나온다. 그는 오렌지색 파일 속의 두꺼운 서류들을 넘긴다. 거기에서 종이 몇 장을 꺼내 내게 보여준다. 화학과 관련된 그림과 선 그리고 기호가 보인다. 그는 이해하는지 몰라도, 나는 무슨 뜻인지 전혀 이해하지 못한다. 그가 몇 페이지로 된 보고서를 손으로 흔든다.

"저와 같이 일했던 수사관 두 명이 이 문서를 보았다는 이유로 죽었어요. 당시 저와 함께 일했던 동료이자 친구였습니다. 방금 전에 말한 그 유명한 보조 심리 치료제의 향정신 작용들에 대한 평가 보고서들이에요. 쥐들을 모니터한 결과 경악할 만한 결과들이 나왔고, 더 놀라운 결과는 개들에 대한 초기 실험들에서 나왔습니다. 그 친구들은 정말 공포를 느꼈습니다."

그가 서류를 내 무릎 위에 놓는다. 문단 하나에 노란색으로 줄이 그어져 있다. 나는 그것을 빠르게 훑어본 뒤 현기증을 느낀다. 그들이 공포를 느꼈다는 것은 놀라운 일이 아니다. 그들은 원자 폭탄을 발견했다. 나는 당혹감을 느낀다. 만일 내가 읽은 것이 정말로 사실이라면, 나는 아그네스 부테이유를 강간했다. 그녀를 때리고, 그녀의 살을 자르고, 피부를 벗기고, 창자를 끄집어냈다. 그리고 그녀를 나무에 매단 뒤 창자가 흘러내리고 피가 흐르는 그녀를 한 번 더 강간했다. 뒤몽테는 클립에 묶인 서류를 꺼내 가지런히 늘어놓으며 계속 말한다.

"방금 전에 읽은 것은 동물들을 대상으로 한 초기 실험들에 관한 것입니다. 그들은 십여 년에 걸쳐 약을 개량했고, 이어서 사람을 대상으로 한 실험에 들어갔어요. 자, 이 사진들을 보세요. 이전과 이후의 차이점이 눈에 띄지 않습니까? 분명 모든 계획에 위기가 찾아온 겁니다. 이 사진에 있는 남자에게 약을 실험한 뒤 특히 그렇죠. 모두가 쉬쉬하고 입을 다물었기 때문에, 초기에 그들은 프로젝트를 가리킬 때 이름도 사용하지 않았습니다. 이름 없는 프로젝트였죠. 모두 무슨 일이 일어나고 있는지 알고는 있었지만, 아무도 그것을 명시적으로 언급하지는 않았습니다. 모든 노력을 기울여 조심했겠지만, 그들이 발견한 건 정말 엄청난 것이었기 때문에 많은 기관과 기업에서 눈독을 들였고, 이후 그와 관련된 더러운 일이 벌어졌죠. 그런데 비밀 정보기관이 마키아벨리 식으로 집요하게 접근해서 개발 중이던 약의 일부를 손에 넣게 되었습니다. 연구 책임자인 미셸 팔로테가 정보를 정부에 팔았다고 합니다. 그 당시에도 국가의 공복들은 자신의 할아버지들이 식민지에서 사용했던 방식에 경탄하던 충성스런 아이들이었는데, 두려운 마음이라곤 전혀 없었습니다. 아무튼 팔로테는 숲 속 저수지 근처에서 총으로 자살한 채 발견되었습니다. 그런 것들은 이미 많이 보아 왔다고 말씀하실지 모르겠습니다. 어쨌든 문제는 국토감시국의 화학자들이 8년을 더 연구했다는 것입니다. 그들은 자신들의 판타지를 좇아 바르비투르산제, 벤조디아제핀, 신경 이완제, 강장제를 섞으며 약의 재료와 기능들을 한 번 더 바꾸었어요. 거기에 사용된 재료들은 실로 엄청납니다. 제 캐비닛에도 그 서류가 쌓여 있습니다. 가장 좋은 결과를 내놓은 것은 세 가지 화합물이 결합된 약품이었습니다. 이전에 기대하지 않았던 결과가 나와 개발이 중단되었는데, 다른 화합물들과 결합하면서 아주 좋은 약물이 되었습니다. 특히 군사 작전에서 매우 유용하게 쓰였습니다. 저는 프리고에서 근무하던 대령에게서 얻은 그것을 아직도 갖고 있습니다. 대령의 이름은 잊어버렸습니다. 군인들은 붙잡은 외국 정보 요원들에게서 자백을 받아낼 때 그것을 사용했습니다. 결과는 주목할 만한 것이었습니다. 그러나 내 생각에 그 약은 단순한 군인들이 다루기에는 매우 복잡하고 사용하기 어려운 물질이었던 것 같습니다. 내가 여기까지 조사를 진행한 순간 상황이 급변하기 시작했습니다. 국민당이 선거에서 이긴 것입니다. 상황이 근본적으로 바뀐 것은 그때부터였다고 생각합니다. 소요가 빈번하게 발생하고 자신들의 토대가 생각만큼 그렇게 탄탄하지 않다는 것을 알게 되자, 그들은 물, 공기, 맥도날드 감자튀김 같은 대중 음식에도 약을 투여하는 등 대대적으로 그것을 사용했던 것 같습니다. 정확하게는 모르겠습니다. 대신 적절하게 강화를 시켜 한 번 주입하면 미묘한 행동 변화를 수없이 일으키는 약물이 아주 다양한 층으로 존재하고 있었다는 건 알고 있습니다. 그들은 그러한 행동 변화를 '성숙' 혹은 '본능 학습'이라고 불렀죠. 약을 투여하면 거리를 활개치고 다니던 부랑자도 조용해지고 온순해집니다. 사람들은 사고할 수 있는 힘을 더 이상 갖지 못하게 되죠. 이런 일이 하루아침에 이루어진 것은 아닙니다. 많은 사람들이 저항을 했죠. 그러나 저항은 차츰 줄어들었고, 약의 효과는 인상적으로 나타나기 시작했습니다. 그들이 어떤 매개체를 통해 그렇게 많은 사람들을 '성숙' 시킬 수 있었는지는 모르겠습니다."

"저도 거기에 해당되나요?"

"당신은 그들이 직접 실행할 수 없는 천한 일을 대신 처리하는 하수인으로 이용되었습니다. 그들의 방법 중 하나예요. 아무나 한 사람을 골라 투여한 약에 따라 알맞게 정보를 주입합니다. 약을 먹은 사람은 일정 시간 성숙 기간을 거치죠. 그 뒤 그들은 지정된 일을 수행할 수 있도록 그를 풀어 줍니다. 그들이 결과에 실망하는 경우란 드물었습니다. 부테이유 양도 그 경우입니다. 살인이 끝나는 대로 경찰은 그를 체포하고, 이후 그를 조용히 사라지게 합니다."

"부테이유 양과 그녀의 동료들이 발견한 것도 그에 관한 것들이었습니까?"

"그럴 겁니다. 그래서 경찰의 수사가 시작되었습니다. 그런데 그 일과 관련된 사람들은 곧 파리처럼 죽어 나가기 시작했습니다. 저는 아내와 도망치기로 결정을 내렸습니다. 거의 모든 사람들에게 약이 확산되고 침투되었을 때의 일입니다. 믿지 못하겠다는 표정을 지으시는데, 사실이에요. 우리들은 점점 무기력해지고 순종적으로 변해 갔기 때문에 도망치기 위해서는 싸워야 했습니다. 지금 돌이켜보면 훨씬 더 일찍 벗어났어야 했다고 생각합니다."

그는 입을 다물고 한참 동안 깊은 생각에 잠긴다. 그의 얼굴에 어두운 그림자가 지나간다. 그래서인지 마루도 어두워진다. 그는 곧 정신을 되찾고 계속해서 말한다.

"아르노 신부님을 알게 된 게 그때였죠. 신부님도 당신 같은 몽고증에 걸린 남자를 막 만나고 난 뒤였습니다 — 그 몽고증 환자는 당신과 달리 지능이 비정상적으로 발달되어 있었습니다. 신부님과 저는 오랫동안 문제들을 검토했습니다. 우리가 갖고 있던 정보들이 일치해서 여기까지 오게 되었지요. 그리고 여기에 정착하기로 결정하였습니다. 촌락에는 신부님과 저 둘밖에 없습니다. 작은 스키장이 하나 있었는데, 폐쇄돼서 더 이상 사람들이 찾지 않습니다. 계곡 바닥에 머물 수 있다면 그들의 약물로부터 벗어날 수 있을 것 같았습니다. 고도가 높고 그들의 물을 마실 일도 없기 때문입니다. 그리고 음식들도 완전히 자급자족으로 해결하지요."

그는 아르노 신부를 바라본 뒤 입을 다문다. 신부가 그 다음 얘기를 해 줄 것이라고 기대하는 것 같다. 신부는 무슨 뜻인지 이해하고 일어선다.

"나와 함께 나가, 조금 걷도록 하지."

그래서 우리는 밖으로 나와 예배당을 향해 난 작은 길을 걷는다. 나는 그와 가까이 있는 게 집안에 있을 때보다 더 불편하다. 뒤몽테는 비디오를 준비하기 위해 집에 머무르겠다고 말했다. 그는 내가 충격을 받을 수도 있을 것이라고 덧붙였다. 집들은 계곡 입구 위에 있는 작은 돌출부에 모여 있다. 여기서는 내가 자동차를 타고 온 협로도 보인다. 그 협로에서 길 하나가 구불거리며 뻗어 있다. 엔진이 고장 난 채 버려진 내 차는 멀리서 움직이지 않는 점처럼 보인다.

"뒤몽테 씨는 매우 전문적인 화학 지식을 갖고 있는 것 같은데요?"

"뒤몽테 아내가 약사였어. 그가 수집한 자료들도 대부분 아내가 해독했지."

"그녀는 어디에 있나요?"

"죽었네. 우리가 도망치기 바로 직전에 살해당했어. 그녀를 죽인 사람도 너와 비슷하게 이용된 사람이었지. 그들이 집에 침입했을 때 파트릭은 다른 곳에서 잠복 근무 중이었는데, 아침에 집에 돌아와서 아내가 살해당한 것을 발견했지. 그녀는 임신 8개월이었어. 나는 파트릭이 어떻게 그 고통을 이겨냈는지 몰라. 아무튼 파트릭은 고통을 이겨냈어. 나의 도움으로, 그리고 그리스도의 도움으로."

"누가 나라를 지배하고 있습니까?"

"아무도 자세히는 몰라. 우리는 그들이 일종의 정치-산업 카르텔을 형성하고 있다고 생각하고 있어. 아직 살아 있는 국민당의 총통들과 약을 살포하고 '성숙'을 계획한 지휘자들의 연합체지. 노동하는 대중을 제대로 '성숙'시킬 때 얻을 수 있는 이윤이 얼마나 되는지 상상할 수 있나? 신문에서 우리들의 뇌가 얼마나 세탁되었는지 봤어? 지금 시행되고 있는 인종 정책을 알아? 그리고 새 노동법도? 여론에 대한 법도? 심지어는 개인의 의견에 대한 법도? 사제들에 대해 하는 얘기를 들어 봤어? 내가 이렇게 신부복을 입고 다니면 어떻게 되는지 알아? 그들이 이겼어. 모든 것을 가졌어. 심지어 나는 그들도 사람들 속으로 들어가 살기 위해 스스로 약을 먹지 않았을까 생각하고 있어. 그들이 모습을 드러낸 지 너무 오래되어서 사실 우리는 누구를 공격해야 하는지도 몰라. 우리가 어떤 시도를 한다 해도 조롱만 당하지."

"그런데 이것이 외국까지 어떻게 전파되었죠?"

"모르겠어. 누구에게도 국가를 떠날 수 있는 권리는 없어. 그리고 그럴 생각도 갖고 있지 않아. 지정된 경계선을 넘을 수 없지. 개인은 각자가 맡은 일에 따라 지정된 구역 안에서는 자유로이 왕래할 수는 있어. 그러나 '성숙'에 의해 머릿속에 각인된 경계는 넘을 수 없어."

"약의 해독제는 있습니까?"

"우리가 알기로는 없네."

"제 경우에는 어떤 점이 특수한 것이죠?"

"다른 식으로 합성되고 조제된 약이지."

"약의 효과를 없애거나 완화시킬 수 있는 방법은 없는 겁니까?"

"그것에 대해 그렇게 많이 생각하는 건 좋지 않아. 지금 네 문제는 단순한 약물 문제를 훨씬 넘어 있어. 네가 죽은 존재라는 걸 알고 있나?"

"얼마 전부터 그렇다고 생각하기 시작했습니다."

"나는 신앙을 가진 사람이야. 그렇기 때문에 영생과 영혼의 구원을 믿고 있어. 그리고 아주 많은 사람들이 내세를 믿고 있지. 이전에 신자였나?"

"아닙니다."

"그들이 사전에 예견하지 못했던 게 있어. 설명하기가 좀 미묘한데… 그들이 살인을 조작하고 몇 년 후부터 너희와 같은 존재들이 나타나기 시작했어. 고통 속에서 떠도는 이상한 존재들 말이야. 모두가 너와 같은 모습을 하고 있고, 거울에 비치지도 않고, 서로를 볼 수도 없는 존재들 말이야. 그런데도 살아갈 수 있는 힘은 부여되었지. 그들은 그 종種을 청소하기 위해 대대적인 작전을 벌였지. 그리고 처음에는 거북하고 원치 않는 존재들을 털어냈다고 믿었어. 바캉스를 떠나기 전에 개를 처분할 때 그러는 것처럼 말이야. 그런데 너희들은 많았어. 너희들은 찾아내기가 쉽지 않지. 사람들 속으로 흘러들어가 자신의 차이점을 감출 수 있는 방법을 알고 있으니까. 그래도 몇몇은 붙잡혔지. 심문에 직접 참여했으니까, 뒤몽테가 나보다 더 잘 얘기해 줄 거야. 너희들이 어떤 힘을 갖고 있는 게 명백하니까, 그들은 대규모 인체 실험을 하기 시작했어. 어떤 이들은 고문을 당하고, 또 어떤 이들은 머리 수술을 당했지. 산 채로 해부되거나 불에 태워지기도 했어. 익사를 당하기도 하고 냉동실에 갇히기도 했지. 내가 필름을 모두 봤어. 뒤몽테가 그 자료들을 입수했어. 내가 모든 걸 봤어. 처음에 내 신앙이 흔들렸어. 한순간 신부직을 포기할 생각도 했지. 그런데 내 신앙은 이전 그 어느 때보다도 더 두터운 모습으로 되돌아왔어. 저세상에서 돌아왔다는 사실에 대해 생각해 봤어? 그들은 단순히 국민만 바꾸어 놓은 게 아니야. 그들은 그 이상까지 나아갔어. 그들은 자연의 본성을 바꾸어 놓은 거야. 이해하겠어? 생각할 수 있어? 너는 주님께서 우리에게 보낸 어떤 징표야?"

나는 한마디도 말하지 않는다. 신부의 얘기를 듣고 있자니 웃고 싶은 충동을 느낀다. 보잘것없는 오두막에서 나는 그의 주를 만났다. 그의 주는 스스로 개들의 먹이가 되기 전에 내게 배불리 먹으라고 고양이용 통조림을 내놓았다. 그리고 그가 보내서 나는 유령으로서 이곳 좀비들[부두교에서 사제가 무덤에서 불러내어 자기 마음대로 조종한다는 혼령. 꼭두각시나 영혼 없는 허깨비를 가리킨다]의 세계로 되돌아왔다. 다시 질문들이 쏟아진다. 나는 왜 돌아왔을까? 앞으로 이 세상에 얼마나 오래 머물러야 할까? 신부는 왜 마지막에 두려움에 사로잡힐 것이라고 말했을까? 그리고 그가 사로잡힌다는 것일까, 아니면 내가 사로잡힌다는 것일까? 이후에는 어디로 가야 할까? 나는 신부에게 질문을 더 해보자는 마음을 갖질 못한다. 아마도 나중에 또 질문할 기회가 있겠지. 걷다 보니 우리는 예배당 앞에 도착한다. 건물 바로 옆에 작은 공동묘지가 있다. 거기서 자라는 키 큰 풀 사이로 이끼가 끼고 이름이 지워진 묘비들이 보인다. 나는 몸이 굳어진다. 힘이 빠지고 싸늘한 기운을 느껴 신부를 강하게 붙든다. 내 손이 신부의 몸에 닿자, 불에 댄 듯 뜨거워진다. 나는 가쁘게 숨을 쉬며 간신히 그에게 말한다.

"저는 들어갈 수 없어요."

"알아, 그래도 한 번 시도해 보려고 했지. 너희들은 저주를 받았기 때문에 성소에는 들어갈 수 없어. 그런데 특수 부대들은 이 사실을 몰라. 반대로 자신들이 유령을 다루어야 된다는 걸 알자, 정말로 바지에다 똥을 싸댔지 — 이런 표현을 써서 미안하네. 그 뒤 인종적으로 정예 요원들을 고르고 충원해서 엘리트 부대가 만들어졌지."

우리는 몇 걸음 뒤로 물러난다. 우리는 작은 돌담 위에 앉는다. 나는 가능한 한 묘지로부터 멀리 떨어져 따뜻하게 쏟아지는 햇빛 속에서 휴식을 취한다. 그 첫날 밤이 떠오른다. 그리고 중얼거리는 나지막한 소리와 울음소리가 들리던, 어둠과 이어진 그 쇠 층계가 떠오른다. 그때 지금만큼이나 강한 혐오감을 느꼈다. 우리는 잠시 조용히 있다, 길을 되돌아간다. 뒤몽테가 우리를 기다리고 있다. 나는 그에게 테이프를 볼 마음이 없다는 뜻을 알린다. 나는 그것을 보고 싶은 기분이 아니다. 나는 그의 말만으로 사실을 믿는다. 뒤몽테는 실망한 것 같은 눈치다. 그러나 더 이상 언급하지 않는다. 아마 그에게도 아침에 발견되었다던 아내의 모습이 떠올랐겠지. 속을 뒤집은 장갑처럼 내장이 밖으로 나온 아내의 모습과 달을 채우지 못하고 세상에 나온 아기의 모습이 떠올랐겠지. 내 상의 안 허리띠에는 여전히 갈고리가 있다. 사람들은 그것을 모른다. 무슨 일이 일어날지는 알 수 없다. 뒤몽테가 내게 제안한다.

"지금 보여 드릴 게 있어요. 같이 가지 않겠어요? 산에 갈 겁니다."

우리는 나간다. 나는 위에 걸칠 것이 없는지 물어 본다. 그가 두껍고 따뜻한 웃옷을 건넨다. 해는 서쪽으로 기울기 시작한다. 아르노 신부는 집으로 돌아가는 것이 좋겠다며 같이 가지 않는다. 신부의 집은 예배당 건너편에 있다. 그는 우리가 떠나기 바로 직전에 시계를 보며 뒤몽테에게 말한다.

"너무 늦지 않도록 해. 그들이 더 이상 지체하지는 않을 테니까."

"밤이 되기 전까진 이곳에 오지 못할 거예요. 산이 있기 때문에 평소보다는 늦을 겁니다."

"장담 못해."

우리는 인적 없는 마을을 조용히 빠져 나와 울타리가 있고 꽃이 핀 목초지를 가로지른다. 곧 이어 작은 소나무 숲 뒤로 옛 스키장 리프트의 철근과 도르래 그리고 케이블들이 교차하는 모습이 보인다. 놀랍다. 예전에 매표소였던 것 같은, 깨진 유리창의 작은 목조 건물이 오래된 그 기구들 옆에서 보초처럼 서 있다. 회색 철근 기둥들 표면에는 녹이 흘러 내렸다. 작은 쇠기둥들은 휘었고, 전선들은 땅에 떨어졌다. 철로 만든 의자가 규칙적인 간격으로 매달려 있는 굵은 케이블은 산 정상을 향해 뻗어 있다. 이전에 생겨난 숲의 상처는 사람의 발길이 끊어지면서 치유되고 있는 것 같다. 이곳저곳에서 자라는 어린 침엽수들의 키가 강철로 만든 케이블에까지 이른다. 뒤몽테의 뒤를 따라가던 나는 그가 주머니에서 열쇠 꾸러미를 꺼내 커다란 금속 배전함 문을 여는 것을 보고 매우 놀란다. 안에는 이미 오래 전에 생생한 빛을 잃어 미라처럼 된 기계 장치들이 있다. 뒤몽테는 스위치 몇 개를 움직이고 열쇠를 돌린다. 모터가 별 말썽도 피우지 않고 돌아간다. 뒤몽테는 설명한다.

"오래된 리프트에요. 산 중턱까지 올라갈 때 가끔씩 사용하고 있습니다. 처음에는 제 옛 트랙터의 모터를 사용하려고 했었습니다. 그런데 그것이 설치가 안 돼서 임시변통으로 이것을 설치하는 것으로 만족해야 했죠. 전류가 아주 많이 필요하지만, 발전기가 약해서 저속으로 올라가야 합니다. 그래도 걸어가는 것보다는 낫습니다. 더구나 기름도 많지 않아서 저속으로 올라가야 합니다."

이렇게 말하면서 뒤몽테는 끝이 붉은 선과 검은 선 두 갈래로 갈라진 두꺼운 전선을 잡아 금속판 끝에 튀어 나온 도기빛 단자에 끼운다. '딱' 하는 소리가 커다랗게 울리면서 조용하던 숲이 진동하고 새들이 날아오른다. 푸른빛의 스파크들이 뒤몽테 쪽으로 튄다. 뒤몽테는 한 걸음 뒤로 펄쩍 물러나 눈을 가린다. 전선은 제대로 끼워졌다. 몇 초 동안 리프트에서는 아무 일도 일어나지 않는다. 이어서 부식된 홈과 거기에 빽빽하게 붙은 쇠축들이 긁히고 삐걱거리는 소리를 사방으로 퍼트리면서 리프트가 작동하기 시작한다. 나는 놀란다. 그것이 작동하리라고는 전혀 생각지 않고 있었다. 커다란 모터는 저속으로 돌아간다. 일렬로 늘어선 철근 기둥들 위에 걸쳐진 케이블을 따라 윙윙거리는 저음의 소리가 충실히 전달된다. 기둥은 각각의 위치, 높이 그리고 부식된 정도에 따라 다른 노래를 부른다. 숲 전체가 지금 노래를 부르는 것 같다. 나는 그 소리를 듣는다. 뒤몽테가 웃으면서 나를 향해 돌아본다. 나는 그가 저 높은 산에서 무엇을 보여 주고 싶은지 정말 궁금하다. 이 상황에서는 불안해야 하지만, 나는 불안을 느끼지 않는다.

나는 차가운 의자들 중 하나에 몸을 맡긴다. 우리는 마주 보이는 석회암 봉우리 쪽으로 실려 간다. 나는 말을 하고 싶은 생각이 들지 않는다. 뒤몽테도 아무 말도 하지 않는다. 나는 케이블의 노랫소리와 도르래가 찍찍대는 소리에 편안히 몸을 맡긴다. 우리는 나무, 바위, 개울 위를 천천히 지나간다. 둥근 계곡을 둘러싼 난공불락의 거대한 수직 암벽을 향해 보이지 않을 정도로 조금씩 다가간다. 시간이 한참 흐른 뒤 이 주변에서 가장 높이 자란 나무들 위를 지나, 완만하게 경사진 코스를 따라 짧게 자라난 풀 위로 올라간다. 뒤몽테는 거대한 절벽을 자세히 살펴보면 대규모 지각 변동에 의해 계곡들이 융기한 흔적이 보인다고 내게 설명한다. 리프트가 마침내 우리를 가장 높은 초목 습곡 지대 한 곳에 내려놓을 때까지, 나는 그가 가리키는 융기한 아틀란티스를 바라본다. 우리는 내린다. 뒤몽테가 엔진을 끈다. 기름을 아끼기 위해서다. 리프트를 탄 시간은 길었다. 한 시간, 어쩌면 두 시간. 우리는 햇빛이 붉게 비추는 거대한 절벽 아래에 선다. 톱니 모양의 그 꼭대기 너머로 네 개의 예리한 봉우리가 창조주에게 도전하는 기사들처럼 하늘을 향해 우뚝 솟아 있다. 우리는 봉우리들로부터 몸을 돌려 왼쪽으로 난 작은 오솔길을 따라 내려간다. 길은 완만하게 경사를 이루고 있다. 그늘진 곳으로 들어가자 갑자기 추워진다. 나는 웃옷을 여민다. 나의 안내자는 그런 행동을 재빨리 눈치챈다.

"이곳은 춥지요? 저는 이곳을 좋아합니다. 특이한 곳이에요. 한여름에도 이곳의 하층토는 절대 녹지 않습니다. 그래서 사람들은 이곳을 만년 동토층이라고 부릅니다. 저 절벽을 따라 흘러내리는 폭포수를 보셨나요? 가장 높은 곳이 800m 정도는 될 겁니다. 더 가까이서 폭포를 보여 드리고 싶습니다. 따라오시지요."

우리는 폭포수들 중 가장 웅장하게 솟은 얼음 기둥을 향해 걸어간다. 도중에 작은 돌 더미 사이로 난 길을 헤치며 나아간다. 바닥은 단단하고 미끄럽다. 길은 모두 사라지고 본격적으로 커다란 돌 더미가 나타난다. 이따금씩 돌이 구를 때마다 계곡의 이 부분을 영구히 덮고 있는 얇은 얼음층이 나타난다. 우리는 거의 도착했다. 마침내 나는 눈을 든다. 거대한 폭포수가 나를 한 점 미물로 만들며 앞에 펼쳐져 있다. 나는 흰 기둥 아래로 간다. 겨울비가 세차게 쏟아지는 소리를 내면서 얼음 기둥 주위로 물이 떨어진다. 파트릭은 30미터 정도 뒤떨어져 있다. 그는 나도 모르는 사이에 멈춰 선 뒤 나 혼자 가도록 내버려 두었다. 나는 건축물 같은 이 거대한 물기둥 아래서 무엇을 해야 할지 모르겠다. 옷 위로 차가운 물방울이 억수같이 쏟아지지만, 나는 투명한 벽을 만지기 위해 손을 뻗는다. 나는 맨손을 조심스럽게 그 위에 갖다 댄다. 어떤 모습도 비치거나 나타나지 않는다. 이런 식으로 접촉하는 동안 처음에는 아무 일도 일어나지 않는다. 이어서 어렴풋이 슬픈 목소리가 들린다. 길을 잃은 자들의 탄식 소리가, 영원히 끝나지 않는 절망의 노랫소리가 들린다. 확실히 무언가 저 안에 있다. 어쩌면 얼음 속이나 그 건너편에. 혹은 얼음 아래에. 동굴도, 입구도, 통로도, 구멍도 보이지 않는다. 그러나 불평하는 소리는 사방에서 들려온다. 나는 뒤몽테를 향해 돌아서서 소리쳐 부른다. 나의 목소리도 희미해지고 가늘어진다.

"이 소리들이 들리나요? 뭐가 보입니까? 그들이 보입니까?"

뒤몽테는 자기 쪽으로 오라는 손짓을 한다. 나는 정지해 있는 것처럼 보이는 폭포로부터 멀어진다. 안도감을 느낀다. 뒤몽테가 있는 곳까지 와서 되돌아본다. 이때 폭포 아래로 떨어진 물이 거기서 다시 흐르지 않는 것을 발견한다. 뒤몽테가 내 생각을 알아채고 먼저 말한다.

"이상하지 않습니까? 폭포는 만년설로 덮인 산에서 흘러내리고 있어요. 그런데 계곡 쪽으로는 어떤 물줄기도 흐르지 않습니다. 소리를 들으셨나요? 무슨 소리라고 생각하시죠?"

"저 세상의 노랫소리에요."

"자, 볕이 있는 곳으로 갑시다. 여기는 너무 춥습니다. 당신이 들은 걸 제게 설명해 주세요."

뒤몽테의 말이 맞다. 이곳에서는 말을 할 때마다 입에서 김이 나온다. 우리는 햇빛이 비추는 곳까지 되돌아간다. 그러자 우울하고 슬픈 감정이 덜어진다. 우리는 이야기를 나누기 위해 돌 비탈 위에 잠시 멈춘다. 계곡이 보이는 쪽으로 나란히 앉는다. 이번에는 내가 먼저 말한다.

"그곳에서 휠체어를 탄 남자를 만났을 때도 지하로 이어지는 계단이 있었습니다. 아무것도 보이지 않는 컴컴한 지하로부터 방금 들었던 탄식 소리와 물방울 떨어지는 소리를 들었습니다. 제겐 마치 어떤 영원이 지나가는 순간 같았습니다."

"짐작하시겠지만, 우리가 당신들에 관해 진지하게 연구하기 시작한 후부터 저는 매우 끔찍한 것을 목격하기 시작했습니다. 저는 오랫동안 해부 장면과 심문 장면들을 비디오로 찍었습니다. 그때마다 우리는 당신들의 힘으로부터 우리를 보호하기 위해 당신들 눈에 두꺼운 천을 두르거나 얼굴에 두건을 씌웠죠. 그런데 종종 당신들은 우리가 모두 이해할 수 없는 비슷한 정신 착란 증세를 보이거나 과거의 삶에 대한 전형적인 기억을 가지고 있었어요. 그리고 구원에 관한 이야기도 있었는데, 이것은 제가 훨씬 뒤에야 이해하게 되었습니다. 그 당시 우리가 들은 얘기를 이해한다는 건 쉽지 않은 일이었죠. 왜냐하면 당신들은 일정 시간이 지나면 폭력과 증오 자체가 되곤 했기 때문이에요. 그런데 우리가 심문했던 사람들 중 한 명이 이곳을 언급했습니다. 당신들 중 어떤 사람들이 이곳까지 온 뒤 다시는 모습을 나타내지 않았다고 말했어요. 처음에 저는 정신 착란 증세라고만 생각했습니다. 더구나 당신들은 서로를 볼 수 없기 때문에 그런 말이 사실이라고 믿기지 않았습니다. 그런데 그 후 그 얘기에 관심을 갖게 되어 여기에 왔었습니다. 바로 이 비탈에도 왔었습니다. 제가 아르노 신부와 이곳에 정착하기 훨씬 전의 일이었죠. 그때 그들을 보았어요. 당신처럼 생긴 사람들이 고사리들 사이에서 길을 잃기도 하고 눈 속에서 비틀거리기도 하면서 이 숲까지 찾아와선 저 얼음벽 안으로 걸어 들어갔습니다. 언젠가는 당신들 중 누군가가 다시 이곳에 와서 저 안으로 걸어가겠죠. 이것이 무슨 의미인지는 모르겠지만, 누구도 다시 돌아오지 않는다는 건 알고 있습니다. 이것에 대해 하실 말씀이 더 없으신가요?"

"이곳에는 저를 두렵게 만드는 무언가가 있습니다. 그 집에서도 마찬가지였습니다. 그곳에서도 방금 전에 제가 느낀 그런 감정을 느꼈습니다."

"그런데 왜 모두 이곳으로 오는 걸까요? 저 안에 다른 곳으로 가는 문이 있다고 생각합니다. 저는 당신이 그 문을 지나 떠날 수 있기를 바랍니다. 다른 사람들이 모두 그렇게 하는데, 왜 당신이라고 안 되겠습니까? 혹시 어떤 장소에 마음이 간 적이 없나요?"

"솔직하게 말씀드려 없습니다. 지금까지 저는 그 가여운 여자를 죽인 사람을 찾았습니다. 지금껏 제 행동의 동기가 된 것도 그것이었습니다. 이제 답을 얻었어요. 파리로 돌아가야 할 것 같습니다. 거기에 신세를 갚아야 하는 사람들이 있습니다."

"이후에는?"

"아마도 언젠가는 이곳이 저를 부르겠죠. 그러나 오늘은 아닙니다. 얼음이 저를 받아들이길 원하는 것 같지 않고, 저도 그러고 싶은 마음이 없습니다. 이 모든 일이 어떤 식으로 끝날지, 제가 장차 어떻게 될지도 모르겠습니다."

뒤몽테는 아무 대답도 하지 않는다. 아마도 그것이 모두의 운명이라고 생각하는 것 같다. 우리는 말없이 앞을 바라본다. 거대한 둥근 계곡 중 이쪽으로 보이는 부분이 예전에 스키장이었다. 높은 곳에 앉은 우리 눈에 고장 난 리프트 기둥들이 여기저기 쓰러져 있는 게 보인다. 코스 때문에 한쪽이 잘려나간 울창한 숲이 그곳 주위에 펼쳐져 있다. 다시 질문 하나가 떠오른다.

"죽은 사람들을 상대하고 있다는 것은 어떻게 알게 되었죠?"

"끔찍한 장면이 담긴 비디오테이프에는 번호를 붙이지 않고 줄이나 선, 혹은 어떤 기호 같은 것으로 표시를 해두었지요. 그 테이프들 중에서도 가장 심한 것을 당신께 보여드리려고 했습니다. 그런데 당신이 거절했습니다. 천장에 달린 카메라로 찍은 테이프였습니다. 장소는 작은 법의학 실험실이었는데, 사방이 모두 스테인리스와 도기로 만들어진 곳이었습니다. 음향은 담지 않았습니다. 우리들은 항상 그랬던 것처럼 실험 대상을 철선으로 묶어 놓았죠. 한 기술자가 들어와 기구를 점검합니다. 벽과 같은 색의 옷을 입었기 때문에 장면이 진행되는 동안 대부분의 화면에는 기술자의 얼굴과 손밖에 보이지 않습니다. 그가 계기판 위로 몸을 기울이고는 놀랍니다. 그리고 여기저기로 움직이고, 전원이 연결되었는가를 확인하고, 스위치를 껐다가 켜고, 전류를 다른 곳으로 보냅니다. 분명히 기계에 어떤 문제가 생긴 겁니다. 매우 화가 난 기술자가 실험 대상 앞에 버티고 서서 몇 마디 말을 주고받습니다. 그 당시 사람들은 당신들이 갖고 있는 능력을 모르고 있었기 때문에, 기술자 역시 아무런 경계도 않다가 그 자리에서 당합니다. 그의 몸이 마비를 일으킵니다. 그가 침을 흘리고 구토를 합니다. 몸을 떨며 경련을 일으킵니다. 화면에는 일그러진 그의 입이 무언가를 외치는 게 보이는데, 바로 이때 석면 옷을 입은 남자 둘이 화염 방사기를 들고 뛰어 들어와 순식간에 방을 모두 태웁니다. 아마도 당이 무언가를 알고 있었던 것 같고, 그래서 전염될까 두려워 모든 일을 순식간에 처리했던 것 같습니다. 정확하게는 모르겠습니다. 열기 때문에 카메라는 그 장면에서 끝납니다."

나는 말 없이 듣기만 한다. 뒤몽테는 계속해서 말한다.

"또 다른 것이 있습니다. 더 끔찍한 것입니다. 당신은 아마도 제가 하는 얘기가 무척…."

'퍽' 하고 뭔가 터지는 소리가 들리면서 뒤몽테의 말이 끊어진다. 내 몸에 축축한 액체들이 튄다. 나는 소스라치게 놀라 뒤몽테를 향해 몸을 돌린다. 그의 머리 반쪽이 날아갔다. 그 자리에서 작은 핏줄기가 규칙적인 박자로 솟아오른다. 뒤몽테는 무릎 위에 손을 올려놓은 채 말없이 그대로 앉아 있다. 잠시 뒤 그의 몸이 천천히 기울어지면서 앞으로 엎어진다. 그러고는 아래로 10여 미터를 구른다. 내 발 아래서 돌 파편이 튄다. 나는 나무들이 있는 곳을 향해 경사면을 뛰어 내려간다. 아래로, 계속 아래로 뛴다. 여러 번 나는 비틀거리고, 미끄러지고, 돌부리에 걸리고, 엎어진다. 나는 어디서 오는 것인지도 모른 채 죽음의 우박이 쏟아져 내리는 한가운데서 팔을 휘젓는다. 탄착점이 내 앞에 있는 것을 본다. 총알은 내 뒤에서 날아오고 있다. 나는 높이 자란 풀숲을 지나, 나무들이 많이 자라난 곳에 도착한다. 이어서 조금도 속도를 늦추지 않고 숲 속으로 깊숙히 뛰어 들어간다. 기관총은 멈추었다. 아마도 적당한 방향을 놓쳤기 때문일 것이다. 나는 나뭇가지와 줄기들에 긁히면서 나무들이 빽빽하게 자란 숲의 가장 안쪽을 향해 달린다. 결국 커다란 진흙 웅덩이에 무릎을 꿇고 넘어진다. 나는 잠시 기다린다. 멀리 계곡에서 종소리가 메아리치며 울려 퍼진다. 예배당 종소리다. 아마도 아르노 신부가 우리에게 무언가를 알려 주기 위해 종을 쳤겠지. 그러나 너무 늦었다. 종소리도 오래 가지 않는다. 소리가 그친다. 아마 종을 치던 사람도 사라졌겠지. 나는 돌들 사이로 흐르는 가는 물줄기에 얼굴을 씻는다. 그러고는 기슭까지 기어 올라간다. 시간이 흐르면서 무너져 내린 철탑들이 여기저기 누워 있다. 나는 그들이 이번에는 어떤 방법을 동원할지 모른다. 나는 우선 어두워질 때까지 기다리기로 결정한다. 그런데 그들의 강력한 탐조등과 적외선 쌍안경이 생각난다. 추운 숲에서 열이 나는 나의 몸은 눈에 더 잘 띌 것이다. 나는 망설이지 않고 계속 길을 가며 뒤몽테를 생각한다. 그에게는 안된 일이다. 그렇게 많은 일을 겪었고, 그렇게 오랫동안 숨어 있었는데, 어이없는 판단 착오로 한순간에 당했다. 신부도 같은 운명을 겪었을 것이다. 나는 키 큰 나무들이 자라는 곳에서 잡목과 관목이 있는 곳으로, 그리고 작은 언덕에서 낮은 구덩이 쪽으로 기어간다. 그리고 샅샅이 산을 뒤지는 헬기들의 희미한 포효에 불안을 느끼며 귀를 기울인다. 이따금씩 헬기들 중 하나가 메마른 프로펠러 소리를 크게 울리며 내가 있는 나무들 꼭대기 위를 스치듯 지나간다. 그때마다 나는 빽빽하게 자란 소나무 숲의 낮은 가지 아래에 엎드린다. 이곳은 어둠으로 완전하게 뒤덮여 있다. 곧 해가 산 너머로 사라지면 추워질 것이다. 나는 두려움을 느낀다. 얼어 죽지 않기 위해서는 빨리 숨을 곳을 찾아야 한다. 또한 타고 갈 것도 찾아야 한다. 그러나 마을은 분명히 포위되었을 것이다. 그리고 2CV는 실험실로 옮겨졌을 것이다. 뒤몽테는 트랙터 이외에는 차에 대해 언급한 적이 없었다. 더구나 트랙터를 가지러 간다는 것은 생각할 수 없는 일이다. 할 수 없지, 갈 수 있는 데까지 걸어가야 한다. 촌락 근처까지 왔다. 배가 고프다.

나는 걸어가면서 저물어가는 햇빛 속에서 손을 살펴본다. 뒤몽테의 뇌가 내 온몸에 튄 것을 기억한다. 그러나 손에는, 심지어 옷에도, 핏자국이 전혀 남아 있지 않다. 왜 그런지 알 수 없다. 논리적으로 본다면, 내 몸에 어떤 자국들이 남아 있어야 한다. 그런데 아무 자국도 없다. 그때 나는 앞을 보고 있지 않았기 때문에, 커다란 검은 바위를 도는 순간 갑자기 튀어나온 요원을 보지 못한다. 나는 그와 꽤 세게 부딪친다. 우리는 깜짝 놀라 몇 초간 마주보며 서 있다. 그는 젊다. 아마도 스무 살 아래. 야간 투시용 안경을 썼다. 희미한 빛 속에서 그 표면이 어렴풋이 빛난다. 그것 때문에 그의 눈도 보이지 않는다. 그러나 내 눈이 쏠리는 곳은 그가 어깨에서 허리로 비스듬히 맨 커다란 회색 기관총이다. 두껍고 무거워 보이는 총이 진한 납빛을 띠고 있다. 그는 내 머리를 속사로 날려버리기 위해 반사적으로 총을 몸에서 벗겨내려 한다. 그러나 그의 동작은 그의 생각만큼 빠르지 않다. 갈고리가 아래에서 위로 선을 그리며 혈관이 모인 그의 가슴에 건조하고 무서운 소리를 내며 꽂힌다. 나는 갈고리가 그의 심장에 박힐 때까지 힘을 준다. 그리고 힘을 내 금속 갈고리를 더 세게 위로 밀어올린다. 내 손에 따뜻한 핏물이 흐른다. 그의 흉골이 부러지는 소리가 들린다. 죽어 가는 장기의 마지막 박동이 갈고리의 나무 손잡이를 통해 전달되는 것 같다. 나는 이런 일을 바라지 않았다. 그러나 일은 이렇게 일어났다. 우리는 이곳에, 같은 장소에 있었다. 아마도 그의 가족들도 그가 나와 같은 장소에 있지 않았기를 바랐겠지. 나는 서 있는 그를 내 가슴 쪽으로 아주 가까이 끌어당기며 살인이라는 비현실적인 작업을 완수한다. 그리고 그를 땅에 눕힌 뒤 갈고리를 다시 빼낼지 아니면 기관총을 가져갈지 잠시 주저한다. 그의 주머니에서 빼낸 초콜릿 바를 먹으며 이리저리 생각한다. 그가 귀에 꽂고 있던 이어폰에서 지지직거리는 소리가 들린다. 아마도 그들이 그를 호출하며 찾고 있겠지. 나는 그들이 그를 찾아낼 것이라는 것을 의심치 않는다. 그러나 잠시 동안은 그와 함께 있을 수 있다고 생각한다. 나는 그를 위해 건배하는 대신 그의 수통에 입을 대고 그대로 물을 마신다. 그의 아름다운 얼굴을 바라본다. 나도 우리가 마주치지 말았어야 했다고 생각한다. 나는 그가 아닌 누구라도 운명을 빼앗아야 할 순간에 있었다. 모든 것을 경험한 뒤로, 내게 일어나는 일이 그렇게 두렵지는 않다는 것을 느끼면서부터는 더욱 그랬다. 마침내 우리가 헤어질 때라고 생각한 순간, 황혼은 산을 슬픈 빛으로 물들이고, 나무들 사이로 추위가 스며들기 시작한다. 나는 다시 계곡을 향해 걷는다. 나무 하나 없는 벌판을 조심스럽게 가로지른다. 예전에 리프트가 서는 곳이었던 것으로 보이는 구역 한가운데에, 꼭대기에 커다란 바퀴를 수평으로 매단 커다란 철탑이 서 있다. 어디서 불어오는 바람 때문인지는 모르겠지만, 그 커다란 원반이 천천히 돌아간다. 가끔씩 침묵 속으로 사라지는 희미한 금속성 소리도 들린다. 산, 대기, 숲 어느 것 하나 움직이지 않지만, 그것은 돌아간다. 나는 철탑 아래를 지나면서 눈을 들어 희미한 불빛이 번지는 하늘을 바라본다. 거기서는 별들이 조용히 반짝이고 있다. 잠시 후 도르래가 정지하는 것처럼 보이더니, 하늘 전체가 거대한 탑을 중심으로 회전하기 시작한다.

나는 울타리에서 작은 나무들이 자라는 곳으로, 그리고 작은 숲에서 잡풀이 자라는 곳으로 이동하며 내려간다. 꽃들이 진 풀밭 경사지를 기어간다. 곧 풀잎들에 이슬이 맺히고, 이어서 이슬은 반짝이는 작은 얼음이 될 것이다. 지붕에 석반석을 올린 집들이 가장 먼저 나타난다. 어둠 속에서 그 시커먼 지붕들은 빛을 반사한다. 나는 커다란 나무줄기 뒤에 숨어 그들이 보초를 서며 서로 얘기를 주고받는 것을 본다. 추위가 뼛속 깊이 파고든다. 손가락이 마비된다. 밖에서 밤을 보낸다는 건 불가능하다. 오늘밤 따뜻하게 보낼 곳이 필요하다. 나는 가장 가까이 있는 건물을 향해 나아간다. 나는 건물이 있다는 것을 냄새로 안다. 우리다. 나는 좁은 창문을 통해 안으로 들어간다. 가축들이 조금씩 동요하고 낮은 소리로 운다. 그러나 곧 그것들은 나를 받아들이고 나와 함께 따뜻한 열기를 나눈다. 나는 구석에서 몸을 웅크린 채 더러운 짚으로 몸을 덮는다. 밤이 되자 양들이 내게 몸을 기대고 눕는다. 나는 두꺼운 양털과 마른 똥들 사이에 얼굴을 묻고 잠든다. 나는 다시 황야로 되돌아간다. 나는 잠시 걷다가 피곤을 느껴 주저앉는다. 태양은 높이 솟아 있다. 열기가 땅을 짓누른다. 나는 어디로 가야 할지 모르겠다. 나는 바다가 내 여인의 유골을 가져가도록 내버려 두었다. 이곳은 소금과 모래뿐이다. 불어오는 바람 때문에 마른 관목이 내 앞에서 춤을 춘다. 몸이 떨리고, 가지가 좀 더 세게 흔들리고, 곧이어 눈에 보이지 않을 정도로 흔들린다. 그러고는 불에 타 오른다. 주위에는 모래 위로 나무줄기가 몸을 비틀며 뻗어 있다. 나는 깨진 두개골, 불에 타는 살, 그리고 화염이 덮치는 가시덤불을 다시 그려 본다. 불이 미친 듯 타오를 때, 타는 살을 꿰뚫고 구멍 하나가 나타나 나를 뚫어지게 바라본다.

아침에 나는 두꺼운 벽의 우리 한가운데서, 따뜻한 짚더미 속에서 다시 태어난다. 동방박사들은 오지 않았다. 나는 몸을 쭉 뻗고 잠시 누워 있다. 놀란 얼굴들이 둥그렇게 둘러싸 나를 쳐다본다. 나는 일어나 양들을 멀리 보낸다. 그것들은 집들 사이로 뿔뿔이 흩어진다. 길에는 아무도 없다. 경찰은 떠났다. 나는 그들이 더 이상 나를 기다리지 않고 있다는 사실에 이상함을 느낀다. 그리고 그들이 항상 간발의 차이로 나를 놓치고 있다는 것에도 이상함을 느낀다. 또한 그런 사실에 커다란 즐거움도 느낀다. 나는 신부의 집에는 들어갈 수 없다는 것을 알기 때문에 파트릭 집으로 향한다. 문이 활짝 열려 있다. 집은 벌집 쑤셔 놓은 듯하다. 사무실에는 아무것도 없다. 그들은 캐비닛, 테이블, 의자, 정보 자료 모두를 가져갔다. 심지어는 재떨이도 가져갔다. 집안의 다른 곳도 더 나을 게 없다. 남아 있는 것은 거의 없다. 서랍들은 비었고 침대는 뒤집혔다. 그들은 지나가다 발에 걸리는 것은 모두 그 자리에서 박살을 냈다. 나는 남아 있는 의자를 하나 세우고 앉아 치즈 조각을 먹는다. 술도 조금 마신다. 이어서 밖으로 나와 곁채를 둘러본다. 차는 없지만 낡은 자전거가 있다. 녹슨 파이프와 부식된 크롬강으로 어설프게 조립한 것이다. 그러나 달리 방법이 없다. 목이 가느다란, 검고 작은 기름병이 굴러다닌다. 나는 칠할 수 있는 곳에는 모두 기름을 칠하고 타이어에 공기를 넣은 뒤 시험 삼아 타본다. 자전거는 다시 살아난다. 마멸된 채 일그러진 브레이크를 제외하고는 모두가 제대로 작동하는 것 같다. 나는 브레이크를 고치는 것은 포기한다. 자전거로 파리까지? 아니, 기껏해야 산 아래까지. 나는 이렇게 자전거를 타고 이 이상한 마을을, 세계의 경계에 있는 이 마을을, 어쩌면 내가 언젠가 저세상으로 갈 때 마지막 휴식처가 될지 모르는 이 마을을 떠난다. 나는 몰려다니는 양들 사이로 페달을 밟지 않고 미끄러지듯 길을 내려간다. 2CV는 없어졌다. 나를 추적하는 그들은 어떤 흔적도 남기지 않는다. 심지어 기름이 흐른 자리도 깨끗이 치워졌다. 나는 마지막 두 명의 거주민이 사라진 라 자르자트가 앞으로 어떻게 될지 알 수 없다. 집들은 스키장이 그런 것처럼 허물어져 갈 것이다. 계곡은 모든 사람들로부터 영원히 잊혀질 것이다. 언젠가 이곳에 다시 올 수 있는 기회가 주어질지 모르겠다. 아마 그럴 일은 없을 것이다.

VIII

내려가는 길이 조금씩 위험해지기 전까지 처음 코스는 아주 훌륭했다. 그러나 브레이크를 밟지 않고 내려가는 동안 길은 잔인한 생존 실험장이 된다. 단단하게 돌출된 곳이 조금만 있어도 나는 튀어오른다. 커브를 돌 때마다 지옥의 문이 열린다. 나는 가능할 때는 신발 밑창을 브레이크로 사용하지만, 속도를 늦추기 위해서는 대부분 수풀이나 자갈밭으로 들어가야 한다. 나는 몇 번 털썩 넘어지고, 그럴 때마다 목이 부러질 것 같은 순간을 경험한다. 다행히 아무 일도 일어나지 않는다. 나는 살아 있다. 그러나 한순간 내가 정말로 죽는 것이 아닌가 하는 생각이 든다. 급커브에서 기계를 통제하지 못해 일이 일어난다. 나는 바닥이 안 보일 정도로 깊은 낭떠러지 난간 근처의 공중에서 한 바퀴 회전한다. 어떤 기적 때문인지는 모르겠지만, 자전거와 나는 다시 도로로 떨어진다. 자전거는 휘고, 나는 타박상을 입는다. 나는 덜그렁거리며 돌아가는 자전거 바퀴를 바라보며 잠시 앉아 있다. 그러고는 숨을 한 번 내쉬고 일어나 다시 자전거 안장에 앉는다. 자전거는 아주 심한 타격을 받았다. 그러나 이리저리 흔들리기는 하지만 여전히 작동한다. 우리는 다시 출발한다. 모든 것이 다시 시작된다. 마침내 경사가 낮아지고 커브도 완만해진다. 브레이크를 밟지 않고 한참동안 평탄한 길을 달려 어느새 작은 마을에 진입한다. 라 자르자트로 갈 때 지나지 않았던 곳 같다. 마을 입구에 표지판이 없기 때문에 내가 어디에 있는지 알 수 없다. 가게 몇 개, 공동 세탁장, 꽃이 핀 광장, 그리고 추모비들이 있다. 나는 공을 찰 수 있게 마련된 공터 맞은편에서 카페를 발견한다. 카페 앞에는 대형 오토바이들이 일렬로 주차되어 있다. 나는 멈추어 서서 긴장감을 주는 선과 공격적인 색으로 디자인된 다른 시대의 기계를 바라본다. 모두 내가 처음 보는 모델이다. 오늘날 사람들 눈에는 아름다워 보일지 모르지만, 내 눈에는 매우 이상하고 너무 혁신적으로 보인다. 과거에도 있었던 커다란 하야부사['매' 라는 뜻의 일본제 오토바이. 주로 1,000cc가 넘는 대형 오토바이다]가 곤충 머리[핸들을 포함한 오토바이의 앞부분이 원형이거나 타원형인 것을 가리킨다]에 두 겹의 눈[핸들 아래 양쪽에 헤드라이트가 두 개씩 있는 모양]을 가진 날씬한 이탈리아 모델들 가운데 버티고 있다. 이전에 일본 기술자들은 시속 300km 이상 달릴 때 오토바이에서 무슨 일이 일어날지 궁금해 했다. 그래서 시험 삼아 저런 모델을 만들어 낸 것이다. 멈추어 있을 때 무게가 나가는 것은 달릴 때는 엄청난 위력을 발휘한다. 물론 일본 기술자들 덕분에 기계는 운전면허를 딴 아이들의 손으로 넘어 갔고, 장의사들에게만 좋은 일이 일어났다. 아이들은 빠르게 무덤으로 실려 갔다. 기술자들은 다음과 같이 결론을 내렸다. 즉, 300km 이상 달릴 때는 죽음을 각오해야 한다는 것. 이후 하야부사에게는 안된 일이지만, 순식간에 유행은 지나갔다. 나는 자전거를 나무에 기대어 놓은 뒤 카페테라스에 앉는다. 기계들은 멀리 있지 않다. 폭주족들은 멀지 않은 곳에 앉아 아페리티프를 마신다. 그들은 웃고, 크게 떠들고, 으스대고, 서로에게 농을 건다. 그리고 아주 많이 마신다. 그들은 언제 그들 앞에 지옥문이 열렸었는지, 언제 저 세상으로 갈 뻔 했는지 떠들어대고 있는 것 같다. 그런 주제에 대해서라면 나도 정말 할 얘기가 많은데, 과연 그들이 내 얘기를 들어줄까? 나는 맥주 500cc 한 잔을 시키고 생각에 잠긴다. 내게는 저 오토바이들 중 한 대를 살 만한 돈도 없고, 그것들 중 하나를 빌려달라고 말할 만한 배짱도 없다. 늙은 에밀 영감[5장에서 주인공이 훔친 소형 오토바이의 주인]에게서 훔친 돈도 얼마 남지 않았다. 저 아름다운 기계를 사기에는 턱없이 부족한 액수다. 하야부사, 그 이름이 내 머릿속에서 맴돈다. 내가 원하는 것은 그것이다. 다시 갈고리를 가져온 것은 잘한 일이다. 노인들이 공터에서 공을 갖고 놀고 있다. 나는 그들이 어느 한 점을 향해 공을 갖고 깨지락거리는 것을 지켜본다. 그들은 자신들에게 벅찬 무언가를 시도한 뒤 그것이 안되자 곧 화가 난다는 자세를 취한다. 나는 맥주를 한 잔 더 시킨다. 폭주족들은 떠나고 다른 사람들이 도착한다. 아름다운 괴물은 여전히 자리에 남아 있다. 노인들은 계속 공을 갖고 논다. 나는 곧 맥주잔 세는 것을 포기하고 잔들이 내 눈앞에 하나둘씩 늘어가는 것을 희열감을 느끼며 바라본다. 마침내 하야부사가 움직인다. 나는 알코올로 흐려진 눈을 들어 반짝이는 가죽잠바를 꽉 조여 입은 젊은 여자가 큰 기계를 몸으로 받치는 것을 쳐다본다. 늘씬한 팔과 다리에 피부가 갈색인 키가 작은 여자다. 나는 손을 뻗어 그녀의 팔을 잡는다. 여자는 내게 등을 돌린 채 움직이지 않는다. 놀라는 것 같지 않다. 나는 말한다.

"사람들이 왜 그것을 하야부사라고 부르는지 아나요?"

"기계가 빠르게 커브를 돌 때 핸들 모양이 먹이에게 달려드는 매처럼 보이기 때문이죠."

"그런 뜻이죠. 그런데 커브를 돌 때 죽는 것이 두렵지 않나요?"

"아니요."

"다리나 팔이 잘려 나가는 것도?"

"아니요."

그녀는 잠시 말을 끊더니 생각에 잠긴다. 그리고 다시 말한다.

"아니요, 저는 즐겨요. 오토바이의 하느님께서 관용을 베풀어 주시는 한 언제까지나요."

여자는 다시 입을 다문다. 그러고는 나를 향해 돌아선다. 고집 세어 보이는 턱과 날카로운 눈을 가진 동안의 여자다. 그녀는 경멸한다는 듯 입을 비죽 내밀고 나를 아래위로 훑어본다. 그녀의 얼굴 표정은 이해하기 어렵다. 그녀는 내 생각을 차례로 알아보려는 듯 이리저리 관찰한다. 그러고는 나를 더 이상 쳐다보지 않을 것 같은 표정이다. 그녀는 테이블 위로 장갑을 던진다.

"제게도 맥주 한 잔 주세요."

나는 멀리 있는 종업원에게 같은 것으로 한 잔 더 갖다 달라고 손짓한다. 여자는 나를 한 번 더 바라본다. 그녀의 검은 눈은 단호한 빛을 띠고 있다. 코는 매부리코다. 이상하게도 개와 주인이 서로 닮아 가는 것처럼, 이 여자도 자신의 오토바이를 닮아 간다. 여자는 나를 꼼꼼히 살펴보고 나서 말한다. 목소리는 부드럽지만, 여자 목소리치고는 진지한 면이 있다.

"당신도 오토바이를 타시죠, 그렇죠? 이곳에서는 한 번도 본 적이 없는 사람 같아요. 여기 산골 사람 같지 않아요. 이곳으로 이주하는 사람들 발길이 끊어진 지 몇 백 년이 되었기 때문에 여기 사람들은 서로 비슷비슷하거든요."

"당신도 이곳 사람이 아닌 것 같은데요. 산골에서 흔히 볼 수 있는 얼굴이 아니에요."

"모르겠어요, 그럴지도 모르죠. 거울을 다 부숴 버렸으니까요."

"왜죠?"

"얘기를 하자면 길어요."

"저는 시간이 별로 없는데요."

그녀는 갑자기 입을 다문다. 상처를 받은 것처럼 보인다. 그러나 그녀의 시선에는 여전히 내가 버티기 힘든 빛이 남아 있다.

나는 그녀가 어떻게 대답해야 할지 망설이고 있다는 것을 알아챘다. 내가 어떤 방식으로든 그녀를 재밌게 해 준다는 것은 가능할 성 싶지 않다. 내 선글라스 뒤에 무엇이 있는지 여자가 상상할 수 있을까? 몇 번인가 그녀는 무언가를 말하려 한다. 그녀의 입술이 움직인다. 마침내 그녀가 입을 연다.

"여기서 무엇을 하고 계시죠? 옷에 피가 묻어 있고, 그리고 옷은 누더기 같은데, 마치 쫓기는 짐승 같군요. 카페 주인이 이미 경찰을 불렀어요. 만일 눈치 채지 못했다면, 지금 테라스가 텅 비어 있는 것을 보시죠. 그런데 당신은 아무것도 보지 못하고 자리에 앉아 나와 얘기할 순간만 기다리고 있었죠. 자, 내가 이제 당신의 다음 희생자인가요?"

여자는 나처럼 바보가 아니다. 여자의 말대로 이곳에 술을 마시러 온 것은 분명 자살 행위다. 여기에서는 모든 사람이 서로를 잘 안다. 나는 몸에 피가 묻어 있는 것을 모르고 있었다. 솔직하게 말하는 것이 낫다.

"저는 어쩔 수 없이 사람들을 죽였습니다. 그런데 그런 일이 제가 생각했던 것보다 어렵지 않다는 걸 발견하기 시작했습니다. 제 모습이 이렇게 끔찍해도, 맥주를 시키고 테이블에 앉은 것은 당신이에요. 그리고 지금 제가 이상한 차림새를 하고 있지만, 이것이 원래의 제 모습은 아니에요. 이따금씩 제가 어떤 모습을 하고 있는지 알기 어려울 때가 있습니다. 어쨌든 경찰이 이미 출발했을 테니, 저는 빨리 사라져야 합니다. 그런데 몸을 씻어야겠는데, 잠시만 저를 숨겨 주실 수 없으신가요?"

"우리가 이렇게 만난 것이 우연이라고는 생각지 않아요. 우리는 여기서 운명의 표상을, 숨은 의미를 찾아야 해요."

"질문에 전혀 대답하지 않으셨는데요."

"여기 계시지 마세요."

그녀는 일어나 오토바이로 가서 시동을 건다. 나는 테이블에 지폐를 놓은 뒤 조용히 으르렁거리는 짐승 곁으로 간다. 그녀 옆에 선다. 그녀는 헬멧을 쓰고 장갑을 낀 뒤 기계에 올라탄다. 내게 뒤에 타라는 손짓을 한다. 기계에는 백미러도 번호판도 없다. 나는 자리를 잡은 다음 오토바이가 출발할 때 떨어져 나가지 않도록 그녀를 꽉 붙든다. 나는 눈을 감고 몸을 맡긴다. 직접 오토바이를 모는 사람들 대부분이 그렇듯, 나도 운전을 하지 않고 뒷좌석에 앉는 것을 견디지 못하는 사람들 중 하나다. 그래서 나에게는 아무것도 보지 않고 죽음의 질주를 기다리는 것이 차라리 편하다. 생각한 대로, 그녀는 매우 거칠게 브레이크를 밟는다. 그때마다 내 몸이 여자 몸에 강하게 밀착된다. 그렇게 여자를 세게 껴안아 본 적은 여지껏 단 한 번도 없었다. 엔진이 멈추고 기계가 덜커덩 소리를 낸다. 나는 눈을 뜬다. 우리는 어느 호텔의 주차장에 와 있다. 근처에는 역시 처음 보는 마을과 거기에 딸린 큰 광장이 있다. 마을은 산악 지대의 다른 마을들처럼 서로 비슷하게 생긴 산들 한가운데 외롭게 자리하고 있다. 호텔이 그녀가 사는 곳이다. 샤무세 호텔. 레스토랑과 바를 겸했다. 산악 지대에 있는 건물답게 모든 것이 돌과 나무로 만들어진 커다란 건물이다. 그녀는 열쇠를 받기 위해 카운터로 간다. 그녀를 뒤따라가는 나는 천박한 투숙객처럼 보인다. 우리는 계단을 오른다. 그녀는 아무 말도 하지 않는다. 내게는 그것이 편하다. 마침내 우리는 회색 양탄자와 큰 침대가 있는 방안으로 들어간다. 그녀는 소지품을 테이블 위로 던진다. 나는 무엇을 해야 할지 몰라 우두커니

서 있다. 불편하다. 그녀는 침대에 걸터앉아 부츠를 벗고, 이어서 찬장을 열어 위스키 한 병을 꺼낸다. 그녀는 병째로 몇 모금 마신 다음 병을 내민다. 그녀가 나를 바라본다. 그녀는 내가 만난 몇 시간 이래 가장 차갑고 단호한 표정을 지어 보인다. 나는 술을 한 모금 마시고, 그녀에게 말한다.

"만나는 남자들마다 방으로 데리고 오나요?"

"대개 남자들은 저를 피해요."

"저는 당신을 죽일 수도 있는데요."

"만일 이곳까지 올 때 눈을 뜨고 계셨다면 제가 아무것도 두려워하지 않는다는 걸 아셨을 거예요. 혹시, 지금 샤워하고 몸 닦는 것 말고 다른 걸 할 수 있다고 생각한다면, 착각하고 있는 거예요. 어서 술이나 드시고 씻으시죠. 원하신다면 대화를 하거나 주무시는 것도 좋아요. 그러나 내 몸에 손을 댈 수 있다는 생각은 집어치우시죠."

나는 옷을 벗으며 그녀를 바라본다. 그녀가 고개를 돌리기를 원한다. 나는 갈고리를 꺼내 벗어 놓은 옷 위로 조심스럽게 올려놓는다. 그것은 이제 내 갈고리가 되었다. 손잡이에 묻은 피는 갈색 딱지로 변했다. 그녀는 놀랍도록 아름다운 곡선을 그리고 있는 커다란 갈고리를 못 본 척한다. 나는 맨몸으로 샤워실로 가기 위해 방을 가로지른다. 그녀는 눈을 돌릴 생각은 않고 나를 계속 꼼꼼하게 지켜본다. 그런 태도가 내게는 고통스럽다. 남자가 여자를 바라볼 때 그런 것처럼, 그녀도 만족감과 즐거움을 느끼며 나를 찬찬히 뜯어본다. 나는 옷을 세탁기에 넣고 샤워한다. 내 몸에 지난 며칠간 주위에서 죽어 간 사람들의 흔적이 남아 있을 법한데 전혀 그렇지 않다. 나는 쏟아지는 뜨거운 물 아래 알몸으로 서 있다. 그녀가 샤워실로 들어와 앉는다. 그리고 내가 씻는 것을 지켜본다. 마침내 그녀의 궁금증이 무엇인지 밝혀진다.

"선글라스는 절대 안 벗으세요?"

그녀는 다리 사이에 병을 끼운 채 버드나무로 만든 세탁바구니 위에 앉아 있다. 그녀는 담배에 불을 붙인다. 곧 담배 연기가 수증기와 섞인다. 짙은 안개 때문에 그녀와 나 사이가 더욱 멀어진다. 내가 대답한다.

"저의 눈을 본 사람들은 모두 비싼 대가를 치러야 했습니다. 왜 그렇게 저를 쳐다보시죠? 나의 모습에서 누군가라도 발견했나요? 부모님? 오빠? 애인?"

그녀는 다시 입을 다문다. 연기를 내뿜고 술을 마신다. 대답을 하기 전에 오랫동안 뜸을 들인다.

"제게 남자가 하나 있었어요. 애인이었죠. 그 사람의 모든 게 제게 새겨져 있어요. 마치 낙인처럼 말이에요. 그 사람은 당신과 똑같은 목소리를 갖고 있었어요. 태도나 말도 당신과 비슷했어요. 몸도. 당신이 그는 아니에요. 그러나 그가 당신을 통해 내게 되돌아온 거예요. 당신을 관찰하고 당신이 쉴 수 있도록 도와주는 것도 그것 때문이죠. 이전처럼 살아갈지 아니면 다시 시작할지 알기 위해서 말이에요."

손에 비누를 들고 있던 나는 당황스럽다. 그녀는 너무 많이 마셨다. 여자와 알코올, 이것들은 서로 어울리는 게 아니다. 나의 생각을 증명이라도 하듯, 세면대에 팔꿈치를 괴고 있던 그녀가 옆으로 미끄러지면서 임시변통으로 만든 세탁바구니 의자에서 떨어질 뻔한다. 나는 물을 잠그고 선글라스를 벗어 그녀를 뚫어지게 바라본다. 그녀도 나를 바라보며 내 시선에 응대한다. 아무 일도 일어나지 않는다. 그녀는 일어나 내게 다가오더니 집게손가락을 내 입술 위에 갖다 댄다. 그러는 동안에도 그녀의 눈은 내 눈을 떠나지 않는다. 나는 그녀의 몸 속으로 들어가 영혼을 찾아내고 끌어낸 뒤 그것을 삼키기 위해 모든 노력을 기울인다. 아무 일도 일어나지 않는다. 그녀는 전혀 눈을 돌릴 생각을 하지 않는다. 표정에는 아무것도 담겨 있지 않다. 그녀가 내 입술을 어루만지며 말한다.

"당신이 그가 아니라는 건 알아요. 게다가, 당신이 그 사람을 그렇게 닮은 것도 아니에요. 그러나 당신을 보면, 그 사람이 되돌아왔다고, 다시 내게로 왔다고 느껴요. 그가 죽었을 때, 저는 다시는 어떤 남자도 내 몸에 손대지 못하도록 하겠다고 맹세를 했어요. 12년 전 일이에요. 저는 그 맹세를 어기지 않았고, 앞으로도 어기지 않을 거예요. 제가 왜 당신을 돕는지 모르겠어요. 아마도 무언가 보상받고 싶기 때문이겠죠."

"남자에게 무슨 일이 있었나요?"

"제가 그를 죽였어요. 오토바이 사고로요. 제가 운전하고 있었어요. 나는 무사히 살아남았는데, 그 사람은 죽었어요. 모두 제 잘못이었어요. 제가 그를 죽였어요."

그녀는 병을 든 채 샤워실에서 나간다. 나는 몸을 닦고 수건으로 몸을 감싼 뒤 방으로 간다. 그녀는 전기스탠드 불빛 아래서 소파에 누워 TV로 만화 영화를 본다. 나는 옆 소파 팔걸이에 앉아 그녀가 피고 있는 담배를 집는다. 내가 질문도 하기 전에 그녀가 먼저 말한다.

"3월이었죠. 겨울이 완전히 끝난 것은 아니었지만 더 이상 쌀쌀한 추위는 없을 때였어요. 아주 잘 기억하고 있어요. 왜냐하면 포근한 날씨가 찾아와서 하계용 장갑을 꺼냈으니까요. 우리는 오후 내내 오토바이를 타곤 했어요. 그는 면허증이 없었어요. 그래서 제가 그를 태워줬죠. 당시 저는 노란 데이토나를 갖고 있었어요. 가늘고 긴 눈을 가진 둥글둥글한 아름다운 오토바이였죠. 정말 영국적인 우아함을 갖고 있었어요. 대단했어요. 그리고 뒤에 그를 태우고 돌아다닐 때란! 그는 하루 종일 제 몸을 꼭 껴안았어요. 그는 여자가 태워 주는 게 굉장히 좋댔어요. 그렇게 하면 살아 있다는 느낌이 든대요. 그때는 정말 제 인생에서 가장 행복한 시기였어요. 그러나 지금 생각해 보면 매우 유치하고 허무했던 순간 같아요. 그날 오후에 우리는 정비공인 친구를 보러 그르노블에 갔어요. 그리고, 지금은 이름을 잊어버렸지만, 어떤 여자를 데리러 갔었죠. 그 여자는 퇴근하는 길이었어요. 비서였는데, 자기 일을 아주 싫어했어요. 그런데 그 여자는 이탈리아 사람들만 만들 것 같은 완벽한 두카티 888을 갖고 있었어요. 요새 것과 비교해도 일품 오토바이였어요. 새빨갛고 우아하고 격렬하게 달리는 오토바이였죠. 이젠 더 이상 그 여자에 대해 많은 걸 기억하진 못해요. 그러나 발랄하고 웃는 얼굴을 한 여자였다는 걸 기억해요. 나와 잘 어울렸는데, 사실은 나와 너무 잘 어울려서 불안하기까지 했어요. 제 남자가 그녀 마음에 드는 것 같아 더욱 그랬고, 그래요, 순진했던 제 남자가 아무도 모르게 그녀의 먹이가 될 것 같아 — 지금 저는 그랬을 거라고 확신해요 — 더욱 그랬어요. 어쨌든 우리는 드라이브를 했어요. 저는 그들을 따라 잡을 수 없었죠. 그들은 재능도 있었고, 나처럼 이것저것 궁금해 하며 달리지도 않았어요. 그때만 해도 저는 경험이 별로 없었죠. 내 오토바이도 무거웠어요. 더구나 우리는 둘이 타고 있었죠. 그들에게 떨어지지 않으려고 했는데, 잘 안 됐어요. 반대로 그들은 아주 능숙하게 미친 듯이 속도를 냈죠 — 저는 몇 년이 지나서야 그런 수준에 도달할 수 있었어요. 그날 오후에 저는 커브를 돌다 넘어질 뻔 했어요. 그것이 불길한 전조였다는 걸 알았어야 했어요. 우리는 다시 그르노블로 돌아왔어요. 그들은 계속 매우 빨리 달렸고, 저는 멀리 뒤처졌어요. 외딴 마을의 카페에 잠시 들렀어요. 그때 저는 우리가 불사의 존재가 아니란 걸 모르고 있었어요. 우리는 술을 마시며 밤이 오는 걸 지켜보았죠. 저는 몇 잔을 마셨는지도 정확하게 기억하고 있어요. 맥주 두 병, 위스키 한 병, 그리고 키르[백포도주와 리쾨르를 섞은 술로 주로 식사 전에 마신다] 네 병을 마셨어요. 당시 3월의 노을은 아름다웠고, 해 지는 시간도 길었어요.

우리는 술을 마시고 헤어졌어요. 그 여자는 정비공 친구와 함께 돌아갔는데, 이후 저는 그녀를 다시는 보지 못했어요. 나중에 그들이 결혼해서 아이를 낳았다고 들었어요. 그리고 아이가 한 살도 되기 전에 여자가 뇌종양으로 죽었다는 것도. 우리도 떠났어요. 연인으로서 다정하게 떠났죠. 시동을 거는 중에 엔진이 꺼진 것을 기억하고 있어요. 두 번째 전조였어요.

저는 완전히 취했고, 취했다는 사실도 알고 있었지만, 조심하면 아무 일도 일어나지 않을 거라고 생각하고 있었어요. 우리는 출발했어요. 되돌아가 커다란 피자를 만들어 먹을 생각이었어요. 그리고 밤새 키스를 할 생각이었죠.

우리는 그렇게 출발한 뒤 산업 단지를 지나 철교를 건넜어요. 속도를 내지는 않았어요. 도로에는 사람들이 없었고, 저는 커브들을 외울 정도로 잘 알고 있었죠. 일직선으로 한참을 달린 뒤 왼쪽으로 커브를 돌면 된다고 생각하고 있었어요. 저는 가능한 멋지게 커브를 돌고 싶었어요. 그때 제가 무엇에 사로잡혀 있었는지 모르겠어요. 저는 속도를 올린 뒤 커브를 꺾으려고 도로에다 시커먼 가스 덩어리들을 내뿜었어요. 그런데 저는 방향을 잘못 알고 있었어요. 왼쪽 커브가 아니라 오른쪽 커브였어요. 저는 아무것도 보지 못했고, 무슨 일이 일어나고 있는지도 이해하지 못했어요. 그리고 너무 빨리 달리고 있었고, 너무 취해 있었어요. 오토바이는 갓길 경계와 부딪힌 다음 옆으로 기울어진 채 시속 200km로 달렸어요. 그 순간 저는, 그래 왔구나, 내가 죽을지 그렇지 않을지 알게 될 순간이 왔구나, 라고 생각했어요. 저는 옆으로 미끄러지는 동안에도 핸들을 꼭 붙들었죠. 우리 주위로 가로등의 노란 불빛이 꽃다발처럼 스쳐 지나갔어요. 이어서 저는 공중으로 튀어 올랐어요. 하늘이 발 아래로 지나가는 동안 헤드라이트 불빛이 이따금씩 시커멓고 분노한 세계를 비췄죠. 하늘에서 몇 번 회전을 하는 동안에도 저는 한 가지밖에 생각하지 않았어요. '죽으면 안 돼' 라고요.

제가 살아남은 건 운명 때문이었어요. 얼마 후 저는 밭 한가운데 젖은 땅 위에 누워 있는 저를 발견했어요. 헬멧에서 보호안경은 떨어져 나갔어요. 아무데도 아픈 곳이 없었어요. 그를 불렀어요. 대답이 없었어요. 다음에는 온 힘을 내서 한 번 더 그를 불렀어요. 그러고는 계속 낮은 목소리로 불러가며 그를 찾기 시작했죠. 그래도 전혀 대답이 없었어요. 마침내 그를 발견했어요. 당시 12km마다 설치되어 있던 콘크리트 표지판에 부딪혀 척추가 완전히 부러진 그를 말이지요. 지금도 그 몸을 기억해요. 매일, 밤마다, 새벽마다, 그가 내 눈앞에 나타나곤 해요. 어두운 곳에 있으면 그가 말하는 게 들려요. 그리고 밤에는 시트에서 그의 냄새를 맡아요. 당신을 본 순간 저는 환상을 보고 있다고 믿었어요. 커다란 슬픔을 느낄 때마다 사라진 그이가 종종 나타나곤 해요."

나는 담배를 재떨이 바닥에 비벼 끈다. 흔한 오토바이 사고 얘기들 중 하나라고 생각한다. 나는 여자에게 몸을 돌리며 질문한다.

"저를 보면 무엇이 보이죠? 누가 보이나요? 제가 정말로 그 사람이라고 생각하고 있으신가요?"

그녀는 나를 향해 몸을 돌린 뒤, 뒤로 몸을 약간 빼며 바라본다.

"당신을 보면, 갈색 피부에 키가 크고 호리호리한 남자가, 뱃살이 나오긴 했지만 균형 잡힌 몸을 가진 남자가 보여요. 그리고 오래전부터 면도를 하지 않은 남자요. 사실은…."

그녀는 적절한 단어를 찾기 위해 말을 멈춘다. 이 순간의 그녀는 행복해 보이는 것 같다. 어떻게 그녀는 현재의 내가 아니라 과거의 내 모습을 보는 것일까? 5분 전에 샤워실에서 나왔을 때, 방의 커다란 유리창에는 여전히 내 모습이 보이지 않았다. 내가 마지막으로 나의 모습을, 추한 모습을 본 것은 그 탑의 높은 방에서였다. 흑인의 눈 속에서였다. 나는 얼굴을 가까이 대고 여자의 눈 속에서 내 모습을 한 번 더 보고 싶다. 무엇이 보일까? 내 얼굴을 그녀 얼굴에 가까이 갖다 대면 무슨 일이 일어날까? 그녀는 내 의도를 오해해 사납게 반응할 것이다. 나는 잠시 생각한 뒤 기껏해야 따귀 한 대, 아니면 키스를 받을 것이라고 결론 내린다. 그녀는 바닥에 팔꿈치를 대고 일어나 나를 바라본다. 그녀 손에서 떨어진 잔이 카펫 위를 구른다. 술이 쏟아진다. 그녀는 나를 뚫어지게 쳐다보다, 우리가 만난 후 처음으로 몇 초간 눈을 아래로 내린다. 나는 그녀가 어색해하고 있다고 느낀다.

"얼마간 저와 같이 있어 주면 좋겠어요. 시험 삼아, 며칠 만요. 저는 오랫동안 혼자 있었어요. 종종 그것이 견디기 힘들어요."

"저는 머무를 수 없습니다. 할일이 있습니다."

나는 곧바로 여기를 떠나고 싶다. 그러나 기다린다. 오후가 지나간다. 우리는 TV를 본다. 거의 얘기를 하지 않는다. 나는 물을 마시러 가거나 창밖으로 산을 보기 위해 가끔씩 일어난다. 저녁이 되자 그녀는 소파에서 그대로 잠이 든다. 나는 춥지 않도록 그녀에게 이불을 덮어 준다. 그러고는 한참 동안 술을 마신다. 그녀의 이름은 엘렌이다. 공장에서 사과 고르는 일을 한다. 아버지는 본 적이 없고, 어머니와는 싸웠다. 그래서 어머니를 더 이상 만나지 않는다. 어머니는 여기보다 조금 더 높은 산속에서 살고 있다고 한다. 엘렌은 자고 있다. 어쩌면 나도 그녀를 사랑할 수 있을 것이다. 그녀는 그렇다고 말하지 않았지만 나를 사랑하는 것 같다. 그러나 나는 잠시 쉬기 위해 이곳에 들렀다. 내가 정착할 곳은 이곳에서 먼 곳이다. 게다가 나는 그곳이 어떤 곳인지도 모른다. 주어진 시간을 이미 많이 써버렸다는 생각이 든다. 그녀와 다시 시간을 보낸다는 건 사치다. 나는 다른 하늘 아래서, 매우 더러운 산속에서 환생했을 수 있다. 아마 죽은 채로 태어났거나, 태어나자마자 곧 죽었겠지. 이렇게 현재 삶을 슬퍼하는 특권을 누리지 않아도 되는 사람으로, 저무는 햇빛에 붉게 물드는 회색 구름들을 바라볼 수 있는 특권을 누리지 않아도 되는 사람으로 태어났을 수 있다. 나는 내가 갖지 못한 삶들을 생각해 본다. 엘렌은 계속 잔다. 나는 마음만 먹으면 그녀 옆에 앉아 그녀를 안고 얼굴에 입 맞출 수 있다. 그런 식으로, 지체하지 않고 찾아올 다음 일을 기다리면 된다. 예리한 추적자와 굶주린 개들이 내 뒤를 쫓고 있다. 그들이 나를 찾고 있다. 나는 잠시 엘렌을 바라본다.

밤이 오고 그녀가 깨어난다. 나는 매우 취해 창가의 라디에이터를 붙든 채 움직이지 않는 하늘을 바라본다. 그런 상태로 나는 한동안 방심하고 있었다. 나는 다시 옷을 입는다. 그녀는 식사하러 호텔 레스토랑으로 내려가자고 말한다. 바닥은 울퉁불퉁한 검은 포석이 깔려 있고, 나무로 내벽을 두른 넓은 레스토랑이다. 사람들이 띄엄띄엄 떨어져 앉아 조용히 식사하고 있다. 보이지 않는 스피커에서 희미하게 흘러나오는 분위기 있는 음악을 조화造花가 즐겁게 감상하고 있다. 우리는 커다란 창가 테이블에 앉는다. 한동안 정원과 아래편에 있는 마을을 바라본다. 엘렌은 산을 사랑한다고 말하면서 테이블 아래로 내 손을 잡는다. 메뉴를 고르는 동안 그녀는 덧붙여 말한다.

"당신이 떠나지 않아서 기뻐요. 잠을 자고 있는 내내 당신이 옆에 있다는 걸 느꼈어요. 꿈도 꿨어요. 사실 꿈을 꾸지 않은 지가 오래되었거든요. 당신과 함께 가고 싶어요. 다른 곳으로 갈 수 있을 거예요. 다른 곳에서 다른 식으로 살 수 있을 거예요. 여기서 이탈리아가 멀지 않아요. 어렵지 않게 국경을 넘을 수 있을 거예요. 제가 길을 알아요."

"저는 아직 결정을 내리지 않았습니다."

우리는 천천히 식사한다. 그녀는 내 손을 놓았지만, 이번에는 허벅지를 내 허벅지에 갖다 댄다. 나는 불편함을 느낀다. 그녀는 나와 접촉하고 싶어 한다. 예전이었다면 이런 태도에 감동했을 것이다. 그러나 내게는 더 이상 사랑을 느낄 능력이 남아 있지 않다. 대신 나는 이상한 소유욕과 비슷한 감정을 느낀다. 나는 냅킨을 내려놓고 엘렌을 쳐다본다. 그녀도 내 시선에 응대해 나를 쳐다본다. 우리는 잠시 아무 말도 하지 않는다. 그녀가 마침내 용기를 내 말한다.

"당신과 함께 있으면 좋아요."

"알아요."

"이런 일이 다시 가능할 거라고는 생각지 않았어요."

"카페테라스에서 당신 팔을 처음 잡았을 때 저도 그것을 느꼈습니다. 부탁을 들어주시지 않겠어요? 당신의 눈을 통해 제 모습을 한 번 더 보고 싶습니다. 제 모습은 사람의 눈을 통해서만 볼 수 있어요. 몸을 기울여 주겠어요?"

그녀가 테이블 위로 몸을 기울인다. 그녀의 목과 앞이 트인 하얀 가슴이 보인다. 이번에는 내가 선글라스를 벗어 몸을 기울인다. 이 순간의 우리는 서로 입을 맞추려는 연인을 닮았다. 나는 검은 비단 같은 그녀의 눈동자 속에서 이전 삶의 내 모습을 본다. 그녀의 눈에 비친 나는 바로 과거의 나다. 그런 식으로 나를 보는 이 여자는 대체 어떤 존재일까? 그녀가 나를 보는 순간 나는 완전히 달라지는 걸까, 아니면 나는 그녀의 눈에만 다르게 보이는 걸까? 그녀의 어깨 너머로 나를 보던 노부인이 큰 충격을 받는다. 쭈글쭈글한 뺨 위로 굵은 눈물방울이 흘러내린다. 나는 서둘러 선글라스를 다시 쓴다. 엘렌이 침묵을 깬다.

"무엇이 보이세요?"

"저의 모습이 완전히 보입니다. 저를 사랑한다고 말하는 여인의 눈을 통해서 말이에요. 이해할 수 있을 것 같습니다."

"그러면 저와 함께 있으세요."

"제가 머무르지 않으리라는 걸 잘 아실 거예요. 내일 저는 떠나야 합니다. 그러나 당신을 찾으러 다시 오겠습니다. 나중에요."

"적어도 오늘밤만이라도 저와 함께 있어 주세요."

"예, 당신과 함께 있을 거예요. 당신과 함께 같은 침대에서 자겠어요. 그러면 서로가 외롭다는 감정을 조금이나마 덜 느낄 테죠. 그러나 당신 몸과는 접촉할 수 없습니다. 다른 때 당신을 만났더라면 좋았을 겁니다. 그러면 우리는 서로 다른 모습으로 만날 수 있었을 텐데요. 당신 때문에 살아 있다는 것을 다시 경험했어요. 그러나 불행히도 슬픈 고백을 해야겠어요. 유리창에서 제 모습을 찾아보세요."

나는 손가락으로 유리창을 가리킨다. 그녀는 고개를 돌리더니 내 말이 무슨 뜻인지 이해한다. 얼굴이 창백해진다. 무거운 침묵이 흐른다. 그녀는 조용히 수저를 내려놓은 뒤 고개를 숙인다. 그리고 한참 동안 음식을 바라본다. 마침내 그녀가 고개를 든다. 눈이 젖었다. 그녀가 낮은 목소리로 말한다.

"당신은 살아 있는 사람인가요?"

"예, 그러나 제가 이 세계에 머무를 수 있는 시간은 얼마 남지 않았어요."

"이 테이블에는 저 혼자만 앉아 있나요? 다른 사람들 눈에도 당신이 보이나요? 아니면 당신은 환영인가요?"

"저는 실제로 존재하고 있습니다. 계산서가 오면 아실 겁니다. 우리는 같은 테이블에 앉았고, 메뉴도 함께 골랐어요. 그러나 다른 사람들은 당신이 보는 대로 저를 보고 있진 않아요. 그러니까 그들에겐 제가 다른 모습을 하고 있어요. 제가 안경을 써야 하는 건 그것 때문입니다. 안경을 쓰지 않으면 우리 둘에게 매우 위험한 일이 일어날 겁니다."

"그러면 같이 떠나요. 당신이 어떤 사람인지는 중요하지 않아요. 오늘밤에 같이 떠나요."

"아니요. 내일 아침까지 기다리죠. 밤 동안 생각을 해 보고 싶습니다. 당신에게 필요한 건 삶인데, 저는 그 건너편에 있어요."

우리는 조용히 식사를 마무리한다. 맞은편에 앉아 있던 노부인은 울음을 그치지 않는다. 아이들이 그녀를 데리고 나간다. 그녀가 주위 사람들에게 불편을 주기 때문이다. 엘렌도 조금 울었다. 지금은 괜찮아 보인다. 그러나 더 이상 나를 쳐다보지 않는다. 우리는 일어선다. 내가 지불한다. 그녀는 여전히 아래를 바라보며 말한다.

"곧장 올라가고 싶지 않아요. 미안하지만, 바에 잠시 들렀다 가요."

"아닙니다. 오늘은 너무 많이 마셨어요. 혼자 가세요. 저는 방에 올라가서 잠을 자겠습니다."

그녀는 눈을 마주치길 피하며 내게 열쇠를 건넨다. 우리는 말없이 헤어진다. 나는 오랫동안 어두컴컴한 계단을 올라가 방에 도착한다. 나는 방안으로 들어가 선글라스를 벗고 소파 위에 몸을 누인다. 텔레비전은 켜져 있지만 프로그램은 모두 끝났다. 나는 잠시 화면 위의 눈(雪)을 바라본다. 검은색과 회색이 섞인 눈. 눈은 떨어지지도 올라가지도 않고 두껍게 땅을 덮는다. 나는 재, 용암의 찌꺼기, 그리고 어둠으로 뒤덮인 개와 늑대의 세계 속으로 천천히 들어간다. 썩고 마른 육체들이 어미 파리가 오래 전에 낳은 파리알들처럼 땅바닥에 일렬로 누워 있다. 다른 곳으로 이어지는 길도, 빛도, 바람도 없다. 내 코로 들어오는 건 도처에 뿌옇게 퍼진 채 눈에 달라붙는 가는 회색 먼지뿐이다. 이미 내 옷들도 시체처럼 창백한 빛을 띤다. 나는 그들과 함께 누워 기다리는 것 이외에는 다른 방법이 없다는 걸 곧 깨닫는다. 내 옆에 그 둘이 나란히 누워 있다. 그들은 비록 두꺼운 회색 먼지 아래 깊이 파묻혀 있지만 아직도 몸에는 온기가 남아 있다. 그래도 나에게 한 가닥 의지가 남아 있어, 나는 누워 있는 육체 옆에 무릎을 꿇고 손등으로 그 얼굴 위의 먼지를 쓸어낸다. 그녀다. 나는 그녀라는 걸 알고 있었다. 내 꿈의 여자. 그녀가 다른 남자와 함께 누워 있다. 나는 이들을 지옥으로 보냈다. 그리고 거기까지 이들을 따라왔다. 나는 잠시 그녀의 얼굴을 바라본다. 그 사이에도 그녀의 얼굴에 먼지가 쌓인다. 내가 그녀 옆에 누우려는 순간 그녀가 마침내 눈을 뜬다. 눈은 더 이상 아무것도 비추지 않는다.

나는 소스라치게 놀라 소파에서 깨어난다. 텔레비전은 꺼져 있다. 엘렌은 누워 있다. 주차장 가로등 불빛에 의해 아무것도 걸치지 않은 그녀의 등이 보인다. 벽시계가 다섯 시를 가리킨다. 곧 있으면 날이 밝을 것이다. 나는 소리 내지 않고 일어난다. 그리고 침대를 돌아가 자고 있는 그녀를 바라본다. 옷장 위에 놓아둔 갈고리를 꺼내 그녀 곁으로 다시 간다. 나는 그것으로 그녀가 덮은 담요를 방바닥으로 떨어뜨린다. 해가 산들 사이로 솟아올라 방을 붉게 비출 때까지, 나는 그런 채로 그녀를 오랫동안 바라본다. 그리고 오토바이 키와 헬멧을 집고 아무 소리도 나지 않도록 조심스럽게 문을 닫고 밖으로 나간다. 주차장에는 아름다운 기계가 나를 기다리고 있다. 나도 그것에게 반갑게 다가간다. 사이드 스탠드와 걸쇠를 벗긴 다음 무거운 한 마리 새를 끌고 나간다. 주차장에서 시동을 거는 건 어리석은 짓이다. 아이가 부르는 소리를 들은 엄마처럼, 엘렌은 그 소리를 듣고 어김없이 깰 것이다. 나는 50미터 정도 기계를 힘들게 끌고 간 뒤 헬멧을 쓴다. 기계에 올라타 열쇠를 끼우고 시동을 건다. 기계가 콧바람을 낸다. 경이로운 소리. 아가씨는 규칙적인 리듬을 따라 허스키하고 낮은 소리로 이색적인 콧노래를 부른다. 음은 깊은 저음과 날카로운 가는 음이 교차하며 패턴이 복잡하다. 다리에서 허리로 부드러운 진동이 전달된다. 나는 손바닥을 통해 기계의 힘을 느낀다. 나는 자리를 잡고 가볍게 손잡이를 돌린다. 리듬이 열광하고, 음이 바뀐다. 나는 두 손가락으로 클러치를 분리시킨다. 레버의 움직임이 부드럽고 유연하다. 거기서 전해지는 물과 같은 부드러운 느낌이 오토바이 주인이 자는 방의 작은 창문이 전하는 따뜻한 느낌과 비슷하다. 나는 1단 기어를 놓고 출발하기 위해 발가락 끝으로 가볍게 페달을 밟는다. 날카로운 금속 소리와 함께 기계가 한번 뛰어 오른다. 나는 조심스럽게 클러치를 연결시킨 뒤 등 뒤로 햇빛을 받으며 한 줄기 가스를 내뿜고 출발한다. 기계는 구불구불 아래로 이어지는 길을 따라 놀라지 않고 내려간다. 이 오토바이를 만든 사람들은 자신들의 일을 알고 있었다. 이 짐승은 상당히 무겁긴 하지만 쉽게 커브를 돌 줄 안다. 몇 킬로미터 지나자 산의 높이가 낮아지고 산등성이가 완만해진다. 길도 보다 넓어지고 직선으로 이어진다. 내 운전도 보다 정확하고 적극적으로 바뀐다. 나는 엘렌을 생각한다. 그녀가 이해해 주기를 바란다. 만일 할 수만 있다면, 오토바이를 어디에 버릴지 알려 주고 싶다. 그러나 그런 기회가 올지 확신할 수 없다. 어쨌든 엘렌에게 성을 물어보는 것을 잊었다.

IX

그르노블에서 모든 것이 시작된다. 오토바이는 램프로 진입하고, 이어서 진정한 도로라고 할 수 있는 고속도로로 진입한다. 이 순간부터 나는 오토바이를 그 진정한 의미에서 사용하자고 결정한다. 오토바이는 시간 속을 여행하기 위해 만들어졌다. 아주 완만하게 커브를 돌고, 끊임없이 일직선으로 이어지는 넓고 평탄한 4차선 도로를 위해 만들어졌다. 나는 감동한다. 곡선을 돌 때 정성들여 핸들을 꺾는다. 짐승은 울부짖고, 뛰어오르고, 팔에서 모든 힘을 앗아간다. 나는 떨어지지 않기 위해 핸들을 꽉 움켜쥐고 기름 탱크에 찰싹 몸을 붙인다. 기갑부대가 지나갈 때 기계 위로 가자미처럼 몸을 납작 엎드린 채 가스를 힘껏 배출한다. 엔진이 차츰 높은 소리를 내며 노래를 부르는 걸 듣는다. 미친 듯 돌아가는 엔진은 믿을 수 없는 고음의 C조[높은 도보다 한 옥타브 더 높은 도]를 내고, 나는 이 음을 파리까지 실어 나른다. 계기판에 시선을 던진다. 바늘은 고속도로 최대 허용 속도의 세 배 되는 지점 근처를 가리킨다. 생각을 한다거나 몽상에 잠긴다는 것은 있을 수 없는 일이다. 거의 움직이지 않고 있는 다른 차들 사이에서 바람을 맞고 소음을 가르며 달려야 한다. 어디서 나타날지 알 수 없는 장애물을 미리 봐야 하고, 속도를 유지해야 하고, 커브 돌 곳을 예측해야 하고, 그리고 기름이 떨어지는 정도를 확인해야 한다. 나는 주위로 지나가는 모든 것을 예민하게 주시하는 동물로 다시 태어난다. 멀리 한 점으로부터 풍경 하나가 튀어나와 다가온다. 나는 거기에 내 모든 정신을 집중하고 눈을 떼지 않는다. 그 지점으로부터 한 세계가 흘러 나온다. 나는 그 세계가 명확한 형태를 띠기 전에 그것을 지나친다. 단순한 곡선과 불명확한 형태, 그리고 기하학적인 형상으로 바뀐 세계는 내 주위로 흘러왔다 뒤로 사라진다. 색들은 선명하지 않고, 선과 곡선들은 천천히 형태를 바꾼다. 그러나 해체되었던 현실의 그림은 곧 온전하게 재구성된다. 이번에는 그것이 주유소라는 형상을 하고 눈앞에 다시 나타난다. 나는 거기서 기름을 채운다. 주위에는 화물차와 세단들이 있다. 내가 출발하면 구조화되어 있던 현실 세계는 다시 해체되고, 선과 곡선들의 불투명하고 요란한 흐름이 다시 시작된다. 그 흐름들 사이로 파리가 내게 다가온다. 나는 눈 깜짝할 순간에 플뢰리의 톨게이트를 지나친다. 한순간 푸른색 옷을 입고 오토바이를 탄 사람들을 보았다는 생각이 든다. 그들은 순식간에 백미러 속에서 다른 풍경들과 함께 용해된다. 이후에 나는 그들에 대한 소식을 더 이상 듣지 못한다. 나는 그르노블을 떠난 지 두 시간 만에 마침내 파리의 외곽 순환도로에 도착한다. 여기서부터는 더 이상 세계의 법규를 조롱할 생각을 할 수 없다. 도로는 정체되었다. 모든 차들이 움직이지 못한 채 덩어리를 이룬다. 나는 스쿠터를 탄 사람들과 빛나는 금박 옷을 입은 피자배달부 사이로 조심스럽게 들어간다. 짜증이 난 나는 다른 대로에서 운을 시험해 보기로 결정한다. 좋지 않은 생각이었다.

이곳의 흐름은 정체되어 있을 뿐 아니라 더 시끄럽고 요란하다. 신호등, 급정거하는 차, 선로를 변경하는 차, 휴대폰 소리, 도로 청소부, 사거리, 버스, 교차로 모두가 시너지를 이루며 나를 짜증나게 한다. 나는 갑갑하고 시장판 같은 도시의 한곳을 느리게 통과해 로케트 가에 이른다. 나는 할머니나 도로 쪽에서 열리는 차문을 피하기 위해 몇 번 급정거한다. 나는 오토바이 놔둘 곳을 정확하게 기억한다. 내 목적지에서 얼마 떨어지지 않은 곳이다. 지금까지 두 바퀴로 나와 동행한 친구를 거기 조용한 공터에 버릴 것이다. 나는 엔진을 끈다. 침묵. 가열된 모터에서 뜨거운 김이 모락모락 새어 나온다. 나는 떠나기 전에 마지막으로 기계를 쓰다듬는다. 그것은 이제 정말 휴식을 취할 자격이 있다. 나는 헬멧을 손에 든 채 걸어서 간다. 보호 안경 표면에는 죽은 파리 떼들이 버터처럼 발라졌다. 나도 이 곤충들과 같은 운명을 맞게 될까? 나도 전지전능한 오토바이 신의 보호 안경 표면에서 배가 눌려 터진 채 죽게 될까? 나는 걷는다. 거리는 아직도 어둡기는 하지만, 햇빛 때문에 쉽게 알아볼 수 있다. 아무렇지 않은 표정으로, 나는 지나가는 사람들을 관찰한다. 다들 평범해 보이고 조용해 보인다. 그러나 나는 의심하는 마음을 버릴 수 없다. 누군가 나를 지켜보고 있다는 느낌이 든다. 혹시 그들 중 누군가가 겉으로 평범해 보이는 나의 마스크를 벗겨내지 않을까 두렵다. 그들은 저 사람들을 꼭두각시로 만들기 위해 무엇을 사용했을까? 대기? 물? 지하철 의자? 나는 어떤 인간으로 만들었을까? 나는 나도 모르는 사이에 어떤 인간이 되었을까?

나는 그 '슈퍼오토바이'를 끌고 나왔던 차고와 마주한 거리를 가로지른다. 집으로 들어가는 입구는 조금 더 떨어져 있다. 나는 주위의 빛 때문에 꿈속으로 걸어 들어가고 있다는 인상, 즉 현실은 멀어지고 사라지며, 내가 꿈속에 잠기고 있다는 인상을 받는다. 그런데 내가 어떤 현실에 대해 권리를 가지고 있을까? 나는 몇 걸음 더 걸어가 차고 문 앞에 도착한다. 문은 햇빛을 받으며 활짝 열려 있다. 회색 작업복을 입은 경비가 쓰레기통들을 안으로 들여 놓고 있다. 나는 뜰을 가로질러 계단을 오른다. 이상하게도 이 계단은 낮에는 삐걱거리지 않는 것 같다. 나는 마지막 층까지 올라가 노크한다. 대답이 없다. 건물에서는 조용히 움직이는 소리와 부산하게 움직이는 소리, 라디오 소리 등이 들린다. 빛이 가득 흐르는 오전이다. 창가에 널린 침구들이 바람을 맞고 있다. 막바지에 이른 여름이 마지막으로 아름다운 날을 펼치고 있다. 이런 순간을 즐길 수 없다니 유감이다. 어느 아파트의 테라스에 앉아, 무심한 표정으로 지나가는 사람들을 바라볼 수도 있을 것이다. 안에서는 아무도 대답하지 않는다. 나는 한 번 더 노크한다. 이때 널빤지가 삐걱거리는 소리가 들린다. 나는 속삭인다.

"저에요. 당신들이 요구하는 일을 하러 돌아왔습니다."

그동안 환하던 문구멍이 한순간 어두워진다. 누군가 나를 지켜본다. 문이 아주 조금 열린다. 잠시 뒤 바롱 삼디가 기분 나쁜 시선을 한 번 던지고는 문을 활짝 연다. 나는 들어간다. 그는 팬티 차림이다. 손에는 작은 리볼버를 들었다.

"들어오세요, 반갑습니다. 막 잠자리에 들려던 참이었습니다. 밤새 일을 했어요. 요사이 경찰들이 주위에서 배회하고 있어요. 당신이 돌아오다니, 놀랍습니다. 대개 영들은 사납고 의심이 많아요. 그들이 한 번 왔던 장소에 다시 오는 경우는 매우 드뭅니다. 간단히 식사를 준비하겠소. 뭐라도 드셨나요?"

"아니요. 멀리서 오는 길입니다."

그는 무기를 과일 바구니 속에 놓는다. 그리고 내 헬멧을 쳐다본다.

"알겠습니다. 이해를 하셨나요?"

"예."

그가 나무로 만든 낡은 커피 그라인더에 원두를 붇는다. 나는 테이블에 앉는다. 그는 손잡이를 잡고 돌린다. 나는 말한다.

" '성숙' 이 무엇인지 아시나요?"

그는 그라인더 손잡이를 계속 돌리며 말한다.

"당신은 뒤몽테를 만났군요. 그렇다면 여행이 당신에게 도움이 되었을 겁니다. 저는 뒤몽테처럼 당신을 처음 만났을 때 그것에 대해 말해 줄 수는 없었습니다. 당신이 제 말을 절대 믿지 않았을 것이고, 믿었다 해도 곧 정신 착란에 빠졌을 것이기 때문입니다. 당신의 진실을 발견하는 건 당신 몫이었소."

그는 동작을 멈추고 그라인더를 열어 원두를 더 붓는다. 그리고 다시 손잡이를 돌리기 시작한다. 원두알들이 바스락거리며 부서지기 시작한다. 나는 한숨을 쉰다. 그리고 환상에서 깨어난 듯 그의 말을 인정한다.

"우리들이 살았던 세계는 더 이상 존재하지 않아요."

"예, 그래요. 사람들 위에서 군림하는 힘은 포악하고 잔인합니다. 그것은 도처에 있고 어디서나 사람들을 장악하고 있습니다. 저 바깥세상에서 포기하지 않은 사람은 한 사람도 없어요. 우리가 꿈을 꾸는 마지막 사람들이고 생각하는 유일한 사람들인데, 그것이 왜 우리에게는 아무 영향을 미치지 않는지 모르겠습니다."

"'우리' 라면 누구를 가리키는 것이죠?"

"아프리카의 어떤 지역 주민들을 가리키는 겁니다. 예를 들어, 서아프리카인이나 세네갈 사람들을 말합니다. 그들의 약이나 물질, 그리고 그들의 '성숙' 이 우리에겐 아무런 영향도 미치지 않습니다. 우리는 그 사실을 계속 명백하게 보고 있습니다. 이유는 알지 못하겠습니다. 그렇다는 것이 전부죠."

그는 일어나 그라인더에서 가루가 가득 든 서랍을 빼낸다. 그리고 그것을 가스 버너 위에 놓여 있는 낡은 금빛 커피 주전자에 붓는다. 바롱 삼디는 노인이다. 피부는 주름졌고 뼈들은 튀어 나왔다. 그리고 몸에는 드문드문 하얀 실털들만 남았다. 그는 창가까지 걸어가 아래를 내려다본다. 거리를 뚫어지게 바라보며, 마치 스스로에게 말하듯 얘기한다.

"처음에 우리는 대응하지 않았고, 폭풍이 몰려오는 것도 보지 못하고 있었죠. 맑은 하늘 아래 있다가 손쓸 생각도 못하고 폭풍우 한가운데로 휩쓸려 들어갔어요. 국민당 정권이 출범하고 나서는, 우리는 어떤 일이 일어날지 몰라 두려웠습니다. 우리의 자유와 존엄을 잃고, 그들이 우리의 권리를 박탈할까봐 두려웠습니다. 시간이 지나는 동안 우리는 그들을 올바르게 판단했고, 훨씬 일찍부터 싸우지 않은 것이 잘못이었다는 것을 깨달았습니다. 체포 작전이 시작되었고, 많은 것들이 바뀌었습니다. 경찰은 보다 강해졌고, 언론은 힘을 잃었어요. 당에 굴복하지 않은 사람들은 당에 굴복한 사람들에 의해 쫓겨났습니다. 우리는 당시 우리가 얼마나 무기력했던가를 이해하고 있습니다. 우리는 두려웠고 숨어야 했고 아무도 믿을 수 없었습니다. 그런데 자유를 박탈당한 채 사는 동안 우리는 분노에 찬 존재들이 되었어요. 당신은 얼마 전 우리가 한 행동을 보았을 겁니다. 가책을 느끼지 마세요. 그것이 우리를 이해시킬 수 있는 유일한 방법입니다. 우리는 개와 같은 존재입니다. 밤에는 복수하면서 짖고, 낮에는 끙끙대며 입을 다물고 있습니다. 저희에게는 살고자 하는 욕망과 그들을 죽이고자 하는 욕망만 남았는데, 이것도 단지 생존하기 위해서죠."

주전자가 '쉬익' 하며 끓기 시작한다. 바롱 삼디는 흙으로 빚은 잔에 커피를 따르고 테이블에 비스킷을 놓는다. 우리는 끓는 물에 입술을 적시며 아무 말 없이 앉아 있다. 이어서 내가 말한다.

"제가 부탁한 건 준비되어 있나요?"

"일부분만 준비됐습니다. 현재 당신 신상과 어느 정도 일치하는 신분증을 훔칠 수 있었습니다. 그리고 아그네스 부테이유 양에 대한 정보를 얻었습니다. 그 여잔 극좌파 반체제 인사였더군요. 그리고 마르세유 시장의 딸…."

"경찰청장 보좌관의 딸이었습니다."

"무엇이든 상관없습니다. 아무튼 그녀는 LCR의 멤버였는데…."

"됐습니다. 모든 걸 알고 있어요. 누가 저로 하여금 그 여자를 죽이게 했는지 아나요?"

"그녀를 죽인 사람이 당신이었군요. 당신은 그런 얘기를 하지 않았습니다. 영의 세계가 왜 당신을 받아들이지 않았는지 지금은 이해할 수 있을 것 같습니다. 당신이 저지른 살인을 기억하지 못했기 때문에 되돌려 보낸 겁니다. 그런데 당신은 그날 밤 사건들을 밝히면 구원을 받을 수 있다고 생각하나요? 당신은 그런 식으로 평화를 찾을 수 없습니다, 이해하겠습니까?"

"저는 누가 그런 일을 시켰는지도 알고 싶습니다. 그리고 왜 그런 일을 시켰는지 이해하고 싶습니다."

"알 수는 있어도, 이해할 수는 없습니다. 기대하지 마세요."

"저로 하여금 그 여자를 죽이도록 한 사람이 누구죠?"

"장 메나르라는 자입니다. 제가 당신께 얘기를 하고 싶은 사람입니다. 당신은 우리에게 신세를 졌는데, 기억하고 계시지요?"

"물론 기억하고 있습니다. 돌아온 것도 빚을 갚기 위해서입니다. 그렇게 상세한 정보는 어떻게 얻으시죠?"

"우리는 쉽게 정보를 얻을 수 있는 중요 기관에 망을 갖고 있어요. 그들은 우리를 바퀴벌레처럼 취급하기 때문에 우리와 마주치지 않습니다. 그들은 일할 생각만 하고 있고, 언제나 이

길 생각만 하고 있지요. 밤에 저희들은 그들의 쓰레기통을 비우고, 하수도를 청소하고, 창문을 닦습니다."

"모두 흑인들인가요?"

"예, 우리들 대부분은 서아프리카인들이에요. 우리는 많은 것을 보고 듣죠. 우리는 그들에 대해 거의 모든 것을 알고 있다고 해도 과언이 아닙니다. 그러나 늑대 군단에 비하면, 우리는 한 소대에 불과합니다. 그들을 평가 절하해선 안 됩니다. 그들은 매우 강합니다. 지금 약의 침투 과정은 거의 완성 단계에 이르렀습니다. 저는 부테이유 양이 속했던 조직도를 구할 수 있었는데, LCR이 더 이상 존재하지 않는다 해도 놀라지 마세요. 조직 멤버 모두가 '성숙' 과정을 거쳤습니다. 그들은 지금 명령에 따라 국민당 집행부에서 헌신적으로 일하고 있습니다. 그들 중 약물에 저항한 사람은 한 명도 없습니다. 영들이 어떤 존재인지 이해하게 되었을 때, 저는 마음속으로 영들과 연합체를 만들 수 있다고 믿었습니다. 그러나 그건 불가능했습니다. 당신들은 바람 같은 실체 없는 존재들이고, 이 세상의 일에 대해선 관심이 없어요. 당신들은 자신들도 알지 못하는 것을 찾아 이리저리 방황하고 한탄하며 어떤 힘에 이끌린 채 비밀스런 장소로 호출되기를 기다립니다. 저는 당신이 돌아온 것을 보고 매우 놀랐습니다."

"약이 당신들에게는 영향을 미치지 못한다는 건 어떻게 아셨죠?"

"학교에 우리 아이들만 남았을 때 알았습니다. 무슨 일이 생기고 있다는 걸 안 게 그때였죠. 가족들을 고향으로 돌려보낸 것도 그때입니다. 그것으로 일단 가족들 문제는 끝났습니다."

전화 때문에 우리의 대화가 중단된다. 그것은 날카롭게 두 번 울리더니 곧 조용해진다. 바롱 삼디가 갑자기 진지한 표정을 짓는다. 그가 말한다.

"우리 얘기로 돌아가야겠습니다."

"좋습니다. 제가 어떤 일을 해 주길 원하시죠?"

"제가 우리도 두 세계 사이에서 떠도는 당신들과 비슷한 존재라고 말한 걸 기억하고 있나요?"

나는 그런 말을 전혀 기억하고 있지 않기 때문에 그의 다음 말을 기다리며 아무 말도 하지 않는다. 그는 내게서 긍정하는 대답이 나오길 바라는 눈치다. 내가 여전히 아무 말도 하지 않자, 그는 하는 수 없다는 듯 계속 말한다.

"당신에게는 상황이 명확해야 합니다. 일반적으로 당신 같은 사람들에겐 두 가지 해결책이 있어요. 순교를 통해 죄를 씻든가, 아니면 영벌을 받기 전에 자유 의지를 실행하든가, 둘 중 하나입니다."

나는 여전히 아무 말도 하지 않는다. 그러나 내게 굉장히 불길한 일이 다가오고 있다는 것을 느낀다. 바롱 삼디는 잠시 기다린 뒤 눈을 위로 향한 채 계속 말한다.

"그런데 당신에게는 이미 주사위가 던져졌습니다. 당신이 속죄를 한다는 건 불가능합니다. 어떤 경우든 당신에게는 지옥만이 있습니다. 그리고 지옥도 여기에 있는 것보다는 나을 거라고 생각할 때가 올 겁니다."

"왜죠?"

“얼마 지나지 않아 분노가 당신을 사로잡을 겁니다. 분노와 복수심이 당신을 불태울 겁니다. 그러면 당신에게는 이 세계 자체가 지옥입니다. 그때 당신은 더 이상 경찰들을 피할 수도 없습니다. 그래서 떠나야 합니다. 당신을 기다리고 있는 곳으로 떠나야 합니다. 그런데 지금 이런 일이 매우 신속하게 진행되고 있다는 걸 아셔야 해요.”

“어떻게 그것을 아시죠?”

“당신 모습이 말해 주고 있습니다. 당신은 지난번에 봤을 때보다도 더 많이 변했습니다.”

“제 모습이 어떤지 보고 싶은데요.”

“보는 것이 문제가 아닙니다. 설령 그런다 해도 저라면 견디지 못할 겁니다.”

“제가 무엇을 해야 하죠?”

“벌을 받아들이고 그것을 껴안으세요. 그것만이 유일한 방법입니다.”

“당신이 아는 한 그것이 유일한 방법인가요?”

“예, 그것만이 유일한 방법입니다.”

“제가 무엇을 해야 하는가요?”

“메나르의 가족을 죽여 주세요.”

그는 빈 잔을 테이블에 내려놓는다. 나는 잠시 그가 한 말을 이해하기 위해 노력한다. 그의 가족을 죽인다는 것은 그의 아내와 아이들을 죽인다는 것을 의미한다. 노인은 망령이 들었다. 나는 그의 시선을 잡아 보려고 한다. 그러나 늙은 사내는 눈을 피하는 방법을 잘 알고 있다. 왜 그는 내가 그런 일을 해 주기를 원하는 거지? 그가 나를 위해 남겨둔 일이 이것이었나? 나는 이런 것은 예상하지 못했다. 그렇다면 나는 경솔하게 약속한 것이다. 그런 이유로 살인을 해야 한다는 생각에 동요를 느낀다. 그러나 이상하게도 나는 곧 냉정해지고 차분해진다. 여자와 아이들을 죽이는 것은 궁극적으로 그렇게 어려운 일은 아니다. 나는 구체적인 이야기를 들으려고 질문한다.

"그의 가족을 죽인다구요?"

"예, 그의 아내와 두 딸을 말입니다."

"아이들인가요?"

"여자 아이들이죠."

"당신들의 일을 위해선 메나르를 죽이는 게 낫지 않나요?"

"그것은 우리들의 일에 도움이 되지 않습니다. 원한다면 우리는 메나르를 죽일 수 있습니다. 그러나 잔인한 행동 자체가 중요합니다. 복수를 하고 감정을 표출하는 것이 중요합니다. 우리는 그들이 우리의 결의를 읽어 주길 원합니다. 그들은 스스로 사고할 수 있는 능력을 잃었기 때문에 더 이상 인간이라고 할 수 없습니다. 그러나 자신들이 하는 일을 알고 있기 때문에 동물이라고 말할 수도 없습니다. 그들을 일깨우는 방법은 고통을 느끼게 하는 방법밖에 없습니다. 그리고 이것이 당신에게는 해방감을 줄 겁니다."

"그런 것은 당신들의 목적을 달성하는 방법이 아니죠. 그런 것은 당신들의 대의를 먹칠할 것이라고 생각하는데요."

"우리의 대의에는 어떤 이미지도 없습니다. 깨끗하다거나 더럽다고 말할 수 있는 이미지가 없습니다. 아무도 우리에 대해 말하지 않습니다. 사람들에게 우리는 존재하지 않는 거나 마찬가지에요. 국민당과 정치국 경찰들만이 우리에 관해 알고 있긴 하지만, 그렇다고 해서 우리에 대해 진실로 아는 것은 전혀 없습니다."

"조카가 얘기를 하지 않는다면 말이죠."

"조카는 아무 말도 하지 않았습니다. 중앙 경찰서에 도착하기 전에 죽었습니다."

"저는 죽일 수 없습니다. 그들은 죄가 없어요. 아이들은 당신들 일과 전혀 관계가 없습니다. 당신은 지금 비도덕적인 일을 하려는 겁니다. 그건 스스로에게 벌을 내리는 거예요."

"기독교인인 당신이 어떻게 아이들에게 죄가 없다고 말할 수 있죠? 당신들은 이웃들에게 원죄라는 짐을 강요하지 않나요? 아무도 죄가 없을 순 없습니다. 우리는 더러운 욕망과 나쁜 생각들을 갖고 있고, 이것은 우리가 태어날 때부터 그런 것이죠. 그 아이들을 죽이는 건 지금 상황의 질서에 맞는 일입니다. 그 아이들은 이미 타락했습니다. 약을 먹고 자랐기 때문에 이미 자연성에 반하는 개체들이에요. 그 아이들은 세계가 썩었다는 걸 보여 주는 살아 있는 증인들이죠."

"당신이 그런 식으로 행동한다면, 지금 싸우고 있는 사람들보다 더 나을 게 없죠. 당신은 그들이 당신의 동료들을 죽였다는 이유로 그들의 아이들을 죽이려 하고 있습니다, 그렇죠? 화학 물질을 사용하지 않을 뿐 당신들도 그들과 똑같습니다."

"우리는 양과 소를 먹습니다. 그러기 위해 그것들을 죽여야 합니다. 마찬가지 일이라고 생각하세요. 제가 당신에게 일을 부탁하는 건 축제 때문이라고 생각하시죠. 고통의 축제 말입니다. 다만 어린 양이 금발 곱슬머리를 하고 있다는 것만 다릅니다. 당신에게 그 애들을 고기처럼 얇게 썰어달라고 부탁하는 것이 아니에요. 아니죠, 단지 죽여 달라는 것뿐입니다."

"어떻게요?"

"방법은 중요하지 않습니다."

"생각해 봐야겠습니다. 이후에는 어떻게 되죠?"

"이후에 당신은 견디지 못할 겁니다. 떠나야 합니다. 저는 저세상이 이번에는 당신을 받아들이길 바랍니다."

나는 커피 잔을 들여다본다. 비어 있다. 나는 비스킷을 먹는다. 짠맛이다. 커피를 마신 다음이기 때문에 맛이 이상하다. 그의 부인과 아이들을 죽인다는 것. 아니, 한 여자와 아이들을 죽인다는 것. 그것은 처음에 극악무도한 짓처럼 생각되었다. 그러나 다시 생각해 보니 그렇게 못할 것도 없다. 메나르라는 자는 나로 하여금 불쌍한 여자를 죽이도록 만들었다. 또한, 나름대로의 방식으로, 내 가족을 죽였다. 그리고 나를 죽였다. 바롱 삼디가 내게 제안하는 것은 복수일 따름이다. 고통의 균형 상태를 유지하자는 것이다. 나는 그것이 어려운 일은 아니라고 생각한다. 아이들을 죽이기 위해서는 철로 위에 놓인 개의 머리를 쳐다보는 것처럼 아이들을 쳐다보기만 하면 된다. 그 여자와 신사도 어떻게 죽을 지는 두고 보면 알 일이다. 내가 두 세계 사이에서, 소위 '길들의 교차점'에서 돌아온 것은 이런 일을 하기 위해서인가? 이것은 피할 수 없는 일일까? 아마도 그럴 것이다. 목적을 위해 어떻게 그런 수단을 정당화할 수 있을까? 나는 잠시 생각하고 나서 쾌락을 위해 죽이는 것이 역사상 내가 처음은 아니라고 생각한다. 그건 인간의 본성에 속하는 일이다. 나는 다시 과자를 집는다. 이번에는 맛이 아주 좋다. 바롱이 침묵을 깬다.

"자, 생각을 하셨나요?"

"제가 결코 죄를 씻을 수 없다고 생각하나요?"

"예, 절대적으로 그렇다고 확신합니다."

"시간을 주시죠. 몇 시간 뒤에 말씀드리겠습니다."

"생각해 보시죠, 저는 돌아가서 자야겠습니다. 그 전에 전화를 한 통 해야겠군요."

팡지올리니의 전화벨 소리가 떠올라 씁쓸해진다. 그는 일어선다. 나도 아무렇지 않다는 표정으로 똑같이 일어선다. 그는 낡고 검은 다이얼 전화기 쪽으로 가 수화기를 집어든 다음 다이얼을 돌린다. 전화기가 딸가닥거리고 동시에 리볼버도 딸가닥거린다. 나는 과일 바구니에서 리볼버를 집어든 다음 장전을 한다. 만약을 위해. 나는 바롱 삼디에게 등을 돌리고 있긴 하지만, 열린 문틈의 옷장 유리를 통해 그를 감시한다. 그는 내 눈을 정면으로 바라보는 실수는 하지 않을 것이기 때문에 그 해안에서처럼 공격하지는 않을 것이다. 그는 몇 마디 말하고 수화기를 내려놓는다. 그는 내게로 다가오다 무기를 보더니 흰 눈썹을 치켜세운다.

"저를 믿지 못하나요?"

"제가 누구를 믿는 것과 같은 사치는 누릴 수 없죠. 당신이 자는 동안 저는 소파에 누워 있겠어요."

“우리들이 메나르에 대해 조사한 서류들을 보여 드리죠. 그러면 좀 더 쉽게 생각할 수 있을 겁니다. 그의 집에 들어가는 건 어렵지 않습니다. 우리는 그에 대해 많은 걸 알고 있습니다.”

바롱 삼디는 층계참으로 나가 배전함까지 간다. 그는 주먹으로 쳐서 문을 여는데, 그것은 그런 식으로 열리게 되어 있는 것 같다. 나는 손에 총을 들고 조용히 그의 뒤를 따라가다, 계단 난간 너머로 한 번 쳐다본다. 달팽이처럼 원을 그리고 있는 계단에는 사람이 없다. 계단의 나사 모양 때문에 기하학적 줄무늬가 있는 빈 조개껍데기가 떠오른다. 케이블과 전선 피복들 아래로 신발함이 있다. 바롱은 그것을 열어 쌓여 있는 한 무더기 서류를 뒤진 다음 붉은 서류철을 꺼내 내게 내민다. 내가 서류를 펼쳐 보는 동안 바롱은 조심스럽게 신발장과 배전함의 문들을 닫는다. 우리는 되돌아온다. 서류철에는 사진과 손으로 쓴 메모지, 그리고 설명이 붙은 설계도가 들어 있다. 두껍지 않기 때문에 나는 그것을 말아 갈고리가 있던 자리에 넣고 갈고리는 손에 든다. 바롱 삼디는 다시 한 번 소스라치게 놀란다. 나는 각 손에 무기를 쥔 채 소파 위에 다리를 쭉 뻗고 누운 뒤 양손을 가슴 위에 포개 놓는다. 바롱은 여전히 팬티 차림으로 서서 천장을 뚫어지게 바라보고 있는 나를 바라본다. 잠이 오지 않는다. 피곤하지 않다. 그가 거기 서 있는 게 짜증난다. 나는 그를 내쫓는다.

“가서 주무시죠. 다시 뵐 때면 결정이 돼 있을 겁니다.”

나는 소파 위에 혼자 누워 있다. 천장 둘레에는 석고 쇠시리와 장식된 코니스가 있다. 그리고 하얀 천장 한가운데는 구리

덮개가 씌워진 조잡한 등이 매달려 있다. 방으로 미풍이 불어오고 무거운 등이 천천히 흔들린다. 가끔씩 거리에 차가 지나갈 때마다 빛이 짧게 등을 비춘 뒤 곧 이어 노란 조각들이 그 주위로 퍼진다. 일주일 전만 해도 나는 나를 둘러싼 세계 속에서 강철처럼 강하다고 믿고 있었다. 나는 주위 세계의 지속성을 믿었고, 역사 없는 그리고 질문도 의혹도 없는 삶을 준비하고 있었다. 그런데 모든 것이 달라졌다. 세계가 통째로 뒤바뀐지 일주일이 되어 간다. 그리고 나는 이미 내가 죽여야 했던 사람들의 수를 셀 수 없다. 멀지 않은 곳에서 아이들이 뛰놀며 고함을 지르는 소리가 들린다. 학교 운동장에서 들리는 것 같다. 아마도 신학기의 첫 레크리에이션 시간이겠지. 그들은 아이들을 어떻게 바꿔 놓았을까? 계획대로 아이들을 만들기 위해 정말로 꿈꾸는 것을 금지시켰을까? 나는 일어난다. 밖으로 나가기로 결정한다. 아이들이 노는 것을 보면 그들이 내게 요구하는 일을 할 수 있는 힘이 남아 있는지 알게 될 것이다. 아파트 열쇠는 여전히 악마 형상을 한 얼굴의 뿔에 걸려 있다. 나는 열쇠를 집는다. 소리 나지 않도록 문을 닫는다. 긴 나선형 계단은 삐걱거리지 않는다. 나는 뜰까지 조용히 내려간다. 뜰은 햇빛이 들지 않기 때문에 어둠에 싸여 있다. 나는 거리로 나가 걷는다. 날씨가 더워지기 시작한다. 나는 선글라스를 제대로 썼는지 확인하고 고함소리와 웃음소리를 따라 계속 길을 간다. 나는 대로의 모퉁이에서 잠시 멈춘다. 멀지 않은 곳에 햇빛을 가득 받고 있는 작은 카페가 있다. 나는 카페테라스에 앉는다. 따뜻하다, 아주 좋다. 에스프레소와 크루아상을 시킨다. 알파벳 'i' 처럼 삐쩍 마른 웨이터가 내가 주문한 것을 가져오기 위해 서두른다. 나는 돈을 지불한 뒤 휴식 시간을 즐긴다. 사람들이 지나간다. 모두 갈색 머리나 금발의 백인이다. 단정한 옷차림을 했고, 매우 바삐 움직인다. 각자 더 이상 미룰 수 없는 일에 대한 생각에 몰두하고 있는 것 같다. 극빈자나 건달이나 구걸하는 사람은 없다. 모두가 청결하고 깨끗하다. 그것은 건너편 정육점도 마찬가지다. 나는 연한 분홍색과 붉은 핏빛의 고기 조각, 일렬로 매달린 넓적다리, 한쪽에 쌓인 목과 다리, 그리고 내장이 든 항아리들을 바라본다. 그 앞에서 사람들은 얌전히 줄을 서 있다. 그들은 행동도 조심스럽고 말도 절제되어 있다. 길을 지나가는 운전자들도 이상하게 공손하다. 나는 커피를 마저 마시고 일어선다. 레크리에이션 시간이 곧 끝날 것이다. 그전에 빨리 아이들이 노는 모습을 보고 싶다. 학교 운동장의 높고 긴 철조망이 나타난다. 운동장은 비어 있다. 나는 오랫동안 모래밭과 화단, 시소, 높은 사각 창문들을 바라본다. 학교 지붕의 커다란 스피커에서 고함소리와 웃음소리가 흘러나와 모든 거리로 울려 퍼진다. 나는 반복되는 똑같은 소리에 주의 깊게 귀를 기울인다. 나는 건물 내부를 들여다본다. 아무것도 볼 수 없다. 건물 안이 너무 어둡다. 나는 철조망을 붙잡고 올라가 더 자세히 쳐다본다. 아이들도 교사도 아무도 없다. 나는 힘이 빠진 채 내려와 돌아서서 지나가는 사람에게 소리친다.

"보셨나요? 아이들이 없습니다… 저기 운동장을 보세요, 저 소리들은 녹음된 겁니다."

"왜 이러세요? 비켜 주시겠어요?"

남자는 가버린다. 넥타이를 맨 젊은 비즈니스맨이다. 나는 그에게서 몸을 돌린다. 한 중년 부인이 카터를 끌며 다가온다.

"보셨습니까, 부인? 아이들의 고함소리는 녹음된 겁니다. 아이들은 어디에 있죠?"

부인은 고개를 숙이고 손을 내저으며 아무 말도 하지 않는다. 사람들은 내가 지금 여론 조사를 하고 있는 거라고 착각하는 것 같다. 나는 도움을 바라는 눈길로 몸을 돌리고, 다시 몸을 돌린다. 길 건너편에 젊은 여자가 있다. 나는 길을 건넌다. 종이 울린다. 레크리에이션 시간이 끝나는 것이다. 나는 여자에게 소리친다.

"들으셨나요? 아이들 소리는 녹음된 겁니다. 웃음소리와 종소리 모두 스피커에서 나오고 있어요. 보세요, 맙소사."

여자는 내게 미소를 짓고 그렇다는 뜻으로 고개를 끄덕이지만, 내 말 뜻을 이해하는 것 같지는 않다. 그녀의 눈은 빛이 없다. 팔은 이리저리 흔들리고 자세는 어색하다. 나는 학교 쪽을 향해 팔을 뻗어 가리켜 보인다. 여자와 함께 바라본다. 중년 부인과 젊은 남자가 반대편 도로에서 멈추어 선다. 그들은 예전 게시판 자리에 설치된 커다란 거울을 바라보며 전화를 건다. 내 팔이 힘없이 내려온다. 소용없다. 나는 다시 여자에게로 돌아선다. 그녀도 핸드백을 뒤진다. 나는 머리를 숙인 채 돌아보지 않고 빠른 걸음으로 그곳을 떠난다. 나는 오른쪽 골목으로 들어선 뒤 다음에는 왼쪽 골목으로, 그리고 다시 오른쪽 골목으로 뛴다. 마침내 포석이 깔린 작은 골목으로 숨는다. 도시 건물들 위로 긴 사이렌 소리가 들린다. 소리는 물결치고, 벽에서 반사되거나 튀어 오르고, 마침내 가까이서 들린다. 푸른색 줄무늬의 자동차 한 대가 매우 빠른 속도로 지나간다. 나는 쓰레기통 뒤에 몸을 숨기고 차가 지나가기를 기다린다. 한참 후 나는 쓰레기통 뒤에서 나와 처음에 내가 왔던 길로 되돌아간다. 나는 사람들 눈에 띄지 않도록 조심하면서, 양지는 피한 채 사람들 곁을 서두르지 않고 지나간다. 바롱 삼디의 아파트까지 온다. 건물 차고 문 앞에 경찰 밴 세 대가 주차되어 있다. 나는 잠시 걸음을 멈추고 지켜본다. 조금 지나 정치국 경찰 한 소대가 건물에서 나온다. 나는 주위에 서 있는 차들 사이로 뛰어든다. 그들이 저기에 있다. 그들이 우리가 있는 곳을 찾아냈다. 공포가 엄습한다. 아랫배가 아프고 피가 얼어붙는다. 나는 다리에 힘이 빠져 땅바닥에 주저앉는다. 어떻게 해야 하지? 어디로 가야 하지? 아이들은 모두 어떻게 됐지? 손가락이 시려온다. 아무것도 생각할 수 없다. 나는 크롬 강철 범퍼를 바라본다. 내 모습은 여전히 비춰지지 않는다. 나는 침착함을 되찾기 위해 노력한다. 두려워할 필요 없다. 나는 이미 죽은 사람이다. 죽는 것보다 더 나쁜 일은 일어날 수 없다. 나는 이렇게 생각하며 천천히 일어선다. 땀에 젖은 더러운 옷이 싸늘해진다. 나는 돌아보지 않고 고개를 숙인 채 길을 떠난다. 오토바이를 가지러 간다. 에피네로 돌아갈 것이다. 아마도 흑인들이 돌아와 있을 것이다! 그들이 나를 숨겨 줄 것이다! 나는 오토바이를 버린 곳을 향해 길을 걷는다. 그러나 나는 곧 환멸에 휩싸인다.

오토바이를 버린 장소는 봉쇄되어 있다. 경찰들이 호기심을 갖고 몰려드는 사람들을 멀리 내쫓기 위해 바삐 움직인다. 하얀 상의를 입은 몇몇 연구자들이 기계 주위에서 바삐 움직인다. 그들은 천천히 무언가를 관찰하고, 채취하고, 주의 깊게 바라보고, 노트한다. 그들은 바퀴 달린 그 기계를 이상한 원 모양으로 둘러싼 채 두려운 듯 그것을 다룬다. 그들은 털이나 상처 딱지를 찾는 것 같다. 그러나 그것들은 오토바이 주인과는 아무 상관없다. 견인차가 아름다운 그 기계를 실험실로 끌고 가기 위해 기다리고 있다. 엘렌은 다시는 자기 오토바이를 보지 못할 것이다. 다른 경찰들이 내 주위에 서서 구경하고 있는 사람들에게 질문한다. 도대체 그들은 왜 나를 알아보지 못할까? 그들 중 나와 가장 가까이 서 있는 경찰은 한 뼘도 되지 않는 곳에 있다. 그러나 그는 나를 보지 않는 것 같다. 혹은 내 쪽으로 몸을 돌리기를 원하지 않는 것 같다. 나는 숨을 한 번 크게 쉬고서 길을 되돌아간다. 아파트로 돌아가야 한다. 거리에는 사람이 없다. 나는 벽에 바짝 붙어 걷는다. 날씨는 찌는 듯 덥다. 그래서 건물의 시원한 그늘 안으로 들어섰을 때는 고마움까지 느낀다. 나는 이제는 친숙한 계단을 한 번 더 오른다. 바람에 실려 위층으로부터 자극적인 냄새가 풍겨 온다. 층계참에 도착한다. 배전함은 부서졌고, 신발장은 없어졌다. 문은 봉인되었다. 나는 그것에 신경 쓰지 않고 열쇠를 꺼내 문을 연다. 봉인이 비스킷 갈라지는 소리를 내며 뜯어진다. 이곳에서는 냄새가 더 강렬하다. 거기에는 무언가 뜨뜻하고 끈적끈적한 것이 있다. 집안을 한 번 둘러보니 모든 것이 예전처럼 정돈되어 있는 것 같다. 나는 안으로 들어간 뒤 문을 닫는다. 안에는 사람도 없지만, 수색한 흔적도 없다. 나는 부엌에서 물을 마시고 바깥을 바라보며 잠시 서 있다. 나는 잔을 내려놓고 마루를 건너가 방을 들여다본다. 침대는 정돈되어 있다. 벽장에는 아무것도 없다. 작은 테이블에는 물 컵이 하나 놓여 있다. 나는 소변을 보기 위해 화장실로 들어간다. 그러고는 냄새에 관해 이해한다. 이러리라고 생각했어야 했다.

사방에 핏자국이 있다. 욕조에, 바닥에, 천장에. 사방에. 몇 리터의 피가 잔뜩 튀었다. 살점이 붙은 이빨들이 개수 구멍을 막고 있다. 나는 눈을 감고 뛰어 나온다. 마룻바닥에 나의 커다랗고 끈적끈적한 발자국이 찍힌다. 바롱 삼디는 이제 없다. 그들은 그를 어떻게 했을까? 나는 잠시 침대에 앉아 호흡을 가다듬는다. 나는 그가 내게 요구한 일을 할 것이다. 그들은 응당 죽어야 한다. 그 여자와 아이들을 죽일 것이다. 그리고 해방감을 느낄 것이다. 총은 여전히 주머니 속에 있다. 나는 그것을 꺼내 바라본다. 검고 작은 그 리볼버의 탄창에는 총알이 네 발 들어 있다. 그런데 총알을 다 세기도 전에 현관문이 열린다. 경찰들이 들어온다. 두꺼운 회색 방탄조끼를 입은 그들은 서로 아주 잘 어울리는 헬멧과 장화를 갖추었다. 허리 뒤쪽으로 무기를 찼다. 그들은 잠시 우물쭈물한다. 그들의 눈빛에서 한순간 공포의 빛이 나타났다 사라진다. 나는 아무런 감정의 동요 없이 그들에게 차례로 총구를 겨누어 하나씩 쓰러뜨린다. 총알 두 발이 발사되어 머리통 두 개를 꿰뚫는다. 피가 한 번씩 솟는다. 안이 노출된 뒤몽테의 머리가 생각난다. 지금은 다르다고 생각한다. 머리가 날아가거나 터지는 것도, 피가

분출하는 것도 아니다. 다만 작은 구멍이 하나씩 생기고, 피가 한 번씩 나왔을 따름이다. 총알의 종류가 다르기 때문이라고 나는 생각한다. 두 몸이 마룻바닥 위에 아무렇게나 누워 있다. 그들 중 하나는 넘어지면서 작은 테이블을 부쉈다. 나는 모두 그대로 놔둔 채 일어나 갈고리를 들고 떠난다. 총알 두 발이 남았다. 방드르디가 돌아오면, 아버지가 헛되게 죽지는 않았다는 것을 알 것이다.

나는 소리 나지 않게 문을 닫은 뒤 거리로 나간다. 지향 없이 길을 간다. 서류를 보며 생각할 수 있는 조용하고 안전한 장소가 필요하다. 나는 거리를 돌아다니는 동안에도 아이들이 어디에도 없다는 걸 확인한다. 마당이나 광장, 혹은 상점이나 거리를 볼 때마다 집요하게 아이들을 찾지만 소용없다. 임신부도, 유모도, 아이도, 유모차도 없다. 이상하게 조용한 이 지역에서는 녹음된 아이들의 소리만 들린다. 배가 고프다. 생각하기 전에 먼저 먹어야 한다. 나는 시간이 많지 않다는 것을 안다. 눈에 띄는 식당들 중 괜찮아 보이는 레스토랑 앞에 멈추어 선다. 진한 초록빛 외벽 일부가 굵은 포도나무 줄기로 가려져 있다. 그리고 포도나무에는 하얀 포도송이들이 매달려 있다. 금빛 테두리를 한 게시판에 정성스런 글씨로 말할 수 없이 비싼 요리들의 이름이 적혀 있다. 카솔레트, 프왈레, 프리카세라는 이름들이 입맛을 돋우는 호화스런 문구와 함께 줄줄이 나열되어 있다. 카펫이 있는 조용한 곳에서 식사를 하고 싶다는 생각이 강하게 나를 사로잡는다. 나는 들어간다. 분위기가 사치스럽고 카펫도 푹신하다. 웨이터가 외투를 받기 위해 걸어온다. 나는 위에 아무것도 걸치지 않았다. 그런데 지배인이 거만하고 경멸 어린 태도로 인사한다. 나도 차갑고 오만한 태도로 응수한다. 나는 테이블을 고른다. 그런 다음 테이블을 바꾸겠다고 요구한다. 레스토랑은 아주 넓다. 하얗고 가는 대리석 기둥들이 천장의 아치를 받치고 있다. 벽에 걸린 그림들에는 옛 스페인 귀족들의 수렵 장면이 그려져 있다. 나는 어디에서 냄새가 난다고 말하며 다시 자리를 바꾼다. 웨이터들은 내 말을 따라 재빨리 실행에 들어간다. 그들은 허리를 굽히고 몸을 꼰다. 카펫 위에 떨어져 있는 커다란 흰 애벌레들 같다. 불편한 접시들을 치운 뒤 아페리티프와 같이 나온 요리를 마구 집어 먹은 다음 바지에서 서류를 꺼낸다. 뒤에 서 있는 웨이터는 아무것도 못 본 척한다. 내가 서류철을 열려는 순간 그들이 메뉴판을 가져온다. 나는 아무것이나 고른 뒤 소믈리에[레스토랑이나 바에서 포도주만을 전문적으로 다루는 사람]를 내쫓고 빠르게 서류를 읽기 시작한다. 메나르는 포흐 가[개선문과 에트왈르 광장 근처의 번화가]의 정원이 딸린 특이한 18세기 식 건물에서 산다. 페이지 하나에 사진 두 개와 그림 하나가 있다. 부르주아다운 호화스런 집의 정면과 정원을 찍은 사진과, 방들의 배치 구조를 간단히 크로키한 그림이다. 무장한 여섯 명의 보초와 일렬로 설치된 카메라들이 보인다. 메나르의 요새는 녹스[미국 켄터키 주에 위치한 군사 기지. 국가의 금괴들이 보관되어 있다]의 요새보다 더 난공불락이다. 그가 국가의 특별 기관에서 일을 하고 있다는 것은 분명하다. 그는 실험 연구의 책임자다. 그러나 그가 구체적으로 어떤 일을 하고 있는지는 자세히 적혀 있지 않다. 서류에 가정부와 청소부들에 대한 정보까지 실려 있는 걸 볼 때, 이것은 조금 이상하다. 메나르의 간략한 신상 정보가 있다. 43세, 파리 출생, 유기화학 박사 학위, 12년 전 결혼(사진), 14년 전부터 국민당 당원, 두 딸(사진), 두 대의 자동차(사진), 두 채의 집(사진). 두 번째 집이 눈길을 끈다. 메나르의 가족은 거의 모든 주말을 파리에서 100km 떨어진, 파리의 엘리트들이 모여 사는 욘에서 보낸다. 오늘은 토요일이다. 제 시간에 맞췄다. 아스파라거스로 만든 미트롤이 나온다. 나는 서류 읽는 것을 멈추고 맛을 본다. 완벽한 맛이다. 그러나 나는 감정을 전혀 드러내지 않는다. 소믈리에가 300유로짜리 와인을 따를 때에도 나는 계속 무표정하게 앉아 있는다. 나는 가보라는 손짓을 한 뒤 음식을 마구 입속에 집어넣는다. 나는 이것이 최후의 만찬이라는 것을 안다. 메나르가 살고 있는 곳에 대한 설명은 충분하다. 몇 개 그림과 사진들을 통해 그곳의 지형을 알 수 있다. 숲에 골프장, 테니스장, 수영장, 사우나실, 승마장이 있다. 국가지도자들로 하여금 대중들과 부딪힐 필요 없이 편히 발 뻗고 쉴 수 있도록 한곳에 호화스런 작은 건물들이 마련되었다. 그 시설들을 더 이상 나열할 필요는 없겠다. 내 고객의 집에는 굵고 붉은 십자가가 표시되었다. 웨이터가 참견한다.

"손님, 불편한 것이 있으십니까?"

나는 주위를 둘러본다. 아무도 없는 듯한데, 다시 나를 부르는 소리가 들린다.

"아스파라거스가 마음에 안 드시나요?"

나는 무슨 뜻인지 이해하고 두 숟가락 먹은 뒤 계속 설계도를 들여다본다. 나의 앙트레[식전에 먹는 음식]가 식었다. 나는 그것을 손가락으로 가리키며 말한다.

"다시 데워 주시죠. 그리고 제게 말 걸지 말아 주세요."

웨이터는 프로다. 눈썹 하나 움직이지 않고 허리를 숙인 뒤 접시를 가져간다. 나는 다시 일에 몰두한다. 집 내부를 보여주는 설계도는 없다. 대신 그것을 대충 파악할 수 있는 매우 낡은 전단지 같은 종이가 하나 있다. 이곳은 군사 기지가 되기 전에는 도시 사람들이 여가를 즐기던 곳이었다. 엽록소를 원하지만 시골까지 가기 싫은 사람들을 위한 곳이었다. 사진에서는 아이들이 수영장에서 활짝 웃고 있는 감동적인 모습이 보인다. 한 중년 남자의 모습도 보인다. 그는 군데군데 여러 색의 점이 찍힌 초록색 잔디를 배경으로 골프채를 휘두르고 있다. 고속버스는 파리-플라스-디탈리에서 출발한 뒤 사빈니라는 마을에서 정차한다. 매우 서둘러 인화를 했기 때문인지 어둡고 흐린 폴라로이드 사진이 한 장 있다. 거기에 찾아가야 할 곳의 입구가 보인다. 거대한 철문이 가시철책 한가운데서 기요틴처럼 서 있다. 야간 침입자들에게 언제든 빛 세례를 퍼부을 준비가 되어 있는 커다란 감시탑도 있다. 케블라 방탄복을 입은 군인들이 전류가 흐르는 철조망을 따라 순찰을 돈다. 접시가 되돌아온다. 주방 견습생이 데웠겠지. 나는 서류를 덮은 뒤 이번에는 맛있게 먹는다. 그리고 마신다. 나는 고통이 가실 때까지 황홀하게 먹고 마시고 소화를 한 뒤 담배를 피운다. 지폐를 세는 동안에도 입 안에는 갈색 달팽이와 멍게 프리카세가 들어 있다. 나는 팁을 전혀 주지 않는다. 일어나면서 비틀거린다. 빈 병 두 개가 테이블 위에서 나를 가만히 지켜본다. 세 번째 병이 얼음통 속에 비스듬히 누워 죽어 가고 있다. 나는 그것을 병째 마신 뒤 거리로 나간다. 웨이터들이 한 줄로 서서 수없이 인사를 한 뒤 문을 닫는다. 나는 다시 혼자가 되어 길 위에 서 있다. 나는 결정을 내린다. 플라스-디탈리로 가야 한다. 나는 버스를 매우 싫어한다. 지하철을 탈 것이다.

그러나 나는 버스를 탈 것이다. 지하철 입구에서 입을 크게 벌리고 있는 구멍을 본 순간, 나는 땅 아래서 여행할 생각이 전혀 없다는 것을 깨닫는다. 아르 누보 양식[20세기 초에 유럽에서 유행했던 아르 누보는 호화롭게 치장된 곡선 위주의 장식을 특징으로 한다]으로 장식된 지하철 입구가 쇠로 된 초록색 몸을 마구 비틀며 식성 좋은 말미잘처럼 나를 기다리고 있었다. 나는 도로 위에서 거대한 튜브 같은 버스가 나타나기를 참을성 있게 기다린다. 다른 사람들도 나와 함께 정류장 부스 앞에 서서 얌전히 차를 기다린다. 쪽진 회색 머리에 영국 여왕처럼 핸드백을 든 노부인이 이따금씩 내게 의심스런 시선을 던진다. 그러나 내가 정말로 불안하게 느끼는 것은 청조끼를 입은 젊은이다. 그의 워크맨은 내게까지 들린다. 그는 나를 뚫어지게 바라본다. 그는 내가 선글라스 뒤에서 그를 감시하고 있다는 것을 모른다. 나는 그가 나의 정체를 알아차리지 않았을까 의심한다. 그는 이곳저곳에 피어싱을 했지만, 지적이고 날카로워 보인다. 나는 만일 그가 휴대폰을 꺼낸다면 그 자리에서 그를 때려눕히겠다고 생각한다. 노부인과 젊은이가 잠시 서로를 바라본다. 나는 그들이 공모의 시선을 주고받는 것이라고 생각한다. 나는 철로 만든 의자에 앉는다. 버스는 여전히 오지 않는다. 하얀 티셔츠와 검은 가죽 잠바에 청바지를 입은 덥수룩한 머리의 40대 남자가 우리들의 대열에 합류한다. 남자가 젊은이에게 머리를 끄덕이며 어떤 신호를 보낸다. 왜 서로 인사하지? 예의 때문일까? 서로 아는 사이일까? 이웃일까? 가끔씩 마주치는 사람일까? 아니면, 서로 머리를 끄덕인 다른 이유가 있는 걸까? 그 사내는 서서 기다린다. 그는 버스가 오기를, 혹은 원병이 오기를 기다리는 것처럼 도로가 끝나는 지점을 규칙적인 간격으로 바라본다. 나의 불안감은 커진다. 길 건너편에서는 한 남자가 주차된 차 안에서 핸들을 잡고 뭔가를 기다리고 있다. 창문은 열려 있고, 그는 아무런 동작도 하지 않는다. 그는 기다리면서 길을 바라본다. 나는 자리에서 일어난다. 옷 속 리볼버의 단단하고 차가운 총신이 느껴진다. 요원이 넷, 총알이 두 발. 만일을 위한 갈고리. 일을 마무리하기 위해서는 이것이 필요할 것이다. 그러나 나는 날이 있는 도구는 사용하고 싶지 않다. 중세식 도구를 사용하기에 이곳은 너무 도시적이다. 나는 셔츠 속으로 손을 넣어 리볼버를 쥐고는 과녁을 겨눌 준비를 한다. 한 명, 두 명. 쉬운 일이다. 몸을 조금 움직이면 된다. 매우 가까이 있기 때문에 토르소를 겨냥하는 것은 식은 죽 먹기다. 그러나 확실히 하기 위해 머리통을 겨누고 싶다. 그것이 완벽한 해결책이고, 어떤 의미에서는 프로다운 일이다. 그런데 머리는 상반신보다 조준하기 어렵다. 그리고 총알은 두 발뿐이다. 총 알 두 발로 두 개의 풍선을 터트린 뒤, 배가 터진 곰 인형처럼, 창자를 볼 수 있다. 헤이, 이봐!

나는 우리 앞에서 정차하기 위해 다가오는 대형 버스 때문에 생각에서 빠져 나온다. 버스 때문에 잠시 해가 가려진다. 얌전히 기다리고 있던 사람들이, 갑자기 나에 대해 무관심해지고, 돌아보지도 않고 차에 오른다. 나도 그들과 함께 차에 오른다. 나는 정신이 없었다. 단순한 인상 하나만으로 무고한 그들을 죽이려 했다. 나는 차표를 산 뒤 조금 더 침착해지자고 마음을 먹으면서 버스 안쪽으로 들어간다. 나와 함께 있던 아무개 씨들 셋은 같은 자리에 앉는다. 아무 말 없이 서로를 바라본다. 버스 안은 넓고 쾌적하고 조용하다. 지금은 한가한 시간이다. 나 혼자만 서 있다. 무엇을 읽는다거나 창밖을 보는 사람은 없다. 모두가 시선을 허공에 고정시킨 채 무릎 위에 손을 올려놓고 전혀 움직임 없이 앉아 있다. 내가 바라보는 이 새로운 세계에는 무언가 비정상적인 것이 있다. 아이들이 없는 도시. 말이 없는 도시. 그리고 호기심에 가득 찬 도시. 그 시선들은 내게 닿고 나를 이리저리 살피며 차가운 괄태충처럼 내 몸 위를 이리저리 기어 다닌다. 여기서 살육한다는 것은 불가능하다. 버스는 반이 빈자리이지만 적어도 서른 명이 탔다. 차문 근처에 앉아 사람들의 태도와 움직임을 감시하는 것이 더 낫겠다. 휴대 전화 벨이 울린다. 나는 이번에도 소스라치게 놀란다. 두 승객이 나를 뚫어지게 바라본다. 한 남자가 전화기를 꺼내 통화한다. 그리고 몇 마디 대화하고 전화를 끊는다. 만일 그가 통화 중에 뒤를 돌아보기라도 했다면, 나는 그의 머리통을 날려 버렸을 것이다. 실제로 그는 뒤돌아본다. 나는 긴장하고 다음 순간을 기다린다. 아무 일도 일어나지 않는다. 마을들이 지나가고 사람들이 오르내린다. 우리는 매우 혼잡한 넓은 도로와 시원한 분수가 있는 작은 광장들을 지나친다. 천천히 흐르는 갈색의 센 강이 산의 흙을 조금씩 바다까지 실어 나른다. 버스는 매우 부드럽게 길을 오르내린다. 그러고는 지상 선로를 받치는 회색 기둥들을 따라 나 있는 오피탈 대로로 올라간다. 마침내 플라스-디탈리다. 나는 침착하게 버스에서 내린 다음 장거리 버스표를 사기 위해 매표소까지 간다. 나는 사빈니 행 편도를 끊고 돈을 지불한다. 그리고 여인상들이 있는 분수대까지 걸어가 꼭지에서 흘러내리는 물을 마신다. 덥다. 나는 정차해 있는 장거리 버스에 오른다. 버스 안은 숨이 막힐 정도로 덥다. 나는 구석에 앉아 유리창에 몸을 기댄다. 좌석이 하나둘씩 차는 것을 지켜본다. 많은 사람들이 나들이 차림을 했다. 전원에 있는 자기 집으로 돌아가는 사람들일 것이다. 몸집이 큰 붉은 코의 남자가 내게서 멀지 않은 곳에 앉는다. 다부진 체격의 그는 강인해 보인다. 두꺼운 목은 황소 목보다 더 굵고, 큰 손에는 못이 박여 있다. 나이가 들면서 짙은 콧수염은 하얗게 변했다. 푸른 눈동자도 생생한 빛을 잃었고, 등은 굽었다. 갈색 코르덴 바지가 웃옷과 잘 어울린다. 거친 천으로 짠 두꺼운 셔츠를 입었다. 그는 조심스럽게 무릎 위에 비닐 봉지를 올려놓은 뒤 거기서 작은 책을 꺼낸다. 가죽 장정의 책에 가는 천의 주황색 책갈피가 끼어 있다. 그의 누렇고 두꺼운 손톱이 책의 하얀 종이와 선명한 대조를 이룬다. 그는 대도시에 무슨 일을 하러 왔을까? 나는 그가 어떤 곳을 읽고 있는지 보기 위해 책에 시선을 집중한다. 〈요한복음 13장

18절〉. 저런 것을 읽지 말라는 법은 없지만, 나는 당국에서 저런 것을 읽을 수 있도록 허락했다는 사실에 놀란다. 나는 책이 갖고 있는 전복적인 힘에 대해 생각해 본다. 버스에 사람이 가득 차고 운전사도 버스를 출발시키기 위해 오른다. 그는 시동을 걸고 에어콘도 켠다. 잠시 동안 내 등이 얼음처럼 차가워진다. 그때 경관 두 명이 차에 올라 우두커니 서서 우리들을 뚫어지게 쳐다본다. 그들을 본 순간 내 머릿속에서 모든 생각이 사라진다. 내 손가락 끝이 떨린다. 푸른색의 긴 가죽 잠바를 입은 그들은 승객들의 신분증을 하나씩 확인한다. 나는 이런 것을 예상하지 못했다. 명시적으로 금지되지 않은 행동도 감시당하고 있다. 나는 버스 구석에 앉아 움직이지 않고 기다린다. 탑승자들이 버스표와 신분증을 제시하면 그들은 그것을 받아 읽는다. 신분 확인은 빠르게 이루어진다. 그들은 조금씩, 어김없이 내게로 다가온다. 어떻게 할까? 무엇을 보여 주지? 가짜 신분증명서? 당원증명서? 둘 모두? 아니, 그럴 수 없다, 서로 이름이 틀리다. 그들은 지금 내 가까이에 와 있다. 내 가까이 있는 경관이 성경을 읽고 있는 그 남자에게 신분증을 요구한다. 경관이 그를 내려다보는 순간 남자도 고개를 든다. 그는 책에 빠져 있었기 때문에 그들이 하는 말을 듣지 못했던 것 같다. 그런데 나는 그의 귀 뒤에 보청기가 꽂혀 있는 것을 본다. 그는 아무것도 듣지 못한 채 차 안에서 일어나는 일을 보지 않고 있었다. 그는 깜짝 놀라 순간적으로 책을 덮는다. 경관이 그것을 뺏으려 한다.

"주시죠!"

그는 보기보다 날렵하다. 그는 지방질이 있는 몸이긴 하지만 빠른 동작으로 경관에게 번개 같은 주먹을 먹인다. 경관은 턱을 강하게 한 대 맞고 공중으로 튀어 오르더니 바닥에 등을 대고 뻗는다. 그러고는 더 이상 움직이지 않는다. 돼지고기와 화주로 단련된 노인은 강하다. 그의 불끈 쥔 손은 바위처럼 단단하고, 눈에는 시퍼런 날이 섰다. 그러나 경관들은 프로다. 나는 옆에 서 있던 다른 경관이 눈썹 하나 까딱하지 않고 전기 곤봉을 꺼내는 것을 본다. 노인은 책으로 곤봉을 막고 버스 통로에서 빠져 나가려고 몸부림치지만 실패한다. 한순간 푸른색 광선이 그의 신경 조직을 태운다. 강렬한 빛 때문에 순간 내 눈앞도 캄캄해진다. 버스 안에 불에 그슬린 돼지고기 냄새가 진동한다. 모두 가만히 앉아만 있다. 나도 가만히 앉아 있다. 노인은 버스 중앙 통로에 뻗어 있다. 그의 손에 있던 책에서 연기가 난다. 경관은 그의 무기를 집어넣고 아무렇지도 않은 듯 말한다.

"끝났습니다, 승객 여러분. 협조해 주셔서 고맙습니다. 몇 분 내로 운반조가 도착하면 떠나실 수 있을 겁니다."

떠난다. 내게는 '떠난다'는 한 가지 생각밖에 없다. 어쨌든 나는 다른 사람들과 마찬가지로 무표정하게 앉아 있어야 한다. 시간이 조금 흐른 뒤 운반조가 도착해 사진을 찍고는 두 몸을 커다란 검은 비닐에 싼다. 그 뒤 더러운 인간 청소부들은 떠난다. 차문이 닫히고 실내는 조용해진다. 우리는 출발한다.

X

장거리 버스는 7번 국도를 따라 남쪽을 향해 곧장 나아간다. 버스는 현대적으로 쾌적하게 설계되었다. 차의 여러 가지 기술적 장점들이 커다란 붉은 글씨로 뒤편 유리창에 쓰여 있다. 나는 차츰 긴장이 풀리고 고요함을 즐긴다. 경관은 심문 작업을 계속 진행하지 않았다. 그로서는 다행한 일이었다. 나는 다른 것을 생각해 보려 한다. 버스가 달리는 동안 나는 간선도로의 지나간 영광을 떠올린다. 이 길은 고속도로가 생기면서 예전의 명성을 잃어버렸다. 나는 이전에 여행자들이 항상 들르곤 했던 호화 호텔들이 스쳐 지나가는 것을 바라보면서 마음 깊은 곳에서 향수를 느낀다. 그것들은 청소를 하는 사람도, 들르는 손님도 없이 지금은 더럽고 우울한 벙커가 되었다. 커다란 건물 하나가 내 주의를 끌며 연민을 불러일으킨다. 그것은 전성기 때 흰 외벽과 영국식 지붕을 갖춘 훌륭한 호텔이자 레스토랑이었다. 그리고 옆으로 작은 객실 건물이 길게 붙어 있었다. 지금 그것은 버림받고 죽어 간다. 잔디밭은 황무지가 되었고, 주차장 표면은 망가지고 부식되었다. 누렇게 변한 건물 정면 이곳저곳에는 창도 문도 아닌 구멍들이 뚫려 있다. 그것을 바라보며 나는 해골바가지를 떠올린다. 차가 나를 실어가는 동안 그 텅 빈 두개골도 시야에서 사라진다. 차는 잔인한 도로가 한가운데를 거침없이 가로지르고 있는 과거의 마을들을 지난다. 나는 허물어지는 그것들을 바라보며 상처에서 피가 흘러나오기라도 하듯 잠시 눈을 감는다. 그러고는 파리 근교의 내 목적지를 향해 실려 간다.

폭풍우가 서쪽에서 다가온다. 이제 나는 거의 대부분의 시간을 미동도 않고 앉아 우리들 쪽으로 다가오는 거대한 적란운을 바라본다. 구름은 우뚝 선 바벨탑의 위협적인 그림자처럼 펼쳐진다. 한순간 구름이 으르렁거리며 해를 삼키고, 어둠이 짙어진다. 실내에 불이 켜지지만, 사람들은 모두 바깥을 바라보고 있다. 폭풍우가 우리들 위로 드리워진다. 억수같이 쏟아지는 물방울과 우박이 차 위에서 쇠구슬 구르는 소리를 낸다. 차가 흔들리고, 버스 운전기사는 이따금씩 불안정하게 핸들을 움직인다. 목적지가 가까워진다. 스피커는 차가 목적지에 도착한다는 것을 알린다. 버스는 이미 천천히 움직인다. 나는 무거운 물방울 커튼으로 뒤덮인 이국땅에 발을 내딛기 위해 일어난다. 걸쇠가 벗겨진 뒤 차문이 조용히 열린다. 순간 집들이 유령처럼 서 있는 희미한 모습의 마을이 내 눈에 들어온다. 나는 차에서 내린 뒤 정류장 부스까지 조금 걸어간다. 청소년 셋이 자신들의 스쿠터를 옆에 세워둔 채 망을 보며 아주 자유분방한 자세로 돌 벤치 위에 앉아 있다. 나는 그들 사이의 물기 없는 자리에 웅크리고 앉는다. 그들은 말없이 담배를 피운다. 나는 갑작스런 폭풍우가 그치기를 기다린다. 나는 곁눈질로 아이들이 나에 대해 얘기하고 있다는 것을 안다. 나는 몸을 돌려 그들을 노려본다. 분명 10대 중반이다. 얼굴에는 여드름이 잔뜩 났고 잔털도 조금 났다. 그들은 짐짓 여유로운 척하기 위해 노력하고 있는데, 그런 행동을 높이 평가하는 것 같다. 담배를 물고 있는 애가 내게 말한다.

"멋있는 폭풍우죠, 안 그래요?"

"응, 사빈니를 찾고 있는데, 어디로 가야 하지?"

"저기로요."

"이 마을에 철물점이 있니?"

"그럼요, 브레스쿠이유 할망구 댁요. 저 아래 담뱃가게 지나서요."

"그게 할머니 진짜 성이니?"

"아니요."

"불하고 담배 줄 수 있니?"

조무래기가 내 말에 따른다. 애가 담배에 불을 붙인 뒤 내게 내민다. 나는 그 애에게 고맙다는 표시로 머리를 끄덕인 다음 담배 연기를 깊이 들이마신다. 나는 그들을 쳐다본다. 그들은 불편해 한다. 갑자기 정류장 부스 안이 번쩍 하고 빛나더니 그와 동시에 무언가 내 가슴을 망치로 때리는 것 같은 충격이 전해진다. 나는 거의 쓰러지다시피 한다. 아이들이 일제히 일어난다.

"제기랄, 빌어먹을. 번개가 가까운 데 떨어졌어."

나는 얼얼한 상태에서 몇 초간 바깥을 바라본다. 천둥이 자동차 경보음 같은 소리를 낸 뒤 무심한 하늘에서 두 번 울부짖는 소리를 낸다. 나는 한 발 앞으로 나가 하늘을 올려다본 다음 담배를 바닥에 비벼 끈다.

"나를 찾고 있겠지. 여기서 시간을 끌어서는 안 되지."

나는 걷기로 한다. 비 때문에 낭패다. 만일 하늘의 주인이 나를 거두어가고 싶어 한다면 그렇게 하라지. 예전에 성당이었던 건물에서는 배수관마다 물이 넘쳐 흐른다. 나는 폭우 속을 뱀처럼 구불구불 걸어간다. 이어서 겉창이 닫힌 집들과 공중전화 부스로 둘러싸인 인적 없는 주차장을 가로지른다. 가게는 백 미터 정도 떨어져 있다. 나는 담뱃가게 앞을 멈추지 않고 지나간다. 안에서는 네온 형광등 하나가 팔꿈치를 괴고 앉은 몇몇 술꾼들에게 열대의 태양 역할을 하고 있다. 톱밥이 그들의 모래밭이고, 카운터가 그들의 해안이다. 그들 피부는 갈색으로 그을렸다. 나는 삶의 여행자들을 뒤에 남기고 온갖 색들로 장식된 아주 작은 가게 앞에 이른다. 여기저기 표면이 벗겨진 간판에 "브레시 잡화점"이라는 글이 쓰여 있다. 브레시, 브레스쿠이유. 나의 운명이 이 보잘것없는 여인에게 달려 있다. 악의를 가진 익명의 누군가가 칠이 된 벽에 눈에 매우 잘 띄도록 "지옥에나 가시지 브레스쿠이유"라는 글을 적어 놓았다. 나는 안으로 들어간다. 작은 종이 울린다. 상점은 비좁고 아주 낡았다. 안은 먼지로 뒤덮여 있고, 새 모이와 자동차 기름 냄새가 난다. 바닥에서 천장까지 얼기설기 엮인 선반과 작은 칸막이, 그리고 한쪽에는 음식과 옷을 제외하고 사람들이 필요로 할 수 있는 모든 것들이 쌓여 있다. 바닥에도 자유로운 공간은 몇 발자국밖에 되지 않는다. 세로로 세넷 발자국, 가로로 한 발자국. 꾸러미와 상자 그리고 작은 봉지들이 땅바닥에 일렬로 정렬된 뒤, 벽을 따라 무더기로 쌓여 있다. 물건들을 정돈하겠다는 생각은 도저히 할 수가 없다. 보통 못, 나사못, 연장, 가전제품, 페인트, 도료, 전기 소품, 그리고 각종 굵기의 철선들이 브레시 할머니의 경탄할 만한 동굴을 장식하고 있다. 카운터 위에는 침대 머리맡에나 있을 법한 전등이 있다. 거기서 퍼져 나오는 희미한 노란 빛은 형광등 두 개가 비추는 강한 빛 속에서도 사라지지 않고 남아 있다. 천둥 소리 때문에 유리창이 흔들리고, 빗방울이 문을 후려친다. 나는 잠시 혼자 있다. 그러는 동안 쌓여 있는 물건들을 자세히 관찰한다. 마침내 상점의 가장 안쪽에서 문이 열리고, 윤곽이 뚜렷한 어두운 사각형으로부터 나이를 알 수 없는 작은 여인이 조용히 걸어 나온다. 그녀는 소리 없이 아주 천천히 걸어와 나를 맞이한다. 그녀가 걷는 동안 정지해 있던 시간이 다시 흐른다.

"안녕하세요, 손님, 무엇을 찾으시죠?"

부인은 공손하고 가다듬은 톤으로 말한다. 목소리는 콧소리가 섞이기는 했지만 차분하다. 얼굴에는 미소가 보이지 않는다. 나는 그녀가 웃는 법을 잊어버린 것은 아닐까 생각한다.

"안녕하세요, 부인, 절단기 있습니까?"

"예, 물론 있습니다. 무엇을 자르실 겁니까?"

"철망을 자르려고 합니다, 부인."

그녀는 몸을 돌려 사다리 발판을 잡아 편 뒤 오른다. 나는 부인과 나 사이에 오고간 차가운 대화에 충격을 받는다. 나는 얼마 동안 내가 완전히 죽은 존재인 것처럼 느낀다. 사다리도 파는 것이다. 그녀는 슬리퍼를 끌고 있다. 나는 그녀를 관찰한다. 늙고 허약한 그녀는 자신이 팔고 있는 물건들만큼이나 많은 먼지로 덮여 있다. 나는 꽃무늬 블라우스를 입고 있는 그녀를 보며, 세월이 흘러 이렇게 시들기 전까지 그녀도 한때는 건강하고 아름다웠을 것이라고 생각한다. 그녀는 거의 천장까지 닿은 선반 맨 꼭대기에서 납작한 작은 회색 트렁크를 꺼낸 뒤 카운터에 올려놓는다. 트렁크를 연다. 가장 작은 것부터 가장 큰 것까지 크기별로 구분된 홈에 절단기들이 들어 있다. 그리고 홈은 나일론 망사로 싸여 있다. 단순한 작업부터 외과 수술에까지 쓰이는 절단기들은 크기만 다를 뿐 모두 같은 종류이다. 나는 검은 강철과 뾰족한 주둥이, 그리고 붉은 손잡이를 바라보며 경탄한다. 그녀는 내게서 찬사나 감탄사를 이끌어내기 위해 자신만만하게 고개를 끄덕이며 가방을 보여 준 뒤 내 쪽으로 내민다. 그러나 나는 감정을 전혀 드러내지 않는다. 나는 눈을 들어 그녀에게 말한다.

"가방 전부를 사겠습니다."

그녀는 조심스럽게 가방을 닫는다. 그녀의 눈이 잠시 빛난다. 그녀가 전자계산기를 두드리는 동안 그녀의 눈에서 계산기 액상 화면의 초록 형광이 반사된다.

"92유로 44상팀입니다, 손님."

나는 지폐를 꺼내 지불한다.

"여기 있습니다, 부인."

"고맙습니다."

그녀가 내게 가방을 내민다. 나는 가방을 움켜쥔다. 나는 지금 세일즈맨처럼 서 있다. 나는 밖으로 나가기 위해 몸을 반 바퀴 돌려 문으로 걸어간다. 비는 여전히 억수같이 쏟아진다. 그러나 나는 나가기 전에 생각을 바꾸어 다시 몸을 돌린다. 아직 완전히 일이 끝난 게 아니다.

"죄송하지만, 부인, 사빈니로 가려면 어디로 가야 하나요?"

그녀는 조금 주저하는 빛을 보인다. 아주 조금. 그러나 내 눈은 그 빛을 놓치지 않는다. 나는 나를 둘러싼 세계를 감시하며 일주일을 살았다. 나는 늙은 사람이건 무표정한 사람이건 사람의 마음을 읽을 줄 알게 되었다. 그녀는 대답한다.

"나가셔서 오른쪽 길로 들어선 뒤 마을 끝에서 차도로 이어지는 곳까지 가세요. 거기서 고속도로를 따라 길을 걸으세요. 약 5 킬로미터를 걸어 숲을 지나면 바로 입구가 있어요. 그곳에서 무얼 하시려는 거죠?"

"아이들을 보러 갑니다. 안녕히 계세요, 부인."

"안녕히 가세요, 손님."

나는 문을 연다. 작은 종이 다시 딸랑거린다. 나는 밖으로 나와 문을 닫은 뒤 쏟아지는 빗속을 걷는다. 마을은 우울한 회색빛에 싸여 있다. 몇몇 집들에 불이 켜져 있다. 나는 창문 안을 들여다본다. 그 내부는 슬프고 음산하다. 나는 계속 선글라스를 쓰고 있다. 어떤 때는 앞이 거의 보이지 않아 비틀거린다. 나는 노부인이 가르쳐 준 길을 그럭저럭 따라가 마을 입구에 이른다. '사빈니' 라는 글씨가 쓰여 있는 표지판을 지난다. 글씨 위에 빨간 줄이 그어져 있다. 나는 선글라스를 벗어 주머니에 넣는다. 주위에 거의 어둠이 깔렸다. 인적 없는 도로가 드넓은 평원을 가로지른다. 커다란 트랙터가 평원에서 느릿느릿 움직이고 있다. 그 중장비 기계가 도로 옆 흙길 위에서 커브를 돌기 위해 내게 다가온다. 거대한 금속 쟁기의 날카로운 날이 풀이 난 흙을 뒤엎는다. 땅 아래의 내용물들이 적나라하게 드러난다. 나는 도로를 벗어나 옆의 흙길을 걷는다. 물렁한 흙을 밟으며 편안함을 느낀다. 땅은 내게 힘과 용기를 주고, 나의 슬픔을 위로해 준다. 나를 희망으로 가득 채운다. 트랙터는 반 바퀴 돈 뒤 멀어진다. 그것은 곧 지평선 위에서 점이 될 것이다. 그동안 집요하게 흙을 고를 것이고, 마침내 땅에는 벌어진 살 같은 상처들밖에 남지 않을 것이다. 그래도 땅을 비옥하게 만들기 위해서는 그것을 갈아엎어야 한다. 그리고 거기서 무언가 태어나도록 하기 위해서는 그 표면을 벗겨 내야 한다.

내 머리 위의 검은 구름들이 차츰 동쪽으로 이동한다. 벼락도 먼 곳에 떨어지고 천둥소리도 멀리서 들린다. 주위에 조금씩 빛이 든다. 그러나 나는 어둠이 뒤로 물러나는 것은 다시 찾아오기 위해서라는 것을 안다. 곧 밤이 오고, 모든 빛이 사라질 것이다. 젖은 흙길을 걷는 동안 걷는 것이 점점 더 어려워진다. 흙이 내게 달라붙어 발을 붙든다. 흙은 같이 데리고 가길 원하는지 좀처럼 나를 놓지 않는다. 나는 신발 밑창에 두꺼운 진흙 덩어리를 붙인 채 힘들게 걸어간다. 미끄러지고 발목을 삔다. 무거운 흙덩이를 떼어내기 위해 갈고리로 몇 번 긁어본다. 소용없다. 나는 단념하고 끈적끈적한 찰흙과 함께 걷는다. 발을 옮길 때마다 거의 매번 비틀거린다. 내 앞 몇 백 미터 떨어진 곳에서 도로가 숲 속으로 사라진다. 브레스쿠이유 할머니는 정확하게 말했다. 나는 한 걸음, 한 걸음 계속 길을 간다. 마치 관중들의 환호성에 귀를 기울이듯 멀리서 트랙터가 울부짖는 소리에 귀를 기울인다. 숲 경계에 이르자 도로는 오른쪽 나무들 사이로 이어진다. 나는 다시 도로로 올라간다. 신발의 흙을 벗겨내기 위해 잠시 멈추어 선다. 조심스럽게 갈색 진흙을 떼어내 옆에 쌓아둔다. 갑자기 작은 언덕이 노란 빛으로 반짝인다. 나는 눈을 든다. 멀리 서쪽으로 지는 태양이 막 구름 속으로 들어갔다. 숲은 금빛으로 빛나고, 동쪽의 구름은 빛줄기를 뿜으며 붉게 물든다. 나는 그것들을 잠시 바라본다. 내가 지나온 저 아래 마을에는 불이 모두 꺼져 있다. 내 신발은 깨끗해졌다. 나는 몸을 반쯤 돌려 숲으로 들어간다. 그 순간 해가 저문다. 아멘.

나는 계속 걷는다. 비는 더 이상 오지 않는다. 그러나 나를 둘러싸고 있는 숲에서는 여전히 물방울 떨어지는 소리가 세차게 들린다. 도로에는 사람이 없다. 트렁크가 조금씩 무거워진다. 나뭇가지들이 내 위로 우아하게 원형 천장을 만들고 있다. 그것 때문에 나는 식물로 둘러싸인 긴 도관 속을 걷고 있다는 인상을 받는다. 도관의 끝은 보이지 않는다. 나는 도로변의 낙엽들을 밟는데, 그것들은 내게 달라붙지도 않고 밟히는 소리도 내지 않는다. 나는 이렇게 1km나 2km쯤을 걷는다. 작은 돌샘에서 흘러 나오는 물을 마시기 위해 잠시 멈추어 선다. 돌샘 주위는 예전에 사람들이 자주 지나다니던 코스였을 것이다. 샘물 바닥에서 소라고동 세 마리가 놀고 있다. 나는 잠시 그것들을 바라본 뒤 다시 출발한다. 그러나 더 이상 많이 걸을 필요는 없다. 몇 십 미터 앞에서 숲의 일부는 평지가 되어 있다. 쌓여 있는 나무 더미들 사이에는 우뚝 솟은 단단하고 커다란 나무들이 조금밖에 남아 있지 않다. 나무 더미들은 형광 물질의 세례를 받아 반짝인다. 그러나 나의 흥미를 끄는 곳은 나무들이 적나라하게 잘려 나간 그 빈터가 아니다. 도로에서 가장 멀리 떨어진 곳에 이중 철조망이 있다. 그것은 쓰러진 통나무들과 아주 완벽하게 정리된 잔디밭 사이를 가르고 있다. 한 번 더 골프장이군. 모든 것이 시작된 곳으로 되돌아가는 나는 한 바퀴를 돌았고, 그 사이에 아무것도 이룬 것이 없다는 생각을 한다. 나는 잠시 생각에 잠긴다. 바롱 삼디가 준 설계도에서 골프장을 본 기억이 난다.

나는 도로를 떠나 나무들이 베여 나간 빈터와 어둠을 가로질러 나아간다. 나는 땅 위로 보일락 말락 솟아나온 그루터기에 걸려 두 번이나 넘어진다. 나를 넘어트릴 수 있는 그루터기들이 이곳저곳에 수없이 퍼져 있다. 나는 두 번 일어나 철책 앞에 선다. 철책은 높이가 충분히 5m 정도는 되는 것 같다. 철망의 구멍은 작고 기둥은 튼튼하다. 철책 꼭대기에는 가시철망이 둘둘 말려 있다. 두 철책 사이에 10m 간격의 모래밭이 있다. 무인지대無人地帶. 나는 순찰차가 모래밭에 남긴 자국은 분명히 보았지만, 사악한 천재의 손이 바로 내 앞에 설치한 함정은 전혀 보지 못했다. 나는 덫에 걸린 뒤 수없이 많은 잔가지들을 부러뜨리며 넘어진다. 나는 분함을 느끼며 나뭇잎들 위에서 몸을 길게 뻗은 채 한동안 누워 있다. 내가 다시 몸을 일으키려는 순간 개가 헐떡거리는 소리가 들린다. 누군가 오고 있다. 나는 바닥에 몸을 웅크린 채 짙어지는 어둠 속에서 움직이지 않는다. 세 남자가 왼쪽에서 나타난다. 그들은 이중 철책 사이에서 개 한 마리를 데리고 순찰을 돌고 있다. 그들은 토치형 손전등을 들고 철책 안쪽을 주의 깊게 살펴본다. 짐승은 멈추어 서서 코를 들어 킁킁거린다. 그들도 개와 함께 멈추더니 가만히 지켜본다. 모든 것이 정지해 있다. 내게는 영원과 접촉하는 것처럼 느껴진다. 마침내 그들이 다시 길을 간다. 개도 내 냄새를 맡지 못했고, 그들도 나를 보지 못했다. 나는 잠시 땅바닥에 누워 시간이 가기를 기다린다. 이제 완전한 밤이 되었다. 폭풍우가 지나간 자리에 별들이 찬연하게 모습을 드러내었다. 나는 몸에 나뭇잎과 이끼들을 묻히고 다시 일어선다. 몽고증 환자 버전의 오즈의 마법사. 나는 이파리들 중 가장 두꺼운 것들만 떼어낸다. 선글라스는 주머니 속에서 박살났다. 다른 부분들을 짜 맞춘다 해도 소용없다. 나는 결국 선글라스 조각들을 모두 버린다. 어차피, 이제 더 이상 필요 없다. 나는 트렁크를 다시 쥐고 철책으로 다가간다. 그들이 언제 다시 올지, 아니면 다른 자들이 언제 다시 나타날지 모른다. 나는 트렁크를 땅에 내려놓고 연다. 무슨 생각으로 이것 모두를 샀는지 모르겠다는 생각이 든다. 나는 차갑고 무거워 보이는 중간 크기의 절단기를 집는다. 나는 손에 그것을 꽉 움켜쥔 뒤 첫 번째 철선을 자른다.

내 앞에 새까만 비로드 천이 펼쳐져 있는 것처럼, 모든 것이 어둠에 둘러싸여 있다. 그러나 아무 생각도 하지 않고 암흑을 바라보는 동안, 거기서 별이 보이기 시작한다. 처음에는 강렬한 별빛이 보이고, 이어서 빛을 발하는 옅은 구름처럼 푸르스름한 점들이 무수히 나타난다. 그리고 하늘을 배경으로 조금씩 숲의 나무들이 윤곽을 드러낸다. 나의 시각이 되돌아온다. 나는 땅바닥에 등을 대고 누워 있었다. 손이 얼얼하고 팔이 아프다. 나는 그들이 이 철책에 얼마나 높은 전류를 흐르게 해놓았는지 몰랐다. 어쨌든 이런 일을 예상했어야 했다. 지도자들이 살고 있는 곳은 그렇게 쉽게 들어갈 수 있는 게 아니다. 절단기는 철선에 용접된 것처럼 붙었다. 철선을 절단해서 들어갈 수 있다고 믿었던 내가 순진했다. 정신이 멍한 나는 잠시 앉아 있다. 나는 계속 들어가는 것만 바라고 있었는데, 방법을 수정해야 한다. 철책 위에 나무를 쓰러뜨릴 수 있다. 그러나 그렇게 할 수 있는 연장이 없다. 아니면 장대높이뛰기를? 그건 너무 우스꽝스러워 보인다. 결국 나는 나의 운을 한 번 더 시험해 보기로 결정한다. 다른 절단기를 꺼내어 가방의 망사로 손잡이를 둘둘 감싼다. 그것은 내 옷과는 달리 젖지 않았다. 나는 절단기 끝으로 철망을 건드린다. 아무 문제없다.

나는 선을 가로와 세로로 1m씩 자르기로 한다. 여유를 갖고 작업한다. 나는 너무 힘을 들이지 않도록, 천천히 작업하기 위해 노력한다. 자세가 전혀 자연스럽지 않다. 곧 손과 발이 저려 온다. 나는 휴식을 취하며 주위를 잠시 둘러본다. 철망과 기둥이 분리되는 곳에서 도자기 모양의 작은 단자들이 보인다. 조금 전 내가 도체가 되기 전에 주위를 세심히 둘러보았다면, 잔혹한 경험을 피할 수 있었을 텐데. 일이 다시 나를 부른다. 나는 철책으로 되돌아간다. 철선들이 짤깍거리는 딱딱한 소리를 내며 하나씩 잘려 나간다. 커다란 구멍이 무정한 모습을 드러낸다. 내가 일을 끝내기 전까지는 비가 오지 않았으면! 나는 한참 동안 부지런히 작업한 끝에 마침내 커다란 철망 조각을 걷어낸다. 나는 도구를 정리하고 트렁크를 닫고 조심스럽게 구멍을 통과한다. 들어왔다. 두 번째 철책이 남았다. 그러나 일은 이제 손에 익었다. 빨리 끝날 것이다. 손에 도구를 쥐고 두 번째 철망을 마주하고 무릎을 꿇는 순간 짧게 반짝이는 창백한 빛 때문에 나는 고개를 돌린다. 2, 3백 미터 떨어진 곳에 그들이 있다. 그들의 플래시가 보인다. 그들이 되돌아오고 있다. 나는 긴장하고 도망칠 것을 생각한다. 주저한다. 그들이 이쪽으로 오기 전까지 내가 통과할 수 있을 정도로 큰 구멍을 만들 시간이 있을까? 나는 절단기로 철선을 물고 미친 듯 자르기 시작한다. 도구가 내 손에서 떨어진다. 나는 주워 계속 자른다. 도구가 한 번 더 떨어진다. 고양이 구멍. 철책을 통과하기 위해서는 고양이 구멍만 있으면 된다. 철망은 나를 비웃고 철선은 내게 저항한다. 고통스런 죽음이 보이지 않게 내게 다가온다. 빨리 끝내야 한다. 그런데 서두르는 것은 위험한 일이다. 조급함 때문에 나는 벌을 받는다. 갑자기 코앞에 일이 닥친다. 나는 미끄러진다. 망사가 손잡이에서 떨어진다. 나는 차가운 도체의 절단기를 여전히 꽉 움켜쥐고 있고, 절단기는 여전히 강한 전류가 흐르는 두꺼운 철선을 꽉 물고 있다. 이제는 갈 시간이다.

나는 다시 눈을 뜬다. 손은 아직도 연장을 쥐고 있다. 아무 일도 일어나지 않았다. 철선에는 전류가 흐르고 있지 않다. 확실하게 논리적인 일이라고 나는 생각한다. 높은 사람들의 손이 직접 닿을 수 있는 곳에 죽음의 울타리를 친다는 것은 미친 짓이다. 개가 짖기 시작한다. 개는 더 이상 멀리 있지 않다. 나는 선을 몇 개 더 잘라내고 철망 조각을 걷어낸 뒤 멀리 던진다. 그러고는 몸을 길게 뻗어 엎드리고 머리를 숙인 뒤 뚱뚱한 송충이처럼 몸을 굽이치며 기어간다. 그들은 지금 매우 가까이 있다. 나는 두 팔을 몸에 붙이고 전진한다. 그들의 목소리가 가까이서 들린다. 잠시 후 그들이 나를 본다면 내 몸을 뒤로 잡아당기겠지. 그 모습이 눈에 선히 보인다. 나는 마침내 철망의 반대편으로 빠져 나와 허물을 벗듯 몸을 일으킨다. 그리고 나무숲을 향해 미친 사람처럼 뛰어간다. 이때 그들의 고함 소리가 울려 퍼지고, 이어서 이상한 호각소리가 들린다. 소리 때문에 피가 얼어붙고 다리에 힘이 빠진다. 나는 계속 달려 나무와 풀들이 자라는 어두운 곳으로 뛰어든다. 시간이 촉박하다. 그들은 곧 경보를 울릴 것이다. 이제부터 내게는 숨을 곳도 피할 곳도 없다. 나는 젖어서 끈적끈적한 나무줄기들을 붙들고 비틀거리며 더듬더듬 앞으로 나아간다. 갑자기 먼 하늘에서 빛이 한 번 짧게 번쩍거린다. 해면질처럼 젖은 숲의 모습이 눈앞에 나타난다. 숲 이곳저곳의 물웅덩이와 깊이 패여 물이 고인 자국들이 눈에 보였다 사라진다. 폭풍우가 다시 몰라온다. 저주받은 저녁.

내 뒤 멀리서 들리던 외침과 호각 소리는 그쳤다. 그들은 아마도 다른 데서 나를 기다리고 있을 것이다. 다가오는 구름들 사이로 짧게 비치는 빛을 이용해 나는 웅덩이와 그루터기들 사이로 이리저리 나아간다. 마침내 오른쪽에서도 왼쪽에서도, 위에서도 아래에서도 아무것도 보이지 않는다. 나는 나무줄기에 부딪히고, 비틀거리고, 넘어지고, 다시 넘어진다. 모든 방향 감각을 잃는다. 나는 잠시 휴식을 취한다. 굵은 밤나무 줄기를 팔로 끌어안고 있는 동안에는 똑바로 서 있을 수 있다. 나는 하늘이 으르렁거리는 소리에 귀 기울이며 나무를 끌어안은 채 잠시 기다린다. 그러고는 다시 제대로 걸을 수 있다는 생각이 들어 거대한 나무에서 팔을 푼 뒤 지향 없이 다시 출발한다. 한동안 계속 길을 간다. 많은 나뭇가지들 사이로 빛이 나타난다. 나는 빛이 있는 쪽을 향해 달린다. 그것은 아주 가까이 있다. 키 작은 가로등의 커다란 구형 조명등에서 나오는 빛이 환히 길을 비춘다. 숲 한가운데로 난 길에는 조그만 자갈들이 깔려 있다. 가로등의 푸른 불빛 때문에 나뭇잎들은 수족관 물속에 잠긴 식물들 같다. 나는 잠시 숨어 있다. 이어서 그림을 보기 위해 가로등 쪽으로 다가간다. 종이는 젖었고 물이 많이 배였다. 둥근 얼룩 때문에 그림이 잘 보이지 않는다. 이 지역의 길들은 이상한 구조로 배치되어 있다. 길들은 중앙을 중심으로 꽃잎들처럼 몇 개의 원을 이루고 있는 것같이 보인다. 꽃의 중앙에는 골프장을 제외한 주요 여가 활동 시설들이 모여 있다. 그리고 골프장은 조화롭게 구성된 이 꽃의 외곽에 한참 떨어져 있다. 그림을 통해 나는 중앙으로 가는 길에, 꽃으로 이어지는 줄기 위에 있다고 생각한다. 그리고 폭풍우는 확실히 서쪽에서 오고 있기 때문에 왼쪽이 북쪽이다. 나는 숲을 나와 꽃술로 가기 위해 보도 위를 걷는다. 나는 여자아이들의 머리에서 꿀을 수집하러 간다.

계속 길을 가는 동안 작은 자갈들이 내 발 아래서 바스락거린다. 길은 크게 곡선을 그리며 끊임없이 이어진다. 곳곳에 팬 커다란 물웅덩이에서 가로등 빛이 반사된다. 나는 처음으로 집들과 마주친다. 이상하게도 길쭉하게 설계된 건물들은 모두 나무 베란다를 갖추었다. 모두 똑같은 모델을 따라 만든 것이고, 단층집 거실에 커다란 유리창이 있다. 잘 가꾼 잔디밭 둘레에는 풀들이 무성하게 자라고 있다. 집들 대부분이 폐쇄되어 있는 것처럼 보이는데, 어떤 집들은 폐가 같다. 나는 이곳에 온 이후 처음으로 교차점에 이른다. 길들도 모두 같은 모습이다. 표지판이나 푯말도 없다. 이곳도 조금 전에 보았던 강렬한 푸르스름한 빛만이 주위를 비춘다. 인적 없는 이곳은 모든 사람들로부터 버림받은 것 같다. 자동차도 불이 켜진 창문도 없다. 어떤 생물체도 지나가지 않고, 어떤 움직임도 없다. 시간이 정지해 있는 것처럼 보이는 이 순간, 가지들 사이로 바람이 불고 처음으로 물방울이 떨어지기 시작한다. 나는 도면을 다시 꺼낸다. 낭패다. 꽤 정확하게 갈 곳을 알려 주던 종이 위로 물방울이 떨어지면서 그림이 지워졌다. 나는 종이를 마구 구긴 다음 길가의 도랑 속으로 던진다. 큰일은 아니다. 왼쪽으로 간 다음 오른쪽으로 가면 된다. 나는 길을 가로질러 계속 간다. 억수같이 쏟아지는 비에 내 주위에 있는 숲이 속삭인다. 나는 그것이 꽃봉오리와 웅덩이들에 대해 낮은 목소리로 속삭이는 것에 귀를 기울인다. 이따금씩 그 사이로 철썩거리는 소리와 하늘에서 떨어지는 포효가 들린다. 피곤하다. 곧 힘이 빠지고 무감각해질 것이다. 나는 걸으면서 잔다.

갑자기 나는 현실로 되돌아온다. 내가 가는 길의 어둠 저편에서 자동차가 나타났다. 그것은 서행하며 내 옆에 와 선다. 두 사내가 내린다. 나는 아무것도 보지도 듣지도 못하고 있었다. 차 지붕에 회전 경보등이 있다. 불길한 징조다. 그들이 내게 다가온다.

"안녕하십니까? 저희들이 도와드릴까요?"

"안녕하세요, 쥘 메나르입니다."

그들은 서로 짧게 쳐다본다. 나는 계속 말한다.

"제 몰골을 좀 보시죠. 14번 홀에 있었는데, 그런데 깜둥이 하나가 제게 달려들어 때리고 옷들을 빼앗아 갔어요. 그래서 걸어서 돌아가고 있죠. 깜둥이가 제 차도 가져갔거든요. 그런데 여러분과 마주쳤네요. 제 형 집으로 태워다 주지 않겠어요?"

그들은 앞에 떡 버티고 선 뒤 내 얼굴에 플래시를 비춘다. 그들의 얼굴이 일그러진다. 오른쪽에 있는 사내가 비명을 지른다.

"개새끼! 그 새끼 아니야!"

나는 숲으로 그들의 시체를 끌고 간다. 그들은 어리석은 최후를 맞았다. 으레 그런 자들이 맞는 최후다. 나는 선글라스를 쓰지 않고 있었기 때문에, 내 정체에 대해 거짓말을 할 수 없었다. 그리고 그들은 내가 누구인지 안 이상 살아남을 수 없었다. 이들은 거친 사내들이다. 근육질의 몸에 훈련을 받았고, 상하의가 붙은 경비복에 장비를 갖추었다. 나는 간신히 그들을 갖다버린다. 숲 속 짐승들에게 갖다 바친다. 이어서 나는 그들의 차에 오른다. 차 안은 따뜻하다. 라디오가 지지직거린다. 자동차 뒷유리와 좌석 사이에 그들의 푸른색 긴 가죽 외투가 있다. 나는 웃옷을 벗고 그들의 외투를 입는다. 나는 물에 흠뻑 젖은 낡은 테니스화도 벗어 버린다. 그리고 운전석에 앉은 뒤 출발한다. 집이 생각했던 것보다 멀리 있어 나는 건조한 차 안에서 짧은 휴식 시간을 즐긴다. 집 입구에서 보초를 서고 있는 두 경관을 제외하면 휴식을 즐기는 것은 누구나 마찬가지다. 쏟아지는 빗속에서 빛을 반사하며 동상처럼 서 있는 그 두 경관의 모습은 알아보기 힘들다. 나는 속도를 늦추지 않고 지나가며 그들에게 손으로 인사한다. 그들은 머리를 끄덕이며 내게 답한다. 나는 비가 매우 세차게 쏟아지고 있기 때문에 그들이 답례를 하리라고 생각하고 있었다. 앞이 거의 보이지 않는다. 나는 속도를 조금 줄이면서 길을 계속 간다. 가능한 빨리 이 자동차를 떠나고 싶다. 갑자기 자동차 안에 낭랑한 목소리가 울린다. 라디오는 더 이상 잡음을 내지 않는다.

“12호, 여기는 통제소, 상황 보고 바란다, 오버.”

나는 소스라치게 놀라 머뭇거린다. 내가 탄 차가 12호일까? 나는 계기판을 간단히 살펴보지만, 아무것도 알 수 없다. 종이 몇 장이 핀에 고정되어 있다. 실내는 너무 어둡고 글씨는 너무 작아 나는 거기에 무엇이 쓰여 있는지 거의 알아볼 수 없다. 두 경관은 나를 검문하기 위해 차에서 내리기 전에 신원 미상의 인물이 있다는 것을 알렸을 것이다. 그렇기 때문에 ‘12’라는 숫자는 아마도 이 차의 번호일 것이다. 나는 마이크를 잡은 뒤 옆으로 튀어 나온 작은 붉은 색 단추를 누른다.

"통제소, 여기는 12호, 아무 이상 없다, 오버."

나는 내 교활함에 만족감을 느끼며 버튼에서 손가락을 뗀다. 이렇게 목적지에 가까이 다가왔는데, 실패하지 않을 것이다. 나는 포기하지 않을 것이다. 100미터 정도 떨어진 곳에 길 한쪽으로 풀과 나무가 무성하게 자라고 있고 가로등 불빛이 들지 않는 아주 넓은 정원이 있다. 차를 숨기기에 아주 이상적인 곳이다. 나는 정원 안을 통과하던 중 차를 세운다. 그리고 다시 후진 기어를 넣어 운전하기 시작한다. 정원 입구 옆에 서 있던 커다란 돌 두 개 중 하나가 옆으로 쓰러져 있다. 지나갈 수 있는 공간이 거의 없다. 수증기와 비 때문에 후진은 더욱 어렵다. 그러나 나는 맹목적이지만 차분한 심정으로 계속 일을 진행한다. 갑자기 낭랑한 목소리가 다시 들린다.

"12호, 여기는 통제소, 응답자의 신원을 밝히기 바란다, 오버."

나는 몸을 돌려 라디오 수신기를 멍청히 바라본다. 지금 그들이 내게 신분을 밝힐 것을 요구하고 있다. 어떻게 하지? 뭐라고 말하지? 나는 당황한다. 나는 주저하다 차를 묵직한 시멘트 턱에 부딪힌다. 엔진이 꺼진다. 내가 교활하다고 믿었던 작전은 실패한 것 같다. 나는 이제 포위될 것이다. 나는 시동 키를 돌리고 다시 출발한다. 대답하지 않기로 결정하고 모든 등을 끈 뒤 다시 길을 간다. 검은 구름이 내 위에 있다. 하늘에서 빛이 번쩍거릴 때마다 라디오가 시끄럽게 지지직거린다. 천둥이 으르렁거리고 내 주위에서 모든 것들이 성난 파도처럼 일어선다. 그러나 내게는 아무 상관없는 일이다. 차는 간신히 정원의 높이 자란 수풀 속으로 후진한다. 개나리가 쑥쑥 자라고 있는 곳 바로 앞까지 바퀴가 헛돌며 계속 후진하다 결국 연못에 빠진다. 내가 시동을 끈 순간 우박이 요란한 소리를 내며 차 앞 유리를 두드린다. 나는 하늘에서 기관총 총알 대신 가는 빗줄기가 내릴 때까지 잠시 기다린다. 차는 연못 한가운데서 멈췄다. 나는 차문을 열고 밖으로 나간다. 연못 수면에 수련들이 물결치듯 떠 있다. 나는 관상용 연못을 건넌다. 물이 무릎까지 찬다. 나는 진흙 속을 간신히 걸어 나와 기슭을 올라 길로 나아간다. 나는 맨발로 젖은 풀들을 밟는다. 발바닥 아래에서 풀이 시큼한 냄새를 풍긴다. 바람이 불어도 냄새는 지워지지 않는다. 나는 산책로 한쪽의 돌들 사이로 몸을 웅크리고 길을 관찰한다. 돌풍과 함께 몰아치는 빗방울들이 가로등 앞에서 모슬린 천처럼 펄럭거린다. 가끔씩 강렬한 빛이 번쩍거릴 때마다 구석진 모든 곳들이 음흉한 모습을 드러낸다. 가장 작은 덤불 아래의 모습까지 환히 보인다. 아무도 없다. 나는 빠른 걸음으로 길을 건너 맞은편 정원으로 뛰어 들어가 다시 그림자가 된다. 나는 그런 상태로 정원을 하나씩 지나 여인상이 보초처럼 서 있는 메나르 가족의 집까지 다가간다. 담장은 전혀 없다. 대신 높이 자란 측백나무 울타리가 있다. 초록 담장. 나는 전혀 힘들이지 않고 그 사이를 통과한다. 목적지에 다다른 것이 틀림없다. 나는 어둠 속에서 다시 나무와 꽃들과 한 몸이 된다. 거기서 나는 깨끗한 잔디밭, 하얀 입상들, 그리고 우아한 장미들을 바라본다. 정원은 잘 정돈되어 있고 집 안에는 불이 환히 켜져 있다. 하늘에서 떨어지는 빛이 입구에 동상처럼 서 있는 두 보초를 선명하게 비춘다. 경비를 서고 있는 그들에게 조금 전에 인사했었다. 아마도 그들은 그 사이에 내가 침입한 것에 대한 보고를 받았을 것이다. 그러나 과연 그랬을까 의심스럽다. 나는 그들이 타오르는 해안과 하얀 모래사장을 꿈꾸며 졸고 있는 것을 본다. 그들은 꿈의 마지막 순간을 즐기고 있다. 곧 꿈은 사라질 것이다. 나는 소리 내지 않고 손바닥 안에 권총과 갈고리를 편하게 움켜쥔다. 그러고는 두 팔을 가슴 앞에서 교차시킨다. 수풀과 어둠 속에서 뛰어나오는 이 순간만큼 권총과 갈고리가 무겁고 차갑게 느껴진 적은 없었다. 나는 그들을 향해 큰 걸음으로 재빠르게 다가간다. 그들 등 뒤로 접근해 어떤 기회도 주지 않는다. 나는 첫 번째 경비 바로 뒤에 동상처럼 서서 다시 번개가 치기를 기다린다. 어둠이 빛이 되고 빛이 다시 사라지는 순간 나는 첫 번째 남자의 머리에 갈고리를 꽂는다. 정확하고 어김없이 팔을 뻗어 남자의 두개골을 쪼갠다. 그러고는 그의 머리 속에서 영혼을 해방시킨다. 그는 내 다리 위로 주저앉는다. 나는 거대한 고깃덩어리를 팔로 받쳐 완전히 쓰러지지 않도록 한다. 다른 사내가 나를 향해 몸을 돌린다. 그는 내 손에 매달린 동료를 본다. 그리고 눈을 들어 공포로 몸이 굳어진 채 나를 뚫어지게 쳐다본다. 나는 그에게 권총을 겨눈 채 기다린다. 그는 왜 이런 일이 일어나고 있는지 이해하지 못하고 있다. 몇 초가 흐른다. 천둥이 칠 때 나는 방아쇠를 당긴다. 그는 소리 내지 않고 쓰러진다.

모든 것이 너무 쉽게 끝난다.

지난 며칠간 얼마나 많은 시체를 버렸는지 모르겠다. 그런데 그런 일들이 자꾸 내게 일어난다. 나를 귀찮게 하는 것은 이런 일들의 육체적 측면이다. 왜냐하면 움직이지 않는 몸뚱어리는 운반하는 것이 힘들기 때문이다. 다행히 어두운 울타리가 아주 큰 도움이 된다. 나는 그것들을 울타리 사이에 길게 눕힌다. 수갑을 챙기는 것을 잊지 않는다. 분명 필요할 것이다. 나는 일을 끝내고 몸을 돌려 정원을 샅샅이 관찰한다. 발등을 때리는 비에 피가 씻겨 나간다. 피는 따뜻한 땅 위로 번진다. 집은 정면에 있다. 나는 가장 가까운 곁채로 걸어가 안이 훤히 보이는 넓은 창문을 통해 안을 들여다본다. 가정부가 식기세척기 앞에서 바쁘게 움직이고 있다. 커다란 조리대와 최첨단의 기구들을 갖춘 부엌이다. 나는 여자가 일하는 것을 지켜본다. 갈색 머리를 한 50대의 키 작은 여자다. 가사와 노예 같은 생활 때문에 닳은 검은 유니폼을 입었고, 하얀 앞치마를 둘렀다. 그녀가 저녁 일을 끝내고 있는 것처럼 보인다. 수세미를 개수대에 넣고 식기세척기를 작동시킨다. 이어서 그녀는 음식 찌꺼기들로 불룩한 커다란 비닐봉지를 조심스럽게 묶는다. 나는 부엌 구조를 관찰한 다음, 부엌 뒤쪽에 바깥으로 나가는 작은 문이 있다는 것을 확인한다. 나는 거기서 거미줄을 치기로 결정한다. 문은 집주인을 방해하지 않고 쓰레기통을 옮기기 위해 만들어진 것이다. 나는 몇 걸음 옮겨 문턱에서 그녀를 기다리며 서 있다. 그녀는 그쪽으로 나올 것이다. 저녁 시간이 조금 지난 뒤 그녀가 문을 열고 나온다. 우리는 서로 코가 맞

닿을 정도로 마주보며 선다. 모든 일이 아주 빠르게 일어난다. 내가 그녀의 눈동자 속에서 내 모습을 보았다고 생각한 순간 그녀의 눈은 이미 빛을 잃는다. 그녀의 영혼에는 집어 삼킬 만한 대단한 것도 없다. 나는 비명 소리도 삼켰기 때문에 그녀는 소리를 지르지 못한다. 그녀는 흐느적거리며 내 팔 안으로 쓰러진다. 한 번 더 시신을 운반해야 한다. 나는 그녀를 끌고 가 컴컴한 곳의 나무 밑동에 기대어 놓는다. 이어서 나는 쓰레기통을 꺼낸 뒤 문을 반쯤 열어 놓고 집을 둘러본다. 멀리 커튼이 있는 유리문을 주목한다. 그 너머에 불이 켜져 있다. 누군가 거기서 움직인다. 커튼에는 아기 곰과 참새들의 그림이 반복적으로 수 놓여 있다. 나는 그곳으로 다가가 좁은 커튼 틈을 통해 내 앞에서 펼쳐지고 있는 광경을 바라본다. 아이들이 커튼 뒤에 있다. 방에 앉아 즐겁게 놀고 있다. 여자 아이 둘이다. 내가 이곳에 방문한 목적인 아이들이다. 일곱 살이나 여덟 살도 채 되지 않아 보인다. 잠옷을 입고 카펫에 앉아 있는 아이들은 내가 이 세계에 돌아오고 나서 처음으로 보는 아이들이다. 아이들은 편안히 삶을 즐기고 있다. 그들은 소꿉장난 도구를 조심스럽게 방바닥에 늘어놓는다. 접시의 크기에 맞게 파이를 자르고, 그릇을 준비하고, 식사를 하기 위해 분주히 움직인다. 세 겹의 유리가 그들과 나를 분리시키고 있지만, 아이들의 째지는 고함소리는 내게까지 또렷이 들린다. 나이 어린 애가 프라이팬을 집어 가스레인지로 보이는 종이 상자 위에 정성껏 올려놓는다. 가끔씩 그 애들 중 하나가 일어나 방을 가로질러 가서 한동안 시야에서 사라진다. 이때 나는 다른 아이의 몸짓을 통해 그들의 대화를 이해해 보려 한다. 정확하게 알아들을 수는 없지만, 아이들은 심문을 하고 증거를 제시하며 즐겁게 놀고 있는 것처럼 보인다. 나는 혹시나 하고 문의 손잡이를 돌린다. 모든 문들이 잠겨 있는 듯 보이는데, 이 문도 예외가 아니다. 손잡이의 기계장치가 흐릿하게 딸깍 소리를 낸다. 아이들은 노는 것을 중단하고 소리 나는 쪽으로 돌아본다. 나는 신속히 몸을 감추고 계속 조심스럽게 집을 정찰한다. 마침내 나는 마당으로 난 거실의 커다란 유리창에 도착한다. 거실은 아주 넓다. 그가 저기에 있다. 아내와 함께. 거실은 사치스런 가구와 명화들로 장식되어 있다. 그는 섬세하게 상감 세공이 된 커다랗고 고급스런 책상에 앉아 작업하고 있다. 여자는 소파에 누워 책을 읽는다. 그들은 내가 생각했던 것보다 젊다. 튼튼한 몸을 갖고 있고 완벽하게 건강하다. 그의 어깨가 넓은 만큼 그녀의 몸매는 날씬하다. 약의 대사제, 내게서 모든 것을 앗아간 자가 지금 여기에 있다. 그러나 노트북 앞에 앉아 있는 그의 모습은 별로 볼품이 없다. 그의 까무잡잡한 얼굴색은 컴퓨터에서 나오는 희끄무레한 빛에 의해서도 숨겨지지 않는다. 나는 돌아가 집을 정찰하는 것을 끝낸다. 집을 도는 동안 나는 커다란 창문들을 통해 다양한 각도에서 그들을 관찰했다. 그녀는 매우 아름답다. 금발의 긴 머리를 틀어 올렸다. 그는 강인한 성격의 사내처럼 보인다. 그가 키보드를 치며 문제가 되는 곳에서 멈출 때마다 그의 이마 주름이 깊게 파인다. 나는 작은 옆문으로 되돌아가 문을 연 뒤 소리 내지 않고 들어간다. 내게는 실내가 덥고 건조하다. 부엌 바닥의 타일도 말라 있다.

나는 물에 젖어 무거운 가죽 외투를 벗어 바닥에 떨어뜨린다. 알몸. 두렵다. 나는 내가 이곳에 무엇을 하러 왔는지 진정으로 이해하지는 못한다. 나는 갈고리와 수갑과 권총을 채에 내려놓는다. 내게는 총알이 한 발밖에 남지 않았지만, 이 정도면 네 사람을 죽이는 데 충분하다. 나는 무서운 일에 착수하기 전에 찬장을 열어 물을 한 잔 마신다. 일을 하는 데 반드시 필요한 도구가 있다. 나는 많은 부엌 서랍을 이리저리 뒤진다. 그러나 내가 찾는 것은 나오지 않는다. 나는 오랫동안 찾는다. 인내심을 잃는다. 그리고 너무 많이 소리를 내고 있다. 마침내 포기하려던 순간 나는 찾던 것을 발견한다. 갖가지 크기의 칼 세트가 흰 타일 벽에 걸려 있다. 나는 숨을 크게 쉬고 다가가 선택한다. 아름다운 물건들이다. 어떤 것들은 폭이 좁고 가늘고, 어떤 것들은 폭이 넓은 반면 길이가 짧다. 아주 커다란 칼, 그리고 은은한 빛깔의 칼들도 있다. 강철로 만든 그것들은 푸르스름한 빛부터 흐린 회색까지 여러 색으로 빛난다. 나는 눈부시게 아름다운 하나에 눈독을 들인다. 중간 크기보다 작은 것인데, 훌륭하게 비례가 잡혔다. 아이들에게 사용할 수 있는 완벽한 것이다.

나는 그것을 집어 커다란 아치형 문을 통해 부엌을 나선다. 왼쪽에 거실로 가는 문이 있다. 나는 곧 그 문도 이용할 것이다. 오른쪽으로 긴 복도가 있다. 나는 위치를 확인한 뒤 아이들의 방은 안쪽에 있을 것이라고 결론 내린다. 아마 그 왼쪽에 있는 문일 것이다. 나는 나아간다. 현대식 램프가 켜져 있는 이국풍의 작은 원탁을 지난다. 메나르 가족들은 확실히 값비싼 취향을 가졌다. 그리고 그것을 만족시킬 수 있는 수단도 가졌다. 웃음소리가 가까워진다. 나는 문 앞에 멈추어 선다. 차가운 황동 손잡이에 손을 올려놓는다. 떡갈나무 판자로 만든 문 뒤에서 여자애들 둘이 놀고 있는 소리가 들린다. 이따금씩 가볍게 뛰어다니는 소리가 내게까지 전달된다. 나는 들어가기 전에 적절한 모두스 오페란디['일의 처리 방식'을 뜻하는 라틴어]를 시각화하기 위해 눈을 감는다. 아마도 나는 그들이 비명을 지르지 못하도록 차례로 가슴을 찔러야 할 것이다. 그렇게 하면 호흡이 끊어지고 폐에 피가 찬다. 내가 칼날을 박을 때 그들의 살은 얼마나 탄탄할까? 내게 그렇게 할 수 있는 힘이 생겨날까? 나는 눈앞에서 그들이 죽어 가는 모습을 자꾸 떠올린다. 그것이 내게 기쁨을 주기 때문이다. 시간이 지날수록 복도는 조금씩 어두워지는 것 같다. 나는 현기증을 느낀다. 나는 차마 입에 담을 수 없는 일을 저지르려고 한다. 그러나 나는 마음을 차분히 한다. 나를 비열한 살인자로 만들고, 이어서 거울에도 반사되지 않는 존재로 만든 이 운명은 무엇일까? 나는 내게 약속된 살인의 광기가 오기를 기다린다. 나의 종말이 다가온다. 떠날 순간이 임박했다. 나는 엘렌을 생각한다. 그녀가 어디서 나를 기다리고 있을 것이다. 한순간, 몸을 돌려 그녀를 찾으러 돌아가자는 생각이 든다. 그러나 나는 더 이상 그렇게 할 수 있는 힘이 없다는 것을 안다. 나는 그녀가 사는 삶의 건너편으로 왔다. 멀리까지. 이제 시간이 되었다.

나는 손잡이를 돌리고 문을 연 뒤 안으로 들어가 다시 문을 닫는다. 침대는 없다. 이곳은 잠자는 방이 아니라 놀이방이다.

두 여자애 중 나이 어린애가 문 오른쪽 벽에 기대어 앉아 있다. 아이는 나의 페니스 쪽으로 눈을 치켜뜬 뒤 목구멍이 보일 정도로 입을 벌린다. 나는 주저하지 않고 아이에게 칼을 꽂은 다음 옆구리를 세게 때린다. 아이는 몇 번 기침을 하고 꾸르륵 소리를 내며 옆으로 쓰러진다. 아이의 입에서 피가 방울져 흐른다. 이어서 나는 큰 애를 향해 두 발자국 다가선다. 아이는 말로 표현하기 힘든 비명을 지르고 있다. 그 애는 지금 두 시간째 소리를 질러대고 있는 중이다. 아무도 오지 않을 것이다. 나는 온 힘을 다해 아이의 흉곽에 세 번 칼을 찌른다. 아이가 쓰러진 뒤 단말마를 시작한다. 가슴을 찌르는 것은 시간이 걸리는 일이긴 하지만 보다 깨끗한 방식이다. 어떤 의미에서는 보다 귀족적인 방식이기도 하다. 나는 첫 번째 아이에게서는 숨이 끊어지기를, 두 번째 아이에게서는 신음 소리가 끊어지기를 기다린다. 끈적끈적한 칼이 내 손에 달라붙어 있다. 시간이 조금씩 흐른다. 나는 칼을 커튼에 닦은 뒤 내 앞에서 펼쳐지고 있는 광경을 감상한다. 장난감들 한가운데로 퍼지는 피가 이상한 인상을 불러일으킨다. 나는 인상을 정의해 보려 한다. 그러나 포기하고 기다린다. 아이들이 한동안 몸을 움직인다. 아이들의 모든 움직임이 멈추었을 때, 나는 이곳에 온 목적을 달성하기 위해 일을 시작한다. 나는 내게 영벌이 내리기를 기도하며 아이들의 내장을 꺼낸다.

나는 복도를 통해 되돌아간다. 조금 전에 복도는 길어 보이기만 했는데, 지금은 영원히 끝날 것 같지 않다. 아뿔싸, 내가 지금 무엇을 하고 있지? 나는 작은 원탁을 다시 한 번 더 지나 부엌까지 걸어가 칼을 개수대에 놓는다. 그러고는 물기가 모두 증발한 권총을 집어 거실로 향한다. 문을 열고 들어간다. 그들은 나를 보지 않는다. 나를 가정부로 생각하고 있는 것이 틀림없다. 물론 가정부 같은 인간에게 눈길을 주지 않는 것은 당연하다. 나는 공이치기를 올린다. 한참 뒤 메나르가 말한다.

"마리아, 미안하지만 차를 갖다 주겠어요? 나한텐 레몬차, 집사람에겐 우유를 조금씩만 갖다 줘요, 빨라 갖다 주세요."

나는 대답으로 키보드 위에 꼬마아이의 머리를 던진다. 책상, 벽, 그리고 그의 옷에 피가 튄다. 컴퓨터가 지지직거리고 전원이 꺼진다. 그는 비명을 지르고 뒤로 나앉은 뒤 벌떡 일어선다. 그의 아내도 한 번에 몸을 일으킨다.

"장, 무슨 일이에요? 맙소사, 이 피들은 뭐예요?"

바닥으로 머리가 굴렀지만, 그녀는 그것을 보지 못했다. 그러나 그는 봤다. 그는 계속 "아니야, 아니야"라고 반복하며 머리에서 눈을 떼지 않는다. 그의 여자도 한 걸음 걸어 나와 한 순간에 모든 것을 목격한다. 그녀는 내가 지금까지 들어보지 못한 비명을 지르기 시작한다. 그녀는 결코 죽기를 원하지 않는 사람들이 내지르는 비명으로 울부짖기 시작한다. 그것 때문에 나는 일을 빨리 진행시켜야겠다는 다급함을 느낀다.

"그만 울지."

그 둘이 빠른 동작으로 나를 향해 돌아선다. 그녀는 나를 보고서 다시 비명을 지르기 시작한다. 이때 나는 내게서 풍기는 악취에도 불구하고 그들이 나의 존재를 이제야 알았다는 것을 이해한다. 그들은 머리가 이유 없이 하늘에서 굴러 떨어졌다고 생각했을까? 그녀는 고래고래 소리 지르기를 멈추지 않는다. 나는 총을 쏜다. 그는 소스라치게 놀라고, 그녀는 침묵한다. 그녀는 두 손을 배로 가져가더니 신음소리를 내며 비틀거린 뒤 무릎을 바닥에 대고 넘어진다. 적어도 조용히 일을 처리할 수 있게 되었다. 나는 그를 향해 돌아선다.

"내가 누군지 아나?"

나는 권총으로 그를 위협한다. 권총에는 총알이 없다. 나는 마침내 사람을 죽이는 데서 쾌감을 맛보았다. 나는 다른 손으로 여자애의 창자를 쥐고 있다. 그가 그것을 뚫어지게 바라본다. 보통의 인간이라면 내게 총이 있건 없건 달려들었을 것이다. 그러나 그는 그렇지 않다. 나는 바롱 삼디가 어느 정도까지 오판하고 있었는지 알 수 있다. 메나르는 조직의 핵심 인물이 아니다. 그는 자기 자신에게는 관심이 없다. 조직 전체에 걸쳐 진행되고 있는 일 이외에는 아무것도 그의 관심을 끌지 못한다. 그는 현재를 영구적으로 지속시키겠다는 환상만을 좇아 현재 상태로 계속 살아가기를 원한다. 물론 그는 지금 자기 앞에서 벌어지고 있는 일이 무엇 때문에 생긴 것인지 완벽히 알고 있다. 그래서 그는 내 시선과 마주치지 않기 위해 매우 조심한다. 그의 여자는 남편의 발치에서 헐떡거리며 끙끙대는 소리를 낸다. 그녀가 죽으려면 한참 시간이 걸릴 것이다. 그녀가 그때까지 그 순간들 하나하나를 충분히 경험했으면 좋겠다. 그가 대답하지 않고 아무것도 보지 않기 때문에 나는 손을 흔들며 다시 말한다.

"이게 보여? 네 딸아이의 창자야. 작은 아이의 창자지. 이름을 물어보았는데, 대답할 힘이 없더군. 알다시피 아직 뜨뜻해. 내가 애들을 죽일 때 너는 바로 옆에 있으면서도 아무것도 듣지 못하더군. 애들이 죽는 데 시간이 걸렸다는 걸 아나? 영화에서만 사람들이 순식간에 죽어 나가지. 그런데 현실에서는 훨씬 더 길어. 특히 생명이 충만한 아이들의 경우에는 더 그렇지. 아이들이 천천히 죽어 가는 걸 지켜보았는데, 내내 누군가를 부르려고 애쓰더군. 그런데 너는 오지 않았어. 애들이 어떤 심정으로 떠났을까?"

그는 아무 말도 하지 않는다. 피가 떨어지는 내장 때문에 정신이 나간 것처럼 보인다. 나는 분노에 휩싸인다. 여자는 계속 꾸르륵거리는 소리를 내며 무릎을 꿇고 앉는다. 나는 그 여자가 내게 무슨 일을 하려는지 짐작하지 못한다. 여자가 무언가를 시도한다. 궁지에 몰린 어미답게 애를 쓰며 비싼 소파를 붙든 뒤 천천히 일어선다. 그녀 때문에 소파는 피범벅이 된다. 그녀의 느린 동작에서 비장함까지 느껴진다. 고통과 경멸에 찬 미소는 차마 보지 못할 지경이다. 그녀가 부지깽이를 집는 동안에도 메나르는 그녀를 보지 않는다. 나는 미소 짓는다. 그러고는 지난 며칠 이래 처음으로 목청껏 웃는다.

"그녀가 너보다 더 전투적이야!"

그러고는 그녀를 향해 말한다.

"좋아, 힘내, 와서 그 쇠막대기 끝으로 내 머리를 박살내 시지."

그녀는 분노에 차 신음 소리를 내지르며 내게 비틀비틀 다가온다. 나는 그녀가 흘린 피의 양을 보고 깜짝 놀란다. 그럼에도 불구하고 그녀는 내게로 한 걸음, 한 걸음 다가온다. 휘청거린다. 나는 나의 꼬마가 걸음마를 배울 때 그랬던 것처럼 그녀의 용기를 북돋운다. 그녀는 내게 2m 정도 다가온 뒤 무거운 쇠막대를 들어 올리려 애쓴다. 그것은 그녀의 손에서 미끄러져 바닥으로 떨어진다. 그녀도 쓰러진다. 벽에 등을 기대고 앉아 공기를 들이마시려고 애쓴다. 이어서 기침을 하며 옆으로 천천히 쓰러진다. 그녀는 계속 부지깽이를 잡아보려 하지만 허사다. 그 눈에는 아무것도 보이지 않을 것이다.

"이게 전부야? 유감이냐, 이 갈보년아. 할 수 있다고 생각했는데. 미안하지만 지금부턴 네 영감에게 볼 일이 있어."

메나르가 마침내 입을 연다.

"당신은 저를 죽일 수 없습니다. 우리는 당신에게 영생을 줬습니다. 당신은 그것에 대해 우리에게 감사해야 합니다."

"너는 대단하지도 않은 그런 삶을 위해 얼마나 많은 사람들을 희생시켰지?"

"지금 이 삶으로도 충분하다고 생각하지 않으시나요? 맹목적으로 파괴하는 일은 이제 그만두시고 새로운 삶을 잘 이용하시죠."

"새로운 삶? 내게도 삶이 있었는데, 네가 부테이유 양을 제거하기 위해 그걸 이용했지."

"전혀 기억이 없습니다."

나는 그의 말을 자른다.

"네가 내 아내, 내 아이들, 내 세계를 앗아갔어."

"당신도 방금 똑같이 하시지 않았나요?"

"너는 그런 일이 일어났는데도 아무렇지 않나?"

그는 아내를 쳐다본다. 그녀가 아주 낮은 목소리로 무언가를 말한다. 그를 부르고 있는 것처럼 보인다. 이어서 그는 계속 말한다.

"그런 것이 무슨 소용 있을까요? 우리들은 이전 시간으로 되돌아갈 수 없어요. 우리가 서로를 결코 이해할 수 없는 건 바로 그런 이유 때문이죠. 당신은 현재에 대한 증오 속에서 살고 있고, 과거만 꿈꾸고 있어요. 우리는 미래를 꿈꾸고, 미래 속에서 살고 있어요."

"넌 비열한 존재야."

"아니요. 전혀 흠이 없는 행복 속에 있는 완전한 톱니바퀴죠."

"지휘를 하는 사람은 누구지?"

"곧 있으면 아무도 지휘를 하지 않게 됩니다. 총통들은 국가에 대한 음모를 피해서 이곳으로 피신했어요. 그러나 그들도 사라지게 됩니다. 투약과 '성숙'이 차츰 우리에게도 적용되고 있어요. 이 지역도 쓰러져 가고 있어요. 곧 개인에게 통치를 맡기는 일은 폐기될 겁니다."

"그들이 시키는 일에 무조건 복종하기만 하는 일을 그만두고 싶다는 생각은 결코 하지 않았나?"

"저는 당신처럼 밑바닥에 남기 위해 생존하고 싶지는 않습니다."

"아이들은 어떻게 됐지? 아이들이 없는 학교를 보았어. 아이들은 어디에 있지?"

"…"

그는 우리의 대화가 시작된 이후 처음으로 당황하는 것처럼 보인다. 이런 질문을 예상하지는 않았을 것이다. 침묵이 계속된다. 그는 대답을 하지 않기로 작정한 것 같다. 나는 신경질이 난다. 분노가 거대한 파도처럼 나를 사로잡는다. 나는 화난 몸짓으로 그의 얼굴 옆으로 창자를 던진다. 그것은 둔중하고 젖은 소리를 내며 바닥에 떨어진다. 나는 숨을 크게 들이마시며 질문한다.

"아이들은 어디 있지?"

다시 침묵이 이어진다. 이어서 그가 바닥을 내려다보면서 말한다.

"태아들은 약의 확산 과정을 이겨내지 못해요. 약은 그들을… 죽이죠. 그건 약의 문제이기도 하고, 성장하지 못하는 효소의 문제이기도 해요. 우리는 지금 그것에 대해 연구하고 있죠."

"그렇다면 네 아이들은 어디서 나온 거지?"

"우리는 그 애들을 아내의 유전자를 이용해 얻었죠. 말하자면 이곳에 살고 있는 사람들의 특권 중 하나지요. 그리고 그것은 아리엘이 우리들에게 커다란 만족감을 준 대가로 지불해야 하는 것이기도 하죠."

"아리엘?"

"예, 빛을 가져다주는 천사 아리엘요[유대교와 기독교에서 자연과 지상의 천사로 알려져 있는데, 이 책의 2장에서 처음 언급된다. '길들이 교차하는 곳'의 간수인 휠체어를 탄 몽고증 환자는 자신을 아리엘이 데리고 온 사람들을 맞이하는 사람이라고 밝힌다]. 화학 물질을 다 만들었을 때, 우리는 그것을 그렇게 명명했죠. 약을 사용한 지 곧 13년이 되어가요…. 한편 저는 당신을 우리가 '위대한 자연' 을 실험한 초기 사람들 중 하나라고 생각하고 있어요. 우리는 그것에 대단히 만족했고, 지금도 만족하고 있어요."

"너희들은 내게 어떻게 그 약물을 먹였지?"

"그것도 우리들의 자질구레한 비밀들 중 하나죠."

"지금 나하고 말장난 할 때가 아닌데."

"당신 같은 경우에는 어렵지 않아요. 3자가 개입되어 있어요. 그날 밤 누군가 당신과 함께 있지 않았나요?"

물론 누군가 있었지. 난 그 마지막 날 밤을 수백 번도 넘게 생각했기 때문에 마주친 얼굴들 하나하나를 그려볼 수 있다. 그런데 단 하나의 얼굴만이 선명하게 기억나질 않는다. 다른 누군가의 얼굴. 나는 말없이 고개를 끄덕인다. 그는 계속 말한다.

"예, 그렇죠, 그렇게 어려운 일은 아니죠. 아시다시피 색깔도 냄새도 고통도 없으니까요."

"방금 전에는 기억이 나지 않는다고 말했으면서 어떻게 그렇게 자세하게 말할 수 있지?"

"약이 투여되는 과정이 그래요."

"사람들은? 그 많은 사람들에게는 어떻게 약을 먹였지?"

"가장 많이 소비되는 곡식 종자를 사용했죠. 그것을 재배하길 거부하는 사람들에게는 무력으로 강요했고, 소비하길 주저하는 사람들에게는 전략적인 방법을 써서 강요했어요. 이제 말하는 것이지만, 매우 어려운 일이었죠. 우리들은 많은 일을 해야 했어요. 그런데 유전공학의 힘이 우리들의 예측을 조금 벗어났었다는 것도 인정해요. 그러나 대부분의 경우 우리들이 예상했던 결과들과 일치했습니다."

"'성숙'은 어떻게 이루어지지? 휴대폰을 사용하나?"

"아니요. 거울을 사용합니다. 단순히 거울말이에요[이 소설 곳곳에는 게시판 자리에 거울이 설치되어 있다는 묘사가 나온다]. 거울에 나타나는 상의 힘에 대해 우리가 알고 있는 것을 당신도 안다면 무슨 말인지 이해할 거예요."

"2차 효과에 대해선 생각해 보지 않았나?"

"예. 결국 모든 것을 예측하진 못했죠."

나는 그에게 바닥에 누워 있는 그의 여자를 가리킨다. 그녀는 무언가를 말하려고 입술을 움직이는 때를 제외하곤 거의 움직이지 않는다. 입에서는 어떤 말도 나오지 않는다.

"저 여자를 보고 나를 봐. 너의 천사가 저지른 일을 봐. 너의 천사는 아이들을 죽이고, 생명에 죽음을 가져왔지. 나의 분노가 여기에서 멈출 것이라고 생각해? 무엇을 보고 너는 아리엘이 빛을 전해 준다고 믿지?"

그는 아무 말도 하지 않는다. 어떤 감정의 동요도 느끼는 것 같지 않다. 그는 나를 어떤 식으로 다룰 것인가를 놓고 머릿속으로 곰곰이 생각하고 있는 것 같다. 다른 모든 사람들도 그와 함께 생각한다. 그들은 자신들이 그를 구할 수 있다고 알고 있다. 왜냐하면 조직을 온전히 유지하기 위해 그를 원하기 때문이다. 나는 지금 설교자 행세를 하고 있지만, 내심으로는 크게 당혹감을 느낀다. 설교를 그만두고 죽이는 일에 들어가야 한다. 그런데 이제 총알은 없다. 갈고리와 칼은 부엌에 있다. 그리고 그는 은밀하게 내 시선을 피한다. 만일 그가 달려들어 내 목을 부러뜨릴 생각을 한다면 의심의 여지없이 성공할 것이다. 다시 분노가 폭발해 나를 사로잡으려고 한다. 나는 그를 두려워하지 않는다. 이제부터 나는 지옥을 두려워하지 않는 것과 마찬가지로 그를 두려워하지 않는다. 내게 두려운 것은 고통과 정신이 이상해지는 것이다. 그러나 지옥은 두렵지 않다. 그가 깊이 생각에 잠긴 나를 깨운다.

"당신은 이런 악들을 저지르지 않고도 살아갈 수 있습니다."

"그러기 위해선 나를 쫓는 일을 그만두어야겠지."

"당신은 당신에게 공격적인 성향이 있다는 걸 인정해야 합니다. 우리는 당신들을 제거하진 못하더라도 우리 자신을 보호해야 합니다. 당신 동료들은 당신과 크게 다르지 않아요. 잘라 말한다면, 당신들은 서로가 복제품입니다. 그리고 우리는 우리 것을 지키기 위해 당신들과 싸울 수밖에 없습니다. 당신이 우리를 이해해야 합니다."

"그런데 넌 우리를 이해하기 위해 아주 작은 노력이라도 기울여 봤나? 나는 저 세계에서 돌아오고 난 뒤부터 나를 끊임없이 괴롭히는 질문에 대한 답만을 찾았지. 나는 아무도 해친 적이 없었어. 너희들 때문에 죽인 그 여자에게도 아무 잘못을 저지르지 않았어. 그래서 답을 찾고 싶었어."

"우리는 질문 없는 세계를 위해 작업하고 있습니다."

"나는 그런 상실은 받아들일 수 없어. 나는 자유로워."

"아니요, 우리들은 더 이상 자유롭지 않아요. 아리엘은 이미 공기에, 물에, 꽃가루에, 음식에, 정액에, 피에 퍼졌어요. 정부 기관들도 서둘러 약 처방을 받아 자신들이 기여하고 만들어 낸 새로운 질서 속으로 사라지기 위해 그것을 사용했어요. 이상적이던 우리 조상들은 더 이상 의미가 없어요. 그들이 옳았다거나 틀렸다고 말하는 것이 아니에요. 아리엘과 함께 전 인류는 새롭게 진행 중인 길에 들어섰어요. 아주 훌륭한 최적의 기계가 돌아가고 있습니다. 개인들에 의해 생겨난 카오스를 제거하고, 구성원들 전체를 위한 정화 작업이 진행되고 있어요. 전체를 위한 생각에는 단 한 가지 방법밖에 없어요. 전체에 대해서만 생각하는 거죠."

"나도 그 전체에 끼나?"

"당신 스스로 생각해 보시죠. 당신이 이 세상에 있을 자리는 없어요. 당신은 이 세계에 머무르는 것을 선택할 수는 있죠. 그러나 당신을 위한 자리는 없어요."

"왜지?"

"약이 당신에게는 효과가 없기 때문입니다. 당신은 당신이 이해하지 못하고 당신을 거부하는 세계 속에서 영원히 방황할 것입니다."

"그러면 그런 세계에서 누가 잘 살지 보자구, 이거나 집어."

나는 그의 뒤에 있는 소파에 총을 던진다. 그것은 부드럽게 낮은 소리를 내며 떨어진다. 메나르는 깜짝 놀라 눈을 들어 한순간 내 시선과 마주친다. 그와 동시에 몸을 돌린다. 모든 일이 매우 빠르게 일어난다. 그는 몸을 반 바퀴 돌려 권총 쪽으로 달려든다. 나는 전혀 놀라지 않는다. 지금까지의 대화는 모두 공허했다. 나도 그를 따라 몸을 날린다. 그러면서 몸을 굽혀 부지깽이를 집는다. 그는 내가 무엇을 했는지 보지는 못했지만, 내가 뒤에 있다는 것은 안다. 그는 권총을 쥐고 몸을 돌려 나를 향해 겨눈다. 내가 두 손으로 부지깽이를 단단히 움켜쥐고 그를 때릴 준비를 한 순간 그가 방아쇠를 당긴다. 그는 총알이 나가리라 생각한 순간 단순히 '딸깍' 하는 소리만 나는 것을 듣고 매우 놀랐을 것이다. 그는 총알 소리가 소란스런 오늘 저녁의 마침표라고 생각했을 것이다. 그는 자기의 놀라움을 표현할 시간을 거의 갖지 못한다. 나는 그가 놀랐다는 것을 눈으로 보지는 못하지만 짐작할 수는 있다. 나는 지금까지 내 안에 쌓인 분노로 인해 생겨난 모든 힘을 동원해 그의 관자놀이를 때린다. 타격은 정확히 명중한다. 쇠막대기 아래로 뼈가 갈라지는 소리와 함께 둔탁하고 무거운 소리가 난다. 무언가 그의 머리 안에서 움직였다. 그는 최고급 양탄자 위로 쓰러진다. 피스톨이 그의 손에서 떨어진 뒤 테이블 아래로 미끄러지듯 들어간다. 그는 경련을 일으키며 바닥에 계속 누워 있다. 나는 마치 아그네스 부테이유에게 했던 것처럼 그의 두개골이 깨져 흐물거릴 때까지 그를 때리고 또 때린다. 그는 더 이상 움직이지 않지만, 나는 아내와 아이들을 생각하며 계속 그를 때린다.

나는 오랫동안 소파에 앉아 있었다. 나는 다음 일들에 대해 환상을 갖지 않는다. 내 발 아래서 피를 한 대야만큼 흘린 채 쓰러져 있는 이 메나르의 자리는 곧 다른 사람으로 대체될 것이다. 적어도 메나르만큼 유능한 사람으로. 내일이면 사람들은 그에 대해 더 이상 아무것도 기억하지 않을 것이다. 그러나 메나르가 참여해 만든 모든 것은 구성원이 어떻게 되든 계속 유지될 것이다. 그들은 아이들 없이 살아갈 수 있는 방법을 찾아내거나, 아니면 무로부터 다시 아이들을 만들어 낼 것이다. 그리고 질서는 지속될 것이다. 나는 이런 일들이 내가 없는 자리에서 진행됐으면 한다. 뤼시를 다시 보고 싶다. 이런 생각들을 하며 나는 몸을 움직이지 않은 채 차분한 심정으로 붉은 개똥벌레들이 바닥과 벽들을 기어다니는 것을 바라본다. 이어서 그것들은 내 머리 위로 몰려든다. 커튼이 쳐진다.

나는 작은 회색 자갈들이 섞인 단조로운 모래사장을 걷는다. 왜 그런지 이유도 모른 채 물을 따라 앞으로 계속 걸어간다. 아마도 지난밤에 자욱한 안개가 끼었던 아침이겠지. 아니면 태양이 없는 날의 저녁이든가. 안개가 두터운 침묵으로 모든 것을 감싸며 영원히 이 땅 위로 내려온 것처럼 보인다. 내 앞으로 천천히 나무 부교가 나타난다. 가느다란 말뚝들이 부교를 받치고 있다. 나는 그곳으로 올라가 생명 없는 물 위에서 앞으로 나아간다. 희끄무레하고 단조로운 빛만 반사하는 물은 검은 거울 같다. 내 발자국 소리는 울리지 않는다. 지금까지 이곳에서 소리와 빛, 그리고 움직임이 생겨난 적은 한 번도 없었다. 부교 끝에 묵직한 나룻배가 밧줄에 매여 있다. 손에 기다란 막대를 든 한 남자가 배에 앉아 있다. 그는 두꺼운 검은 모피 법의를 걸쳤다. 법의에서 빛이 난다. 그리고 머리에 쓴

후드 때문에 얼굴이 보이지 않는다[그리스 신화에는 '슬픔의 강'이라는 뜻의 아케론 강을 건너 사람들을 지옥으로 실어 나르는 카론이라는 뱃사공이 있다. 작가가 명시적으로 언급하지는 않지만, 지금 주인공은 유럽 신화에 나오는 그런 아케론 강가에 있다. 후드가 달린 법의를 입은 남자 역시 카론과 같은 뱃사공이다]. 나는 그의 앞에 멈추어 서서 말한다. 내 귀에 다른 소리는 들리지 않지만 내 목소리는 들린다.

"제가 강을 건널 수 있도록 다시 찾아온다고 말씀하시지 않았습니까?"

그는 대답하지 않는다. 그가 대답할 필요가 있을까? 나는 작은 배와 남자를 바라본다. 강 건너편 기슭을 보려 하지만 보이지 않는다. 그런 채로 몇 분이 흐른다. 나는 그에게 다시 말한다.

"어느 강기슭으로 저를 데려 가실 거죠?"

나는 대답을 기다리지만 그는 이번에도 아무 말도 하지 않는다. 나는 포기한다. 이곳에는 나뿐이다. 나는 주위를 한 번 둘러보고 배에 오른다. 배가 흔들리지만 물은 주름지지 않는다. 나는 앉는다. 그는 일어나 긴 막대를 민다. 부교가 멀어진다. 마침내 그것은 안개 속에서 보이지 않는다. 주위에는 검은 수면과 회색의 대기밖에 없다. 이때 내 손 위로 잿가루가 조금 떨어진다. 나는 눈을 든다. 그것들은 내 머리 위의 하늘에서 나타나 천천히 떨어진다. 그것들은 똑바로 떨어진다. 바람이 불어도 전혀 날아가지 않는다. 뤼시는 건너편 기슭에 없을 것이다.

옮긴이의 글

〈느와르〉는 파시스트적 정부가 지배하는 사회를 배경으로 국가와 개인 혹은 소외 계층 간에 벌어지는 폭력적인 상황을 그린 소설이다. 소설이 가상의 세계를 배경으로 하고 있고 잔인한 폭력 묘사가 이어지기 때문에 소설을 처음 접하는 독자에게는 이야기가 낯설게 여겨질 수 있다. 그리고 분위기가 전체적으로 어둡고 음울하고 때로는 매우 기이하기 때문에 더욱 더 그렇게 느껴질 수 있다. 그러나 소설이 약자에 대한 강자의 독선, 오만, 그리고 폭력이라는 보편적 주제를 그리고 있다고 생각한다면, 그런 낯선 감정이나 당혹감이 차츰 없어질 것이라고 생각된다. 작가의 현실감 있는 묘사를 통해서 개성적인 한 세계를 경험할 수 있는 기회도 될 것이다.

작가 올리비에 포베르Olivier Pauvert는 2005년 5월에 프랑스의 드노엘Denoël 출판사에서 처녀작으로 출간한 이 작품으로 그해의 우수 신인 작가에게 주는 카르푸 사부아르Carrefour Savoirs 상을 받았다. 그리고 소설은 지금까지 영국, 독일, 스페인, 이탈리아에서 번역 출간되었다. 작품이 출판된 당시, 작가에 대해서는 34세의 나이라는 것과 지롱드라는 프랑스의 한 지방에서 약사를 하고 있다는 것 이외에는 알려진 것이 거의 없었고, 이것은 지금까지도 마찬가지 상황이다. 이상한 일이지만, 작품이 출간된 지 2년이 지났고, 소설이 유럽 각지에서 번역되었는데도 불구하고 작가의 신변에 대한 글은 인터넷이나 언론에서 거의 찾아볼 수 없다. 그러나 소설은 작품이 출간되던 해 11월에 프랑스 각지에서 일어난 소요 사태로 인해 프랑스를 비롯한 인근 유럽 국가들로부터 관심을 받았다. 당시 북아프리카와 아랍계 이민 2-3세 청년들은 '높은 실업률과 사회적 차별' 을 문제 삼으며 자동차와 관공서 등에 불을 지르고 경찰과 대치하면서 20일 넘게 프랑스 전국 각지에서 소요를 일으켰다. 그 기간 동안 10,000여 대의 차량과 300여 곳의 관공서에 방화가 일어났고, 프랑스 국내에서 최초로 비상사태법이 발동되고 4,7000여 명이 체포되는 상황이 발생했다. 〈느와르〉도 이런 인종 문제, 특히 아프리카계 흑인들의 상황을 그리고 있었다. 또한 소설에서는 소요의 직접적인 원인이 된 사건 — 경찰의 추적을 피해 달아나던 두 명의 이민계 소년이 송전소 담을 넘다가 변압기에 감전사한 사건 — 이 발생한 파리 북쪽의 외곽 빈민 지역이 묘사되고 있다. 그런데 그 당시 상황과 〈느와르〉가 그리고 있는 상황에서 유사한 것은 인종 갈등 문제만이 아니었다. 전통적으로 좌파적 경향이 있던 프랑스는 오랜 기간 동안의 경제적 압박으로 인해 우파의 목소리가 높아지고 있었다. 그리고 소설에서 중무장한 경찰 조직에 대한 묘사가 나오는데, 실제 그해에 경찰 조직의 강화를 위한 정책이 있었다. 지금 프랑스의 대통령이자 소요 당시 내무장관이었던 사르코지는 파리 교외 빈민 지역에서 일어나는 범죄에 대처하기 위해 그해 10월에 범죄와의 전쟁을 선포한 뒤 빈민 지역에서 경찰력을 강화시키는 조처를 취했다. 또한 그 자신이 소요 당시 이민계 청년 시위대를 향해 '쓰레기' 라는 발언을 하면서 사태를 더욱 악화시켰다. 그러나 '경쟁력 있는 국가' 라는 구호를 내걸고 있는 사르코지는 지금까지 우익으로부터 많은 지지를 얻고 있다. 현재 프랑스가 〈느와르〉에서처럼 극단적인 상황은 아니지만, 소설은 인종 갈등 · 정치의 우경화 · 경찰력 조직의 강화라는 유사한 정치적 상황을 그리고 있고, 그런 이유 때문에 프랑스를 비롯한 유럽 국가의 독자들로부터 관심을 얻었다.

이렇게 유럽 각지에서 번역되고 있는 상황을 볼 때, 유럽인들은 〈느와르〉에서 그들의 실제적인 정치적 문제를 읽고 싶어 하는 것 같다. 역자는 여기서 정치적 문제와 관련해서 작품에서 나타나는 표현적 특징만 조금 언급하고 싶다. 영어의 'black' 에 해당하는 프랑스어 'noir' 는 '검은,' '어두운,' '우울한' 이라는 뜻을 갖는다. 그리고 명사로 쓰일 때는 '검은색' 이라는 뜻과 함께 '흑인' 을 가리키고, 스페인에서는 〈흑인 *Negro*〉이라는 제목으로 번역되었다. 이런 번역 제목은 정치적 주제를 선명하게 부각시키지만, 'noir' 라는 단어는 전체적으로 '검은, 어두운, 우울한 세계' 를 가리킨다고 이해하면 될 것 같다. 〈텔레그래프 *Telegraph*〉는 이 소설에 대한 서평에서 소설 〈느와르〉가 가상의 세계를 배경으로 하고 있지만, 소설에서 묘사되는 파리 외곽 도시의 모습은 실제적인 모습과 거의 다르지 않다고 지적했다. 독자들은 빈민가의 어두운 분위기를 상상할 수 있을 것이다. '느와르' 라는 말은 그런 어두운 세계를 가리키는 단어다. 무엇보다도 소설은 단순히 우울하다거나 어둡다고 하기에는 신랄하고, 때로는 폭력적인 표현들로 가득 차 있다. 그러나 비극적으로 끝나는 이 작품은 우리로 하여금 현실 세계의 정치와 산업 체제에 대해 생각하게 만든다.

〈느와르〉의 또 다른 특징은 〈리베라시옹〉의 지적대로 꿈과 현실이 교차하는 것 같은 세계에 대한 묘사에서 나온다. 소설은 단순하게 판타지적인 요소, 즉 죽은 사람이 살아 돌아온다거나 거울에 상이 비치지 않는다는 것과 같은 이야기를 갖추고 있다는 것 이외에도, 주위 세계에 대한 묘사 곳곳에서 환상적이고 강렬한 영상이 느껴지는 특징적인 작품이다. 소설은 비록 우울한 색채를 띠고 있지만, 독자는 작가가 그리는 입체감 있고 생생한 세계를 경험할 수 있을 것이다.

그러나 동시에 소설에서 나타나는 '비애' 라는 감정과 관련된 서술과, 주위 환경에 대한 묘사를 주목할 필요가 있을 것 같다. 주인공은 자주 냉소적이고 신랄한 말을 사용한다. 그러나 때로 그의 말에서는 비극적인 어조가 느껴진다. 특히 사랑하는 사람들과의 이별이나 과거의 삶을 얘기할 때 그렇고, 그런 슬프고 비극적인 어조는 소설의 끝까지 이어진다. 작품은 희화적이고 냉소적인 어조로 가득 차 있지만 그 아래에는 언제나 강하게 슬픔에 휩싸인 어조가 있다. 그것은 주인공이 양가적인, 상반된 감정을 갖기 때문인데, 그것은 극단적인 상황을 경험하는 인간이 갖는 특징이다. 독자에 따라서는 소설이 그리는 현실을 어느 정도나 객관적으로, 보편적으로 받아들일 수 있는지가 문제될 수 있을 것이다. 그러나 주인공의 그런 양가적이거나 극단적인 감정이 많은 현대 작품의 인물이 보여주는 특징과 비슷하다는 것은 현대 사회의 부정적 측면을 암시한다. 한편으로, 〈느와르〉는 치밀한 작가의 관찰력을 보여주는 작품이다. 작가는 사람을 묘사할 때 표정이나 옷에 대해 자세하게 언급한다. 그리고 자연이나 집과 같은 실내 공간을 그릴 때도 매우 세밀하게 그리는 동시에 선명한 색조로 부각시키는 것 같다. 그것 때문에 때로는 소설의 장면들이 영화의 장면들처럼 보이기도 한다. 소설은 비록 우울한 분위기에 싸여 있지만, 작가의 치밀하고 생생한 묘사 때문에 독자들은 개성적인 세계를 경험할 수 있을 것이다.

끝으로, 생생한 현지어가 갖는 뉘앙스들을 적절하게 번역하지 못했다면 그것은 역자의 책임이라고 말하고 싶다. 그리고 출판 번역의 경험이 없던 역자에게 기회를 준 울력출판사의 강동호 사장님께 감사의 뜻을 전한다.